LUCA FONTANELLA
Trattoria Mortale – Der Tote im Weinberg

AF177918

Buch

In der Trattoria des alten Angelo Panda gibt es nur noch ein Gesprächsthema: Im Stadtpark von Volterra soll ein großes Festmahl ausgerichtet werden. Häftlinge aus der mittelalterlichen Festung sollen die Gäste bekochen und bewirten, und zwar unter Angelos Anleitung. Für dessen Sohn, den Agente Sergio Panda, bedeutet das Überstunden: Gemeinsam mit dem Koch und den Stammgästen muss er die Trattoria am Laufen halten. Gleichzeitig ist sein Einsatz als Polizist gefragt, denn einer der Häftlinge wurde tot im Weinberg aufgefunden. In der Hosentasche des Toten steckt ein Bündel Geldscheine, im Blut werden Überreste von Gift entdeckt. Da den Kommissaren aus Pisa nicht über den Weg zu trauen ist, muss Sergio den Mörder selbst zur Strecke bringen, um das Bankett und die Ehre seines Vaters zu retten …

Weitere Informationen zu Luca Fontanella
sowie zu lieferbaren Titeln des Autors
finden Sie am Ende des Buches.

Luca Fontanella

Trattoria Mortale
Der Tote im Weinberg

Ein Toskana-Krimi

GOLDMANN

Penguin Random House Verlagsgruppe FSC® N001967

1. Auflage
Originalausgabe Juli 2022
Copyright © 2022 by Dirk Husemann und Jutta Wieloch
Copyright © dieser Ausgabe 2022
by Wilhelm Goldmann Verlag, München,
in der Penguin Random House Verlagsgruppe GmbH,
Neumarkter Str. 28, 81673 München
Umschlaggestaltung: UNO Werbeagentur GmbH, München
Umschlagmotiv: Schild: Alamy/4k-Clips, Stadt: mauritius images/Robert
Hoetink/Alamy, Rest: FinePic®, München
Redaktion: Dr. Ulrike Brandt-Schwarze
LS · Herstellung: ik
Satz: KCFG – Medienagentur, Neuss
Druck und Bindung: GGP Media GmbH, Pößneck
Printed in Germany
ISBN: 978-3-442-49288-6

www.goldmann-verlag.de

Kapitel 1

An diesem Tag gab es in der Trattoria des alten Angelo Panda nur ein Gesprächsthema: Signora Rissone, die Leiterin von Volterras Gefängnis, lud hundertfünfzig Gäste zum Festessen ein. Das Bankett sollte unter freiem Himmel im Stadtpark ausgerichtet werden – und Häftlinge aus der mittelalterlichen Festung würden die Kellner sein.

»Die nehmen doch sofort Reißaus, wenn sie draußen sind«, sagte Angelo mit seiner heiseren Stimme und tippte sich gegen die Stirn. »Wer hat sich denn diesen Unsinn ausgedacht?« Der alte Wirt kam mit zwei dampfenden Espressotassen hinter der Theke hervor und stellte sie vor Trommelfeuer und Kugelblitz ab. Die beiden Stammgäste ließen Zucker aus dem großen Streuer in die dickwandigen Tassen rieseln und begannen das Ritual des Umrührens. Die winzigen Löffel verschwanden fast vollständig zwischen den Fingern der Pensionäre.

»Du solltest mehr Vertrauen in die Menschen haben«, erwiderte Trommelfeuer. »Das Gefängnis veranstaltet das Bankett jetzt schon zum achten Mal, und noch nie hat einer der Häftlinge das zur Flucht genutzt.«

»Und das Essen war jedes Mal vorzüglich«, ergänzte Kugelblitz, der seinen Löffel unermüdlich in der Tasse kreisen ließ.

»Bisher wurde ja auch immer innerhalb der Festungsmauern aufgetischt«, widersprach Angelo und deutete mit dem Siebträger der Espressomaschine auf Trommelfeuer. »Wie soll denn da einer abhauen?« Zur Bestätigung seiner Worte klopfte er lautstark das Espressosieb aus.

Trommelfeuer schüttelte den Kopf. Seine Glatze glänzte im Licht des frühen Septembernachmittags, das durch das Türfenster in das kleine Lokal schien. »Jetzt mal langsam. Die Männer, die das Essen kochen und servieren, haben ihre Strafe bald abgesessen. Die sind so gut wie entlassen, und man gibt ihnen schon während der Haft die Gelegenheit, etwas zu lernen und zu arbeiten. Wie viele Köche und Kellner in den Gaststätten Volterras haben ihr Handwerk im Gefängnis gelernt?«

»Ein Dutzend mindestens«, entgegnete Kugelblitz. »Ohne die wäre manches Lokal in unserem Städtchen ganz schön arm dran.«

Angelo fuhr sich mit einer Hand über sein weißes Stoppelhaar. »Ich bleibe dabei: Ein Häftling ist ein Häftling, und ein Kellner ist ein Kellner.«

»Und was ist mit deinem Sohn?«, fragte Kugelblitz. »Der ist Kellner und Polizist.«

»Bei Sergio ist das was anderes.« Angelo wischte das Argument mit einer herrischen Geste beiseite. »Außerdem: Wo bleibt da die Gerechtigkeit? Erst verhaftet Sergio diese Kriminellen und bringt sie ins Gefängnis, und zur Belohnung bildet man sie zu Gastronomen aus. Ausgerechnet Gastronomen! Das ehrbarste und ehrlichste Handwerk von allen! He, wo willst du denn hin?«

Aus der kleinen Kammer hinter der Theke war Sergio in die Gaststube gekommen. Er war groß für einen Italiener und trug das drahtdicke grau melierte Haar neuerdings kurz geschnitten. An den beiden Stammgästen vorbei ging er zum Eingang der Trattoria, drehte das Schild im Türfenster auf *Chiuso – Geschlossen* – und zog die rot karierte Gardine zu. Auf Trommelfeuers Schädel leuchteten nun Quadrate.

»Hier scheinen alle versorgt zu sein.« Sergio lehnte sich Angelo gegenüber an die Theke. »Es ist kurz vor zwei, und ich muss jetzt zum Dienst.« Er trug die Uniform der Polizia di Stato und zog seine dunkelblaue Jacke an den Säumen straff.

»Und was wird aus der Abrechnung?«, krächzte Angelo. »Und um die Bestellungen fürs Wochenende müssen wir uns auch kümmern.«

»Am Abend bin ich wieder da, *babbo*«, sagte Sergio. »Aber gleich holt mich Alessandro ab. Wir haben Dienst auf dem Weingut Due Torri. Da helfen Häftlinge aus der Medici-Festung bei der Traubenlese, und das Gefängnis braucht bei der Aktion Unterstützung.«

»Häftlinge?« Der alte Wirt schlug so heftig mit der flachen Hand auf die Theke, dass die Tassen auf der Kaffeemaschine klirrten. »Schon wieder Häftlinge! Jetzt genießen sie auch noch das Leben im Weinberg und lassen sich Trauben in den Mund fallen. Für so etwas hat mein Sohn Zeit!

Aber sein alter, gebrechlicher Vater muss schauen, wie er allein zurechtkommt.«

»Das ist ein offizieller Auftrag«, versuchte Sergio zu erklären. »Ich bin nun mal Polizist.«

»Und der Diener von Verbrechern, die sich ein schönes Leben im Weinberg machen, statt bei Wasser und Brot im finsteren Loch zu schmoren.« Angelo zog eine Flasche Brunello aus dem Weinregal und hielt sie Sergio hin. »Hier! Damit kannst du deinen Dieben und Mördern einen guten Tropfen einschenken, während sie auf der faulen Haut liegen.«

Sergio nahm Angelo die Flasche aus der Hand und legte sie wieder ins Regal. »Wein auf ein Weingut mitzunehmen wäre etwas zu viel des Guten. Aber ich richte gern allen Grüße von dir aus.«

Die Türglocke klingelte. Gleichzeitig begann die Turmuhr der Kirche von San Giusto zu schlagen. Das Ticken der Löffel hörte auf. Alessandro Minotti, frisch zum Leiter der Polizeiwache Volterras beförderter Kollege und Freund Sergios, trat ein und grüßte in die Runde. Alessandro war für seine Pünktlichkeit bekannt, eine Eigenschaft, die unter den Toskanern für Stirnrunzeln sorgte. Er fischte einen Briefumschlag aus seiner Jackentasche und legte ihn auf die gläserne Oberfläche der Theke. »Das hier soll ich dem Wirt des Il Gusto geben«, sagte er förmlich und tippte sich gegen die Dienstmütze.

Angelo starrte den Umschlag an, wie er ein Insekt betrachtet hätte, das sich auf seinen hausgemachten Ricotta-Ravioli niedergelassen hatte. »Was soll das sein?«, fragte er misstrauisch, ohne sich dem Kuvert auch nur einen Zentimeter zu nähern. »Liefert die Polizei ihre Bußgeldbescheide jetzt persönlich ab?«

Kugelblitz und Trommelfeuer kippten den Espresso und erhoben sich von den hölzernen Sitzen. Angelo nahm den Umschlag nun doch an sich und zog eine Karte daraus hervor, auf der die Umrisse der mittelalterlichen Festung Volterras im Stil einer Bleistiftskizze gedruckt waren. Er klappte die Karte auf, studierte den Inhalt aufmerksam und hob die weißen Augenbrauen. Dann sah er auf und verkündete: »Eine Einladung von Signora Rissone, der Gefängnisdirektorin. Sie hat mich zum Leiter des Festessens auserkoren.«

Niemand sagte etwas. Alessandro nickte Angelo höflich zu, Trommelfeuer stieß Kugelblitz mit dem Ellenbogen in die Seite und grinste breit. Angelo legte die Karte zurück auf die Theke, zog die knochigen Schultern hoch und zeigte seine Handflächen. »Was denn? Sie bittet mich, das Menü für das Bankett zusammenzustellen. Das ist eine große Ehre.«

Sergio lächelte. »Und du sollst den Häftlingen beibringen, wie man kocht und serviert.« Er zog seine Sonnenbrille aus der Hemdtasche und klopfte als Zeichen des Aufbruchs mit der linken Hand dreimal auf die Theke. »Sieht so aus, als müsstest du deine Einstellung ändern, *babbo*.«

KAPITEL 2

Du glaubst doch nicht im Ernst, dass dein Vater die Leitung des Banketts übernimmt?« Alessandro lenkte den hellblauen Polizeiwagen auf die Landstraße SP 15 und fuhr in Richtung Osten durch die Stadt. Sie waren auf dem Weg zum Weingut Due Torri.

»Doch.« Sergio rückte seine Sonnenbrille zurecht. »Genau das wird er.«

Sie ließen das Viertel San Giusto mit der Trattoria rechts und Volterras historisches Zentrum links liegen.

»Ich würde meine Großmutter darauf verwetten, dass Angelo die Einladung ablehnt«, beharrte Alessandro.

»Die Wette halte ich«, erwiderte Sergio, »wenn du den Einsatz änderst.«

Alessandro zögerte einen Moment, der Kollege hatte eine große Ernsthaftigkeit an sich. »Heute ist Montag, das Festessen ist am Samstag, die Vorbereitungen laufen die ganze Woche«, sagte er und tippte mit der Handkante auf das Lenkrad. »So lange wird Angelo niemals seine geliebte Trattoria alleinlassen.« Am Zebrastreifen neben der Porta San Francesco stoppte er kurz den Wagen, um zwei Touristenpaare zu dem Stadttor spazieren zu lassen. Mitte September war Volterra noch gut besucht. Die Straße schlängelte sich an der wuchtigen Stadtmauer entlang, unterhalb der Medici-Festung, die sich auf einem der höchsten Punkte des Ortes erhob. Sergio beugte sich vor und blickte durch die Windschutzscheibe nach oben. Dort würde sein Vater die nächsten Tage bis zu dem großen Bankett verbringen – mehrere Hundert Höhenmeter weit weg von der Trattoria.

Mit ihren mächtigen runden Wehrtürmen war die Festung eines der markantesten Gebäude Volterras. Was aussah wie eine Touristenattraktion, war für Feriengäste tabu. Wer die Fortezza Medicea betrat, kam erst nach einigen Jahren wieder heraus – wenn er oder sie nicht gerade zum Gefängnispersonal gehörte. Die Ursprünge des Bauwerks mit seinen zwanzig Meter hohen Steinmauern reichten bis ins Mittelalter zurück. Im fünfzehnten Jahrhundert hatten die Medici das Bollwerk erweitern und ausbauen lassen, seither hieß es Fortezza Medicea. Die Wehranlagen dienten auf der einen Seite dazu, Feinde abzuhalten, und auf der anderen Seite, Gefangene festzuhalten – denn die Medici hatten ihre politischen Widersacher in der Festung einkerkern lassen. Zwar war das Florentiner Adelsgeschlecht der Medici längst untergegangen, aber das Gefängnis war geblieben. Bis heute war es in Betrieb, allerdings mit modernen Einrichtungen und ebenso modernen Methoden des Strafvollzugs. Methoden, die Angelo Panda nicht passten.

Dazu zählte das jährliche Festessen im Spätsommer, für das Gäste aus der Stadt und von außerhalb schon Monate zuvor Tische reservierten.

Normalerweise wurde der Aperitif im Gefängnishof und das Essen in der ehemaligen Kapelle der Festung serviert, weil dort die historische Atmosphäre stimmte und die Sicherheitsbestimmungen eingehalten werden konnten. Doch diesmal hatte sich die Gefängnisleitung dazu entschlossen, das Bankett in den benachbarten Stadtpark zu verlegen. Ein guter Einfall, wie Sergio fand, denn der Park war einer der schönsten Orte in der Stadt, ein weites Gelände mit welligen Wiesen, Schatten spendenden Bäumen und Spazierwegen. Er grenzte direkt an die Westmauer der Fortezza, sodass sich die Türme und Wehrmauern des Bauwerks malerisch aus dem üppigen Grün zu erheben schienen. Was lag näher, als den fleißigen Helfern des Festessens den Abend zu versüßen und sie für einige Stunden den Geschmack der Freiheit kosten zu lassen, die nur wenige Schritte von ihren Zellen entfernt auf sie wartete?

Natürlich brauchten die Kellner und die Küchengehilfen aus dem Gefängnis für eine solch große Veranstaltung eine gute Anleitung und deshalb die Hilfe eines professionellen Gastwirtes aus Volterra. In jedem Jahr war es ein anderer. Ihm oder ihr kam die Aufgabe zu, das Menü zu planen, die Zutaten mit den Häftlingen zu beschaffen und ihnen Warenkunde beizubringen, damit sie am Abend des großen Ereignisses nicht mit schlaffen Salatblättern und klebrigem Pecorino vor den Gästen standen. Die Gefangenen mussten kochen, die Küche sauber halten, auf korrekte Kleidung achten, sich die zurückhaltende Art eines Kellners aneignen und den kleinsten Fingerzeig der Gäste bemerken und darauf reagieren. Sie durchliefen innerhalb einer Woche eine Lehre, für die andere Jahre brauchten. Dass dieses Kunststück gelang, lag einzig und allein in der Hand des Küchenchefs. Sergio war fest davon überzeugt, dass sein Vater der richtige Mann für diese Mission war. Die Frage war, ob es die Häftlinge mit Angelo aufnehmen konnten.

Sergio ließ das Fenster auf der Beifahrerseite herab und lehnte den Ellenbogen auf das heiße Blech, nicht zu weit, denn jetzt fuhren sie durch die dicht am Straßenrand stehenden Häuser im Osten der Stadt, und die farbig verputzten Fassaden kamen dem Seitenspiegel gefährlich nahe. Der Fahrtwind war fast genauso heiß wie die Luft im Innern des Wagens. *Forno*, Ofen, nannten die Volterraner die buttrige Hitze des Spätsommers.

Das Brummen des Motors wurde von den Hauswänden zurückgeworfen, der Ton veränderte sich, wenn ein Gebäude etwas entfernter von der Straße stand. Für Sergio hörte sich das an, als summe ein unsichtbarer Begleiter auf der Rückbank ein Lied. »Du hältst es vielleicht nicht für möglich«, sagte er, »aber für Angelo kommt diese Gelegenheit wie gerufen. Erinnerst du dich noch an das Bankett im vergangenen Jahr? Ein Riesenerfolg. Die Gäste waren so begeistert, dass sie die Gefängnisleitung baten, die Kellner und Köche schnell aus der Haft zu entlassen, damit die Männer ein eigenes Ristorante eröffnen können. Und wer hatte die Leitung dieses Spektakels? Sofia Zacchi.«

Alessandro warf Sergio einen kurzen Blick zu, konzentrierte sich aber sofort wieder auf die Straße. »Verstehe«, sagte er. »Es geht auch um die alte Rivalität zwischen Angelo und Sofia, zwischen der Trattoria Il Gusto und dem Ristorante Il Mulino.«

Am Stadtrand lösten Landhäuser mit großen Terrassen und weiten Gärten die dichte Bebauung ab, bis schließlich nur noch abgeerntete Felder und sonnengebleichte Wiesen die gewellte Landschaft bedeckten, an den Säumen grün gesprenkelt mit Bäumen und Hecken. Alessandro nahm die Abzweigung Richtung Villamagna und lenkte den Wagen über eine kleine Straße zwischen Olivenhainen und buschigen Steineichen hindurch.

»Als im vergangenen Jahr bekannt wurde, dass Sofia das Bankett organisieren würde, hat mein Vater tagelang geschmollt. Er hat Tiramisu aus der Packung serviert und den Gästen steuerfähige Rechnungen ausgestellt.«

Alessandro verzog das Gesicht. »Das muss ihm wirklich zugesetzt haben.«

»Aber jetzt kann er beweisen, dass er ein besserer Gastgeber als Sofia ist«, fuhr Sergio fort. »Er wird diese Herausforderung annehmen. Da bin ich sicher.«

»Die armen Häftlinge«, sagte Alessandro. Sie bogen auf die Strada Comunale Palagione ein, die in Serpentinen zum Monte Voltraio führte, dem markanten Hügel außerhalb der Stadt. Die Fahrbahn war nicht asphaltiert und voller Schlaglöcher. Zwar nahm Alessandro immer wieder das Gas weg, trotzdem holperte und schlingerte der Wagen so stark, als säße ein Betrunkener am Steuer.

»Sag besser: der arme Sergio«, entgegnete Sergio. »Was glaubst du wohl, wer die Trattoria am Laufen halten muss, während Angelo alle Hände voll damit zu tun hat, dieses

Fest zu bestreiten?« Er tippte sich mit dem Finger gegen die Brust. »Ich.« Er spürte, wie ihm die Hitze im Auto durch die Kleidung und unter die Haut drang.

Heißer Staub wirbelte um den Fiat auf. Sergio ließ die Fensterscheibe wieder hochgleiten. Durch die hellgelben Schwaden sah er, wie sie am Rand des dicht von Bäumen und Sträuchern bewachsenen Monte Voltraio auf eine Hochebene zufuhren, dann sausten sie wie Wellenreiter durch die offene Landschaft.

Schließlich steuerte Alessandro den Polizeiwagen zwischen Weinstöcken hindurch, die links der Straße hügelaufwärts und rechts der Straße hügelabwärts wuchsen. Neben den satten grünen Blättern glänzten rote und weiße Trauben im Nachmittagslicht. Sergio hielt Ausschau nach den Gefangenen, konnte aber niemanden bei der Arbeit entdecken. Merkwürdig, das hier war doch Due Torri.

Alessandro bog auf den Parkplatz am Weingut ein und blieb vor einem Holzverschlag stehen, in dem Körbe gestapelt waren. Dahinter ragten eine Steinmauer und die beiden Türme auf, die dem alten Hof den Namen gaben.

Ein Mann in der schwarzen Uniform des Gefängnispersonals lief eilig auf den Polizeiwagen zu. Sergio löste den Sicherheitsgurt und nahm seine Dienstmütze von der Ablage.

Eine energische Hand klopfte gegen das Fenster an der Fahrerseite. Paolo, ein rundlicher Mann mit markantem Schnauzbart, stand gebückt vor der Tür und schaute herein, sein Gesicht hatte die Farbe eines Vino Rosato. Er bewegte die Lippen, war aber nicht zu verstehen.

Alessandro ließ das Fenster herunter. Der Redeschwall schwappte herein. »… einfach auf und davon. Mitten durch die Weinreben ist er gelaufen. Gut, dass ihr da seid! Wir müssen sofort einen Suchtrupp organisieren!«

KAPITEL 3

In dem einen Moment war er noch da, im nächsten weg. Einfach weg! Wie vom Erdboden verschluckt.« Paolos Arme kreisten um seinen Körper wie Windmühlenflügel, während er versuchte, das Geschehen zu schildern. Dann ließ er sich auf einen Findling nieder und stützte die Hände auf die Knie. »Das kostet mich den Job«, sagte er zu seinen Schuhen.

Während Alessandro versuchte, Paolo zu beruhigen, kletterte Sergio auf einen in der Nähe abgestellten Traktor und sah sich um. Das Gelände des Weinguts Due Torri war riesig, die Rebstöcke umgaben das Anwesen mit den beiden Türmen wie ein Ozean. In der Nähe tauchten daraus zwei schwarze Dienstmützen auf.

Sergio steckte Daumen und Zeigefinger in den Mund und stieß einen schrillen Pfiff aus. Dann winkte er mit hoch erhobener Hand und rief: »Kommt her! Wir müssen uns beraten.«

Kurz darauf standen zwei Männer in weißen kurzärmeligen Hemden und schwarzen Hosen vor dem Polizeiwagen, Giuseppe und Antonio. Sergio kannte viele der

Beschäftigten aus der Fortezza, einige waren früher selbst Polizisten gewesen. Hätten Giuseppe und Antonio ihre Kopfbedeckungen nicht getragen, hätten sie ein wenig wie Kellner ausgesehen – Kellner, deren Gäste gerade die Zeche geprellt hatten.

Alle redeten durcheinander.

»Ruhe, bitte!« Alessandro verschaffte sich mit erhobenen Händen Gehör. »Wir müssen besonnen vorgehen, sonst kommen wir nicht weiter.« Sergios Freund und Vorgesetzter liebte nichts mehr als Disziplin, Pünktlichkeit und Ordnung. Es hieß, er habe das Lexikon über Polizeiarbeit, das vom italienischen Innenministerium herausgegeben wurde, auswendig gelernt.

»Zunächst einmal«, sagte Alessandro, »möchte ich wissen, wo die anderen Häftlinge sind.«

Paolo deutete auf einen dunkelblauen Minibus, der in einiger Entfernung am Rand der Straße abgestellt war.

»Die Leute sind da drin?«, fragte Sergio ungläubig. »In der prallen Sonne?« Der Minibus briet in der Hitze. Es würde nicht mehr lange dauern, bis der Lack anfing, Blasen zu werfen. Sergio streckte eine Hand aus. »Den Schlüssel, schnell!« Im Laufschritt eilte er zu dem Wagen, einem Fiat Ducato ohne Scheiben im hinteren Teil. Er hantierte mit dem Schlüssel an den Ladeklappen und riss die Türen auf. Eine heiße Wolke Schweiß wehte ihm entgegen. Sieben Männer in Jeans und weißen T-Shirts schauten ihn an. Ihre Blicke waren matt. »Raus hier!«, drängte Sergio und hielt die Türen auf. »Da drüben im Schatten könnt ihr frische Luft schnappen.«

Einer nach dem anderen kamen die Männer aus dem Wagen hervor – einige nickten Sergio dankbar zu – und gingen zu einer Platane an der Einfahrt zum Parkplatz hinüber, zogen sich die T-Shirts über die Köpfe und ließen sich am Fuß des Baums nieder.

Sergio kehrte zu den anderen zurück. Alessandro stand abseits und sprach in sein Telefonino.

»Bist du verrückt, Sergio?«, sagte Antonio. »Du kannst die doch nicht einfach da allein sitzen lassen. Die machen sich bestimmt sofort aus dem Staub.«

Sergio schüttelte den Kopf. »Die sind so durchgegart, dass sie keine hundert Meter weit kämen. Hast du schon mal eine Saltimbocca laufen sehen?«

Alessandro steckte sein Mobiltelefon weg. »So! Das Nötigste ist in die Wege geleitet«, sagte er. »Eure Chefin schickt Verstärkung, damit wir die Gegend großflächig absuchen können. Eure Kollegen fangen weiter im Osten an und suchen das Gebiet ab, bis sie zu uns stoßen. Wir starten hier am Weingut und arbeiten uns in Richtung Süden zur Landstraße vor. Nach Westen, zur Stadt hin, wird der Entflohene wohl nicht gelaufen sein.« Er sah sich um. »Ich rede gleich mal mit den Häftlingen. Jemand muss sie dann zurück zur Fortezza fahren.«

»Das mache ich«, bot sich Paolo ein wenig zu schnell an.

»Du wirst jetzt erst mal erzählen müssen, was genau passiert ist«, sagte Sergio. »Es wäre besser, wenn ihr den Transport übernehmt.« Er nickte Giuseppe und Antonio zu.

Giuseppe ließ sich den Autoschlüssel geben und ging mit Antonio und Alessandro zu den Männern.

Sergio forderte Paolo auf, von den Ereignissen zu berichten. Der rundliche Justizvollzugsbeamte, der für das Sozialprogramm der Fortezza zuständig war, rieb sich die Stirn, dabei schmierte er Schmutz von seiner Hand über die Haut. »Also, das war so«, begann er, zögerte dann und fragte: »Müssen wir nicht dafür sorgen, dass die Straßen gesperrt werden?«

Sergio nickte. »Erledigt deine Chefin. Sie hat vermutlich auch längst die Kollegen in San Gimignano, in Colle und in Pomarance verständigt.« Das Verhalten des Sozialarbeiters war merkwürdig. »Jetzt mal raus mit der Sprache«, verlangte Sergio. »Was ist passiert?«

»Wir sind heute bei Sonnenaufgang losgefahren«, sagte Paolo und schaute in die Ferne, in Richtung Stadt, so als könne er dort den Transporter in der Vergangenheit abfahren sehen. »Signor de Santis, der Winzer, hat uns hier empfangen und uns gezeigt, wo die Helfer arbeiten sollen. Mensch, war der froh, als er uns gesehen hat. Du weißt ja, wie es um sein Weingut steht.«

»Bleiben wir bei der Sache«, sagte Sergio, allmählich verärgert über Paolos plumpe Versuche, das Thema zu wechseln.

»Ja richtig, genau«, sagte Paolo. »Die Jungs haben Körbe bekommen und sind damit in die Reben. Wir haben sie begleitet und sie so nah beieinander postiert, dass ein Fluchtversuch unmöglich war … fast unmöglich jedenfalls.« Paolo kniff die Lippen zusammen.

»Wie konnte der Mann dann entkommen?«, wollte Sergio wissen.

Paolo griff in die Luft, wie um Worte aus dem Nichts zu pflücken. »Wie? Ja, wie? Ich weiß es doch auch nicht!«, rief er mit einem Mal laut. »Nach der Mittagspause fehlte einer. Nino Marino. Hat sich in Luft aufgelöst. Puff!« Seine Arme schossen in die Höhe.

»Beruhige dich!«, sagte Sergio. Er wurde das Gefühl nicht los, dass der Aufseher etwas verschwieg. »Du weißt bestimmt noch, wie er aussieht, oder?«

»Klein und schlank«, sagte Paolo, dem die Erleichterung darüber anzusehen war, das unangenehme Thema nicht weiter ausführen zu müssen, »dunkelblondes Haar, hohe Stirn, helle Augen, sympathisches Lächeln und so ein moderner Bart, nur ein dünner Strich am Kiefer entlang. Eine Erscheinung wie ein Schauspieler oder Showmaster. Popstar wollte der werden, bevor … Er singt auch richtig gut und leitet die Gefängnisband.«

»Ein Sänger also. Und Nino Marino, sagtest du, heißt er? Dann wird sich wohl ein Bild von ihm finden lassen.« Sergio steckte seine Sonnenbrille ein, holte sein Telefonino hervor und wischte darauf herum. »Ist es der hier?« Er hielt Paolo das Gerät entgegen.

»Ja, genau so sieht er aus«, sagte Paolo und tippte gegen den Bildschirm. »Die Kleidung stimmt halt nicht.«

Sergio schaute sich das Foto an. Ein junger Mann mit bronzener Hautfarbe im schwarzen Anzug hielt ein Mikrofon in der Hand und nahm einen Blumenstrauß von einer jungen Frau im geblümten Kleid entgegen. Nino Marino kam Sergio bekannt vor, aber er vermochte nicht zu sagen, wo er ihn schon einmal gesehen hatte.

»Signori! *Caffè?*« Die Stimme kam vom Hof des Weinguts her. Unter dem Torbogen, der in das Gehöft führte, war ein Mann erschienen. Sein dichtes schwarzes Haar glänzte, er trug eine Hornbrille, und in seinen dunklen Augen lag eine Andeutung von toskanischer Gelassenheit, seine breiten, hängenden Schultern füllten das hellblaue Hemd aus. Vincenzo de Santis kam zu dem Polizeiwagen und begrüßte Sergio mit einem strahlenden Lächeln. Alessandro winkte er zu. »Ich habe gerade erst gesehen, dass ihr beide auch hier seid. Kommt doch rein. Im Schatten lässt es sich angenehmer plaudern als hier in der Hitze.«

Sergio kannte den Weinbauern von der Trattoria her. De Santis stellte den besten Malvasier und den besten Vin Santo westlich von Florenz her und hatte seinen Weinanbau auf ökologische Landwirtschaft umgestellt. Seine Bioweine wurden seit einiger Zeit auch im Il Gusto ausgeschenkt, dafür hatte Sergio selbst gesorgt. Zuerst hatte Angelo davon nichts wissen wollen und de Santis' schwarzem Malvasier das Prädikat »Plempe« verliehen. Aber dann war der Winzer persönlich mit einigen Flaschen aus seinem Sortiment in der Trattoria erschienen und hatte dafür gesorgt, dass Angelos Gaumen und nicht sein verstockter Verstand das letzte Wort hatte. Seither lieferte das Weingut regelmäßig an die Trattoria.

»Wie geht's deinem Vater, Sergio?« Vincenzo de Santis schüttelte ihm die Hand. »Warum schaut ihr denn alle so betreten? Was ist denn los?«

Sergio berichtete kurz, was geschehen war. Aber auch ein Vermisster und eine großflächige Suchaktion konnten das sympathische Lächeln nicht aus Vincenzos Gesicht löschen.

»Wenn die Sache so ist«, sagte der Winzer, »habt ihr erst recht einen *caffè* nötig. Und zwar einen doppelten. Wenn ich bitten darf?«

KAPITEL 4

Alessandro erhob noch einen Einwand, aber ihm war anzusehen, dass auch er eine Erfrischung gebrauchen konnte. Sergios Vorliebe für Kaffee teilte der Kollege zwar nicht, erzielte aber mit Fruchtsaft eine verblüffend ähnlich belebende Wirkung. Giuseppe und Antonio ließ Alessandro mit den Häftlingen abfahren. Sergio folgte Vincenzo de Santis unter dem Steinbogen hindurch in das Weingut. Die anderen schlossen sich an.

Auf dem Hof hallten ihre Schritte von den hohen Gebäuden aus Bruchsteinen wider. Voraus lag das Haupthaus, das einzige Gebäude mit verputzter Fassade, rechter Hand verrieten Geräte und Kisten voller Trauben, dass es dort zu den Produktionsanlagen, zur Kellerei und zum Weinkeller ging. Linker Hand erhob sich eine kleine weißgraue Kirche, neben der ein Glockenturm aufragte. Der zweite Turm, ein runder Befestigungsposten aus dunkel angelaufenem Tuffstein, blickte vom Rand des hoch gelegenen Anwesens über das Land. Er wirkte wie der kleine Bruder der Türme von Volterras Medici-Festung, denen er auch gegenüberlag. Zehn Kilometer Luftlinie trennten die Bauwerke.

Sergio schaute sich nach allen Seiten um. Das Gut war verwinkelt und weitläufig. Wenn ich Nino Marino wäre, dachte er, wäre ich vielleicht gar nicht einfach drauflosgerannt, sondern hätte mich hier irgendwo versteckt. Und wenn sich der Staub gelegt hätte, in der Nacht, würde ich ins Freie schlüpfen und mich davonmachen. Laut sagte er: »Vincenzo, hast du was dagegen, wenn wir uns auf deinem Gehöft umsehen?«

De Santis, der auf einer Freitreppe stand und die Tür zum Wohnhaus öffnen wollte, drehte sich zu Sergio um. »Du glaubst doch hoffentlich nicht, dass ich einen entlaufenen Sträfling vor der Polizei verberge? In meinem Weinkeller gibt es nicht mal Mäuse, nur den Geist des Weines.«

»Vielleicht hat der irgendwas gesehen«, sagte Sergio.

»Dann müssen wir ihn wohl befragen«, gab Vincenzo zurück und hob die Hände in einer Geste der Ratlosigkeit. »Aber seine Antworten sind mitunter gefährlich, und ihr seid ja noch im Dienst.«

»Sergio hat recht«, sagte Alessandro ernst und stützte sich auf das geschwungene Geländer der Freitreppe. Der helle Stein war mit Flechten gesprenkelt. »Der Vermisste kann noch auf dem Weingut sein. Es wäre besser, wir durchsuchen die Anlagen.«

Der Winzer stimmte sofort zu. »Das ist das Mindeste, das ich tun kann, denn letztendlich bin ich dafür verantwortlich, dass jemand entflohen ist.«

Sergio wusste, was er meinte. Die Häftlinge waren zu dem Ernteeinsatz beordert worden, um Vincenzo de Santis aus der Klemme zu helfen. Das Weingut hatte in den vergangenen Jahren schlechte Erträge eingefahren. Ganz Volterra wusste: De Santis hatte Geldsorgen und konnte seinen Hof kaum noch in Gang halten. Jetzt, im September, zur Zeit der Weinlese, fehlte es an allem, insbesondere am Lohn für die Erntehelfer. Ohne sie drohten die Trauben an den Rebstöcken zu verkommen. Das hätte das Ende von Due Torri bedeutet. Luisa Rissone, die Leiterin des Gefängnisses, hatte de Santis vorgeschlagen, einige Gefangene in die Weinberge zu schicken, damit sie bei der Lese halfen. Der Winzer unterstützte seit Jahren die »Offene Tür« in der Fortezza – ein Sozialprogramm für die Inhaftierten, das Luisa Rissone entwickelt hatte und zu dem neben dem Theaterspiel im Gefängnishof und der Arbeit im Garten der Festung auch das jährliche Bankett zählte. De Santis spendete stets die Getränke für den Abend.

Für die Häftlinge, eine ausgewählte Schar zuverlässiger Männer, bedeuteten die Tage zwischen den Rebstöcken eine willkommene Abwechslung vom Alltag hinter Festungsmauern. Sie konnten über die weiten Hügel der Toskana blicken, die Sonne genießen und ab und zu von den Reben naschen – eine kleine Freiheit zwischendurch, natürlich unter Beobachtung. Deshalb hatte die Gefängnisleiterin bei der Polizeiwache um Unterstützung bei der Aktion gebeten. Sergio hatte sich auf den Dienst im Weinberg gefreut, allerdings hatte er sich den Nachmittag anders vorgestellt.

Alessandro und Paolo übernahmen die Westseite des Weinguts und suchten in der Kirche, dem Campanile und dem Wachturm nach dem Vermissten. Sergio ließ sich von Vincenzo zu den Anlagen für die Weinherstellung führen.

Sie gingen durch einen schmalen Gang zwischen einem Geräteschuppen und einem Lagerhaus hindurch und gelangten auf einen kleinen Platz. Hier standen Gestelle aus Holz, von denen hellgrüne Trauben bis zum Boden hingen. Dazwischen waren Fässer zu sehen und gestapelte Kisten aus Kunststoff. Ein unvermuteter Geruch stieg Sergio in die Nase, es duftete nach Vanille und Erdbeeren.

»Hier reifen die Trauben für unseren Vin Santo«, erklärte Vincenzo mit Stolz in der Stimme. Sein Weingut war für den süßen Dessertwein bekannt, der aus luftgetrockneten Trauben gekeltert wurde. Vincenzo erzählte bei jeder Gelegenheit, dass die toskanische Spezialität von seinen Vorfahren erfunden worden sei – jedenfalls lautete so die Überlieferung der Familie de Santis. »Das hier ist der Ursprung und die Quelle des Vin Santo«, sagte Vincenzo und deutete mit einer ausladenden Geste auf die Trauben, die wie Wäsche von der Leine hingen.

Sergio legte einen Finger ans Kinn.

Vincenzo redete weiter, wenn auch leiser. »Keinen *caffè*, keine Führung durchs Weingut. Dein Beruf ist so freudlos wie der Wein aus Siena.«

Sergio blendete die Stimme des Winzers aus und versuchte, sich auf die Umgebung zu konzentrieren. Wenn er anstelle des Geflohenen gewesen wäre, wohin hätte er sich gewendet? Sich im Weingut versteckt zu halten war keine schlechte Idee. Aber wo? Die Anlage war groß. Sergio ging zwischen den Gestellen hindurch und schob die Trauben beiseite. Die Trocknung verwandelte das zarte Grün der Früchte in ein schwereloses Rauchblau.

»Was liegt dahinten?«, fragte Sergio und deutete auf eine weiß gestrichene Tür.

»Da geht es in den Weinkeller«, erklärte Vincenzo. »Zwanzig Meter tief in den Felsen hinab.«

»Sehen wir nach!« Sergio war in wenigen Schritten bei der Tür und öffnete sie.

Vincenzo zögerte. »Unwahrscheinlich, dass er sich dort versteckt hält. Es gibt nur diesen Eingang. Da säße er in der Falle.«

»Vielleicht will er, dass wir genau das denken«, sagte Sergio.

»Glaubst du? Aber er ist doch nur ein Krimineller«, entgegnete Vincenzo. »Die sind nicht besonders schlau, am wenigsten diejenigen, die sich erwischen lassen.«

»Es gibt die Gerissenen unter den Einfältigen, wie so oft im Leben«, erwiderte Sergio, der sich über Vincenzos Einstellung ein wenig wunderte. Er musterte ihn. Das Verhalten des Winzers hatte sich verändert, seine zur Schau getragene Unbeschwertheit war verblasst wie das Grün der trocknenden Trauben. Jetzt sah de Santis ernster aus als noch wenige Augenblicke zuvor.

»Ich gehe allein runter«, sagte Sergio und zog die Tür weiter auf. »Es genügt, wenn du den Eingang bewachst.«

»Warte mal!« Vincenzo hielt Sergio am Arm fest.

»Was ist denn noch?« Sergio machte sich los.

»Da ruft jemand.«

Tatsächlich war Alessandros Stimme zu hören. Sie kam vom zentralen Hof, und sie klang aufgeregt. Das kam bei dem Volterraner Polizeichef nur selten vor.

Sergio lief sofort los. Er meinte noch zu hören, dass der Winzer die Tür zum Weinkeller abschloss und ihm folgte.

»Habt ihr ihn gefunden?«, fragte Sergio, als er seinen Kollegen erreichte. Alessandros Gesichtsfarbe, sonst ein gesundes Rotbraun, war einem Nassgrau gewichen. Seine Augen waren groß.

»Anruf aus der Wache«, keuchte Alessandro. »Spaziergänger haben einen Toten gefunden, etwa sechs Kilometer von hier. Bei der Ruine von Castelvecchio. Die Beschreibung passt auf unseren Vermissten.«

Kapitel 5

Alessandro steuerte den Wagen eine Straße entlang, die diesen Namen kaum verdiente. Die Fahrbahn war unbefestigt und voller Rinnen, die das von den Hügeln herablaufende Wasser im Winter ausgespült hatte. Der Weg führte durch einen Steineichenwald und an mit Brombeergestrüpp gepolsterten Schluchten vorbei. Nach einer Weile holperte der Fiat wieder zwischen Rebstöcken hindurch, gleich drei Weingüter lagen hier, am äußersten Rand des Volterraner Gebiets. Wo die Felder der drei Güter aneinanderstießen, erhoben sich die Überreste von Castelvecchio.

Eine romanische Kirche und ein wuchtiger Wehrturm hatten die Zeit überdauert. Sergio sah die abgebrochene Turmspitze, die von der Kuppe des bewaldeten Hügels aufragte. Sie markierte die seit Jahrhunderten bestehende Grenze zwischen Volterra und San Gimignano. In den Tagen, in denen die Fürsten der beiden Nachbargemeinden ihre mit Piken bewaffneten Bauern aufeinandergehetzt hatten, waren kleine Befestigungsanlagen wie die von Castelvecchio dazu da gewesen, die Eindringlinge abzuwehren, bevor sie Volterra erreichten. Noch heute war die alte

Feindschaft zwischen San Gimignano und Volterra nicht ganz vergessen, doch statt zu spitzen Gegenständen griffen die Toskaner zu ihrer wirksamsten Waffe: der Ignoranz. Manch alter Volterraner behauptete steif und fest, noch nie von San Gimignano gehört zu haben. Natürlich schüttelte auch der ein oder andere Einwohner von San Gimignano den Kopf, wurde er von einem Touristen gefragt, welcher Weg nach Volterra führe.

Sergio und Alessandro hielten hinter dem Rettungswagen der Misericordia und stiegen mit Paolo aus. Ein Spazierpfad führte durch das Grün von Zypressen, Eiben und Weißdorn hinauf zu den siebenhundert Jahre alten Gemäuern aus Kalkstein. Schon von Weitem hörte Sergio Stimmen.

Von der Kuppe des Hügels aus bot sich ein fantastischer Blick über das Land, weshalb Castelvecchio ein beliebtes Ziel von Wanderern war. Doch die Männer und Frauen, die mit Rucksäcken ausgerüstet zwischen den verfallenen Mauern standen, schauten nicht in die Ferne, sondern zu Boden. Ein Mann von etwa vierzig Jahren hielt sich eine Hand vor den Mund. Ein junges Paar wiegte sich eng umschlungen. Andere sprachen miteinander. Inmitten der kleinen Gruppe stand Carlo, der Gästeführer des Volterraner Tourismusbüros. In der Regel sprühte er vor Tatendrang, Fröhlichkeit und Begeisterung für seine Heimat. Jetzt hingegen war davon nichts zu erkennen, sogar die abgebrochene Autoantenne mit dem daran festgeknoteten Taschentuch, die Carlo in der Regel als Erkennungszeichen für seine Gäste durch die Luft schwenkte, hing schlapp und traurig in seiner Hand.

Sergio, Alessandro und Paolo gingen an den Wanderern vorbei zur Kirche. Sie war San Frediano geweiht und trotzte dem kompletten Verfall. Die Mauern standen noch, allerdings fehlte das Dach, ebenso die Tür. Stattdessen versperrte ein rot-weißes Absperrband den Eingang. Sergio hob es an, damit Alessandro hindurchschlüpfen konnte, Paolo bat er zu warten, dann betrat auch er die Ruine.

Das Innere bestand aus einem schmalen Raum, der mehr nach einer Kapelle als nach einer Kirche aussah. Zwischen den grauen Steinen war der Mörtel schon vor langer Zeit herausgefallen. Trotzdem war noch ein besonders glatt gemauerter Streifen an den Längswänden erkennbar, auf dem einst Wandmalereien angebracht gewesen sein mussten. Im hinteren Teil waren eine kleine Apsis und davor Reste eines Altars zu sehen. Zwei Sanitäter und die Notärztin Clara Manfredi beugten sich dort über etwas. Sergio konnte zwei in Sportschuhen steckende Füße sehen, die hinter dem Altar hervorragten.

»Das ging ja schnell.« Clara begrüßte die Polizisten.

»Wir waren in der Nähe«, sagte Alessandro knapp.

Sergio blickte über den Altar. Dahinter lag, auf dem Rücken ausgestreckt, Nino Marino. Er trug ein schmutziges T-Shirt und Jeans. Sein dunkelblondes Haar klebte ihm am Kopf, er musste stark geschwitzt haben vor seinem Tod. Die beiden Sanitäter, Silvano und Umberto, räumten gerade ihre Notfallgeräte zusammen.

»Das ist der Gesuchte«, stellte Sergio fest.

»Ihr kennt ihn?«, fragte Clara.

Sergio erklärte die Situation.

»Der ist ja nicht weit gekommen«, sagte Clara, zog sich die Gummihandschuhe aus und ließ sie in einem Plastikbeutel verschwinden.

»Kannst du schon sagen, was passiert ist?«, fragte Alessandro. »Ist er gestürzt?«

Clara schüttelte den Kopf. »Keine Anzeichen einer äußeren Verletzung. Jedenfalls soweit ich das auf die Schnelle feststellen kann. Frakturen, die zum Tod geführt haben, sind unwahrscheinlich. Die Halswirbel und Rippen fühlen sich intakt an. Ein Bruch im Beckenbereich kann eine Lungenembolie hervorrufen, aber dann würde er nicht einfach so lang ausgestreckt daliegen.« Sie griff an ihren Hinterkopf und zog das Haargummi straffer.

»Hast du eine Vermutung?«, fragte Sergio, der die Augen nicht von dem Toten nahm.

»Innere Verletzung, Organversagen oder Herzinfarkt«, zählte die Ärztin auf. »Vielleicht. Er war zwar jung, aber wenn er in dieser Hitze von Due Torri bis hierher gerannt ist, kann er durchaus kollabiert sein.«

Alessandro rieb sich das Kinn. »Dazu die Aufregung und zum Schluss ein Spurt den Hügel rauf. Er will sich im Schatten eine Pause gönnen, hier oben in der Kirche, wo ihn niemand sieht. Aber der letzte Anstieg ist zu viel für ihn.« Er zog die Schultern hoch und schaute Clara an. »Könnte es so gewesen sein?«

Sie stemmte die Fäuste in die Hüften und nickte. »Möglich. Aber festlegen will ich mich nicht. Ein Häftling, sagt ihr? Dann wird er wohl noch eingehender untersucht werden. Das Gefängnis kann sich nicht erlauben, in so einer Angelegenheit Fragen offenzulassen.«

»Ich rufe dort an, damit sie die Suchaktion abblasen.« Alessandro fischte das Mobiltelefon aus der Tasche und entfernte sich einige Schritte.

Sergio hörte kaum, was sein Kollege mit der Gefängnisleitung besprach. Etwas an Nino Marino fesselte seine Aufmerksamkeit.

»Was ist das da an seinen Fingern?«, fragte er Clara und hockte sich neben den Leichnam. Die Fingerspitzen an Marinos rechter Hand waren schwarz.

»Irgendwelcher Schmutz«, sagte die Notärztin und fuhr, als Sergio sie mit hochgezogenen Augenbrauen ansah, barsch fort: »Ich bin für das Medizinische zuständig. Die Spurensicherung ist Angelegenheit der Polizei.«

»Schon gut«, sagte Sergio. »Ich wollte ja nur deine Meinung hören.« Er hob die Hand des Toten an und strich vorsichtig über die Kuppe des kleinen Fingers. Der schwarze Belag löste sich. Sergio zerrieb ihn zwischen seinem Daumen und Zeigefinger. Er fühlte sich ölig an.

»Ruß«, sagte Sergio. Er sah sich um. Der Boden der kleinen Kirche war mit Gras und Kräutern bewachsen und mit dem üblichen Unrat übersät: leeren Plastikflaschen, Taschentüchern, Bonbonpapier und Zigarettenschachteln. Einige Schritte zurück in Richtung Eingang waren zwischen dem wuchernden Gras die alten Steinplatten des Kirchenbodens zu sehen. Sie waren schwarz verfärbt.

Sergio ging zu der Stelle hinüber. Dort hatte ein Feuer gebrannt. Junge Paare nutzten Orte wie diese, um allein zu sein. Zwischen den Mauern fiel der Lichtschein in der Nacht niemandem auf, perfekte Verhältnisse für ein Liebesnest. Allerdings musste das letzte Stelldichein im Flammenschein schon einige Zeit her sein, denn von der Feuerstelle waren nur verwitterte Bröckchen Holzkohle übrig. Auf dem Boden hatte sich eine Schicht Asche erhalten, und darin waren Spuren zu sehen, vier Rillen, wie sie entstehen mochten, wenn jemand mit den Fingern hindurchfuhr. War Marino an dieser Stelle gestürzt? Hatte er tatsächlich einen Infarkt erlitten, war bei der alten Feuerstelle gestrauchelt und hatte sich dann bis hinter den Altar geschleppt, wo er gestorben war?

»*No, no, no.* Er liegt hier in der Kirche. Er ist tot«, hörte Sergio Alessandro im Hintergrund sagen. An der Lautstärke von Alessandros Stimme war zu erkennen, dass man ihm auf der anderen Seite der Leitung nicht glauben wollte.

Sergio suchte den Boden nach Spuren ab, fand aber nichts. Schließlich stand er wieder hinter dem Altar und schaute auf den Toten hinab. Das rechte Bein sah breiter aus als das linke. Irgendetwas beulte die Hosentasche aus.

»Clara! Hast du das schon bemerkt?« Sergio deutete auf die Jeans des Toten.

»Was denn?« Sie zog geräuschvoll den Reißverschluss ihrer roten Notarzttasche zu.

»Er hat was bei sich«, sagte Sergio. »Hast du mal Handschuhe für mich?«

Sie reichte ihm ein Paar Gummihandschuhe. Sergio streifte sie über und holte ein Bündel Geldscheine aus der Hose des Toten hervor. Die Banknoten waren in der Mitte

gefaltet und wurden von einem Gummiband zusammen-
gehalten.

»Woher hat er denn das?« Alessandros Stimme erklang
hinter Sergio.

»Gute Frage«, sagte Sergio. »Bei der Weinlese wird er es
nicht verdient haben. Das sind immerhin ...«, er blätterte
durch die Geldscheine, »... an die tausend Euro.«

»Vielleicht hat er jemanden bestohlen«, mutmaßte Alessandro.

»Und in der Kirche ist er für seine Sünde der Strafe Gottes erlegen«, sagte Silvano. Der Sanitäter hob abwehrend die
Hände, als er finstere Blicke von Sergio und Alessandro
erntete.

»Wir sollten auf jeden Fall die Wanderer befragen«,
schlug Alessandro vor. Er ging zum Ausgang der Kirche
und rief nach dem Gästeführer.

Sergio ließ sich von Clara einen Plastikbeutel für Beweismittel geben, steckte das Bündel Geldscheine hinein und
klipste den Verschluss zu. Er hielt es für unwahrscheinlich,
dass Marino das Geld einem Touristen gestohlen hatte. Wer
lief schon mit einer solchen Summe in der Tasche über die
toskanischen Hügel?

In Gedanken versunken schlug Sergio den Beutel mit
den Geldscheinen gegen seine Beine. Woher stammte das
Geld dann? Von einem Einbruch konnte es auch nicht
sein. Zwischen Due Torri und Castelvecchio gab es keine
Wohnhäuser, Lager oder Fabriken – nichts, wo Marino
hätte Geld entwenden können. Entweder hatte es auf der
Straße gelegen – doch das geschah in der Toskana äußerst

selten –, oder er hatte es bereits vor seinem Verschwinden bei sich gehabt.

Das würde bedeuten, dass Nino Marino seine Flucht geplant hatte. Irgendwie musste er im Gefängnis an das Geld gekommen sein.

Die Sonne war um die kleine Kirche herumgewandert, ein Lichtstrahl fiel über einen halb eingefallenen Mauerrest. Sergio wich der Hitze aus und ging hinüber in die kleine Apsis, die Nische an der Stirnwand, in der früher ein Kruzifix oder eine Heiligenfigur gestanden haben musste. Dort war es kühler. Er beobachtete, wie die Sanitäter eine Trage hereinbrachten.

»Können wir ihn mitnehmen, oder wollt ihr erst noch die Spurensicherung einschalten?«, rief Clara zu Sergio hinüber.

Sergio winkte ab. »Ich glaube, der Fall ist klar. Ihr könnt ihn abtransportieren.«

Wie heiß es war! Kein Wunder, dass Marino zusammengebrochen war. Sergio nahm die Dienstmütze ab und wischte sich mit einem Taschentuch über Stirn und Nacken. Dabei fiel sein Blick auf die Wand der Apsis. Auch dort waren die Mauersteine dicht zu einer glatten Fläche zusammengefügt. Die Bilder darauf waren schon lange verwittert. Stattdessen hatten Barbaren mit Taschenmessern Botschaften in den Stein geritzt. Sergio schüttelte den Kopf und nahm sich vor, bei einer seiner nächsten Nachtschichten nach Castelvecchio hinauszufahren und nach dem Rechten zu sehen. Sein Blick fiel auf eine wellig verlaufende Reihe Buchstaben, die mit schwarzer Farbe auf die Mauer geschrieben war. Sergio beugte sich vor und strich mit dem Finger über den Stein. Das Schwarz blieb an seiner Haut haften. Das war keine Farbe, das war Ruß. Mühsam entzifferte er die Worte.

»Moment noch, Clara!«, rief Sergio. »Ich fürchte, wir müssen doch die Kollegen von der Kriminalpolizei verständigen.«

Kapitel 6

La Gazza.« Sergio murmelte die Worte vor sich hin, während er vor der Kirche von Castelvecchio auf und ab ging. *Die Elster* hatte Nino Marino mit Ruß auf die Stirnwand der Ruine geschmiert, vermutlich kurz bevor er gestorben war.

»Und wenn es irgendjemand anders geschrieben hat?« Alessandro stand vor dem Flatterband im Eingang der Kirche und hatte die Hände in den Hosentaschen vergraben. »Dann haben wir die Kollegen aus Pisa umsonst aufgescheucht.«

»Die haben wir höchstens aus dem Büroschlaf geweckt«, sagte Sergio und kickte einen Kieselstein vor sich her. In seinem Innern war ein Geröllfeld in Bewegung. Er trug den Namen Terremoto, Erdbeben, den ihm sein Vater schon als Kind verliehen hatte, weil in der Küche der Trattoria immer etwas zu Bruch gegangen war, wenn der kleine, ungeduldige, aufbrausende Sergio dort aufgetaucht war. Seit zwei Stunden warteten sie jetzt schon auf die Kriminalpolizei und die Spurensicherung, gemeinsam mit Clara Manfredi und den Sanitätern der Misericordia, die ebenfalls auf dem heißen Hügel von Castelvecchio ausharren mussten. Denn solange nicht entschieden war, ob ein begründeter Mordverdacht vorlag, blieb auch ungeklärt, ob der Tote ins Kühlhaus nach Pisa oder in die Leichenhalle von Volterra überführt werden sollte.

Als der Kiesel in ein vertrocknetes Grasbüschel hüpfte, blieb Sergio stehen und zwang sich zur Ruhe. Er hatte Verständnis für Alessandros Bedenken. Erst vor Kurzem war sein Kollege zum Leiter der Polizeiwache von Volterra befördert worden. Jetzt wollte er nicht sofort bei jedem Problem die Kollegen von der Questura in Pisa um Hilfe bitten.

Alessandro hatte Carlos Wandergruppe weiterziehen lassen, nachdem er die Personalien der Männer und Frauen und deren Hoteladresse in Volterra notiert hatte. Der Gästeführer und die Touristen würden vorerst nichts Weiteres zum Fall des toten Sängers beisteuern können, meinte Alessandro. Die Wanderer hätten ihm lediglich immer wieder denselben Bericht der schockierenden Entdeckung geliefert.

Im Schatten einer niedrigen Mauer hockte Paolo, rauchte eine Zigarette und schaute so verdrossen über die Hügel der Toskana, als würde er trotz eines strahlend blauen Himmels dunkle Wolken aufziehen sehen. Man würde ihn dafür verantwortlich machen, dass ein Häftling hatte entkommen können. Damit trug er auch am Schicksal Nino Marinos eine gewisse Schuld. Sergio hätte nicht in Paolos Haut stecken wollen.

Über den Septemberhimmel segelten Federwolken. Beim Blick in die Weite kehrten Sergios Gedanken zu den Worten in der Apsis zurück. Die Elster. Wer mochte damit gemeint sein? In Volterra hatte Sergio den Namen noch nie gehört – und er kannte sie alle, die Kampfnamen der Männer von San Giusto und aus den anderen Vierteln. Diese Eigenart, mit der sie Solidarität, Kampfgeist und eine sozialistische Gesinnung heraufbeschworen, gehörte zu den Einwohnern der Stadt wie das Pflaster aus Muschelkalk auf der Piazza dei Priori, ihrem zentralen Platz. Unter den Kampfnamen gab es illustre Bezeichnungen wie Donnerschlag, Ikarus, Schneesturm oder Harpune – so wurde Sergios Vater genannt – und auch Entlehnungen aus dem Tierreich wie Mammut, Seelöwe und Skorpion. All diesen Namen war gemein, dass in ihnen Stärke oder Listigkeit mitschwangen. Galt das auch für »die Elster«?

Vom Fuß des Hügels war jetzt das Summen von Automotoren zu hören, Türen klappten, und Stimmen näherten sich. Wenige Minuten später tauchten Fabrizio Baldi und Dino Rossi zwischen den Gebäuderesten von Castelvecchio auf. Der Erste war Commissario, der Zweite Ispettore und Baldis Assistent. Baldi hatte ein fülliges Gesicht, auf das er eine etwas zu kleine Brille mit Goldrahmen gesteckt hatte. Die obere Hälfte seines Kopfes schmückte ein Kranz dunklen Haars, die untere ein ebenso dunkler Bart, sodass er aussah, als sei sein Gesicht schwarz umrahmt. Sein weißes Hemd spannte über dem Bauch. Rossi erschien wie immer elegant gekleidet und trug trotz der Hitze einen azurblauen Leinenanzug über einem rosafarbenen Hemd. Seine tief liegenden Augen verbarg er hinter einer Sonnenbrille, die auf seinen hervorstehenden Wangenknochen aufzuliegen schien.

Sergio atmete tief durch. Baldi und Rossi. Gegen diese beiden hatte er sich schon bei den Ermittlungen im Fall der toten Diva mit aller Kraft behaupten müssen. Obwohl Baldi ihm nicht zugetraut hatte, Nachforschungen anzustellen, es sogar verboten hatte, war es Sergio gelungen, den Täter zu überführen. Trotzdem hatte er dem Kriminalbeamten aus Pisa offiziell den Ermittlungserfolg überlassen – im Tausch gegen die Beförderung seines Freundes Alessandro zum Leiter der Volterraner Polizeiwache. Jetzt trafen die Männer wieder aufeinander.

»Wenn das mal keine bekannten Gesichter sind«, sagte Rossi mit einem spöttischen Unterton in der Stimme. »Wenn es in Volterra Ärger gibt, sind Sie wohl immer in der Nähe.«

»Das könnte daran liegen, dass wir von der Polizei sind«, entgegnete Sergio und grüßte die Ankömmlinge förmlich.

Alessandro erklärte, was geschehen war. Clara Manfredi wiederholte ihren Bericht und ihre Einschätzung zur Todesursache. Schließlich zeigte Sergio den Kriminalbeamten die schwarzen Finger des Toten, die Feuerstelle in der Kirchenruine und die Schrift an der Wand. Gerade als er die Sprache auf das Geld aus der Hosentasche Nino Marinos bringen wollte, unterbrach ihn Baldi.

»Was steht da überhaupt?« Der Commissario nahm die Brille ab, zog ein zweites Modell aus der Hemdtasche und schob es sich auf die Nase. Er beugte sich vor und las laut vor: »*Ragazza.*« Er schaute Sergio an und hob eine Augenbraue. »Mädchen? Deshalb rufen Sie die Kriminalpolizei? Das Einzige, was daran kriminell erscheint, ist Ihr Verhalten, Agente. Sind Sie noch bei Trost?«

Rossi trat hinzu und musterte ebenfalls die schwarzen Buchstaben. »*La Gazza*, Chef«, raunte er.

»Na und?« Baldi tauschte wieder die Brillen. »Das Mädchen oder die Elster. Ich sehe keinen Grund, deshalb gleich ›Mord‹ zu schreien. Rossi, gehen Sie runter und sagen Sie den Kriminaltechnikern, dass sie nach Pisa zurückkehren können. Und dass die Kollegen Minotti und Panda ihnen eine Kiste Wein senden werden, zur Entschuldigung.«

»Sie haben die Spurensicherung mitgebracht?«, fragte Sergio. »Warum sind die noch nicht hier?«

»Die warten unten auf mein Kommando«, antwortete Baldi. »Das ich gerade gegeben habe. *Buona sera*, Signori.«

Der Commissario stieg über den mit einer Plane abgedeckten Leichnam hinweg und machte sich auf den Weg zum Ausgang der Kirche.

»Und was ist mit dem Geld, das wir bei dem Toten gefunden haben?« Sergio ließ sich von Alessandro den Plastikbeutel geben und hielt ihn in die Höhe. »Wollen Sie sich das gar nicht ansehen?«

Baldi blieb stehen. »Welches Geld?« Er drehte sich um, ging zu Sergio zurück und pflückte ihm den Beutel aus den Fingern. »Wie viel ist das?«, fragte der Commissario, während er das Bündel prüfend drückte.

»Tausend Euro«, sagte Sergio. »Sie steckten in der Hosentasche des Toten.«

Baldi spitzte die Lippen, wie eine Blume wuchsen sie aus seinem dunklen Bart hervor. »Ein Häftling entkommt mit Geld in der Tasche. Das ist allerdings ungewöhnlich. Warten Sie noch, Rossi.«

Der Ispettore blieb im Eingang der Kirche stehen und lehnte lässig an der Mauer.

Baldi bückte sich, zog die Plane von dem Leichnam und musterte den Toten. »Wie hat er es geschafft zu entkommen?«

Sergio rief Paolos Namen, und der Sozialarbeiter kam mit schlurfenden Schritten herein. »Das ist Commissario Baldi«, stellte Sergio vor. An Baldi gewandt sagte er: »Paolo Cambi ist im Gefängnis für das Sozialprogramm verantwortlich. Sie wissen schon: diese Aktionen, bei denen Häftlinge die frische Luft der Alltagswelt schnuppern können.«

»Die bekannteste ist wohl das Festessen für Gäste der Fortezza, das wird gerade vorbereitet«, erklärte Paolo. »Aber wir helfen auch der lokalen Wirtschaft. Unsere Jungs fassen mit an, wenn es irgendwo hakt. In dieser Woche waren sie im Weingut Due Torri als Erntehelfer im Einsatz. Das liegt ein bisschen weiter die Straße runter.« Paolo redete schnell, er wirkte verunsichert.

»Moment mal!« Baldi hob eine Hand, um dem Redefluss Einhalt zu gebieten. »Wo hakt es denn bei diesem Weingut?«

Paolo blickte hilflos zu Sergio, der für ihn antwortete. »Der Winzer ist in Schwierigkeiten. Wegen der Trockenheit der vergangenen Jahre sind die letzten Ernten schlecht ausgefallen. Vincenzo de Santis hat Erntehelfer bei der Gefängnisdirektion angefragt, weil ihm das Geld fehlt, selbst welche einzustellen.«

Baldi schaute zu Paolo hinüber. »Stimmt das?«

Paolo nickte. »Die Jungs haben sich riesig auf die Aktion gefreut. Viel Bewegung an der frischen Luft, dazu die eine

44

oder andere Traube, die man sich in den Mund schieben kann, und zum Schluss eine gedeckte Tafel für alle Helfer im Hof des Weinguts. Das ist wie Urlaub von der Haft.«

»Und das Geld?« Baldi wedelte mit dem Plastikbeutel. »Bekommen die Häftlinge das für ihre Arbeit?«

»Der Einsatz ist freiwillig und ehrenamtlich«, erklärte Paolo. »Lohn ist nicht vorgesehen.«

Der Commissario forderte ihn auf, von Marinos Flucht zu berichten.

Paolos Blicke wanderten zum Altar, wo der Tote lag. »Wir waren am Freitag zum ersten Mal im Weinberg und haben Trauben geschnitten. Am Freitagabend sind die Männer wieder in die Stadt zurückgebracht worden. Vollzählig.« Paolo machte eine Pause. Jetzt kam er zu der Stelle, die unangenehm für ihn war.

»Weiter«, sagte Baldi.

»Dann war Wochenende, und wir sind erst heute früh wieder hergekommen, um weiterzuarbeiten. Die Jungs waren voller Schwung und haben auch nach der Mittagspause keine Schwierigkeiten gemacht, als es weitergehen sollte. Und dann … ich weiß auch nicht, wie es passiert ist …«

»Haben Sie keine Hunde für solche Fälle?«, wollte Rossi wissen.

»Signor, bitte!« Paolo zeigte seine offenen Handflächen. »So etwas gibt es nur im Film. Außerdem sind die Häftlinge, die wir mit zur Weinlese nehmen, keine schweren Jungs. Sie sind nicht wegen Gewalttaten im Gefängnis, sondern weil sie Pech gehabt haben. Diejenigen, die ich auswähle, sind zuverlässige Leute.«

»Offensichtlich haben Sie diesmal die falsche Wahl getroffen«, sagte Rossi.

»Das habe ich nicht!«, rief Paolo. »Nino war das Musterbeispiel eines Inhaftierten. Er hat alle Anforderungen für die Teilnahme am Sozialprogramm erfüllt. Glauben Sie mir, ich kenne die Menschen.«

»Vielleicht nicht gut genug«, erwiderte Baldi.

Sergio schaltete sich ein. Es würde nicht viel helfen, Paolo zu verärgern. Wenn sie herausfinden wollten, was geschehen war, musste der Sozialarbeiter alles erzählen, was er wusste. »Erkläre den Kollegen doch bitte, wer Nino Marino war. Ich bin sicher, das wird sie interessieren.«

Paolo fuhr sich durchs Haar, kämmte es mit steifen, verkrümmten Fingern zurück, als suche er dort nach den richtigen Worten. »Nino kam aus Florenz. Er war Sänger. Hatte eine wundervolle Stimme, eine einnehmende Persönlichkeit und sah gut aus. Wenn er den Mund aufmachte – also, wie soll ich das sagen –, dann fühlte man sich richtig gut, beschwingt. Verstehen Sie, was ich meine?«

Baldi schüttelte den Kopf. »Bleiben Sie bei den Fakten.«

»Natürlich.« Paolo fuhr fort, die Karriere Nino Marinos zu beschreiben: dass der Sänger lange durch die Toskana getingelt und bei jedem Dorffest aufgetreten war, um sich einen Namen zu machen. Das sei ihm auch gelungen, denn ein Produzent in Florenz hatte Nino unter Vertrag genommen und mit ihm einen Song aufgenommen. »Vielleicht kennen Sie das Lied«, sagte Paolo und begann eine Melodie zu summen.

»Nie gehört«, sagte Baldi.

»Das ist *Mi va sempre tutto storto*«, erklärte Rossi. »Das kenne ich aus dem Radio.« Er sang einige Verse und war überraschend tonsicher.

»Bei mir geht alles schief?«, fragte Baldi. »Einen besseren Titel hätte er sich wohl nicht aussuchen können.« Er wandte sich wieder an Paolo. »Wieso war Marino im Gefängnis?«

»Er muss in Florenz in die falschen Kreise geraten sein. Eines Nachts ist er mit einem Sportwagen durch die Stadt gerast und hat einen jungen Mann überfahren. Das Unfallopfer ist im Krankenhaus gestorben. In Ninos Blut wurde genug Kokain festgestellt, um eine ganze Band in einen Vollrausch zu versetzen. Der Wagen – Nino behauptete, er habe ihn von jemandem geliehen – erwies sich als gestohlen. Der Richter hat ihn zu fünf Jahren Haft verurteilt. Die Strafe sollte er in Volterra absitzen.«

»Ich glaube …«, sagte Rossi und schnippte ungeduldig mit den Fingern, »… jetzt erinnere ich mich. Der Fall ging durch die Presse. Der aufgehende Stern eines jungen Talents. Marino wurde geliebt und bewundert, ein Schwarm der Schwiegermütter. War er nicht sogar ein Kind aus armen Verhältnissen? Erst seine steile Karriere und dann sein tiefer Fall, er landete im Gefängnis«, Rossi schaute zu der Abdeckplane hinüber, »und das ist jetzt das Ende der Geschichte. Tragisch.«

»Sentimentalitäten überlassen wir besser seinen Fans.« Baldi schnaubte. »Ich sehe immer noch keinen Anhaltspunkt dafür, dass er ermordet worden sein könnte. Dass er Geld in der Tasche hatte, beweist doch nur, dass er seine

Flucht im Voraus geplant hat. Aber Mord? Hier, mitten im Nirgendwo?«

»Das ist es ja gerade«, sagte Sergio, dem unbegreiflich war, wie Baldi das Offensichtliche nicht bemerken konnte. »Stellen Sie sich vor, Sie sind ein Häftling und laufen davon, Commissario Baldi. Wohin würden Sie sich wenden?«

Baldi schob seine Brille mit der Spitze eines Zeigefingers die Nasenwurzel hoch. »Dorthin, wo ich so schnell wie möglich Entfernung zwischen mich und meine Verfolger bringen kann. Zu einem Bahnhof oder zur Autobahn.«

»Richtig«, sagte Sergio. »Und um dorthin zu gelangen, laufen Sie am besten in Richtung der nächsten Landstraße, wo Sie ein Autofahrer mitnehmen kann. Nie und nimmer laufen Sie in den Wald, sechs Kilometer durch unwegsames Gelände mit keinem Erfolg versprechenden Ziel in der Nähe.«

Jetzt nickte Baldi bedächtig. »Sie haben recht, Agente Panda. Das ist ungewöhnlich. Auf der Landstraße wäre Marino schneller gewesen. Er muss einen Grund gehabt haben, nach Castelvecchio zu kommen.«

»Vielleicht hatte er sich verlaufen«, warf Rossi ein. »Diese Waldwege hier in der Provinz sehen alle gleich aus. Er kam hier herauf, weil er nicht mehr wusste, wo er war, und wollte sich orientieren, sich einen Überblick verschaffen. Dabei ist er aus den Schuhen gekippt.«

Sergio deutete auf den Beutel in Baldis Hand. »Und das Geld? Woher soll er das gehabt haben?«

Rossi zuckte mit den Schultern.

Baldi rieb sich den Bart. »Ich verstehe, worauf der Agente

hinauswill. Marino könnte hierhergekommen sein, weil er mit jemandem verabredet war, jemandem, der ihm das Geld geben sollte.« Er schaute zur Apsis hinüber. »Die Elster.« Der Commissario ging zu der alten Feuerstelle. »Etwas an dem Plan ging schief. Marino wusste, dass seine letzte Stunde geschlagen hatte, dass er nicht mehr von dem Hügel herunterkommen würde. Er suchte nach einer Möglichkeit, seinen Mörder zu entlarven, fand die kalte Asche und schrieb den Namen an die Wand. So könnte es gewesen sein.« Baldi schaute sich Beifall heischend um.

»Bravo, Commissario«, sagte Sergio und vermied es, Baldi darauf hinzuweisen, dass er ihm genau diesen Hergang bereits geschildert hatte. »Vielleicht lassen Sie doch die Spurensicherung zur Tat schreiten.«

»Das wollte ich gerade vorschlagen, Panda. Ob es wirklich Mord war, wissen wir zwar noch nicht, aber es gibt einen Verdacht. Rossi! Holen Sie die Leute her. Diese alte Kirche ist möglicherweise zum Schauplatz eines Verbrechens geworden.«

KAPITEL 7

Die Trattoria lag im samtenen Abendlicht, als Sergio aus dem Polizeiwagen stieg. »Wir sehen uns dann morgen früh«, sagte er und schlug die Autotür zu. Alessandro hupte und fuhr davon.

Sergio legte seine Uniformjacke auf einer Mauer ab und blickte durch den mittelalterlichen Steinbogen gegenüber der Trattoria in die toskanische Abendlandschaft. Die Sonne hatte ihr rotes Abendkleid angelegt und tanzte auf dem Tyrrhenischen Meer, weit hinter den Hügeln und der vierzig Kilometer entfernten Küste. Er holte tief Luft und ordnete seine Gedanken. Wie lange war es her, dass er die Trattoria verlassen hatte? Es kam ihm wie eine halbe Ewigkeit vor. Seine Armbanduhr, die er niemals aufzuziehen vergaß, verriet ihm, dass sechs Stunden vergangen waren. Sechs Stunden, die er statt mit *caffè* und Plauderei zwischen den Rebstöcken von Due Torri mit einem entlaufenen Gefangenen und einem möglichen Mord in einer verfallenen Kirche mitten in den Weinbergen verbracht hatte.

Commissario Baldi hatte sich von den Indizien – dem Geldbündel und dem Schriftzug an der Wand – überzeugen lassen und Ermittlungen eingeleitet. Als die Kriminaltechniker aus Pisa begonnen hatten, die Ruine von Castelvecchio mit Kreidemarkierspray, Pinseln und Pipetten in ein Labor zu verwandeln, hatte sich die auf dem Hügel versammelte Gruppe aufgelöst. Notärztin Clara Manfredi war mit ihren Kollegen von der Misericordia im Rettungswagen abgefahren, da die Leiche von Nino Marino nach Pisa transportiert und dort von Rechtsmedizinern untersucht werden sollte. Baldi und Rossi hatten sich auf den Weg zur Fortezza gemacht, um mit der Gefängnisleiterin zu reden und sich in der Festung umzusehen. Mit betretener Miene hatte sich Paolo ihnen angeschlossen – der Sozialarbeiter würde bei dem Gespräch mit seiner Chefin noch einmal Rede und Antwort stehen müssen. Alessandro und Sergio sollten am nächsten Tag über die Ergebnisse der Untersuchungen informiert werden und weitere Anweisungen erhalten.

Die Sonne war ins Meer getaucht, ihr Kleid schwamm obenauf. Sergio schwang die Uniformjacke über die Schulter und wandte sich wieder der Trattoria zu. Er freute sich auf den Abend im Il Gusto, wo statt Mord und Totschlag *scaloppine al limone* serviert wurde und die gefährlichste Waffe im Umkreis von fünfhundert Metern die scharfe Zunge seines Vaters war.

Gegenüber der Trattoria, neben dem Steinbogen, war gerade jemand damit beschäftigt, eine Todesanzeige an der dafür vorgesehenen Plakatwand anzubringen. Die Bekanntmachungen an der Hausfassade informierten über die Verstorbenen im Viertel. Die Erinnerung blieb dort hängen, bis sie verblasste oder von einer neuen Anzeige überklebt wurde. Der Tod war in San Giusto nicht von Dauer.

Seit Sergio denken konnte, gab es die Anzeigen gegenüber dem Lokal seines Vaters. Und weil zu allem und jedem in Volterra ein Spitzname gehörte, war aus dem Il Gusto irgendwann die Trattoria Mortale geworden.

Bevor Sergio die Tür zum Lokal öffnete, zupfte er noch zwei Zigarettenstummel – Trommelfeuers Selbstgedrehte – aus den roten Verbenen, die in einem Kasten im Fenster blühten. Echte Blumen hatte es in der Trattoria seit dem Tod seiner Mutter nicht mehr gegeben. Bei Vater und Sohn Panda kamen ab und zu Seidenblumen auf den Tisch. Seit Sergio aber Giulia Fonte kennengelernt hatte, verschönerten lebendige Pflanzen das Il Gusto, jedenfalls von außen. Im Innern ließ Angelo niemanden an sein Dekorationskonzept heran, das lautete: »Bei uns schmückt das Essen den Tisch.«

Sergio öffnete die Tür und trat mit dem vertrauten Klingeln ein. Dabei prallte er gegen seinen Vater, der das Lokal im Laufschritt verlassen wollte. Angelo taumelte. Sergio fasste nach seiner Schulter und hielt ihn fest.

»Wo bist du gewesen?« Angelo riss sich los und funkelte Sergio mit einem zornigen Blick aus seinen hellblauen Augen an.

»Im Dienst. Das weißt du doch«, sagte Sergio. In der Trattoria saßen Kugelblitz und Trommelfeuer wieder an ihrem Stammplatz. Jetzt, am Abend, war Zitadelle als Dritter im Bunde hinzugekommen. Matteo, der Koch, lehnte in der Durchreiche von der Küche zum Schankraum. Die anderen Tische waren noch unbesetzt, es war noch zu früh für die meisten Gäste.

»Dein Dienst«, knurrte Angelo, »fängt gerade erst an. Hier bei uns.«

»Was ist denn los?«, fragte Sergio. Wie es schien, war er vom Regen in die Traufe gekommen.

»Ich muss hoch ins Stadtzentrum. Du warst doch dabei, als ich heute Mittag die Einladung bekommen habe. Schon vergessen? Jetzt lass mich durch, man erwartet mich im Stadtpark.« Angelo drängte sich an Sergio vorbei. Dann drehte er sich noch einmal um. »Keine Mordgeschichten in Gegenwart der Gäste.«

»Du weißt schon davon?«, fragte Sergio. »Woher?«

»Carlo war hier. Der kam direkt von Castelvecchio und brauchte dringend einen Grappa.« Angelo streckte einen Zeigefinger gegen Sergio aus. »Dem hast du mit diesem Toten die Reisegruppe so durcheinandergebracht, dass er für die nächsten drei Tage keine Buchung als Gästeführer hat.« Ohne eine Reaktion abzuwarten, wandte er sich wieder dem Ausgang zu. Kurz leuchtete sein weißes Stoppelhaar unter der Trattoria-Laterne auf, dann war er verschwunden.

Sergio schloss kopfschüttelnd die Tür hinter seinem Vater und wandte sich an den Koch. »Was ist denn in den gefahren?«

»Dein Vater ist nervös wegen des Festessens«, sagte Matteo. Hinter ihm zog weißer Dampf durch die Küche. Es roch nach mit Fenchel, Knoblauch und Olivenöl mariniertem Stockfisch, einer Spezialität des Il Gusto.

Sergio hängte seine Uniformjacke an die ausgestopften Wildschweinfüße, die an der Wand befestigt waren und als Garderobe dienten. »Ja, er soll die Küche für das Bankett leiten. Aber doch nicht schon heute. Er hat ja erst vor ein paar Stunden Bescheid bekommen.«

»Carlo hat erzählt, dass die Vorbereitungen im Stadtpark schon begonnen haben. Sie stellen da ein großes Zelt auf, darin soll die Küche untergebracht werden. Angelo ist der Meinung, dass er die Arbeiten beaufsichtigen muss, damit die Anlage seinen Ansprüchen genügt. Du sollst derweil den Laden hier am Laufen halten.«

»*Porca miseria!*«, rief Sergio. »Wie stellt er sich das denn vor?« Er verschwand in der Kammer hinter der Theke, um das hellblaue Hemd des Polizisten gegen das weiße des Kellners zu tauschen. Er hatte damit gerechnet, dass Angelo an zwei oder drei Tagen nicht in der Trattoria sein würde. Dass er aber schon heute das Geschäft in die Hände seines Sohnes legte, bedeutete wohl, dass er die ganze Woche bis zum Tag des großen Festessens oben in der Stadt verbringen würde. Wie sollte Sergio das Alessandro beibringen, gerade jetzt, wo sie damit beschäftigt sein würden, die Umstände von Nino Marinos Tod zu klären? Auf die kleine Volterraner Polizeiwache kam viel Arbeit zu: Berichte mussten geschrieben, Presseanfragen bearbeitet, die Questura musste unterstützt werden. Hinzu kam der normale Polizeibetrieb. Und jetzt auch noch die Trattoria!

»Wir helfen dir schon«, hörte er Kugelblitz aus der Gaststube rufen. Sergio knöpfte sich das Hemd zu und musste lächeln. Kugelblitz, Zitadelle und Trommelfeuer waren Stammgäste, Angelos Kumpane und liebenswerte Kerle, ohne sie wäre die Trattoria Mortale so langweilig wie ein Kreuzfahrtschiff ohne Passagiere. Und sie hatten das Il Gusto schon einmal durch schweres Fahrwasser gesteuert, als Angelo wegen der toten Diva untertauchen und Sergio deren Mörder finden musste. Das Lokal war allerdings kaum wiederzuerkennen gewesen. »Das ist nett von euch«, sagte Sergio, als er wieder in die Gaststube trat, »aber …«

Die Türglocke klingelte. Eine Gruppe Männer und Frauen kam herein. Angeführt wurden sie von Manuela, der Leiterin italienischer Sprachkurse für deutsche Touristen in der Villa Boschetti. Am Ende jedes Seminars legten die Teilnehmenden eine Prüfung ab: Sie verbrachten einen Abend im Il Gusto und durften nur Italienisch reden.

Sergio wischte die schlechte Laune aus seinem Gesicht. Ein dutzend Mal begrüßte er die Ankömmlinge mit einem deutlichen »*Buona sera*, Signori«. Dann rückte er die Tische zusammen, sodass eine lange Tafel entstand. Trommelfeuer war aufgesprungen, um ihm zu helfen. Zitadelle hielt bereits die Speisekarten in seinen mächtigen Armen, und Kugelblitz holte Besteck und Gläser, um die Tische zu decken. Von irgendwoher waren die kleinen Porzellanvasen mit den Seidenblumen aufgetaucht.

Sergios Bedenken lösten sich in Luft auf. Wie es schien, konnte er die Hilfe der drei Pensionäre gut gebrauchen. »Danke«, sagte er, als er an Kugelblitz vorbei in Richtung Küche eilte, und klopfte ihm auf die Schulter. »Und vergiss nicht: Die Messer liegen immer rechts, die Gabeln links.«

Die Trattoria hatte die Leinen gelöst und pflügte mit

Volldampf durch den Abend. Sergio nahm die Bestellungen der Gäste auf. Wie immer, wenn ein Sprachkurs zu Gast war, bemühten sich die Teilnehmenden um die richtigen Worte und Betonungen. Trotzdem tat Sergio so, als verstünde er nur die Hälfte, sagte bedauernd, dass »Hund« leider nicht auf der Karte stehe, aber dass er ja mal nachsehen könne, ob er den Setter des Nachbarn bekommen könne. Insgesamt schlugen sich die Männer und Frauen tapfer, und als alle die richtigen Speisen vor sich hatten, verwandelte sich das gebrochene Italienisch in die weltweit anerkannte Sprache der stillen Zufriedenheit, untermalt von Kugelblitz, der ein Lied aus dem Radio mitsang und dabei einige Tanzschritte in Richtung Küche versuchte.

Die Radiomoderatorin drehte die Musik in den Hintergrund, um den Titel des Stücks und den Namen des Sängers zu verkünden: Nino Marino. Dann holte sie die Musik wieder in den Vordergrund.

Sergio blieb mit zwei vollen Weingläsern in der Hand mitten in der Trattoria stehen. Mit unangenehmer Schärfe drängten sich die Ereignisse des Nachmittags in seine Gedanken, das Weingut, die Ruine, die Schrift an der Wand. Irgendwann in dem ganzen Durcheinander hatte Paolo erzählt, dass Nino Marino Sänger gewesen war. Während Sergio jetzt der rauchigen Stimme lauschte, kam es ihm vor, als wäre Marino noch am Leben. Trommelfeuers Bassbariton bereitete dem Spuk ein Ende. Der pensionierte Gärtner sang allerdings nicht das Lied aus dem Radio mit, sondern beschimpfte lautstark die Kasse auf der Theke. Wieder und wieder drückte er auf eine der Tasten des dunkelgrünen

Kastens und ließ sich für jeden vergeblichen Versuch ein neues Schimpfwort einfallen.

Sergio servierte noch schnell den Wein und versicherte, dass das, was der Kollege an der Kasse von sich gab, ganz bestimmt kein Italienisch sei. Dann lief er zur Theke hinüber, um Trommelfeuer zur Seite zu stehen – und ihn zum Schweigen zu bringen.

»Dieses Ding ist keine trockene Feige wert.« Trommelfeuer schlug jetzt mit der Faust gegen den Kasten, der auf der Theke ein Stück zur Seite hüpfte.

»Was ist denn los?«, fragte Sergio.

»Die Kasse geht nicht auf«, maulte Trommelfeuer. »Ich hab alles versucht, jede Taste gedrückt, aber es passiert nichts. Nichts! Ist das Ding kaputt?«

Sergio seufzte schicksalsergeben. »Im Gegenteil: Sie funktioniert wunderbar. Sobald dreimal die falsche Taste gedrückt wird, wird sie von innen verriegelt.«

»Habt ihr ein Problem?« Jetzt kamen auch die anderen herbei und schauten neugierig über die Theke.

»Trommelfeuer hat die Kasse in den Sicherheitsmodus versetzt«, sagte Sergio. »Jetzt geht sie nicht mehr auf.«

»Hab ich nicht«, protestierte der Pensionär. »Ich habe nur auf diesen Knopf gedrückt. Die dumme Kasse hat sich selbst zugesperrt.«

»Bekommen wir sie wieder auf?«, fragte Kugelblitz.

»Wir brauchen den Zahlencode«, sagte Sergio. »Den kennt nur Angelo.«

»Ich rufe ihn an«, sagte Matteo und verschwand in der Küche.

Sergio fluchte leise. Die Kasse war neu, sie hatte erst vor einem halben Jahr die alte Registrierkasse ersetzt, die der Trattoria jahrzehntelang gute Dienste geleistet hatte. Doch dann hatte es diesen Erlass der Regierung gegeben. Jedes Gewerbe im Land musste eine Kasse haben, in der die täglichen Quittungen abgelegt werden konnten. Und zwar an einer dafür vorgesehenen Stelle, unter dem herausnehmbaren Geldfach. Wozu das gut sein sollte, hatte im Il Gusto niemand verstanden. Angeblich handelte es sich um eine Forderung des Finanzministeriums. Was tatsächlich dahintersteckte, glaubte Angelo herausgefunden zu haben. Ihm war aufgefallen, dass sich die Geschäftsleute in ganz Volterra eine Kasse der Marke Spoletti zugelegt hatten. Denn das war die einzige Firma, deren Modelle den Anforderungen der Regierung entsprachen. Und der Name des Firmeninhabers war in der Zeitung aufgetaucht, weil er sich mit der Tochter des Finanzministers verlobt hatte. Angelo war mit der Zeitung unter dem Arm in die Trattoria gestürmt, hatte sie auf die Theke geworfen und mit seiner heiseren Stimme verkündet, er sei der bessere Polizist im Hause Panda. Und sein Sohn arbeite ausgerechnet für die Verbrecher in Rom. Die Kasse hatte er trotzdem behalten – und den achtstelligen Code, um sie zu entsichern.

»Angelo sagt, er habe die Kombination nicht bei sich«, rief jetzt Matteo aus der Durchreiche zum Schankraum.

Sergio zerbiss einen Fluch zwischen den Zähnen. »Hat er gesagt, wo der Zettel ist, auf den er ihn notiert hat?«

Matteo hob die Schultern. »Glaubst du im Ernst, dass es den gibt?«

Nein, das glaubte Sergio nicht. Er winkte ab. »Wie es aussieht, kommen wir nicht ans Wechselgeld heran. Ich werde die Gäste bitten, möglichst passend zu zahlen. Das kriegen wir schon hin.«

Kugelblitz kramte in seiner Hosentasche und legte einige Münzen und einen kleinen Geldschein auf die Theke. »Sonst hilft das hier«, sagte er.

»Und das«, sagte Zitadelle und tat es Kugelblitz gleich, gefolgt von Trommelfeuer.

»Danke.« Sergio strich das Geld zusammenn, notierte die jeweiligen Beträge auf einem Zettel und legte die Häufchen daneben. »Wir rechnen am Schluss ab.«

Kugelblitz lachte auf. »Abgerechnet wird zum Schluss. Das hört sich ja gefährlich an.«

Vor der Tür erklangen eine Autohupe und das Zischen hydraulischer Bremsen.

»Deine Liebste kommt, um dich zu retten«, sagte Kugelblitz.

Giulia! Sergio war bereits bei der Tür, vor deren Fenster sich das Orange des Linienbusses abzeichnete. Sergio trat in dem Moment nach draußen, in dem die Bustür aufschwang. Giulia schaute ihn vom Fahrersitz herunter an und rief: »Pandolino!« Sie trug ein hellblaues Hemd und darüber eine tiefblaue Weste, das Halstuch in den Farben der Busgesellschaft, Blau und Orange, hatte sie um ihre dunklen Haare geschlungen, die zu einem Pferdeschwanz gebunden waren.

Im Il Gusto war es üblich, dass die Fahrerinnen und Fahrer der Linienbusse auf ihren Touren in der engen Gasse anhielten, die neuesten Gerüchte in die Trattoria hineinriefen und im Tausch einen Espresso herausgereicht bekamen. Dabei passten die breiten Fahrzeuge kaum zwischen den Häusern hindurch.

Auch jetzt verstopfte die Riesenorange der Linie eins die Straße vollständig. Sergio nahm die Stufen ins Innere des Busses auf einmal. Giulia saß hinter dem großen Lenkrad und lächelte ihn an, doch in ihrem Gesicht lag eine ungewohnte Ernsthaftigkeit. Sergio winkte dem einzigen Fahrgast zu, dem alten Astorre, umarmte Giulia und küsste sie auf die Wange.

»Denk dran«, rief eine Stimme aus dem Lokal, »abgerechnet wird zum Schluss.«

»Was ist denn mit denen los?« Giulia lehnte sich nach vorn und winkte ins Il Gusto hinein.

»Der Zoodirektor ist aus dem Haus, und die Elefanten tanzen Rock 'n' Roll.« Sergio ließ sich von Trommelfeuer eine Tasse Espresso angeben und reichte sie an Giulia weiter.

»Angelo ist nicht da?«, fragte sie und schaute Sergio über den Rand der cremefarbenen Kaffeetasse an. Bedauern lag in ihrem Blick. »Schade. Dann hast du heute Abend wohl keine Zeit.«

»Kommt drauf an, wann bei dir der Abend beginnt«, sagte Sergio. »Ich schließe den Laden um elf. Dann können wir uns treffen.«

Ein Hupen erklang. Hinter dem Bus wartete ein Wagen darauf, dass es weiterging.

Giulia schien das nicht zu stören. »Ich hatte gehofft, dass

wir uns früher sehen können, weil ich deine Hilfe brauche, Pandolino. Es geht um Cardenio. Er ist verschwunden, und ich mache mir Sorgen.«

»Der ist doch immer mal allein unterwegs«, sagte Sergio.

Giulia schaute weg und knibbelte an dem schwarzen Lenkrad.

Cardenio hatte ihr Herz erobert, das wusste Sergio. Die schwarz-weiße Promenadenmischung war ein ganz besonderer Hund. Als Giulia noch die Autofähre zwischen Piombino und Elba gesteuert hatte, war der herrenlose Vierbeiner ein Dauerfahrgast gewesen, der als Passagier morgens auf die Insel und am Abend wieder zurück zum Festland übersetzte. Niemand wusste, warum oder wie der Hund es schaffte, stets pünktlich am Anleger zu erscheinen. Sogar die Zeitungen rätselten darüber, und Cardenio brachte es einen Sommer lang zu internationaler Berühmtheit. Dann führten die Einsparungen im Fährbetrieb dazu, dass Giulia ihre Arbeit verlor, und auch der Hund durfte nicht länger mitfahren. Als Giulia eine neue Anstellung als Busfahrerin in Volterra fand, tauschte sie das Steuer- gegen das Lenkrad und nahm Cardenio mit von der Küste auf den toskanischen Stadthügel. Der Hafenmeister von Piombino, der den Hund nach einer Figur aus Cervantes' *Don Quijote*, einem seiner Lieblingsbücher, benannt hatte und sich für dessen Schicksal zuständig fühlte, hatte sie darum gebeten. Cardenio ersetzte problemlos die täglichen Ausflüge nach Elba durch Expeditionen ins toskanische Inland. Seither ließ er sich von Giulia in die Stadt hinauffahren, sprang auf der Piazza dei Priori aus dem Bus und verschwand. Bisher war er am Nachmittag oder Abend wieder aufgetaucht und mit Giulia zu seinem Fress- und Schlafplatz in ihrer Wohnung im Küstenort Cecina zurückgekehrt, oder die beiden hatten bei Giulias Tante Sofia in Volterra übernachtet.

»Aber jetzt ist er weg«, sagte sie, und Sergio meinte, ein Zittern in ihrer Stimme zu hören.

»Vielleicht hat er eine reizende Hundedame getroffen und liegt vor der Haustür ihrer Besitzer auf der Lauer.«

»So etwas kenne ich ja von ihm«, sagte Giulia. »In solchen Fällen ist er nie länger als zwei oder drei Tage fort. Dann taucht er wieder auf, zerzaust und zufrieden. Aber jetzt ist er schon eine Woche lang verschwunden.«

Wieder dröhnten Hupen durch die Gasse. Sergio schaute aus der Tür heraus. Hinter dem Bus hatte der wartende Wagen Zuwachs bekommen, vier Limousinen und ein Rollermobil reihten sich mittlerweile aneinander. Die Fahrer riefen Sergio etwas aus den Seitenfenstern zu.

»Ich habe schon die Fahrgäste hier im Bus gefragt«, sagte Giulia, »die kennen Cardenio. Aber jeder erzählt etwas anderes darüber, wo er sich aufhalten könnte. Und da dachte ich ...«

»... du wendest dich an die Polizei«, vollendete Sergio den Satz. Giulia schaute ihn wieder an, ihre Augen hatten die Farbe von Wassermelonenschalen. Sergio zählte im Stillen bis drei. Die Ziffern verwandelten sich in eine Trattoria, die keinen Wirt hatte, in eine Kasse, die nicht funktionierte, und in einen Mord im Weinberg. Was für ein Tag!

Er warf einen Blick ins Lokal. Die Gäste vom Sprachkurs waren beim Dessert angekommen. Kugelblitz und Trommelfeuer standen vor der Kasse und diskutierten mit ausladenden Gesten. Er spürte Giulias Hand an seiner. »Bitte, Agente Panda. Hilf mir, Cardenio zu finden.«

Drei Minuten später schloss Giulia die Türen und löste die Bremse. Die Linie eins fuhr, dicht gefolgt von einem Dutzend Fahrzeugen, den Borgo San Giusto hinunter. Sergio schaute dem Bus hinterher und fragte sich, wie er seine Kollegen davon überzeugen sollte, dass die Fahndung nach einem Hund ab sofort zu ihren Aufgaben gehören würde.

Kapitel 8

Was sollen wir?« Alessandro beugte sich über seinen Schreibtisch zu Sergio hinüber, der gerade in der Wache erschienen war und sich auf dem durchgesessenen Besucherstuhl niedergelassen hatte. Die Morgensonne schien durch die Fenster der Polizeiwache.

»Es geht doch nur um einen Hund«, sagte Sergio. »Den finden wir im Handumdrehen.«

»Wie stellst du dir das vor? Wir haben viel zu tun, und wir sind nicht genug Leute.« Alessandro beschrieb mit der Hand einen Halbkreis, der die gesamte Wachstube einfasste. Die Schreibtische ihrer beiden Kollegen waren leer. Bertini, der Jüngste in der Runde, leitete bis mittags einen Selbstverteidigungskurs für Grundschüler, und der sentimentale Einzelgänger Morelli übernahm die Spätschicht. »Wir müssen uns um die Radarkontrollen kümmern, die Sicherung der Baustellen prüfen. Und jetzt sollen wir auch noch Hundefänger spielen?« Alessandro warf sich gegen die Rückenlehne seines Stuhls, der für eine Sekunde bedenklich nach hinten kippte. »Kommt nicht infrage! Das ist gegen die Vorschriften.«

»Als Aufseher bei der Weinlese einzuspringen steht auch nicht im Arbeitsvertrag«, gab Sergio zurück.

»Das war ein Gefallen für die Gefängnisdirektorin«, knurrte Alessandro.

»Und das ist jetzt einer für Giulia«, sagte Sergio.

Alessandros Blicke flogen von einer Ecke der Wachstube in die andere. »Wir müssen uns auch noch um Baldi und Rossi kümmern. Die Kollegen sind heute in der Stadt, um wegen Nino Marino zu ermitteln. Sie kommen später her und brauchen Unterstützung.«

Sergio schaute auf seine Armbanduhr. Es war Viertel nach zehn am Morgen. »Bis dahin haben wir den Hund längst gefunden«, sagte er. »Außerdem: Wenn uns die Kollegen von der Questura immer hier in der Wache vorfinden, wie sollen wir ihnen dann glaubhaft machen, dass wir mehr Personal brauchen?«

Alessandro seufzte. »Du bist hartnäckiger als dein Vater. Also gut. Wir suchen den Hund, aber nur eine Stunde in der Mittagszeit, keine Minute länger. Und wenn du Morelli und Bertini davon erzählst ...«

Sergio lächelte Alessandro an. »Du bist ein echter Freund. Cardenio wird dir zum Dank das Gesicht lecken.«

»Und du bekommst einen Kuss von Giulia. Nennst du das etwa Gerechtigkeit?« Alessandro verschränkte die Arme. »Wie willst du vorgehen?«

Sergio lehnte sich vor, nahm einen von Alessandros nadelfein angespitzten Bleistiften und drehte ihn zwischen den Fingern. »Zunächst brauchen wir Fahndungsplakate. Wir haben doch dieses Muster.« Er deutete mit dem Bleistift auf ein Plakat, das mit Klebestreifen über der Kaffeemaschine befestigt war. Auf rotem Hintergrund war das Konterfei eines Mannes mit kurz geschorenen Haaren zu sehen. Darunter stand der Name und dass er wegen Betrugs gesucht werde, außerdem die Anschrift und Telefonnummer der Questura in Pisa. »Die Vorlage haben wir im Computer«, fuhr Sergio fort, »wir tauschen einfach die Bilder, drucken einige Exemplare und hängen sie in der Stadt auf.«

Alessandro nickte und strich sich über das Kinn, wie immer, wenn er begann, sich in einen Fall hineinzudenken. »Das lässt sich machen. Hast du ein Foto von Cardenio dabei?«

Sergio zog ein Bild aus seiner Fototasche. Es war eine Schwarz-Weiß-Aufnahme des Hundes, die er selbst angefertigt und gestern Nacht in seinem kleinen Fotolabor im Hinterzimmer des Il Gusto abgezogen hatte. Darauf saß Cardenio vor Giulias Bus und schaute mit leicht schief gelegtem Kopf und aus dem Maul hängender Zunge in die Kamera. Eines seiner Ohren war aufgerichtet, das andere eingeklappt. Sergio wusste noch genau, wie schwer es gewesen war, den Hund dazu zu bringen, ins Objektiv zu schauen.

»Du und deine Schwarz-Weiß-Fotografie«, sagte Alessandro. »Hast du kein Farbbild?«

»Wozu?«, fragte Sergio. »Cardenios Fell ist doch schwarz und weiß. Außerdem ist er bekannt wie ein bunter Hund. Da wird das Bild schon genügen.«

Das Telefon auf Sergios Schreibtisch klingelte. Er hatte

seinen Platz noch nicht erreicht, da meldete sich auch der Apparat auf Alessandros Schreibtisch. Beide Männer nahmen gleichzeitig ab.

»Polizia di Stato Volterra«, meldeten sie sich im Chor.

Sergio hielt sich ein Ohr zu, um verstehen zu können, was der Anrufer von ihm wollte. Ein Rauschen war zu hören, dann mehrere Stimmen von Männern, die durcheinandersprachen. Erst nach einer Weile erkannte Sergio, dass es sein Vater war, der anrief.

»*Babbo?*«, rief Sergio in das Telefon. »Was gibt's? Alles in Ordnung?«

»Überhaupt nichts ist in Ordnung.« Angelos heisere Stimme war ein Fauchen, aggressiver als das Zischen der Espressomaschine im Il Gusto. Aber die Hintergrundgeräusche klangen überhaupt nicht nach der Trattoria Mortale.

»Wo bist du?«, fragte Sergio.

»Im Stadtpark natürlich«, krähte Angelo. »Wo denn sonst? Ich habe ein Festessen vorzubereiten. Die Ehre der Pandas steht auf dem Spiel. So, jetzt hör zu! Du kommst sofort her und befreist mich von deinen Freunden aus Pisa.«

»Commissario Baldi und Ispettore Rossi?«, fragte Sergio.

»Mir egal, wie die heißen. Sie sind jedenfalls hier und halten den Betrieb auf. Wollen meine Küchengehilfen verhören. Ich habe für so einen Unsinn keine Zeit.«

Wieder war das Rauschen zu hören.

»*Babbo?*«, fragte Sergio, erhielt aber keine Antwort. Die Leitung war tot. Angelo hatte aufgelegt.

Sergio schaute zu Alessandro hinüber, der noch etwas ins Telefon sagte. Er klang dienstbeflissen und nickte, obwohl er für seinen Gesprächspartner unsichtbar war. Dann beendete auch er das Gespräch.

»Das war Commissario Baldi«, sagte Alessandro. »Ich soll in den Stadtpark kommen und deinen Vater abführen. Er behindert angeblich die Ermittlungen im Fall Marino.«

»Und das war mein Vater«, erklärte Sergio und deutete auf das Telefon auf seinem Schreibtisch. »Ich soll in den Stadtpark kommen und ihn vor Baldi und Rossi bewahren.«

Zehn Minuten später verließ Sergio die Wache. Alessandro blieb dort, bis Bertini von dem Schulkurs zurückkehren würde. Sie hatten noch flugs das Foto von Cardenio gescannt, in die Fahndungsplakate einmontiert und zwanzig Bogen im A4-Format ausgedruckt. Sergio trug sie zusammengerollt unter dem Arm, als er jetzt vom Palazzo Pretorio, in dem neben einigen städtischen Verwaltungsämtern die Polizeiwache untergebracht war, auf die Piazza dei Priori hinaustrat. Volterras zentraler Platz lag im goldenen Septemberlicht. Die Sonne stand schon etwas tiefer als noch vor wenigen Wochen, und die täglich länger werdenden Schatten der umstehenden Gebäude kündigten allmählich den Herbst an. Trotzdem war es heiß. Diese Wetterlage konnte sich ohne Weiteres bis in den Oktober hinein halten.

Sergio setzte die Dienstmütze auf und überquerte die Piazza. Er ging vorbei am Palazzo dei Priori, dem Rathaus, dessen hoher Turm ein weithin sichtbares Detail von Volterras Stadtsilhouette bildete. Der Palazzo stammte aus dem dreizehnten Jahrhundert und war eines der ältesten Bauwerke seiner Art in der Toskana. Auf dem Steinsims vor dem Gebäude saß Juan, der spanische Straßenmusiker, der den Sommer über mit Gitarrenklängen und Gesang die Piazza beschallte. Sergio holte Klimpergeld aus der Tasche, legte ein kleines Honorar in den aufgeklappten Gitarrenkoffer und erhielt Juans spezielles Dankeschön: Der Musiker dichtete aus dem Stegreif etwas über die Passanten, am liebsten über solche, die seine Kunst mit klingender Münze würdigten. »Wenn du mich verlässt«, sang Juan jetzt mit seiner vollen Stimme, »rufe ich Sergio Panda von der Polizei und lasse dich verhaften.«

Sergio fiel es schwer, ernst zu bleiben, insbesondere, weil ihm aus der benachbarten Bar Piazza jemand zurief, dass er auch verlassen worden sei, aber nicht gewusst habe, dass Sergio daran etwas hätte ändern können.

Der Weg zum Stadtpark führte vorbei an den Geschäften und Lokalen der Via dei Marchesi. Schon jetzt waren Touristen unterwegs, die zusammen mit den bunten Auslagen der Souvenirläden die mittelalterliche Gasse mit Farbe sprenkelten. Sergio bog in die winzige und steile Via di Castello ein, die, eingezwängt zwischen Bruchsteinmauern, zum höchsten Punkt der Stadt anstieg. Den teilten sich gleich drei markante Orte Volterras: die Ruinen der Akropolis, die Fortezza Medicea und der Parco Enrico Fiumi. Eisenzeit, Renaissance und Gegenwart lagen dicht beieinander – normalerweise in Eintracht, doch damit war es jetzt wohl vorbei.

Sergio betrat den Park durch eines der Tore mit Eisengitter. Es stand weit offen, spät am Abend wurde der Park abgeschlossen. Schon von Weitem sah er etwas Weißes in der Grünanlage aufragen. Das musste das Zelt für das Festessen sein. Dort würde er Angelo finden, der in mehr als einer Hinsicht kochte.

Das Zelt war groß genug, um die Trattoria Mortale zu beherbergen. Durch die Fenster aus durchsichtigem Kunststoff konnte Sergio die Kessel und Töpfe erkennen, die auf Tischen aufgebaut waren. Dazwischen waren Gestalten in weißen Hosen und Hemden in Bewegung. Angelo war nicht zu sehen, wohl aber zu hören.

»… mir egal, ob Sie glauben, hier Befugnisse zu haben. Sie stehen in meiner Küche«, rief er gerade.

Sergio fand den Eingang und betrat das Zelt. Es war mit einem Holzboden ausgelegt, der bebte, denn ununterbrochen liefen Männer darauf umher, trugen Tische und Kartons, aus denen Küchengeräte herausragten. Es roch nach warmer Zeltplane und Scheuermitteln. Sein Vater hatte sich hinter einem Gasherd aufgestellt, auf dem ein Vierziglitertopf aus blank gescheuertem Edelstahl thronte. Auf der anderen Seite des Herds standen Baldi und Rossi, die Köpfe so rot, dass man meinen konnte, Angelo würde sie lebendigen Leibes garen. Was in gewissem Sinne auch stimmte.

»Signori«, fuhr Sergio in die Tirade seines Vaters, »kann ich hier behilflich sein?«

»Deine Kollegen …«, setzte Angelo an.

»Ihr Vater …«, unterbrach Baldi, dem nun wiederum Angelo ins Wort fiel.

Sergio hob die Hand mit den aufgerollten Plakaten. Als die Männer nach oben schauten und verstummten, nutzte er die Gelegenheit. »Bitte, Commissario, lassen Sie zuerst meinen Vater die Lage erklären. Sonst werden Sie niemals zu Wort kommen.« Er zwinkerte Baldi zu, der den Wink verstand und einen Schritt zurückwich. Sergio wusste, dass es seinem Vater zuwider war, einen Sieg zu erringen, nur weil ihm jemand dazu verhalf. Wie sich herausstellte, galt das auch jetzt.

Angelo schaute Sergio überrascht an, öffnete den Mund, schloss ihn dann aber wieder. Murmelnd zog er den Topf vom Herd und stellte ihn auf eine Arbeitsfläche, wo er sich mithilfe eines Scheuerschwamms daran zu schaffen machte. Die anderen würdigte er keines Blickes mehr.

Nun ergriff Baldi das Wort. »Agente Panda, bringen Sie Ihrem Vater bei, dass wir in diesem Zelt hier zu ermitteln haben. Wir kommen gerade von der Gefängnisdirektorin, Signora Rissone. Gemeinsam haben wir geprüft, wie es zur Flucht hatte kommen können, und damit begonnen, Bedienstete und Häftlinge zu befragen. Verstehen Sie? Wir müssen herausfinden, ob es Mitwisser unter den Insassen gab, Leute, die von Marinos Fluchtplan wussten. Wie Signora Rissone uns berichtete, kannten ihn zwei der Männer besonders gut: sein Zellengenosse und jemand, der mit ihm in der Gefängnisband spielte. Beide sind als Küchengehilfen für das Festessen ausgewählt worden und gehören jetzt zum Stab Ihres Vaters. Der uns aber nicht in Ruhe mit den Leuten sprechen lassen will.«

Angelo, der anscheinend jedes Wort verstanden hatte, schrubbte wütend in dem Topf herum. Das fauchende Geräusch von Stahlwolle, die über Metall kratzt, erfüllte die Luft.

»Warum knöpfen wir uns die Männer nicht einfach

vor?«, mischte sich Rossi ein. »Dagegen kann der Alte gar nichts unternehmen.«

Angelo fuhr herum und deutete mit dem Stahlschwamm auf Rossi. Schaumflocken stoben auf und landeten auf dessen Hemd, wo sie dunkle Flecken hinterließen. »Das kannst du ja mal versuchen. An mir kommst du nicht so leicht vorbei, das müsstest du doch noch wissen, Staubfänger!« Angelo spielte darauf an, dass Rossi bei ihrem letzten Zusammentreffen den weißen Alabasterstaub aus den Volterraner Bildhauerwerkstätten mit Kokain verwechselt hatte und im Fall der toten Diva einer falschen Fährte gefolgt war.

Baldi legte eine beruhigende Hand auf Rossis Arm und sagte zu Angelo gewandt: »Signor Panda, bitte lassen Sie uns besser zusammenarbeiten als beim letzten Mal. Schauen Sie, mein Kollege Rossi hat recht. Wir könnten Ihre Helfer auch ohne Ihre Unterstützung befragen. Aber das wird uns nicht weit bringen. Die Leute sind in einer unangenehmen Situation, jemand aus ihren Reihen ist ums Leben gekommen, und jetzt taucht die Kriminalpolizei auf und stellt Fragen. Niemand, der bei Verstand ist, würde da mehr preisgeben als unbedingt notwendig. Deshalb wollen wir keinen Druck erzeugen. Ich würde es begrüßen, wenn Sie uns dabei helfen würden, mit den Männern zu sprechen. Zu Ihnen haben Sie doch gewiss Vertrauen.«

»Vertrauen?« Angelos Kiefer mahlte, er schien auf dem Wort herumzukauen. Seine Augen blitzten, als er Baldi triumphierend ansah. »Commissario, diese Männer hier sind in einer einzigartigen Situation. Sie haben die Möglichkeit, sich eine Zukunft aufzubauen. Ich bilde sie zu Kellnern und Küchengehilfen aus, soweit das in der kurzen Zeit möglich ist. Wenn sie ihre Sache gut machen – und das werden sie, davon bin ich überzeugt –, können sie ein neues Leben beginnen, sobald sie frei sind.«

Amüsiert stellte Sergio fest, dass sein Vater sich für die Häftlinge ins Zeug legte, die er gestern noch verspottet hatte.

»Das wissen wir alles ...«, sagte Baldi.

»Ach ja?«, fuhr Angelo fort. »Wissen Sie auch, dass der Fels, auf den dieses Experiment gründet, Vertrauen ist?« Er warf den Stahlschwamm in den Topf, nahm einen hölzernen Kochlöffel mit einem Stiel, so lang, dass das Küchengerät bei den Olympischen Spielen hätte verwendet werden können, und schlug damit auf das Blech der Arbeitsplatte. Der Knall ließ Baldi, der zu einem weiteren Einwand angesetzt hatte, verstummen. Angelo war nicht mehr zu bremsen. »Es geht nicht nur um das Vertrauen, das die Jungs dort in mich setzen, es geht auch um das Vertrauen, das ich ihnen entgegenbringe. Schließlich steht hier auch für mich etwas auf dem Spiel. Sie schauen fragend? Ich dachte mir schon, dass Sie sich darüber noch keine Gedanken gemacht haben. Es geht um meinen Ruf als Gastwirt und um den meines Lokals, des Il Gusto.« Er beugte sich zu Baldi hinüber und senkte die Stimme. »Für das Festessen werde ich ein altes Familienrezept verwenden, eins, das nicht alle Tage zum Einsatz kommt, sondern nur zu besonderen Gelegenheiten, etwa als mein Sohn geboren wurde, einundvierzig Jahre ist das her.« Er deutete mit dem Kochlöffel auf Sergio. »Und jetzt lege ich die Umsetzung dieses Rezepts in die Hände meiner Küchengehilfen. Was glauben Sie, was dazu nötig ist?«

»Die richtigen Zutaten vermutlich«, riet Rossi.

»Vertrauen«, verbesserte Angelo. »Und das habe ich voll und ganz in die Männer. Aber nicht nur ich. Die Gefängnisleitung vertraut ihnen ebenfalls. Sehen Sie sich um! Sehen Sie irgendwo Aufpasser, Gitter, Schloss und Riegel? Nein! Die Jungs könnten einfach davonlaufen. Tun sie aber nicht, weil ihnen Vertrauen entgegengebracht wird. He, Lino!« Angelo winkte mit dem Kochlöffel einem jungen Mann mit einem fingerlangen Zopf zu. »Die Gewürze stellst du am besten dort hinten auf den kleinen Tisch. Da kommen sie nicht mit den Kochdämpfen in Berührung.« Er wandte sich wieder den Polizisten zu. »So! Wir hätten also die Jungs, die Gefängnisleitung und mich, aber die wichtigsten Teilnehmer des Festessens habe ich überhaupt noch nicht erwähnt.«

»Die Gäste«, sagte Rossi, der Angelos Ansprache offenbar gespannt folgte.

»*Corretto*. Ohne unsere Gäste wären wir nichts!« Angelo schlug wieder mit dem Holzstiel auf die Arbeitsfläche, dass es dröhnte. »Die Leute kommen aus der gesamten Region hierher, weil sie hoffen, einen einzigartigen Abend zu erleben, laue Luft im Park, der Himmel über der Fortezza in einem satten Blau, später funkeln die Sterne, und die Kerzen leuchten auf den Tischen, Köstlichkeiten nach toskanischer Tradition werden serviert, und über allem schwebt der Geist der Zusammengehörigkeit, denn man lässt es sich gut gehen und tut gleichzeitig ein gutes Werk. Weil unsere Gäste uns ...«, er hob den Löffel wie ein Dirigent.

»… vertrauen«, sagte Rossi und bekam einen Stoß von Baldi.

»Ich muss mich bei Ihnen entschuldigen, Staubfänger«, krächzte Angelo. »Sie können ja doch denken.« Bevor Rossi etwas erwidern konnte, schloss Angelo seine Rede. »Alles, was Sie hier sehen, fußt auf Gegenseitigkeit. Und da verlangen Sie von mir, gleich am zweiten Tag dieser wunderbaren Aktion das Vertrauen der Männer zu missbrauchen! Nur damit Sie mit Ihren nebensächlichen Ermittlungen schneller vorwärtskommen?« Seine Stimme nahm weiter Fahrt auf. »Sie wollen Polizisten sein? Wenn das stimmt, verhaften Sie sich am besten selbst.«

Sergio bemühte sich um einen festen Blick, immerhin ging es hier gegen seine Vorgesetzten. Aber unter seiner ausdruckslosen Miene brodelte es. Er war so stolz auf seinen Vater wie lange nicht mehr. Am liebsten hätte er ihn an sich gedrückt. Jetzt wusste er, warum Angelo seiner geliebten Trattoria vorübergehend den Rücken kehrte. Es ging ihm nicht allein darum, der Konkurrenz zu zeigen, dass er besser kochen konnte als sie. Angelo war Dreh- und Angelpunkt eines Geschehens, das über die Zukunft einer Gruppe Männer entschied.

Eine elektronische Melodie ertönte von irgendwoher. Baldi holte ein Telefon aus der Hosentasche, presste es ans Ohr und wandte sich ab. Während der Commissario sich einige Schritte entfernte, um das Gespräch zu führen, blieb Rossi allein mit den beiden Pandas zurück. Angelo starrte Rossi an, wie er es immer tat, wenn er einen Gegner verunsichern wollte. In dieser Kunst war Sergios Vater ein Großmeister. Allein kraft des stechenden Blicks aus seinen hellblauen Augen brachte er Gäste dazu, Preise zu akzeptieren, die sie kurz zuvor nicht zu zahlen bereit waren, dass Lieferanten angeschlagene Ware umtauschten und dass der Schiedsrichter auf der Bocciabahn die Entfernung von Angelos Kugel zum Zielball noch einmal nachmaß. Vermutlich konnte Sergios Vater mit seinem Blick sogar getrockneten Stockfisch wieder zum Leben erwecken.

Jetzt war Dino Rossi dieser Macht ausgesetzt. Der Ispettore räusperte sich mehrfach und strich mit den Fingern über den Herd, während er den Blick durch das Zelt schweifen ließ, auf der Suche nach Erlösung. Schließlich fand er sie unter Sergios rechtem Arm.

»Was tragen Sie eigentlich da mit sich herum, Agente?« Rossi deutete auf die zusammengerollten Ausdrucke. »Dieses Rot kommt mir bekannt vor. Sind das etwa Fahndungsplakate?«

Sergio nickte knapp. »Wir suchen jemanden in der Stadt und sind auf die Hilfe der Bevölkerung angewiesen«, sagte er.

Im Hintergrund senkte Baldi die Stimme.

»Darf ich fragen, um wen es sich handelt? Vielleicht können wir helfen.« Er streckte eine Hand nach den Plakaten aus.

Sergio verschränkte die Hände auf dem Rücken und entzog die Plakate Rossis Reichweite. »Natürlich dürfen Sie das, Ispettore.« Mehr sagte er nicht. Wenn die Kollegen herausfanden, dass er Dienstmittel nutzte, um einen vermissten Hund zu suchen, würde ihm das bestenfalls

Ärger einbringen. Und schlimmstenfalls einen neuen Spitznamen.

»Zeigen Sie doch mal her!«, beharrte Rossi. Da kehrte Baldi zurück. Der Commissario strahlte.

»Mord!«, sagte er mit unpassender Fröhlichkeit und versuchte vergebens, leise zu sprechen. Im Hintergrund drehten sich einige der Küchengehilfen zu den vier Männern um. Baldi hielt das Telefonino in die Höhe. »Das war die Questura. Marinos Leichnam ist untersucht worden. Die Rechtsmediziner haben Verfärbungen auf der Haut gefunden, wie sie bei Vergiftungen auftreten. Die Blutuntersuchung hat den Verdacht bestätigt. Marino ist an etwas hochgradig Toxischem gestorben. Sehen Sie, Rossi? Ich habe es gleich gewusst.« Er tippte sich an die Nase. »Man sollte immer der alten Spürnase vertrauen.«

»Ha! Vertrauen!«, sagte Angelo heiser und wandte sich ab.

KAPITEL 9

Dabei warst du es, der den Mordverdacht hatte«, sagte Alessandro. »Du musstest Commissario Baldi sogar davon überzeugen, ihn nötigen, überhaupt die Spurensicherung in die Ruine zu holen.«

»Es kommt nicht darauf an, wer die Lorbeeren einheimst.« Sergio ging neben Alessandro durchs Stadtzentrum, wo sie in der Mittagspause die Fahndungsplakate von Cardenio anbringen wollten. »Sondern darauf, dass der Täter gefasst wird.«

Sie hatten sich um zwölf Uhr an der Straßenecke der Via Giacomo Matteotti und der Via Antonio Gramsci verabredet, einem Treffpunkt der Volterraner, der beliebter war als die große Piazza vor dem Rathaus. In der Wache schob derweil Bertini Dienst.

»Warum bist du so bescheiden?«, fragte Alessandro. »Oder bist du mal wieder wegen Angelo so zurückhaltend?«

»Da vorn ist eine Plakatwand«, sagte Sergio ausweichend und hielt auf das Anschlagbrett gegenüber von Marchettis Fischgeschäft zu. Alessandro hatte einen heiklen Punkt angesprochen. Sergio versuchte seit Jahren mit allen Mitteln, eine Beförderung zu vermeiden. Schon zweimal hatte die Questura ihm einen höheren Dienstgrad angeboten, doch wäre das mit einer Versetzung nach Pisa einhergegangen. Damit hätte er nicht nur Volterra den Rücken kehren müssen, sondern auch der Trattoria Mortale. Und die würde ohne Sergios Hilfe untergehen, wie sich gerade in diesen Tagen wieder zeigte. Heikel an der ganzen Sache war, dass sein Vater nichts von den abgelehnten Beförderungen erfahren durfte. Angelo hätte niemals zugelassen, dass sein Sohn die Karriere hintanstellte, um im Il Gusto auszuhelfen, das wäre ihm gegen die Ehre gegangen. So aber glaubte Sergios Vater, dass sein Sohn ein schlechter Polizist sei, der seit Jahren auf der untersten Sprosse der Karriereleiter feststeckte. Sergio ließ ihn in dem Glauben, denn der hielt das Gefüge zwischen Vater und Sohn zusammen.

Jetzt entrollte Sergio eine der Suchmeldungen und drückte sie gegen eine veraltete Ankündigung des Volterraner Jazzfestivals. Alessandro warf einen prüfenden Blick auf das Fahndungsplakat, er maß offenbar ab, ob es gerade hing, dann riss er Klebestreifen von einer Rolle und befestigte das Papier. Die Männer traten zurück, um das Werk zu betrachten. Inmitten eines roten Rahmens war Cardenio in schönstem Schwarz-Weiß zu sehen und grinste sie scheinbar vieldeutig an. »Wenn das niemandem auffällt, erkläre ich ganz Volterra für blind«, sagte Sergio.

Sie gingen weiter in Richtung der Via dei Sarti, die einen Bogen um das historische Zentrum beschrieb und mehrere Plakatflächen bot. Ihr Ziel war die Piazza San Giovanni, wo der Dom mit seinem Glockenturm und das Baptisterium standen. Nahe der Taufkirche, einem achteckigen Gebäude aus dem dreizehnten Jahrhundert, bot die Fassade eines Stadthauses eine weitere gute Möglichkeit zu plakatieren.

»Immerhin sind die Kollegen aus Pisa jetzt weg«, sagte Sergio. Die Befragung von Angelos Küchengehilfen hatten Baldi und Rossi zwar noch durchgesetzt, vom Ergebnis waren sie jedoch enttäuscht gewesen. Keiner der Männer wollte etwas von einem Fluchtplan Nino Marinos gewusst haben. Die beiden Kriminalbeamten hatten sich schließlich nach Florenz verabschiedet, um den Fall dort weiter zu untersuchen. Der Sänger war in der größten Stadt der Toskana in Drogengeschäfte verwickelt gewesen, deshalb erhofften sie sich einen Ermittlungserfolg in der Rauschgiftszene. Wie viel glanzvoller wäre das, als den Fall in einer Ruine im Wald aufzuklären, irgendwo in der Provinz?

»Was glaubst du, was mit Marino geschehen ist?«, fragte Alessandro.

Sergio rief sich noch einmal die Szene in der Kirche von Castelvecchio in Erinnerung. »Er entkommt zwischen den Reben, läuft sechs Kilometer durch den Wald und stirbt dann inmitten von drei Weingütern. An einem Gift.« Sergio rieb sich das Kinn, auf dem ein Stoppelbart spross. Seine Haut fühlte sich an wie Sandpapier. »Um zum Täter zu gelangen, müsste man der Spur des Giftes folgen.«

»Wissen die Kollegen denn schon, an welcher Substanz Marino gestorben ist?«, fragte Alessandro.

Sergio schüttelte den Kopf. »Baldi sagte, die Untersuchungen laufen noch.«

»Dann müssen wir wohl raten, bis wir irgendwann mehr erfahren.«

»Du zuerst«, sagte Sergio.

Alessandro holte tief Luft. »Die meisten Gifte wirken langsam. Toxine, die einen sofort umhauen, gibt es zwar, aber das sind wenige, und die sind schwer zu beschaffen.«

»Gut«, sagte Sergio. »Gehen wir mal davon aus, dass das Gift langsam wirkte.«

Alessandro trommelte mit den Fingern gegen seine Lippen. »Dann muss Marino es zu sich genommen haben, bevor er von Due Torri geflohen ist. Oder kurz danach.«

Sergio dachte einen Moment über die Schlussfolgerung seines Freundes nach, dann schüttelte er den Kopf. »Unwahrscheinlich. Wenn Marino das Gift eingenommen hat, bevor er losgerannt ist, hätte ihn die Substanz unterwegs schwächen müssen. Überleg mal, wie der sich angestrengt hat, er ist kilometerweit durch die Hitze gerannt, da hätte sein Kreislauf den Wirkstoff im Nullkommanichts in seinem Körper verteilt. Er wäre vermutlich zusammengebrochen, lange bevor er den Hügel von Castelvecchio überhaupt gesehen hätte. Auf keinen Fall hätte er es in dem angeschlagenen Zustand bis dort hinauf geschafft.«

»Wie soll es denn sonst gewesen sein?«, fragte Alessandro.

»Ich glaube, Marino hat das Gift erst eingenommen, als er schon in der Ruine war.«

»Also muss ihm jemand dort aufgelauert haben«, schloss Alessandro.

»Denk an das Geld«, erinnerte Sergio den Kollegen.

»Marino könnte sich in der verfallenen Kirche mit jemandem getroffen haben, der ihm die Scheine geben sollte. Aber dann hat er mehr bekommen, als ihm lieb war.«

»Von der Elster.«

»Vermutlich«, sagte Sergio. »Für mich hört sich das wie ein schlüssiges Szenario an.«

Alessandro nickte. »So könnte es gewesen sein: Der Täter gibt Marino das Geld und sorgt dafür, dass er das Gift einnimmt. Vielleicht hat er etwas zu trinken dabei.«

Sergio fielen die leeren Plastikflaschen ein, die ihm in San Frediano aufgefallen waren.

Alessandro sprach weiter: »Daraufhin verschwindet der Täter. Er weiß, dass das Opfer nicht weit kommen wird. Marino wartet noch ein wenig in der Kirche, vielleicht um zu verschnaufen, vielleicht weil er nicht mit dem anderen zusammen gesehen werden will. Dann will er weiter, aber er beginnt, sich unwohl zu fühlen. Zunächst denkt er sich nichts dabei, aber schließlich dämmert es ihm. Bevor er zusammenbricht, gelingt es ihm, den Namen an die Wand zu schreiben: die Elster.«

»Jetzt müssten wir nur wissen, mit wem sich Marino getroffen hat«, sagte Sergio. »Und es gibt noch einen Haken: Wenn der Mörder Marino in der Kirche angetroffen und vergiftet hat, warum hat er – oder sie – dann das Geld nicht wieder mitgenommen?«

Sie stießen auf die Via Franceschini und auf eine Gruppe Touristen, die keuchend die Gasse heraufkamen, einige Frauen und Männer pausierten bereits am Glockenturm des Doms. Atemlosigkeit war in Volterra die ständige Begleiterin der Besucher von außerhalb. Nur Einheimische waren an die steilen Straßen und Gassen gewöhnt.

Sergio und Alessandro hielten bei der Gruppe an und erkundigten sich, ob sie behilflich sein könnten. Die Touristen lächelten angestrengt und versuchten, etwas auf Italienisch zu antworten, das Sergio allerdings nicht verstand. Dem Akzent nach handelte es sich um US-Amerikaner oder Kanadier. Gerade wollten die beiden Polizisten weitergehen, da öffnete sich die Tür des Glockenturms, und Carlo trat heraus. Der Gästeführer trug sein schwarzes Jackett über einem T-Shirt und hob die Autoantenne mit dem an die Spitze geknoteten Taschentuch. Als er Sergio und Alessandro erkannte, ließ er sie wieder sinken. Sein Lächeln fror ein.

»Was macht ihr denn hier?«, fragte er, bahnte sich einen Weg durch die Touristengruppe und zog die beiden Polizisten beiseite. »Kein Wort über den Toten von Castelvecchio«, zischte er.

»Was ist denn los?«, wollte Alessandro wissen.

»Die Reisegruppe, die gestern mit mir bei den Ruinen war, hat alle weiteren Führungen abgesagt. Das ganze Programm ist zum Teufel. Drei Tage Arbeit! Die Leute reisen weiter nach Rom. Wisst ihr, was sie gesagt haben? ›Da geht es hoffentlich weniger gefährlich zu als in der Toskana!‹« Carlo schnitt ein Zitronengesicht.

Alessandro legte ihm eine Hand auf die Schulter. »Keine Sorge. Von uns erfährt niemand etwas.«

Carlo sah sich nach den Touristen um, die im Schatten des Campanile versammelt waren und die Piazza San

Giovanni bestaunten. Dann wandte er sich wieder Sergio und Alessandro zu. »Volterra muss ein friedlicher Ort bleiben«, fuhr er leise fort. »Der Tod dieses Filmstars hat neulich schon für genug Wirbel gesorgt. Landesweit ging das durch die Presse. Damals allerdings mit dem Resultat, dass nur noch mehr Reisende kamen, um das Römische Theater zu sehen, in dem Stella Aurora gestorben ist. Aber diesmal … Nur Sonderlinge würden sich von mir nach Castelvecchio führen lassen, um den Tatort zwischen alten Steinen und Gehölz zu besichtigen.«

Sergio kam eine Idee. Er ging auf die Reisegruppe zu und rief auf Englisch: »*Ladies and Gentlemen*, die Polizei von Volterra benötigt Ihre Hilfe.«

»Sergio! Nicht!«, hörte er Carlo rufen.

»Beruhige dich«, sagte Sergio, entrollte eines der Fahndungsplakate und hielt es so, dass die Touristen es sehen konnten. »Dieser Hund wird vermisst«, erklärte er. »Hat ihn jemand von Ihnen gesehen?«

Die Gruppe schaute interessiert auf das Foto von Cardenio. Einige der älteren Reisenden setzten Brillen auf, jemand witzelte, dass in Italien wohl sogar die Hunde Mafiosi seien, wenn die Polizei nach ihnen fahnden würde.

»Zeig mal her!« Carlo stellte sich vor das Plakat. »Das ist Giulias Hund, oder?«

Sergio nickte. Er setzte Hoffnung in den Gästeführer niemand kam in Volterra so viel herum wie er. Aber Carlo schüttelte den Kopf. »Tut mir leid, der ist mir schon länger nicht über den Weg gelaufen. Aber weißt du was? Clara Manfredi hat doch so ein Schoßhündchen.«

Sergio kannte Claras winziges Fellbündel. Nach Dienstschluss kam die Notärztin oft auf einen *caffè* in die Bar Piazza nahe der Wachstube und brachte ihren Hund mit. Wegen seiner hervortretenden Augen hatte er von den Männern vor und hinter der Theke den Namen »Nicht schön, aber nett« erhalten. Die Lust der Volterraner, Spitznamen zu vergeben, machte auch vor Tieren nicht halt.

»Ich kenne Claras Hund«, sagte Sergio. »Was ist mit ihm?«

»Er ist eine Sie, und neulich hat sich Clara darüber beschwert, dass sie ihre Hundedame nicht mehr ohne Leine laufen lassen könne, weil sie ständig von einem Streuner belästigt würde. Vielleicht war das Giulias Vierbeiner.«

»Zuzutrauen wäre es ihm«, sagte Sergio. Er schaute auf die Uhr. Die Mittagsschicht der Misericordia hatte bereits begonnen. Die Station der Rettungskräfte lag neben Dom und Baptisterium. Vielleicht war Clara im Dienst, dann könnte er sie nach Cardenio fragen.

Sergio und Alessandro verabschiedeten sich von Carlo, der seine Reisegruppe jetzt in den Glockenturm hineinführte.

»Den Hund finden wir wohl doch nicht im Handumdrehen«, sagte Alessandro. »Schade. Sonst hätten wir einen schnelleren Ermittlungserfolg vorweisen können als Baldi und Rossi.«

»Stimmt«, sagte Sergio. »Cardenio ist schwerer zu fangen als alle Drogendealer von Florenz.«

KAPITEL 10

Diese Bestie gehört zu deiner Freundin Giulia?« Clara Manfredis Augen wurden beinahe so groß wie die von »Nicht schön, aber nett«. Die Notärztin hielt die kleine Hündin, die sie selbst Pippa nannte, schützend in den Armen und streichelte ihr über den Kopf. Die Geste wirkte nicht wie eine Liebkosung, sondern wie ein Handgriff, der zur Reanimierung des Tieres dienen sollte. Jedes Mal, wenn die Hand auf die Hündin niederkam, duckte sie sich, aber vor Claras Zärtlichkeiten gab es kein Entkommen.

Sergio rollte das Plakat wieder zusammen, das er Clara gezeigt hatte. Sie war zwar nicht im Dienst, plauderte aber in der Fahrzeughalle der Misericordia mit den Sanitätern. Das Rolltor der Rettungsstation stand offen, damit die Wagen bei einem Einsatz sofort losfahren konnten. In einem solchen Fall mussten bloß die Plastikstühle vor den gelb und blau lackierten Fahrzeugen beiseitegeräumt werden. Sie dienten den Sanitätern als Beobachtungsposten, denn von der Halle aus bot sich ein wunderbarer Blick über die Piazza San Giovanni und die atemlosen Touristen, die sich den Stadthügel hinaufgeschleppt hatten.

»Was sagt eigentlich dein Chef dazu, dass du in deiner Dienstzeit nach entlaufenen Hunden suchst?«

»Der hilft mit.« Sergio deutete in Richtung Baptisterium. Neben dem Gebäude war Alessandro damit beschäftigt, eines der roten Poster anzubringen.

»Verstehe«, sagte Clara, »ihr habt wohl sonst nichts zu tun. Dann ist der Fall von Castelvecchio schon aufgeklärt? Ich habe gehört, dass der junge Mann vergiftet worden sein soll.«

Dass Clara im Bilde war, überraschte Sergio nicht. Die Notärztin stand in Verbindung mit den Rechtsmedizinern in Pisa. »Ja, wir haben es wohl mit einem Mord zu tun.« Mit Clara wollte er aber eigentlich einen anderen Fall besprechen. »Um noch mal auf den Hund zurückzukommen …« Sergio deutete auf das zusammengerollte Plakat in seiner Rechten.

Claras Blick verfinsterte sich. »Dieser Köter ist schon seit Tagen hinter meiner Kleinen her. Er taucht wie aus dem Nichts auf und bringt Pippa in Bedrängnis – und mich dazu. Wenn du ihn findest, sag Giulia, dass sie ihn anleinen soll. Sonst rufe ich den Hundefänger.«

So etwas gab es in Volterra zwar nicht, aber die Warnung war unmissverständlich. Dennoch wollte sich Sergio Cardenio an einer Leine nicht einmal vorstellen. Zweifellos würde der Hund eingehen. »Wo ist er dir – euch – denn über den Weg gelaufen?«, fragte er.

»Beim ersten Mal konnte ich mich mit Pippa in eine Boutique retten und die Tür hinter mir zuwerfen. Und dann gab es diesen Vorfall beim Don Alpha.«

»Dem Ristorante?«

»Genau. Ich ging gerade daran vorbei, da hörte ich von drinnen Geschrei. Erst dachte ich, da wäre eine Schlägerei im Gange, und wollte schon nachsehen, ob es Verletzte zu behandeln gab – du weißt ja: Wir Ärztinnen sind immer im Dienst –, da kommt dieser Hund aus dem Lokal gestürmt, gefolgt von zwei Kellnern. Der Köter springt auf die Straße und will davonlaufen, da wird er meiner Pippa gewahr. Ich konnte sie rechtzeitig auf den Arm heben, sonst wäre wer weiß was passiert. Aber glaubst du, diese Töle hätte lockergelassen? Dieses Untier ist an mir hochgesprungen, hat gehechelt und gebellt und in seinen Augen blitzte etwas … zum letzten Mal habe ich so was zu später Stunde an der Bar im Finito gesehen, wo die Volterraner Nachtwesen auf Beute lauern.«

»Was ist dann passiert?«, fragte Sergio und hoffte, Clara würde ihre weiteren Erlebnisse im Finito für sich behalten.

»Die Kellner des Don Alpha haben Pippa und mich gerettet. Sie waren ziemlich sauer auf den Hund. Den haben sie anscheinend schon des Öfteren in ihrer Küche erwischt. Was ist nur los mit ihm?«

»Liebe macht hungrig«, entgegnete Sergio und klopfte mit den Plakaten in seine Handfläche. »Wann war das, Clara?«

»Gestern Abend«, antwortete sie. »Ich war mit Pippa unterwegs, nachdem ich den halben Tag in Castelvecchio hatte verbringen müssen. Wenn ihr den Hund findet – bekomme ich dann eine Belohnung?«

Den Weg von der Station der Misericordia zum Don Alpha legten Sergio und Alessandro im Laufschritt zurück, darauf hatte Alessandro bestanden, weil sie sonst in der Wache vermisst würden. Das Ristorante lag nur wenige Hundert Meter von der Piazza San Giovanni entfernt. Sergio fühlte sich erleichtert. Cardenio war wohlauf. Zwar sorgte der Hund für Ärger in der Stadt, aber es schien ihm gut zu gehen. Auch Giulia würde ein Stein vom Herzen fallen. Jetzt musste er den Flüchtigen nur noch finden und zu ihr zurückbringen.

Das Ristorante war geschlossen – die meisten Lokale in Volterra öffneten zum Mittagstisch und danach wieder gegen sieben Uhr am Abend –, aber durch die Fenster waren Bewegungen im Innern zu erkennen. Sergio klopfte. Als sich nichts rührte, rief er laut: »Aufmachen! Polizei!«, was ihm einen tadelnden Blick von Alessandro einbrachte, aber zum Ziel führte. Ein Schlüssel drehte sich im Schloss, die Tür schwang auf, und einer der Kellner erschien. Sein Gesicht hatte dieselbe Farbe wie sein weißes Hemd, sein Blick flog von Sergio zu Alessandro und wieder zurück.

Kein Wunder, dachte Sergio, der den jungen Mann kannte. Dario Gottardo war ein ehemaliger Häftling der Fortezza Medicea, aber seit seiner Entlassung Kellner im Don Alpha. Dario war, ebenso wie sein Bruder Mario, das lebende Beispiel für den Erfolg des Sozialprogramms von Signora Rissone, denn die beiden hatten ihr Handwerk beim vorletzten Festessen gelernt. Der damalige Leiter des Banketts, der Wirt des Don Alpha, war so von seinen Helfern begeistert gewesen, dass er die Brüder Gottardo vom Fleck weg als Kellner engagiert hatte. Zwar hatten sie noch einige Monate bis zu ihrer Entlassung warten müssen. Doch seither waren Dario und Mario die guten Geister des Lokals. Nur das Auftauchen der Polizei schien sie aus dem Konzept zu bringen. Alte Gewohnheiten legte man nie vollständig ab.

»Wir suchen nach einem Hund«, sagte Sergio, als er Darios erschrockenen Gesichtsausdruck sah.

Trotz der Erklärung brauchte der Kellner einige Sekunden, um sich zu fangen. »Einen Hund?«, fragte er und blinzelte.

»Einen schwarz-weißen Rüden«, schaltete sich Alessandro ein. »Mischling, etwa so groß.« Er zeigte auf seine Knie. »Wir haben gehört, er soll hier in der Küche sein Unwesen treiben.«

»Stimmt«, sagte der Kellner und stutzte. »Deshalb rückt die Polizei aus?«

»Wir sind immer für die Bürger da«, beeilte sich Sergio zu sagen, bevor Alessandro die Lage umständlich erklären konnte.

Dario entspannte sich sichtlich. Seine runden Schultern sackten herab, und auf seinem Gesicht breitete sich ein Kellnerlächeln aus. »Und wir immer für die Gäste«, sagte er und bat Sergio und Alessandro herein.

Die Gaststube des Don Alpha unterschied sich so stark von der des Il Gusto wie ein Luxusliner von einem Fischerboot. Allerdings versuchte in diesem Fall der Luxusliner, den Charme des Kutters nachzuahmen. Über den Tischen auf der linken Seite des Ristorante waren Fischernetze aufgespannt, in denen Hummer aus Plastik festgebunden waren. Von der gegenüberliegenden Wand schauten die künstlichen Augen ausgestopfter Wildschweinköpfe auf die Besucher herab. Sergio, der mit solchen Trophäen aufgewachsen war – im Il Gusto hingen die Köpfe von fünf Keilern, die seine Mutter geschossen hatte –, erkannte sofort, dass es sich nicht um echte Wildschweine handelte. Dazu war das Fell zu lang und zu rötlich, ein Kunstprodukt, vermutlich Viskose. Die Keiler stammten wohl, ebenso wie die Hummer, aus dem Katalog von Il Coniglio Verde, einem Gastronomieausstatter aus Mailand. Dessen Sortiment sorgte unter den Stammgästen der Trattoria Mortale oft für Erheiterung. Im Don Alpha schien man den Wert der darin angebotenen Dekorationsmittel zu schätzen.

»Der Chef ist nicht da«, sagte Dario, schob einen Eimer mit Wischwasser mit dem Fuß beiseite, räumte die Hocker von der Theke herunter und bot den Besuchern Plätze an, »aber mein Bruder. He, Mario!«, rief er nach hinten. »Wir haben Besuch von der Polizei. Es geht um diesen Hund.«

Schritte waren zu hören, und gleich darauf erschien Mario Gottardo in einem Durchgang mit hölzerner Schwingtür, der vermutlich zur Küche führte. Die Türflügel flappten hin und her, nachdem er hindurchgetreten war. Mario trug dieselbe Kleidung wie sein Bruder, war jedoch hellhaarig und hagerer. »Die *sbirros* suchen Hunde?«, fragte er und trocknete sich die Hände an einem Geschirrtuch ab. »Wollt ihr mich zum Narren halten?« Er schleuderte das Baumwolltuch hinter die Theke und deutete auf die verchromte Espressomaschine. »Oder seid ihr hier, um *caffè* zu schnorren?«

»Eigentlich nicht«, erwiderte Sergio und legte seine Dienstmütze auf den Marmor der Theke, »aber die Idee ist gut.«

Während Mario »Dachte ich mir« murmelnd die Maschine einschaltete und es in den Eingeweiden des Apparats anfing zu gurgeln, stieg eine Idee an die Oberfläche von Sergios Gedanken. »Kanntet ihr zwei Nino Marino?«

Dario rückte den silbrig glänzenden Serviettenspender auf der Theke zurecht. »Wir haben zusammen Zeit abgesessen«, antwortete er. »Nino ist ein netter Kerl. Wenn's von seiner Sorte mehr gäbe, würden die Tage in der Fortezza vergehen wie im Flug.«

Mario lehnte sich über die Theke. »Wusste ich's doch! Es geht also nicht um diesen Hund. Ihr seid ...« Er stutzte. »Wieso sagst du: ›Kanntet ihr Nino‹? Ist ihm etwas zugestoßen?«

Sergio fing einen warnenden Blick von Alessandro auf, zugleich schüttelte sein Kollege kaum merklich den Kopf. Aber die Gelegenheit war günstig, so schnell würden sie nirgendwo sonst etwas über den Sänger erfahren, nicht von seinen Zellengenossen in der Fortezza und erst recht nicht in Florenz. Sergio legte die Unterarme auf die Theke und verschränkte die Hände. »Nino ist tot«, erklärte er. »Erst ist er geflohen, kurz darauf wurde er ermordet.«

»Agente Panda«, rief Alessandro mit einer Stimme, die sonst wohl nur im Zimmer seiner Kinder zu hören war. »Das geht zu weit und niemanden hier etwas an.«

Ein Knall war hinter der Theke zu hören, dann noch einer. Mario schlug mit der Faust gegen die Espressomaschine. Kaffee spritzte aus den Düsen und befleckte sein Hemd. Als er sich wieder umdrehte, schimmerten Tränen in seinen Augen. »Wisst ihr schon, wer's war?«

Alessandro sah die Gottardo-Brüder mitleidig an. »*Mi dispiace*, tut mir leid. Ist gestern erst passiert.«

Dario ließ sich auf den Hocker neben Sergio fallen. Er rutschte mit dem Gesäß bis zur vorderen Kante der Sitzfläche und stützte sich mit den Händen auf dem dunkelroten Kunstleder ab. »Ausgerechnet Nino«, sagte er zu dem Ventilator, der sich unter der Decke so langsam drehte, dass er nicht mal die Mücken aufscheuchte.

»Verdammt«, rief Mario jetzt über die Theke hinweg. »Nino hat für seinen Erfolg hart gearbeitet. Aber das zählt ja nicht, wenn man mal ein bisschen über die Stränge schlägt. Da werft ihr unsereinen sofort ins Loch. Und kaum hat man den Kopf wieder über Wasser, regnet's aufs Nasse, und sie bringen einen um.« Er wischte sich über das Gesicht.

»Marino hatte einen Menschen auf dem Gewissen«, wandte Alessandro in belehrendem Ton ein. »Er wurde von einem ordentlichen Gericht verurteilt. Was jetzt mit ihm passiert ist, müssen wir erst noch herausfinden.«

»Schon gut.« Sergio berührte leicht Alessandros Arm und wandte sich Dario zu, der gefasster auf die Unglücksbotschaft zu reagieren schien. »Was bedeutet das: ›Kaum hat man den Kopf wieder über Wasser‹? Marino musste schließlich noch drei Jahre absitzen.«

Dario warf seinem Bruder einen fragenden Blick zu. Mario warf die Arme in die Luft. »Erzähl ruhig. Kann Nino ja eh nicht mehr schaden.«

»Wir haben Nino in Aussicht gestellt, dass er hier im Don Alpha anfangen kann, sobald er raus ist. Als Sänger. Unser Chef war von der Idee begeistert. Popstar aus Florenz bekommt Dauerengagement in Volterra. Allein die Schlagzeile hätte das Lokal mit Gästen gefüllt. Und Ninos Auftritte hier im Ristorante hätten den Laden aus allen Nähten platzen lassen.«

Alessandro runzelte die Stirn. »Was hat Marino denn dazu gesagt? Hätte er nicht lieber versucht, wieder von Florenz aus in die Musikszene einzusteigen? Ich meine«, er hob die Schultern und ließ sie wieder sinken, »Drogen, tragischer Unfall, Gefängnis – so was ist doch einer Karriere als Popstar eher zuträglich, oder nicht?«

Das Dröhnen der Espressomaschine erfüllte den Raum. Mario schien sich seiner Gastfreundschaft erinnert zu haben und servierte zwei Tassen *caffè*, die ein wenig auf ihren Untersetzern klingelten, als er sie vor Sergio und Alessandro abstellte.

»*Grazie.*« Sergio ließ Zucker aus einer kleinen Papiertüte in das Tässchen rieseln.

Mario lehnte sich mit verschränkten Armen gegen die Theke. »Das Don Alpha wäre für Nino ein Neubeginn gewesen, aber nichts auf Dauer. Früher oder später wäre er wieder in den großen Studios gelandet, bei der Stimme!« Mario schnaubte. »Eine Schande!« Er fing sich wieder. »Aber das Tingeln durch kleine Klubs und Lokale hätte Nino nichts ausgemacht. So was war er ja gewohnt.«

Dario schaltete sich ein. »Nino war keiner dieser Stars aus Castingshows, keiner, der vom Wohnzimmer direkt auf die große Bühne kam. Der nicht! Er hat sein Handwerk – oder sollte man besser Mundwerk sagen? – von Grund auf gelernt. Bevor er in Florenz groß rauskam, ist er sogar regelmäßig in Volterra aufgetreten. Und nicht nur hier. Eine Zeit lang hat er bei so ziemlich jeder größeren privaten Feier zwischen Pontedera und Grosseto gesungen.«

Sergio, der sich die Tasse an die Lippen hielt, hatte das Gefühl, der Espresso würde ihm den Mund verbrennen. Er setzte die Tasse ab, ohne getrunken zu haben. »Sagtet ihr Volterra? Nino Marino ist vor seiner Verurteilung hier in der Stadt aufgetreten? Regelmäßig?« Sergio forschte in seiner Erinnerung nach einem Festival im Stadtpark oder einem Musikabend auf der Piazza dei Priori, bei dem er den Sänger gesehen und gehört haben könnte, aber da war nichts, nicht mal die verwaschenen Farben eines alten Ankündigungsplakats.

»Er war einige Zeit im Il Ghiottone engagiert«, sagte Mario. »Da hat er an ein oder zwei Abenden in der Woche seine selbst geschriebenen Lieder gesungen. Allerdings kamen dadurch nicht mehr Gäste. Deshalb wollte der Wirt, dass Nino diese alten italienischen Schlager zum Besten gibt und dabei mit seiner Gitarre von Tisch zu Tisch spaziert, um den Signore zuzuzwinkern. Da hat Nino das Handtuch geworfen. Kurz darauf hatte er dann Erfolg in Florenz – und diesen Unfall.«

Alessandro schob seinen unangerührten Espresso zu Sergio hinüber. »Hat Nino euch das während eurer gemeinsamen Zeit in der Fortezza erzählt?«, fragte er.

Die Gottardo-Brüder nickten.

Sergio war von einer inneren Unruhe erfüllt, wie er sie sonst nur verspürte, wenn er im Il Gusto drei Wochen durchgearbeitet hatte und der Name Trattoria Mortale eine neue Bedeutung zu bekommen drohte. Er starrte auf seine Dienstmütze, die neben Alessandros auf der Theke lag, und versuchte, seine Gedanken zu ordnen.

Nino Marino hatte schon vor seiner Zeit in der Fortezza eine Verbindung nach Volterra gehabt! Das könnte ein neues Licht auf seine Flucht vom Weingut Due Torri und auf seinen Tod in Castelvecchio werfen. Vielleicht hatte jemand aus der Stadt seine Finger im Spiel und Marino erst zur Freiheit verholfen, um ihn später in den Tod zu befördern. In diesem Fall wären Baldi und Rossi in Florenz auf der falschen Spur.

»Wir können auf keinen Fall auf eigene Faust ermitteln«, sagte Alessandro, als sie kurz darauf das Don Alpha verließen. »Wir haben etwas herausgefunden. *Buono!* Aber das melden wir unseren Vorgesetzten. Ich lasse dich nicht wieder von der Leine, so wie beim letzten Mal.«

»Wenn wir schon von einer Leine sprechen«, sagte Sergio. »Ich muss weiter nach Cardenio suchen. Für Ermittlungen im Fall Marino habe ich ohnehin keine Zeit.«

Alessandro klopfte dreimal in seine Dienstmütze, setzte sie auf und rückte den Schirm gerade. »Warum habe ich bloß das Gefühl, dass ich dich schon bald an deine Worte werde erinnern müssen?«

KAPITEL 11

Sergio drückte den letzten Klebestreifen an der letzten Ecke des letzten Plakats fest. Ein Exemplar der Suchmeldungen nach Cardenio hatte er für den Schaukasten neben der Tür der Trattoria zurückbehalten und im Licht des frühen Abends darauf geachtet, dass zumindest noch ein Ausschnitt der Speisekarte zu sehen war.

»Was machst du da?«, krächzte Angelo in Sergios Rücken.

Sergio trat einen Schritt zurück. Er war überrascht, dass sein Vater noch in der Trattoria war. »Müsstest du nicht oben in der Stadt sein, *babbo*?«

»Natürlich«, knurrte Angelo. »Aber ich finde das Rezept fürs Dessert nicht. Soll ich die Zutaten für den Höhepunkt des Fortezza-Menüs etwa raten?«

»Warum nicht?«, fragte Sergio. »Das machst du ja hier auch ständig, und die Gäste sind begeistert. Neulich hat mir jemand gesagt, er kenne kein Lokal, das seine Speisekarte so häufig erweitern würde.«

Angelo versuchte vergeblich, ein Grinsen zu unterdrücken, wurde aber sofort wieder ernst. »Und was soll das da?«, fragte er und deutete auf das Plakat. Im Schein der

Trattoria-Laterne schaute Cardenio Vater und Sohn Panda herausfordernd an. Sergio fiel zum ersten Mal auf, dass der Rüde und Angelo eine gewisse Ähnlichkeit aufwiesen. Kein Wunder, dachte er, Angelo ist ja auch niemals da, wo er sein soll.

»Wir sind doch hier kein Tierschutzverein«, sagte der alte Wirt. »Du nimmst das besser wieder runter, bevor unsere Gäste noch glauben, das sei unser Tagesgericht.«

»Aber das ist Cardenio«, erklärte Sergio, »Giulias Hund. Er ist verschwunden.«

»Mir egal«, entgegnete Angelo, »und wenn er Sergio Panda hieße.« Sein erhobener Zeigefinger erstarrte in der Luft. »Moment mal! Das ist Giulias Hund, sagst du?«

Sergio nickte. »Du kennst ihn. Er fährt immer mit ihr im Bus rauf in die Stadt.«

Angelo schaute sich das Foto genauer an. Er klopfte mit einem Fingerknöchel gegen die Scheibe des Schaukastens. »Geht in Ordnung«, sagte er dann. »Das kann hängen bleiben.«

Sergio zog eine Augenbraue in die Höhe und sah seinen Vater misstrauisch an. Da stimmte doch was nicht! Angelo war dafür bekannt, niemals nachzugeben, selbst dann nicht, wenn er wusste, dass er im Unrecht war. »Du führst was im Schilde, oder?«

»Tun wir das nicht alle ständig?« Angelo zog Sergio in das Lokal hinein und ging hinter die Theke, wo er sich an der Auslage zu schaffen machte und den Teller mit den appetitlich angerichteten Wildschweinröllchen in pikanter Soße gerade rückte, sodass er ein perfektes Dreieck mit der

Fenchelsalami und der Schale voller eingelegter Auberginenscheiben bildete. In der Regel achtete Angelo nicht auf die Auslage, und es blieb Sergio und Matteo überlassen, alles so zu arrangieren, dass den daran vorbeiflanierenden Gästen das Wasser im Mund zusammenlief.

Aber jetzt rumorte Matteo in der Küche, und Angelo benahm sich merkwürdig.

»Wann kommt Giulia denn mal wieder her?« Angelo verschränkte die mageren Arme auf der Theke. Bevor Sergio antworten konnte, fuhr er fort: »Du könntest ihr was ausrichten.« Und dann rückte er mit der Sprache heraus. Es sei ein Problem aufgetreten bei der Organisation des Festessens im Stadtpark. Zum Programm des Abends gehöre nicht nur das Menü, sondern auch ein bisschen Musik, sprich: der Auftritt der Gefängnisband. Die sei aber verstummt, denn der Sänger und Bandleader sei gestorben. »Dieser Nino Marino«, erklärte Angelo, »du hast bestimmt von der Geschichte gehört. Deshalb waren deine Kollegen aus Pisa heute früh bei mir.«

Sergio verzichtete darauf, Angelo daran zu erinnern, dass er selbst in Castelvecchio und beim Streit seines Vaters mit Baldi und Rossi im Stadtpark dabei gewesen war. Wie immer vergaß Angelo alles, was mit Sergios Beruf in Verbindung stand – abgesehen von dem, was ihm nützlich sein konnte. »Was hat das mit Giulia zu tun?«, fragte Sergio.

Die Türglocke klingelte, und Trommelfeuer, Zitadelle und Kugelblitz kamen herein. Sie grüßten Vater und Sohn mit einem knappen Nicken und ließen sich auf ihre Stammplätze sinken, wo sie, wie jeden Abend, stumm verharrten und das Lokal begutachteten, als würden sie es zum ersten Mal sehen.

»Komme sofort«, rief Sergio. Dann wandte er sich wieder seinem Vater zu. »Raus mit der Sprache! Was willst du von Giulia?«

Angelo schob die Unterlippe vor. »Sie ist doch Musikerin. Ich dachte, sie könnte mit ihrem Saxophon einspringen. Du weißt schon: die Band leiten und so was.«

Giulia war in Volterra geboren und mit Sergio zur Grundschule gegangen, später hatte sie in Florenz Musik studiert. Da sie nach dem Studium keine dauerhaften Engagements fand – sie war Jazzmusikerin –, verdiente sie ihren Lebensunterhalt einige Jahre auf der Fähre nach Elba und seit Kurzem als Busfahrerin in Volterra. Ihr geliebtes Saxophon, ein Selmer, wie es seinerzeit John Coltrane gespielt hatte, war immer mit dabei. Sergio hatte erlebt, wie Giulia in ihren Pausen im Bus spielte, und gelegentlich griff sie auch in der Trattoria zu ihrem Instrument. Ihre Variationen über *Tanti auguri a te*, »Zum Geburtstag viel Glück«, waren der Höhepunkt jedes Wiegenfestes im Il Gusto.

Und jetzt wollte Angelo, dass Giulia das Festessen im Stadtpark musikalisch gestaltete. Sergio war hin- und hergerissen. Einerseits bekäme Giulias Talent damit endlich mal wieder Aufmerksamkeit. Andererseits wollte Sergio sie nicht vor den Karren spannen lassen, den sein Vater durch die Stadt schob.

»Na, was sagst du?«, fragte Angelo.

»Was ich dazu sage, spielt keine Rolle«, erwiderte Sergio. »Die Frage ist, was Giulia davon hält.«

»Genau«, krächzte sein Vater. »Und da kommst du ins Spiel. Dir wird sie eine lieb vorgetragene Bitte bestimmt nicht abschlagen. Bereite ihr halt einen schönen Abend hier in der Trattoria, nur ihr zwei, nachdem die letzten Gäste gegangen sind, und wenn sie dich mit ihren großen Augen anschmachtet, rückst du mit der Sprache raus. Du musst es ihr schmackhaft machen, servier den Vorschlag wie einen süßen Obstsalat.«

Sergio meinte, nicht richtig gehört zu haben. »Das Ende eines romantischen Abends mit Giulia stelle ich mir anders vor. Außerdem hast du heute Morgen Commissario Baldi und Ispettore Rossi einen Vortrag darüber gehalten, dass man Vertrauen schaffen und nicht missbrauchen sollte – und jetzt soll ich Giulias Gefühle für mich ausnutzen, damit dein großer Auftritt im Stadtpark ein Erfolg wird?«

»Gefühle, Gefühle, Gefühle«, leierte Angelo. Der listige Ton war aus seiner Stimme verschwunden und hatte der Akkordfolge des Ärgers Platz gemacht. »Hier geht es nicht um Gefühle oder um Erfolg. Hier geht es um die Ehre und die Zukunft der mir anvertrauten Männer. Du sagst, du warst heute Morgen dabei, als ich die *sbirros* aus Pisa zurechtgewiesen habe? Warum hast du dann nicht zugehört?« Angelo wurde immer lauter, bis er von Kugelblitz unterbrochen wurde.

»Drei *caffè* und dreimal *panforte*«, rief der Pensionär mit dem mächtigen Bauch. »Abgerechnet wird zum Schluss.« Er lachte.

Die Stammgäste der Trattoria waren darin geübt, Angelo zur Vernunft zu bringen. Dazu genügte meist eine einfache

Bestellung, und aus Angelo Panda, dem zornigen Streiter für Recht und Ordnung, der sich mal wieder von innerem Aufruhr mitreißen ließ, wurde Angelo, der Gastwirt.

Der Trick funktionierte auch diesmal. Angelo atmete tief durch, seine Züge glätteten sich. »Kommt sofort«, rief er zu den drei Stammgästen hinüber, und zu Sergio sagte er: »Du übernimmst jetzt hier. Ich muss hoch in die Stadt. Wirst du mit Giulia reden?«

Sergio sah seinen Vater lange an. Es war immer dasselbe mit ihm. Der alte Toskaner war starrsinnig, aufbrausend, selbstgerecht und glaubte, er sei der Mittelpunkt des Universums. Und Sergio liebte ihn so, wie er war. »Ich kann's ja mal versuchen«, sagte er schließlich. »Aber den passenden Moment suche ich selbst aus.«

Angelo huschte zur Tür und klopfte Sergio im Vorbeigehen auf die Schulter. »Auf dich kann man sich verlassen. Jedenfalls manchmal.« In seinem Gesicht war nicht der kleinste Anflug von Zufriedenheit zu erkennen, vielmehr sah Angelo aus, als habe er Sergio soeben eine Gefälligkeit erwiesen und nicht umgekehrt.

In der Tür drehte sich Sergios Vater noch einmal um. »Ach ja, bevor ich's vergesse: Giulia soll auf keinen Fall dieses Zeug spielen, das sie sonst immer zum Besten gibt, diesen Jazz. Wir brauchen Schlager, etwas, das die Gäste mitsummen können, wenn sie satt und zufrieden ihre Hände über dem Bauch falten.« Er pochte noch einmal gegen die Scheibe des Schaukastens, auf der Cardenio zu sehen war. »Das findest du doch auch, nicht wahr, mein Guter?«

Angelo war schon geraume Zeit verschwunden, als sich zwei Dinge gleichzeitig ereigneten: Sergios Puls erreichte wieder seinen normalen Wert von achtzig Schlägen pro Minute, und die Trattoria füllte sich mit Gästen.

Im Nu waren alle Tische besetzt, und da Angelo fehlte, sprangen wieder Trommelfeuer, Kugelblitz und Zitadelle als Aushilfskellner ein. Sie stopften sich noch schnell den Rest ihres Panforte, des toskanischen Naschwerks aus Nüssen, Feigen, Honig und Rosinen, in die Münder und wischten sich den Puderzucker von den Fingern, dann versuchten sie, zu dritt das zu leisten, was Angelo Panda allabendlich allein oder mit Sergios Hilfe vollbrachte. Das gelang beinahe perfekt. Nur gelegentlich musste Sergio, der seine Dienstkleidung mal wieder gewechselt hatte, Trommelfeuer davon abhalten, sich zu den Gästen zu setzen, um mit ihnen zu schwatzen. Auf den breiten Unterarmen von Zitadelle schwebten Teller dampfender Pasta durch die Gaststube, Trommelfeuer schenkte Wein aus mit der Eleganz eines Sommeliers im ersten Lehrjahr, und Sergio sorgte für den reibungslosen Ablauf bei den Bestellungen und half Matteo in der Küche. Alles lief gut, bis zu dem Moment, in dem die ersten Gäste zahlen wollten.

Die Kasse ließ sich noch immer nicht öffnen. Sergio stand vor dem laubgrünen Apparat von Spoletti, in der einen Hand drei Geldscheine und die andere zur Faust geballt. Wie es schien, hatte sich seit gestern niemand des Problems angenommen. Sergio unterdrückte den Impuls, gegen den Metallkasten zu schlagen. Die alte Registrierkasse hätte diese Aufforderung verstanden und wäre sofort aufgesprungen, aber das neue Modell verweigerte die Zusammenarbeit und zeigte sich ebenso unnachgiebig wie sein Besitzer.

Da mussten wohl wieder die eigenen Ersparnisse und die Trinkgeldkasse herhalten. Gerade versuchte Sergio, Münzen aus dem Einmachglas zu fischen, als erneut die Türglocke klingelte.

Im Eingang stand Giulia. Sie hatte ihre Busfahreruniform gegen eine malvenfarbene Kniehose und ein blau-weiß gestreiftes Oberteil, das die Schultern freiließ, getauscht. Das dunkle Haar hatte sie zu einem lockeren Zopf geflochten, der ihr Gesicht mit der scharfen Nase zur Geltung brachte. In ihren Augen lag eine Andeutung sonnenbeschienener Hügel – und Verwunderung.

»Ist Angelo schon wieder nicht da?«, fragte sie, nachdem sie den Blick durch den Raum hatte schweifen lassen.

»Angelo?« Sergio zog die Hand aus dem Einmachglas. Er hatte nur magere Beute gemacht, doch es war genug, um ein- oder zweimal Wechselgeld herausgeben zu können. »Ich dachte, du kommst wegen mir.«

Giulia trat auf ihn zu und beugte sich über den Tresen, sie war ihm so nah, dass Sergio die hellen Sprenkel in ihren Pupillen erkennen konnte. Nur die Theke trennte sie voneinander. Wie sinnbildlich!, dachte Sergio. Bevor er Zeit für Giulia haben würde, musste er den Abend in der Trattoria hinter sich bringen. Und der hatte gerade erst begonnen.

»Natürlich bin ich wegen dir hier, Pandolino«, sagte Giulia, nahm eine Olive aus der blauen Porzellanschüssel, die auf der Theke stand, und schob sich die Frucht in den Mund. »Aber nicht, um dir bei der Arbeit zuzusehen«, fuhr sie kauend fort. Ihre Lippen glänzten vom Öl der Olive, sie zog eine Serviette aus dem verchromten Spender und wischte sich die Finger ab.

»Dreimal Cantuccini mit Vin Santo«, schallte Zitadelles Stimme durchs Lokal.

»Zunächst mal«, fuhr Giulia fort, »wollte ich mich bei dir bedanken. Für die Plakate, die du in der Stadt aufgehängt hast. Ich bin vorhin mit dem Bus dran vorbeigefahren. Damit finden wir Cardenio bestimmt.«

»Dann ist er immer noch nicht aufgetaucht?«

Giulia schüttelte den Kopf, dass die Spitze ihres Zopfes flatterte. Sergio spürte das Beben seines Pulsschlags zurückkehren – aber jetzt fühlte es sich angenehm an. Seit Giulia nach Volterra zurückgekehrt war, hatten sie beide die Romanze fortgesetzt, die sie in gewisser Weise schon in der Grundschule begonnen hatten. War es Zufall gewesen, dass Sergio Giulias alten Fiat Cinquecento eines frühen Morgens auf der Landstraße angehalten hatte? Er hatte eine Mitfahrgelegenheit zu einem dringenden Einsatz im Stadtzentrum benötigt, und aus dem winzigen Wagen hatte ihm Giulia Fonte zugelächelt, dreißig Jahre älter und zu einer toskanischen *girasole*, einer Sonnenblume, erblüht. Seither hatte Sergio feststellen müssen, dass Giulia auch in der Liebe eine Busfahrerin war: Er war ihre wichtigste Haltestelle, aber die Endstation war nicht in Sicht.

»Wir werden Cardenio schon finden«, sagte Sergio. »Morgen früh rufen Leute in der Wache an, die ihn gesehen haben.«

»Ich hatte gehofft, wir beide könnten heute Abend gemeinsam seine Lieblingsplätze absuchen, die verlassenen Gebäude hinter dem Krankenhaus, wo er manchmal streunende Katzen jagt, oder die Gärten am Westhang der Stadt, wo er gern in der Abendsonne liegt.«

Sergio spürte sein Herz im Zickzack springen. Er konnte sich nichts Schöneres vorstellen, als Giulia im letzten Licht des Tages an entlegene Winkel Volterras zu begleiten. Andererseits konnte er Trommelfeuer, Zitadelle, Kugelblitz und Matteo nicht alleinlassen, nicht einmal dafür. Die Jungs vertrauten ihm, so wie er ihnen.

Giulia bemerkte sein Zögern. »Schon gut«, sagte sie, »du musst deinen Vater vertreten. Ich habe schon gehört, welche Aufgabe er im Stadtpark übernommen hat.« Giulias Bus, die Linie eins, transportierte Neuigkeiten ebenso schnell wie Fahrgäste.

»Lass uns später zusammen losziehen«, schlug Sergio vor.

»Gerne. Soll ich euch bis dahin ein bisschen helfen?«

»Danke, aber die Kumpane meines Vaters füllen das Lokal in jeder Hinsicht aus.« Er deutete mit einem Kopfnicken auf Zitadelle, der mit ausgebreiteten Armen zwei Pizzateller durch das kleine Lokal jonglierte.

»In Ordnung.« Giulia streckte eine Hand aus und berührte sanft Sergios Arm.

Etwas knisterte – die Geldscheine in seiner Hand.

Sergio eilte zu dem Tisch mit der Familie aus der Nachbarschaft, um dort abzurechnen. Das kleinste der drei Kinder war im hölzernen Hochstuhl eingeschlafen.

Als er zu Giulia zurückkehrte, beendete sie gerade ein

Telefonat. »Ich nutze dann die Zeit bis zu deinem Feierabend zur musikalischen Fortbildung«, verkündete sie. »Juan hat mich schon zweimal danach gefragt.«

»Juan?« Sergio hatte das Gefühl, dass die Luft um ihn herum mit einem Mal wärmer wurde. Hatte jemand die Heizung aufgedreht? »Wer ist Juan?«, fragte er, obwohl er schon ahnte, wer gemeint war.

»Der Straßenmusiker von der Piazza dei Priori«, antwortete Giulia. »Juan ist gestern zu mir in den Bus gestiegen und hat mich an seinen Vorschlag erinnert, dass wir doch mal zusammen Musik machen könnten. Er mit der Gitarre und ich mit dem Saxophon. Vielleicht sind wir zusammen so gut, dass wir mal bei Volterra Jazz auftreten können. Natürlich nur im Vorprogramm.« Sie lächelte karamellig.

»Und mit wem spielst du im Hauptprogramm?«, fragte Sergio.

»Wo bleiben die Cantuccini und der Vin Santo?«, raunte Trommelfeuer im Vorbeigehen.

Sergio holte eine Flasche mit dem Dessertwein aus der Kammer hinter der Theke, in der seine kleine Cocktailbar untergebracht war. Wie durch einen Nebel las er den Namen Due Torri auf dem Etikett der Flasche. Darin verschmolzen die beiden Türme zur bulligen Silhouette der Fortezza Medicea. Mit einem Mal kam Sergio der Gedanke, dass er Juan ausbooten konnte.

»Du musst jetzt wirklich nicht so schauen, als wäre jemand gestorben«, sagte Giulia, als er wieder neben ihr an der Theke stand. »Du hast keinen Grund, eifersüchtig zu sein.«

Sergio schraubte den Verschluss von der Flasche und ließ die goldgelbe Flüssigkeit in zwei Likörgläser rinnen. »Eifersucht«, sagte er, »ist Gift. Ich habe etwas Bekömmlicheres für dich.« Er stellte die beiden Gläser und eine Schale mit Mandelgebäck auf ein Tablett, das Trommelfeuer sofort in Empfang nahm, dann füllte er zwei weitere Gläser und reichte Giulia eins davon. Das andere nahm er selbst. »Die Gefängnisband braucht dich für ihren großen Auftritt beim Bankett im Stadtpark. Der Tote von Castelvecchio war der Leiter der Gruppe. Jetzt haben die Jungs niemanden mehr, der sagt, wo es musikalisch langgeht. Angelo kam auf die Idee, dass du einspringen könntest. Erst war ich skeptisch. Jetzt aber glaube ich, dass du darüber nachdenken solltest. Giulia, dein Talent ist zu schade fürs Vorprogramm.«

Giulia hielt das Likörglas wie erstarrt zwischen den Fingern. Die Flüssigkeit darin zitterte leicht. »Das ist sehr schmeichelhaft. Aber ich bin kein Mensch fürs Rampenlicht. Sergio, ich spiele in meinem Bus hinter verschlossenen Türen und ab und zu mal hier in der Trattoria. Das mit Volterra Jazz war nur ein Scherz. Ich bin die große Bühne nicht mehr gewohnt. Kann das nicht jemand anders übernehmen?«

»Ich wüsste niemanden, der geeigneter wäre«, sagte Sergio. Kurz dachte er darüber nach, Giulia zu erzählen, welche Art Musik sie mit der Band einstudieren sollte – Schlager –, dann entschied er, dieses nebensächliche Detail auf später zu verschieben. Hauptsache, sie erteilte Juan eine Absage. »Außerdem würdest du den Musikern der Band einen großen Gefallen tun. Wenn ich es richtig verstanden habe, proben die schon seit Monaten, und wenn sich jetzt niemand findet, der aushilft, war alles umsonst.« Davon hatte Angelo zwar nicht ausdrücklich gesprochen, aber das Argument war zu gut, um es nicht vorzubringen. Sergio hob das Glas, um mit Giulia anzustoßen. »Na? Was sagst du?«

Sie rührte sich noch immer nicht. Ihr Blick war hellwach und misstrauisch. »Wie ich schon sagte: Ich habe jetzt eine Verabredung mit Juan. Wir wollen zusammen üben und auf der Piazza Jazz spielen. Wenn ich Angelo zusage, müsste ich Juan für weitere Proben einen Korb geben. Beides schaffe ich nicht nach Feierabend. Zumal ich ja auch noch Zeit mit dir verbringen will.«

Sergio kippte den Vin Santo in einem Zug, um seine Freude über Giulias letzten Satz hinter dem Glas zu verbergen.

Nun trank auch sie. »Ich weiß, wie wir dieses Dilemma lösen«, sagte Giulia, stellte das Glas auf die Theke und schob es an Sergios heran, sodass sich beide klingelnd berührten. »Ich verbinde das eine Engagement mit dem anderen. Legato spielen, nennt man das in der Musik.«

Sergio merkte mit einem Mal, dass der Vin Santo, den er sonst so gerne mochte, etwas bitter schmeckte. »Was meinst du damit?«

»Ich werde Juan fragen, ob er die Bandleitung mit mir gemeinsam übernimmt. Dann können wir unsere Musik trotzdem spielen, und sogar vor großem Publikum. Der Auftritt der Band wäre gerettet. Und ich müsste nicht vorn auf der Bühne stehen. Das würde bestimmt Juan übernehmen.« Sie tippte gegen die leeren Gläser. »Da muss irgend-ein Zaubermittel drin sein, das einen auf gute Ideen bringt. He, Sergio, warum schaust du denn so betreten?«

Kapitel 12

Der Morgennebel lag zwischen den toskanischen Hügeln wie der Milchschaum auf einem Cappuccino. Die Sonne begann, ihn mit den ersten Strahlen aufzusaugen. Sergio nippte an seinem *caffè doppio* und genoss das Schauspiel. Er stand auf der Dachterrasse des Hotels Fiorentina und schaute über das Land.

Wie so oft hatte er zwischen dem abendlichen Trubel in der Trattoria und dem Dienstbeginn in der Polizeiwache keine Ruhe mehr im Schlaf gefunden. Auch der Gedanke an Giulia und an ihre Treffen mit Juan hatte ihn wach gehalten. Aus ihrer Verabredung am späten Abend war gestern nichts mehr geworden. Giulia hatte ihn von der Piazza aus angerufen und gesagt, dass sie müde sei und bei ihrer Tante im Il Mulino übernachten werde, sie könnten sich aber heute Abend sehen. Also war er allein durch San Giusto gestreift und hatte im grauen Licht des frühen Tages Fotos seines Stadtviertels geschossen: von den drei an einem Aussichtspunkt stehenden Stühlen gegenüber seiner Haustür, von einer schlafenden Katze im Weinspalier des Nachbarn, von den Todesanzeigen an der Hauswand gegenüber der Trattoria Mortale, die jemand mit der Ankündigung des Fortezza-Banketts überklebt hatte. Erst beim Blick durch den Sucher war ihm aufgefallen: Sein Vater war auf dem Plakat bereits als Menü-Chef erwähnt. Wahrscheinlich hatte Angelo selbst für den Aushang und damit für ein bisschen Tratsch in der Nachbarschaft gesorgt.

Die Fotografie schärfte Sergios Blick für das Wesentliche, sie vermochte das Erdbeben in seinem Inneren zum Stillstand zu bringen, weil sie ihn im Moment des Betrachtens festhielt. Mit seiner alten Contax-Spiegelreflexkamera und Schwarz-Weiß-Filmen, die er selbst entwickelte, machte er sich ein Bild von seiner Stadt, seinem Leben. Farbfilme verwendete er selten. Mit Farben ging es ihm wie mit den Geräuschen des Tages: Sie brachten meist nur die Art von Aufgeregtheit, die man hier *confusione* nannte.

Nun stand er auf einer Dachterrasse im historischen Zentrum Volterras, nahe der Porta Fiorentina, und sah die Sonne über der welligen Landschaft des Bona-Tals aufsteigen. Zum Glück versorgte ihn sein Freund Daniele schon zu dieser Tageszeit mit *caffè*, wenn die Bars der Stadt noch nicht geöffnet waren. Daniele arbeitete im Hotel Fiorentina und bereitete gerade das Frühstück vor, das den Gästen im Erdgeschoss des alten Stadthauses serviert wurde. Sergio hatte die mit bepflanzten Blumenkübeln und Stehtischen aus alten Weinfässern ausgestattete Dachterrasse für sich allein, hier herrschte erst spätabends Betrieb, wenn Daniele seine berüchtigten Cocktails ausschenkte. Sergio teilte diese Leidenschaft für Mixgetränke. Er stellte seine Kaffeetasse auf einem Weinfass ab und hinterließ einen Zettel mit der

Notiz *Hundsgemein*. Daniele akzeptierte als Bezahlung einzig originelle Namen für die Cocktails, die sie gemeinsam ausprobiert hatten – und dieser Name beschrieb ihren jüngsten Versuch perfekt.

Sergio stieg die schmale Hoteltreppe hinab, knöpfte seine Uniformjacke zu und trat hinaus auf die Via Guarnacci. Die Einkaufsstraße, die zum zentralen Platz der Stadt hinaufführte, lag in tiefem Schlummer. Umso mehr fiel ihm das Treiben am Lebensmittelladen von Signora Bianchi auf. Die betagte Besitzerin des Geschäfts hatte die gelbe Markise bereits ausgefahren, schrubbte energisch das Schaufenster und redete lautstark auf die Scheibe ein. Außer ihr selbst war niemand zu sehen. Ob sie mit ihrem Hund sprach? Sergio wusste, dass der kleine Vierbeiner gerne zwischen Weinflaschen und Konserven in der Auslage des Ladens schlief. Signora Bianchi hatte ihm in einem ausgedienten Präsentkorb einen Platz geschaffen. »So ein Ungeheuer«, hörte Sergio sie schimpfen.

»*Buongiorno*, Marcella«, rief er aus einiger Entfernung, um sie nicht zu erschrecken. Signora Bianchi brachte einen weiteren Fluch zu Ende, bevor sie sich zu ihm umdrehte. »Sergio, du kommst zur rechten Zeit«, sagte sie. Die alte Ladenbesitzerin kannte ihn, seit er Bonbons lutschen konnte. Sie warf ihren riesigen gelben Lappen in einen ebenso großformatigen Putzeimer, Schaumfetzen stieben auf, Signora Bianchis tropfnasse Hände fuhren in die Höhe. »Dieser Verbrecher muss unbedingt dingfest gemacht werden«, ereiferte sie sich.

Sergio spähte durch das feuchte Schaufenster. Der kleine

weiße Hund saß in seinem Korb und kratzte sich hinter einem Ohr. »Was ist denn passiert, Marcella?«

»Diebstahl, Belästigung, Sachbeschädigung«, zählte sie auf und wischte sich mit zackigen Bewegungen die Hände am geblümten Kittel ab. Ihre dunklen Augen blitzten. »Es ist gut, dass die Polizei nach ihm fahndet.«

Sergio ahnte, worum es ging.

»Er stiehlt seit Tagen meinen Schinken, belästigt meine Lucinda und sabbert mein Fenster voll«, klagte die Ladenbesitzerin.

Cardenio hatte also auch hier zugeschlagen. Was war nur los mit diesem Hund?

»Wann ist er zuletzt hier gesehen worden?«, fragte Sergio.

»Vor einer Stunde. Seine lange Zunge hat er kreuz und quer über das Fenster gezogen.« Signora Bianchi deutete auf den Tatort und schnaubte. »Als ob er meine Lucinda damit beeindrucken könnte.« Hinter dem Schaufenster rekelte sich ihre Hündin im Korb. Den Gemütszustand dieses Vierbeiners vermochte Sergio nicht zu beurteilen. Aber dass Cardenio sich zum Narren machte, um die Aufmerksamkeit seiner Angebeteten zu gewinnen, das konnte Sergio nachvollziehen.

»Wir kümmern uns darum«, versicherte er Signora Bianchi und setzte seinen Weg zur Polizeiwache fort.

Die Piazza dei Priori trug noch ihr silbergraues Nachthemd. Später würde das Steinpflaster des großen Platzes mit bunt gekleideten Touristen getupft sein, und die Sonne würde die Fassaden der Bauten ringsum ausleuchten. Sergio sah zum alten Rathaus hinüber, Juans Platz auf dem Steinsims vor dem prächtigen Bau war um diese Zeit noch leer. Aus einem offen stehenden Fenster des Palazzo Pretorio drangen die Stimmen von Alessandro und Bertini. Sergio stutzte. So laut erlebte er die Kollegen sonst nur, wenn sie die Abstände der Kugeln auf der Bocciabahn diskutierten. Beide redeten gleichzeitig. Sergio ging die Treppen zur Wachstube in der zweiten Etage hinauf und sah die Kollegen an ihren Schreibtischen sitzen und telefonieren.

»... wie ein bunter Hund«, hörte er Bertini sagen.

»... ein schräger Vogel«, kam es fast gleichzeitig von Alessandro.

Meldeten sich tatsächlich schon Anrufer wegen der Fahndung nach Cardenio? Was für ein Zirkus, dachte Sergio mit mulmigem Gefühl. Vielleicht hatten sie es mit den Plakaten ein bisschen übertrieben.

Alessandro beendete sein Gespräch, drückte einige Tasten am Telefon und legte den Hörer auf. Dann bedeutete er Sergio mit einem Handzeichen, ihm aus dem Büro zu folgen. Im Treppenhaus des Palazzo lehnte er sich gegen das Steingeländer und verschränkte die Arme vor der Brust.

»Hier können wir in Ruhe reden. Das war Commissario Baldi.«

»Baldi?« Sergio fühlte sich auf merkwürdige Art erleichtert. Offenbar war ihre Polizeiarbeit doch nicht ganz auf den Hund gekommen. Er stützte sich neben Alessandro auf dem Geländer ab. Der kühle Sandstein kribbelte an seinen Handflächen.

»Ich habe den Commissario über Marinos Verbindung

nach Volterra in Kenntnis gesetzt, über die Auftritte des Sängers«, fuhr Alessandro fort.

»Und?« Sergio spürte das Kribbeln stärker werden. »Wird er dem Il Ghiottone einen Besuch abstatten?«

»Nein. Er und Rossi folgen einer anderen Spur. Sie haben herausgefunden, dass Marino Verbindungen zu jemandem aus dem Florentiner Nachtleben hatte, der ›der Rabe‹ genannt wird, und glauben, dass es sich dabei um ›die Elster‹ handelt.«

Sergio dachte an den Schriftzug, den Nino Marino in Castelvecchio hinterlassen hatte, an die zittrigen Buchstaben an der Wand der Ruine, an die vom Ruß geschwärzten Finger des toten Sängers.

»Wieso sollte Marino mit letzter Kraft einen falschen Namen schreiben?«, fragte er kopfschüttelnd.

Alessandro zuckte mit den Schultern. »Baldi meint, dass der Sänger sich geirrt oder in seinen letzten Augenblicken den Namen verwechselt haben könnte.«

»Der Commissario sollte anderen Menschen nicht so wenig zutrauen wie sich selbst«, knurrte Sergio.

»Jedenfalls ermitteln Baldi und Rossi weiterhin in Florenz. Wir sollen hier vor Ort die Augen offen halten.« Alessandro hob die Hände, als Sergio etwas entgegnen wollte. »Und den Mund geschlossen, Agente Panda. Ich will erst wieder etwas hören, wenn du im Il Ghiottone warst. Dort wirst du dich heute umsehen. Vielleicht findest du ja eine Krähe.«

Alessandros letzte Bemerkung machte Sergio tatsächlich sprachlos, denn der Kollege scherzte selten.

»Ich löse jetzt mal Bertini ab.« Alessandro rieb sich die Hände. »Seine Schicht ist längst vorüber, er nimmt seit dem frühen Morgen Anrufe wegen Cardenio entgegen.«

»Was hat er denn zu unserer Hundefahndung gesagt?«, fragte Sergio vorsichtig. Sie hatten Bertini und Morelli zunächst nicht in die ungewöhnliche Polizeiaktion eingeweiht.

»Das fragst du ihn am besten selbst.« Alessandro stieß sich vom Treppengeländer ab. Sergio folgte ihm in den Büroflur, seine Hände fühlten sich sandig an.

In der Wachstube stand Bertini vor dem großen Stadtplan Volterras, den sie sonst für die Verkehrserziehung nutzten, und notierte etwas auf einem daraufgeklebten Zettel.

»Gut, dass ihr kommt«, begrüßte er die Kollegen. Es klang freudig.

»Was machst du da?« Sergio setzte sich auf die Kante von Bertinis Schreibtisch,

Alessandro ließ sich auf seinem Bürostuhl nieder.

Bertini zupfte an seinem Kugelschreiber und setzte die Teleskopfunktion an dem Schreibgerät in Gang.

»Ich schlage vor, ein Bewegungsprofil von Cardenio zu erstellen«, sagte er und tippte mit dem silbernen Zeigestock auf den Stadtplan. »Wir notieren die Cardenio-Sichtungen, die bei uns eingehen, mit Uhrzeit, und kleben die Zettel hier auf. Damit finden wir seine Route heraus, und wenn er die nächste Runde dreht, schnappen wir ihn.«

Bertini klopfte mit dem Kugelschreiber in seine Hand und lächelte zufrieden.

Sergio räusperte sich. Dass die Kollegen an einem Strang zogen, statt sich über das Hundeproblem lustig zu machen, überraschte ihn. »Danke für deine Hilfe. Dein Einsatz in dieser Sache ist nicht selbstverständlich.«

»Ich bin selbst betroffen«, erklärte Bertini, nahm seine Uniformjacke von der Garderobe und wandte sich zum Gehen. »Meine Mutter hat einen Pudel. Cardenio stattet uns täglich Besuche ab und bellt so lange vor dem Fenster, bis unsere Neve dort auftaucht. Die Nachbarn haben sich schon beschwert. Wenn ich den Unruhestifter nicht bald fasse, will meine Mutter ihn mit der Flinte zur Strecke bringen.«

KAPITEL 13

Das Il Ghiottone lag außerhalb der Stadtmauer, etwas versteckt an der Porta a Selci. Hinter dem Stadttor überquerte Sergio die Viale Vittorio Veneto und betrat eine Grünanlage, die eine Gedenkstätte für die Gefallenen des Ersten Weltkriegs umschloss und deren Ruhebänke dazu einluden, die Aussicht zu genießen. In die eine Richtung blickte man auf den ältesten Teil der Medici-Festung und in die andere auf die Landschaft im Osten der Stadt, in Richtung des Weinguts Due Torri – Nino Marinos letzte Lebensstationen, ging es Sergio durch den Kopf.

Er folgte dem Parkweg in einen Zypressenhain und genoss den Schatten der schlanken Bäume, die hier struppig und wild ineinandergewachsen waren. Seine Uniformjacke hatte er über der Schulter getragen, zog sie aber jetzt wieder an und knöpfte sie zu. Zwei akkurat zu Säulen geschnittene Zypressen rechts des Pfades markierten den Zugang zum Il Ghiottone. Die sandfarbene Villa mit dem Ristorante lag direkt dahinter. Drei doppelflügelige Holztüren standen offen, Sergio steuerte auf die linke zu, in den beiden anderen schaukelten zarte fliederfarbene Vorhänge.

Er kannte die feine Adresse, betuchte Toskaner buchten das Spezialitätenlokal für exklusive Feiern und Geschäftsessen.

Im Innern des Il Ghiottone war es so hell, als wäre das Blitzlicht von Sergios Fotokamera in dem Raum gefangen. Er betrat einen Saal mit hoher Gewölbedecke, der mit Fresken geschmückt war. Die Ornamente strahlten im Licht, das durch bodentiefe Fenster hereinfiel, und wurden zusätzlich von Wandlampen angeleuchtet. Weiße Tischtücher, weiße Servietten, weiße Kerzen – die Einrichtung sah aus, als wäre sie in einer von Volterras Alabasterwerkstätten gefertigt worden. Bis auf leise Stimmen an drei besetzten Tischen war nur Vogelgezwitscher von draußen zu hören.

Das Stehpult am Empfang war unbesetzt, aber ein Mann, der gerade noch mit Gästen an einem der Tische gesprochen hatte, kam auf ihn zu. Sergio erkannte Riccardo Baroncini, der das Il Ghiottone in dritter Generation führte. Der Chef des Spezialitätenlokals war Sergio von Zeitungsfotos bekannt, auf denen Baroncini die begehrten Auszeichnungen aus der Feinschmeckerszene erhielt. Mit seinem glänzenden weißen Hemd mit breitem Kragen und einer eng anliegenden grauen Anzughose war er auch jetzt wie für einen Fototermin gekleidet. Sergio fielen sein jungenhaftes Aussehen und seine Blässe auf, beides kaschierte er mit einem sauber getrimmten Dreitagebart.

»Willkommen, Agente.« Baroncini sprach mit breitem Lächeln, gedämpfter Stimme und erwartungsvollem Blick. Der Duft eines herben Parfums umwehte ihn.

Sergio nickte ihm zu. »*Buona sera*, Signor Baroncini.

Mein Name ist Sergio Panda. Ich würde Sie gerne kurz sprechen, wenn Sie einen Moment erübrigen können.«

»Sicher kann ich das. Worum geht es, Agente Panda?«

»Um einen Musiker, der bei Ihnen gearbeitet hat. Nino Marino.«

Baroncini lächelte weiter und zog dabei kräftig die Luft durch die Nase ein. Das klang wie ein Schnüffeln. »Folgen Sie mir.« Er schritt quer durch den Saal und führte Sergio auf die Terrasse, die durch die Hanglage der Villa fast ein Balkon war und einen prächtigen Ausblick auf die wellige Landschaft mit dem Gelb der Felder und dem Grün der bewaldeten Hügel bot. Sie ließen sich auf gusseisernen Sitzen an einem kleinen runden Tisch nieder. Sergio spürte das Muster des verschnörkelten Stuhls durch den Stoff seiner Uniformhose.

Baroncini hielt zwei Finger in die Luft, und Augenblicke später servierte ein Kellner Espresso für sie beide. »Was für ein Verlust, was für ein Talent«, sagte der Gastronom und nahm einen Schluck aus der kleinen weißen Tasse. Er sprach leise, obwohl sie auf der Terrasse allein waren. »Ich habe von Marinos Unglück gehört. Wie tragisch! Er wäre nach der Haft bestimmt wieder auf die Füße gekommen.«

Sergio ruckelte auf seinem Stuhl herum, um eine bequemere Sitzposition zu finden. Vergeblich. Vielleicht würde der *caffè* diese Unannehmlichkeit ausgleichen, die Crema sah aus, als verstünde der *barista* sein Handwerk. »Er soll hier bei Ihnen aufgetreten sein.«

»Das liegt schon einige Zeit zurück.« Baroncini hielt kurz inne. Dann war da wieder dieses Schnüffelgeräusch, das nicht zur eleganten Erscheinung des Restaurantchefs passte. »Ich hatte ihn auf einer privaten Geburtstagsfeier in Montecatini kennengelernt, bei der er aufgetreten war«, fuhr er fort. »Damals tingelte er mit seiner Gitarre noch durch die Provinz. Ich habe ihn für drei Abende in der Woche engagiert, wollte meinen Gästen zusätzlich etwas bieten, wenn sie mit Blick in unsere schöne Umgebung oder in unserem Gewölbesaal dinierten, und …«

»Dann haben Sie sich aber recht schnell wieder von ihm getrennt«, unterbrach Sergio. Baroncini war im Reden flott wie ein Sportwagen, aber man musste ihn in der Spur halten.

»Nach etwa einem halben Jahr, das stimmt. Marino hat es einfach nicht geschafft, sich im Hintergrund zu halten«, erzählte Baroncini. »Seine Musik hat den Gästen gefallen, das war nicht das Problem. Aber mit seinen merkwürdigen Kompositionen hat er die Leute so sehr gebannt, dass sie das Essen kalt werden ließen und vergaßen, mehr von unserem exquisiten Wein zu bestellen.« Er nippte an seinem Espresso. »Marino hat sie abgelenkt, dabei sollte er doch der Animateur sein, der dem Geschäft zuträglich ist. Wir sind ja hier keine Kleinkunstbühne.« Der Restaurantchef stellte seine Tasse auf das Tischchen und lehnte sich in seinem Stuhl zurück.

Sergio verfolgte die Bewegung und staunte, wie wohl sich Baroncini auf dem unbequemen Stuhl zu fühlen schien. Bevor er auf das Gesagte reagieren konnte, sprach der Gastronom weiter.

»Marino hat zum Beispiel eine Komposition geschaffen,

die er ›Stromlinien‹ nannte.« Der Restaurantchef deutete in den Himmel. »Er hat Stare auf Stromleitungen beobachtet, die Stromleitungen waren seine Notenlinien, die Stare seine Noten. Das hat er dann auf der Gitarre gespielt. Er war ein verrückter Vogel, ein Künstler«, erklärte er schulterzuckend. Sein Hemd glänzte im Sonnenlicht.

Sergio vernahm wieder das Schnüffelgeräusch. Der Restaurantchef zog eindeutig die Nase hoch. War er erkältet?, fragte sich Sergio. Oder hatte er mit Drogen zu tun, wie der tote Sänger, schnupfte er etwa Kokain?

»Für uns war er deshalb der Star«, sagte Baroncini und setzte sich wieder aufrecht hin. »Fast wäre er wirklich einer geworden.«

»Haben Sie sich im Streit getrennt?«, fragte Sergio.

»Nein, das war ein vernünftiges Gespräch. Als er ablehnte, mehr Schlager zu singen, haben wir uns voneinander verabschiedet, förmlich und freundlich.«

»Hatte er Kontakte in Volterra?«

»Nach dem Auftritt ist er immer zurück nach Florenz gefahren, soviel ich weiß. Da ist das Nachtleben anders als hier, und er war ein Nachtmensch, ist durch die Klubs gezogen, hatte dort seinen Bekanntenkreis, vielleicht auch Freunde. Er war immer aufgekratzt nach der Arbeit, nie müde.«

»Wussten Sie, dass er in Volterra einsaß?«

»Nach seinem Engagement habe ich ihn aus den Augen verloren. Aber nicht aus den Ohren. Seine Musik lief irgendwann im Radio. Und dann habe ich von dem Unfall und von seiner Verurteilung gehört. Was für ein Pechvogel!«

Der Gastronom strich versonnen über seinen Bart. »Dass er hier in Volterra gelandet war, nur ein paar Meter vom Il Ghiottone entfernt, wusste ich nicht.«

»Hat er mal jemanden erwähnt, der die Elster genannt wird?«

Baroncini zog die Nase hoch. »Die Elster? Nein, nie gehört. Wieso fragen Sie?«

»Oder jemanden namens der Rabe?«

»Nein, Agente Panda, wir kannten hier nur den Star, und das war Marino selbst.« Baroncini sah sich auf der Terrasse um, als suche er etwas zwischen den Rosmarin- und Zitronensträuchern, die in Keramikkübeln die Sitzbereiche voneinander trennten. Ihren Duft konnte Sergio nicht wahrnehmen, weil das Parfum seines Gegenübers alles überlagerte. »Wie ist er denn überhaupt umgekommen?«, fragte Baroncini.

»Er ist bei einem Ernteeinsatz von einem Weingut geflohen und später tot aufgefunden worden«, berichtete Sergio knapp. »Kennen Sie Due Torri?«

»Den Biohof von … wie heißt er doch gleich?«

»Vincenzo de Santis.«

»De Santis, genau. Den kenne ich nicht persönlich. Aber sein Dessertwein ist berühmt.« Baroncini blickte auf die goldene Uhr an seinem Handgelenk und dann zu Sergio. »Ich muss jetzt wieder hinein und mit unseren Gästen plaudern.«

»Verstehe«, entgegnete Sergio und trank seinen *caffè* aus, der großartig schmeckte. »Sie haben keinen anderen Animateur.«

KAPITEL 14

Zeig her!« Sergio riss Alessandro das Fax aus der Hand. Die Polizeiwache arbeitete noch immer mit dieser Art der Datenübermittlung, da das Internet von den Eisenklammern in den uralten Mauern des Palazzo Pretorio gebremst wurde. Das Thermopapier knisterte in Sergios Fingern. Es war nur ein einziger Bogen, bedruckt mit hellgrauen Linien und unscharfem Text. *Rechtsmedizinisches Labor Questura Pisa* stand oben links, es folgten Zahlenkolonnen, die Sergio überflog, bis er bei dem Wort *Blutentnahme* hängen blieb. Der folgende Bericht schilderte die angewandte Methode der Blutanalyse und vermerkte, dass zur Überprüfung des Ergebnisses auch eine Untersuchung des Fettgewebes vorgenommen worden sei, weil darin giftige Substanzen gespeichert würden. Beide Analysen, die des Blutes und die des Gewebes, hatten dasselbe Ergebnis erbracht.

Weiter, weiter! Sergio überflog Fremdwörter wie Acetylcholinesterase, von dort kam er zu Muskelzittern, Krämpfen im Unterleib und schließlich Atemlähmung, Bewusstlosigkeit und Tod. Hervorgerufen worden sei all das durch eine hohe Dosis Carbamate, die im Körper des Toten gefunden und von diesem vermutlich oral aufgenommen worden sei, denn im Magen waren Spuren davon erhalten.

Als er am Ende des Berichts angekommen war, hatten Sergios Finger Abdrücke auf dem wärmeempfindlichen Papier hinterlassen. *Carbamate werden heutzutage hauptsächlich als Insektizide eingesetzt und finden Verwendung als Pflanzenschutzmittel im Garten und in der Landwirtschaft,* las er. *Einige pharmazeutische Unternehmen geben ihren Hypnotika Carbamate bei.*

»Hypnotika?«, fragte Sergio in den Raum und dachte an Nino Marinos Drogenvergangenheit. Dann fiel ihm wieder ein, was sich hinter dem Begriff verbarg. »Schlafmittel«, sagte er gleichzeitig mit Alessandro und ließ das Fax sinken. »Wer die Elster auch sein mag, sie hat Nino Marino entweder mit einem Insektengift oder einem Medikament getötet.«

Alessandro legte ein weiteres Fax auf seine weinrote Schreibtischunterlage. »Hier ist Bericht Nummer zwei«, sagte er und tippte mit einem Zeigefinger darauf. »Darin steht, was die Spurensicherung sonst noch in der alten Kirche gefunden hat.«

»Fingerabdrücke?«, fragte Sergio.

»Jede Menge«, gab Alessandro zurück. »Wie es aussieht, war ganz Volterra schon mal in Castelvecchio und hat dort irgendwas angefasst.«

»Oder weggeworfen«, ergänzte Sergio in Erinnerung an den Müll in der Ruine.

»Genau«, sagte Alessandro. »Die Kollegen von der Spurensicherung haben jedes alte Taschentuch, jedes Bonbonpapier und jede Plastikflasche durch die Apparate in ihrem Labor geschoben. In einer der Flaschen haben sie etwas gefunden.« Alessandro ließ sich gegen die Rückenlehne seines Stuhls fallen und schaute Sergio siegesgewiss an.

»Mach's nicht so spannend!« Sergio fischte nach dem Fax, doch Alessandro zog den Bericht weg und begann, sich damit Luft zuzuwedeln. »Carbamate«, sagte er. »Dasselbe Zeug, das in Marinos Blut war, hat Rückstände in einer Flasche hinterlassen.«

»Dann hat er das Gift also getrunken.« Sergio rieb sich die Stirn. »Natürlich. Marino entkommt vom Weinberg und läuft kilometerweit durch die Hitze. Als er Castelvecchio erreicht, ist er erschöpft und durstig wie ein Waldbrand. Trotzdem steigt er den Hügel hinauf, denn …«

»… er weiß, dass er dort oben jemanden treffen wird, der ihm weiterhilft. Mit Geld …«, ergänzte Alessandro.

»… und mit einer Erfrischung«, spann Sergio den Gedanken weiter. »Die Elster wusste genau, dass Marino am Ende seiner Kräfte sein würde, wenn er den Treffpunkt erreichte. Die Flasche muss vorbereitet gewesen sein. Vielleicht hat das Gift den Geschmack des Wassers verändert, aber Nino war so ausgetrocknet, dass er das zunächst nicht bemerkt hat. Und später, als er begann, sich schlecht zu fühlen, ist ihm der Nachgeschmack aufgefallen.« Sergio schüttelte sich, als er sich die letzten Minuten des Popsängers vorstellte.

»Wenn wir jetzt der Spur des Gifts folgen, finden wir die Elster«, sagte Sergio.

»Wir?«, echote Alessandro. »Du meinst Commissario Baldi.«

»Was ich meine«, erwiderte Sergio, »ist, dass der Commissario in Florenz alle Hände voll zu tun hat. Wir sollten ihn entlasten. Hat er nicht selbst angeordnet, dass wir im Il Ghiottone nach dem Rechten sehen sollen?« Sergio tippte mit einem Finger gegen seine Lippen und gab vor, an dem rissigen Putz der Zimmerdecke nach einer Antwort auf seine Frage zu suchen. »Ich erinnere mich an das entsprechende Telefonat, es kommt mir vor, als sei es erst heute Morgen gewesen.«

»Das war etwas anderes, da ging es um das Il Ghiottone«, erklärte Alessandro. »Wir sind einer Spur gefolgt, die wir selbst entdeckt haben und der Baldi keinerlei Bedeutung beigemessen hat. Aber das hier«, er hielt den Bericht in die Höhe, »das ist offiziell.«

»Glaubst du wirklich, Baldi und Rossi würden deshalb ihre Ermittlungen in Florenz abbrechen und in der Provinz nachforschen?«, fragte Sergio.

Alessandro strich den Bericht glatt und heftete ihn ab. »Nein, das glaube ich nicht«, sagte er. »Vermutlich werden Baldi und Rossi ihren Verdacht, es handele sich um einen Mord im Drogenmilieu, durch die Berichte erhärtet sehen und nun erst recht diesem schrägen Vogel, dem Raben, nachstellen. Da sind wir einer Meinung, Agente Panda. Trotzdem muss ich vorschriftsmäßig handeln und …« Er fing Sergios Blick auf und verstummte. »Wo sollen wir überhaupt nach diesen Carbamaten suchen?«

Sergio steuerte den Polizeiwagen über die unbefestigte Straße in Richtung Due Torri. Er war kein geübter Fahrer, hatte nicht mal ein eigenes Auto, sondern ging meist zu Fuß oder fuhr mit dem Bus. Dabei erfuhr er in einer halben Stunde mehr Neuigkeiten über seine Stadt und ihre Bewohner, als wenn er einen ganzen Tag lang im Wagen durch ihre Straßen fahren würde, eingesperrt in einen dröhnenden Kasten aus Metall und Glas und unempfänglich für die Gerüche und Geräusche seiner Heimat.

Das Weingut Due Torri lag weit draußen, das Gebiet von Volterra breitete sich um den Stadthügel aus wie das Lavafeld um einen aktiven Vulkan. Der Fiat holperte über eine Bodenwelle, und die Blätter eines herabhängenden Astes peitschten gegen die Windschutzscheibe. Sergio nahm Gas weg, schaltete einen Gang herunter und steuerte gegen. Er wollte Vincenzo de Santis einige Fragen zu Insektiziden stellen. Wenn es jemanden gab, der sich mit solchen Mitteln auskannte, dann der Besitzer eines zwanzig Hektar großen Weinguts.

Sergio rauschte an den Rebstöcken vorbei, kurz darauf sah er die ziegelroten Dächer des Campanile und des Wachturms – der Due Torri – über den sattgrünen Blättern aufragen. Er bog auf den Parkplatz ein und hielt im Schatten der großen Platane an der Einfahrt. An genau dieser Stelle hatte vorgestern der verzweifelte Paolo berichtet, dass ein Gefangener entflohen sei. Hier hatte der ganze Ärger begonnen, vielleicht würde er hier auch enden.

Sergio stieg aus, froh darüber, dem Backofen des Wageninnern entkommen zu können. Zwar war es auch im Freien heiß, aber die Luft roch angenehm nach Wildgräsern, Thymian und Fallobst. Vom Weingut her zog der Duft von

Gebratenem in Sergios Nase. Er ging unter dem steinernen Bogen hindurch, überquerte den Hof und ließ den schweren Türklopfer gegen die Pforte fallen. Der Aufprall ließ ein wenig der grünen Farbe absplittern, mit der die Tür gestrichen war – vor langer Zeit, wie es schien. Nach einer Weile öffnete eine Frau mit angegrautem Haar und Kochschürze um die ausladenden Hüften und erklärte, dass Signore de Santis bei der Lese in den Feldern sei. Sie werde ihn anrufen und ihm sagen, dass er Besuch habe. Ohne Sergio hineinzubitten, schloss sie die Tür.

Sergio stieg die Freitreppe wieder hinunter und blieb mitten auf dem Innenhof stehen. Eine Weile starrte er auf den Steinbogen und wartete darauf, dass Vincenzo dort erschien. Doch alles, was auftauchte, war ein Staubteufel, den der warme Wind geweckt hatte und der sofort wieder in sich zusammenfiel.

Sergio beschloss, sich umzusehen, bis de Santis kam. Er betrat den Platz mit den Trockengestellen. Die hellen Trauben für die Spezialität des Weinguts, den Vin Santo, hingen daran wie Eiszapfen. Er ging zwischen den Früchten hindurch und bewunderte die einfallsreiche Konstruktion der Gestänge aus Olivenholz. Sie trugen ein Dach aus Holz, das aus Lamellen statt aus Schindeln bestand. Bei Sergios letztem Besuch waren die Lamellen hochgeklappt gewesen, um Sonnenlicht einzulassen, diesmal waren sie geschlossen. Anscheinend regulierte de Santis damit die Menge an Licht und Hitze, die auf die Trauben einwirkte, um den Zuckergehalt zu konzentrieren, denn sie durften nicht viel Saft durch Austrocknung verlieren. Obwohl die Lamellen geschlossen waren, drang an einigen Stellen Licht hindurch. Erst beim näheren Hinsehen fiel Sergio auf, dass die ein oder andere Lamelle Risse aufwies, andere fehlten ganz. Das passte zu dem Eindruck, den das gesamte Weingut auf ihn machte. Es war ein prachtvolles Anwesen, benötigte aber dringend eine Auffrischung.

Hier und da waren die tragenden Stangen der Trockengestelle porös und notdürftig mit Blechen geflickt. Sergio griff nach einer der Stangen und rüttelte daran. Die Trauben um ihn herum gerieten in Bewegung. Einige fielen herunter. Er bückte sich, um sie aufzusammeln, steckte sich die Früchte in den Mund und kaute, der Fruchtzucker explodierte an seinem Gaumen. Auch wenn die Anlage marode war – die Trauben, deren süßer Geschmack durch die Trocknung intensiver wurde, waren erstklassig. Vincenzo verstand sein Handwerk. Unter dem Gestell sah Sergio etwas Rotes schimmern. Er streckte einen Arm danach aus und zog einen Kanister aus rotem Plastik hervor. Darin schwappte eine Flüssigkeit. Sergio begutachtete den Behälter. Vom Etikett waren nur Reste erhalten, darauf war ein verblichenes Farbfoto von Rebstöcken zu erkennen, der Text war unleserlich. Allerdings war auf der Rückseite des Kanisters ein Markenname in den Kunststoff geprägt. Sergio strich mit den Fingern darüber. *Custode di Frutta* stand da, »Wächter der Früchte«. Wenn das kein perfekter Name für ein Pflanzenschutzmittel war! Sergio schraubte den schwarzen Deckel ab und lugte ins Innere des Kanisters. Eine Flüssigkeit mit der Konsistenz von Öl war zu sehen, ihre Farbe war wegen des Lichts, das durch das rote Plastik fiel, nicht auszumachen. Sergio stand auf und trat unter den Lamellen hervor ins Sonnenlicht, wo er, den Kanister schüttelnd, einen weiteren Blick hineinwarf. Diesmal roch er vorsichtig an der Öffnung. Doch statt eines scharfen Geruchs nach Chemikalien stieg das Aroma von Früchten daraus hervor. Noch einmal schüttelte er den Kanister und versuchte, einen Finger hineinzustecken, um mit dem Inhalt in Berührung zu kommen, aber die Öffnung erwies sich als zu klein. Langsam ließ Sergio etwas davon auf seine Handfläche rinnen und roch erneut daran.

»Ich kann dir ein Glas geben«, hörte er Vincenzo sagen. Sergio ließ den Kanister sinken. Am Ende der Reihe herabhängender Trauben stand de Santis. Er trug eine knielange Hose zu einem blauen Poloshirt, und die breite Krempe eines Strohhuts beschattete sein Gesicht. »Aber wir können den Aprikosensaft auch aus dem Kanister trinken.« Vincenzo trat näher heran, nahm Sergio den Behälter ab, trank einen großen Schluck daraus und wischte sich über den Mund. Erst jetzt fiel Sergio auf, dass die Kleidung des Winzers verschwitzt und fleckig, seine Brille voller Staub war. Um sein Gesicht wuchs ein mehrere Tage alter Bart.

De Santis schien Sergios Blicke zu bemerken, denn er kratzte sich über das unrasierte Kinn. »Entschuldige meinen Aufzug und dass ich dich habe warten lassen. Aber ich stehe seit vorgestern beinahe ununterbrochen zwischen den Reben und schneide Wein. Seit …«, er suchte nach Worten, »… dem Vorfall habe ich keine Erntehelfer mehr. Die Gefängnisdirektorin hat die weitere Mitarbeit ihrer Schützlinge im Weinberg untersagt und das Projekt abgebrochen.« Er zuckte mit den Schultern. »Ich kann es ihr nicht verdenken.«

Sergio wischte den Aprikosenmost mit einem Taschentuch von der Hand. Er empfand Mitleid mit Vincenzo, weil er wusste, dass er in finanziellen Schwierigkeiten steckte und auf Hilfe angewiesen war. »Du bist jetzt ganz allein im Weinberg?«

»Nein, nein.« Vincenzo schüttelte den Kopf. »So dramatisch ist es auch wieder nicht. Ich habe meine Familie um Hilfe gebeten. Meine Vettern sind aus Padua, Bologna und Modena angereist, um zu helfen. Einer hat sogar Tante Aurelia mitgebracht, du hast sie schon kennengelernt. Sie kocht für uns. Wenn du magst, komm heute Abend zum Essen, dann stelle ich dir die anderen vor.«

Sergio bedankte sich für die Einladung und entschuldigte sich mit seinen allabendlichen Aufgaben in der Trattoria.

»Das ist das Schicksal des modernen Toskaners«, sagte Vincenzo seufzend. »Ständig sind wir von drängenden Pflichten umzingelt. Früher waren unsere Vorfahren stattdessen von Feinden umringt und standen sich gegenseitig bei.« Er schraubte den Kanister zu. »Aber heutzutage kannst du niemandem mehr vertrauen.«

»Was meinst du damit?«, fragte Sergio. Er musste an Angelo denken, der Baldi und Rossi gestern im Stadtpark beigebracht hatte, was er unter Vertrauen verstand.

»Ich meine zum Beispiel die Männer aus der Fortezza«, antwortete Vincenzo. »Ich war so dankbar, dass sie mir helfen wollten, ich habe ihnen zu essen und zu trinken gegeben, ihnen das Weingut gezeigt und sie sogar vom Vin

Santo probieren lassen. Danach durften sie sich relativ frei zwischen den Reben bewegen. Und dann missbraucht einer das Vertrauen, und alle müssen darunter leiden: Die Gefangenen werden um ihre Tage im Freien gebracht, Paolo Cambi wird Versagen beim Umgang mit den Häftlingen vorgeworfen, wir hier bei Due Torri können nicht alle Trauben rechtzeitig ernten, und durch den Vorfall ist der Ruf meines Weins bedroht. Aber weißt du was?« Vincenzo griff nach den Trauben, die von den Gestellen hingen, und umfasste sie sanft mit den Fingern, so als wolle er ihr Gewicht prüfen. »Ich mache trotzdem weiter wie zuvor, ich halte mein Wort.« Sergio wollte etwas fragen, aber Vincenzo nickte zur Bekräftigung seiner Worte und sprach weiter. »So ist es. Ich liefere die Getränke für das Festessen im Stadtpark. Kostenlos. Obwohl mir die Männer aus der Fortezza nicht mehr bei der Ernte helfen. Der Todesfall ist schon schlimm genug. Wenn ich jetzt meine Unterstützung streiche, würde auch noch das Festessen ausfallen. Das würde ich nicht übers Herz bringen.«

Und Angelo würde es ans Herz gehen, wenn die Veranstaltung ausfiele, dachte Sergio. »Das ist großmütig von dir, Vincenzo«, sagte er.

Der Winzer winkte ab. »Ach was! So würde jeder handeln. Häng es bitte nicht an die große Glocke, Sergio. Aber sag mal«, er stellte den Kanister ab, »du bist doch nicht hier, um dir meine Klagen anzuhören.«

Sergio rückte seine Dienstmütze zurecht. »Ich wollte dir einige Fragen zum Tod von Nino Marino stellen.«

»Nino Marino?«, fragte Vincenzo. »Hieß er so?«

»Ja, und er hatte Geld in der Tasche, als man ihn fand«, antwortete Sergio. »Eine Menge Geld. Hast du schon bemerkt, ob dir was fehlt?«

»Du glaubst, Marino könnte Geld vom Weingut gestohlen haben, bevor er sich abgesetzt hat?« Vincenzo pflückte eine Traube und rollte sie zwischen den Fingern. Versonnen schaute er die Beere von allen Seiten an wie einen Gedanken, den man prüfen muss, bevor man ihn in den Mund nimmt. »Nein«, sagte er. »Geld bewahre ich im Haus auf, aber viel ist es nicht, und dort hatten die Erntehelfer keinen Zutritt. Außerdem habe ich gestern Abend die Abrechnungen durchgesehen. Es fehlt nichts.«

Sergio verfolgte die kreisenden Bewegungen der Traube zwischen Vincenzos Fingern. Der Winzer übte gerade so viel Druck auf die Frucht aus, dass sich ihre Haut spannte, aber nicht riss. Wenn Nino das Geld nicht vom Weingut hatte, überlegte Sergio, blieb es das Wahrscheinlichste, dass es ihm jemand in Castelvecchio gegeben hatte. Wieder tauchte der Schriftzug *Die Elster* in Sergios Gedanken auf, und er erinnerte sich an das, was Alessandro über die herumliegenden Plastikflaschen gesagt hatte. »Nino Marino ist in Castelvecchio vergiftet worden«, erklärte er. »Mit Carbamaten.«

Vincenzos Faust schloss sich abrupt um die Traube. Zwischen seinen Fingern quoll Saft hervor. »Deshalb bist du also hergekommen.« Die Temperatur in seiner Stimme sank um einige Grad. »Du willst wissen, ob das Gift von Due Torri stammt.«

Sergio war vom Stimmungswechsel des Winzers überrascht, hielt dessen wütendem Blick aber stand. »Keineswegs. Ich wollte dich nur um eine Expertenmeinung dazu bitten.«

De Santis öffnete die Faust und rieb das Traubenmus an seinem Poloshirt ab. Er presste die Lippen zusammen und blähte die Nasenflügel. Nach einer Weile schien er sich wieder zu beruhigen. »Entschuldige. Dieses Thema bringt mich immer auf die Palme. Due Torri ist ein biologischer Betrieb. Vor zweiundzwanzig Jahren haben wir auf ökologische Landwirtschaft umgestellt. Du glaubst nicht, was das für eine Aufgabe ist. Wir verzichten komplett auf Kunstdünger und Insektizide, stattdessen müssen wir doppelt so viel arbeiten, und unsere Erträge sind um die Hälfte geringer als die der anderen Weingüter. Aber wir tragen nun mal Verantwortung der Natur gegenüber.«

»Deshalb musst du nicht gleich aus der Haut fahren, wenn ich nach Pflanzenschutzmitteln frage«, sagte Sergio.

»Die Geschichte ist noch nicht zu Ende«, fuhr Vincenzo fort. »Trotz aller Widrigkeiten ist es mir gelungen, einen Wein herzustellen, der drei Jahre in Folge vom Weinklub Zentrale Toskana das Prädikat ›sehr gut‹ bekommen hat. Das hat den Neid der Konkurrenz geweckt. Rate mal, was die anderen Winzer für Gerüchte in die Welt gesetzt haben!« Er wartete Sergios Mutmaßung nicht ab. »Sie behaupten, ich würde noch immer Pestizide verwenden. Und das Bio-Siegel, das der Wein von Due Torri jedes Jahr erhält, werde mir nur verliehen, weil ich die Prüfungskommission besteche. So! Jetzt weißt du, warum ich allergisch reagiere, wenn jemand fragt, ob ich Carbamate auf dem

Hof habe. Dabei kann jeder sehen, wie sehr wir auf Due Torri Traditionen pflegen.« Vincenzo deutete in die Höhe. »Du stehst gerade mittendrin.«

Sergio folgte Vincenzos Geste mit dem Blick. Über ihnen wölbte sich das Dach aus Holzlamellen.

»Die Anlage hier nennt man *vinsantaia*«, erklärte Vincenzo. »Unter dem Gestell sind die Trauben der Sommerhitze ausgesetzt. Weißt du, wie viele Weingüter so was noch verwenden? Ein einziges! Alle anderen arbeiten mit Trocknungsräumen, in denen sie einfach die Temperatur aufdrehen.« Vincenzo schlug sich gegen den Kopf. »Wie viel fruchtiger ist wohl der Geschmack von Trauben, die von der Sonne der Toskana behandelt werden?«

Sergio pflückte eine Beere ab und aß sie. »Außergewöhnlich«, sagte er kauend. »Vielleicht kannst du mir erzählen, was daran vorteilhaft ist, keine Carbamate zu verwenden – dann erfahre ich doch noch etwas über ihre Eigenschaften.« Er grinste.

Jetzt erhellte sich Vincenzos Gesicht. »Ich erzähle dir nichts, ich zeige dir was. Komm, wir gehen in die Felder!«

Die Männer verließen den kleinen Platz mit den Trockengestellen, überquerten den Hof und tauchten jenseits des Steinbogens in das Blätterdickicht der Rebstöcke ein. Sergio bemerkte, dass die Trauben an dieser Stelle bereits geerntet waren. Von den Rebstöcken hingen beschnittene Triebe, und der Boden war mit Blättern und zertretenen Früchten übersät. Es roch nach Gegorenem. Die Reihen verliefen abschüssig den Hang hinab, weiter unten war in einiger Entfernung das Gelb von Strohhüten und das Blau von

Polohemden zu erkennen. Das mussten Vincenzos Vettern sein.

Der Winzer blieb stehen. »Ich baue Ciliegiolo, Abrusco, Malvasia Nera und Vermentino an, alte toskanische Sorten, die langsam wachsen und nicht viel Ertrag bringen, aber sie haben einen enormen Vorteil: Sie sind resistent gegen die meisten Krankheiten. Dagegen sichern wir uns noch auf andere Art ab. Siehst du das da vorn?« Vincenzo deutete auf den Eingang der Reihe, dicht bei der Straße.

»Die Rosenstöcke?«, fragte Sergio. »Prachtvoll.«

»Glaubst du etwa, die pflanze ich zur Dekoration?« Vincenzo lachte. »Die Rosen sind meine Wächter. Am Zustand der Pflanzen kann ich erkennen, ob sie Krankheiten tragen. Sind sie gesund, ist alles in Ordnung. Aber wenn ihre Blätter fleckig werden, sich die Blüten nicht entwickeln oder Triebe absterben, läuten hier auf dem Weingut die Alarmglocken. Denn dann droht die Krankheit, die vorn am Feldrand ihre ersten Opfer findet, sich auszudehnen und auf die Rebstöcke überzuspringen. Aber dann bleibt mir immer noch genug Zeit, rechtzeitig Maßnahmen zu ergreifen. Verstehst du, was daran ökologisch ist?«

»Du sprühst deine Pflanzen nicht von vornherein mit Pflanzenschutzmitteln ein, sondern erst dann, wenn es notwendig wird«, sagte Sergio. Die Rosen gefielen ihm. Er nahm sich vor, Giulia eine Blüte mitzubringen. »Verwendest du in diesen Fällen Carbamate?«

»Natürlich nicht«, sagte Vincenzo. »Wenn Krankheiten drohen, stärken wir unsere Weinstöcke durch Zugabe von Mineralstoffen wie Zeolith und Kaolin.«

Sergio schaute die Reihe der Rebstöcke entlang. Die Pflanzen sahen genauso aus wie die auf den anderen Weingütern rund um Volterra – etwas vertrocknet vom heißen Sommer ließen sie ihre Blätter hängen. Kein Wunder, dass Vincenzo sich mit der Ernte beeilen musste.

»Nur mal angenommen, du würdest Carbamate verwenden«, sagte Sergio, »was wäre dann anders? Der Geschmack des Weins?«

»Der auf jeden Fall. Aber du musst gar nicht so weit gehen, das Zeug zu trinken. Es ist die Farbe, die den Umweltsünder verrät. Biologisch angebauter Wein hat eine organisch rote Farbe, blutrot, wenn du so willst. Carbamate sorgen entweder für eine zu dunkle Färbung oder für einen wässrigen Ton, der leicht ins Rosa geht.«

»Wie viel müsste man trinken, um durch Carbamate zu sterben?«, wollte Sergio wissen.

Vincenzo zuckte mit den Schultern. »Darüber habe ich noch nie nachgedacht. Aber schädlich sind sie auf jeden Fall. Eine winzige Menge würdest du allerdings sogar in meinen Weinen finden.«

»Ich dachte, du verwendest das Zeug nicht«, warf Sergio ein.

»So ist es auch. Aber beim natürlichen Gärungsprozess entsteht ein verwandter Stoff in geringer Menge, vor allem bei Süßweinen wie dem Vin Santo. Davon müsstest du allerdings einige Hundert Liter trinken, um dich zu vergiften. Aber vorher würde dir der Alkohol den Garaus machen.«

»Wo bekommt man das Zeug überhaupt?«

»Wenn ich dir das verrate, werde ich nie wieder in eurer Trattoria etwas essen oder trinken.« Vincenzo schlug Sergio auf die Schulter, blieb jedoch ernst. »Schon gut«, sagte er. »Keine Scherze während der Dienstzeit. Also eigentlich bekommst du Carbamate überall. Du kannst sie sogar im Supermarkt kaufen, sie sind in Ameisengift enthalten. Dafür braucht man keinen Waffenschein.«

Vincenzo bot Sergio an, ihm seine Vettern vorzustellen, doch er lehnte ab. Vorerst hatte er genug erfahren. Sie verließen den Weinberg, und der Winzer begleitete Sergio zum Wagen. Der Schatten der Platane, in der Sergio das Auto geparkt hatte, war mittlerweile weitergewandert, sodass der Fiat in der brutalen Hitze röstete. Sergio riss die Türen auf, um die heiße Luft entweichen zu lassen. Dabei kam ihm eine Idee.

»Sag mal, Vincenzo. Hast du einen Schluck Wasser für mich? Der Wagen ist heißer als der Pizzaofen im Il Gusto, und die Straße zu dir hinauf ist genauso staubig wie meine Kehle.«

»Nur Wasser? Du bist zu bescheiden, Agente. Warte einen Moment.« Vincenzo verschwand unter dem Torbogen. Sergio nutzte die Wartezeit, ging zu einem der Rosenstöcke hinüber und brach eine Blüte für Giulia ab. Er hoffte, die Blume würde die Fahrt überstehen. Einer Frau, an der einem gelegen war, eine welke Rose zu schenken, war nicht nur in der Toskana eine Geste, auf die ein Mann verzichten sollte.

Vincenzo kehrte zurück und hielt Sergio eine helle Flasche entgegen. Sie war aus Glas. Eine Pfandflasche.

»Du achtest wirklich in allen Details auf die Umwelt«, sagte Sergio und bedankte sich für die Erfrischung. Er ließ sich in den glühend heißen Sitz des Wagens fallen, startete den Motor und fuhr los. Die Flasche, aus der Nino Marino das tödliche Gift getrunken hatte, war aus grünem Plastik gewesen.

KAPITEL 15

Der Polizeiwagen holperte die Straße hinunter, Sergio federte im Fahrersitz, und seine Gedanken schienen der Bewegung zu folgen. Es war noch keine fünf Minuten her, dass er das Weingut verlassen hatte, da hämmerte er den Fuß auf die Bremse. Die Reifen schlitterten durch den Staub, der Fiat kam zum Stehen. Sergio setzte zurück und wendete, fuhr den Weg wieder hinauf, den er gekommen war. Er umklammerte das glühend heiße Lenkrad, brauste an Due Torri vorbei, sah linker Hand Vincenzos Strohhut zwischen den Reben und fuhr, eine Staubfahne hinter sich herziehend, in den Wald hinein. Sein Ziel war Castelvecchio.

Wenn Vincenzo wirklich der einzige Winzer in der Gegend war, der keine Pflanzenschutzmittel verwendete, konnte das Gift in Nino Marinos Körper von einem der benachbarten Gehöfte stammen. Denn dort wurden Insektizide verwendet, jedenfalls behauptete das de Santis. Sergio beschloss, vorsichtig mit dieser Auskunft umzugehen. Genau wie die anderen Winzer Gerüchte über Due Torri in die Welt setzten, mochte Vincenzo daran gelegen sein, die Konkurrenz anzuschwärzen.

Er schaute auf die Uhr. Kurz nach drei. Um sieben wollte er in der Trattoria sein und zuvor noch im Stadtpark vorbeischauen, um Giulia zu treffen, ihr von den neuesten Erkenntnissen über Cardenio berichten – und ihr die Rose überreichen. Er schaute sorgenvoll zu der prachtvollen roten Blüte hinüber, die auf dem Beifahrersitz lag. Er klemmte sich die Wasserflasche zwischen die Beine, schraubte den Deckel ab und steckte die Rose in den Flaschenhals. Wie gern hätte er einen Schluck getrunken! Aber dann hätte der Stängel das Wasser nicht mehr erreicht.

»Nicht schlappmachen!«, befahl er der Rose und sich selbst.

Kurz darauf hielt Sergio am Fuß des Hügels von Castelvecchio an. Er stellte die Flasche vorsichtig im schattigen Fußraum ab und stieg aus. Sein Mund war trocken. Er las einen Stein auf, rieb ihn an der Hose sauber und steckte ihn sich in den Mund, um daran zu lutschen. Das würde seinen Speichelfluss anregen – kein befriedigendes Mittel gegen Durst, aber besser als nichts.

Der Hügel lag friedlich im Nachmittagslicht. Doch als Sergio den Pfad hinaufstieg, meinte er, ein Vibrieren in der Luft zu spüren. Vielleicht lag das an der Hitze, die seit vorgestern noch zugenommen hatte. Vielleicht hatte es aber auch mit dem Tod von Nino Marino zu tun. Jeder Ort erzählt dir seine Geschichte, hatte Sergios Mutter oft gesagt, du musst nur zuhören können.

Er erreichte die Ruinen. Die Mauern der ehemaligen Häuser ragten hüfthoch, einige sogar nur knöchelhoch aus dem Waldboden. Ein mit Moos bewachsener Mahlstein war eines der wenigen sichtbaren Zeugnisse menschlicher Aktivität, ebenso wie das rot-weiße Flatterband, das den Eingang der Kirche versperrte. Als Sergio jetzt daran vorbeiging, warf er nur einen kurzen Blick ins Innere des alten Gotteshauses. Erst vorgestern hatte er dort mehrere Stunden zugebracht, Zeit genug, um alles in Augenschein zu nehmen. Außerdem hatten die Kollegen von der Spurensicherung das Gemäuer durchkämmt. Wäre dies ein Fernsehkrimi, dachte Sergio, würde ich jetzt in die Kirche gehen, alles noch mal mit einer funzeligen Taschenlampe untersuchen und dann das entscheidende Indiz finden, das fünf ausgebildete Kriminaltechniker mit moderner Laborausrüstung übersehen haben. Er schmunzelte.

Sergios Ziel war nicht die Kirche, sondern die Ruine des Wachturms. Der Platz, an dem das Gemäuer einst errichtet worden war, bot einen Blick über das Land ringsum. Sergio umrundete das Bauwerk. Smaragdeidechsen flohen vor ihm, huschten über die heißen Mauern und verschwanden in den Ritzen, aus denen der Mörtel schon vor langer Zeit herausgefallen war. Dann stand er am Rand des Hügels, den Wachturm im Rücken, die Glut der von der Sonne aufgeheizten Steine versengte ihm den Nacken. Vor Sergio lag die toskanische Landschaft.

Je nach Licht, Wind und Wetter sahen die Hügel anders aus, ihr Erscheinungsbild konnte sich täglich ändern, manchmal sogar mehrmals am Tag. Sergio kannte und liebte dieses Phänomen. Schon als Knabe war er mit dem Fahrrad oft zu jenen Stellen gefahren, an denen das Land unter ihm lag und seine Schönheit ebenso offenherzig zeigte wie seine Schroffheit. Damals hatte Sergio mit dem Fotografieren begonnen, hatte sein Taschengeld für eine verbeulte Contax gespart und war losgezogen, um die Toskana zu malen – mit dem Licht, das durch sein Okular fiel.

Heute zeigten sich die sanft geschwungenen Hügel von der herben Seite, die der Herbst mit sich brachte. Grüne Flächen, bewachsen mit hüfthoher Macchia, lagen zwischen aprikosenfarbenen Feldern, von denen die Ernte längst eingefahren und deren Boden umgepflügt und aufgerissen war, damit im Winter möglichst viel Regen hineinfließen konnte. Üblicherweise war der Acker nach dem Sommer hart und trocken, und die wie Sturzbäche niedergehenden Regenfälle flossen daran ab, wenn man nicht rechtzeitig etwas dagegen unternahm.

Die Felder waren in Sonnenlicht getaucht. Sie wechselten sich ab mit schrundigen Erhebungen und den schwarzen Umrissen der in der Ferne verdämmernden Wälder. Ein Luftzug wehte vorüber. Sergio nahm die Dienstmütze ab und ließ die nach Harz und Piniennadeln duftende Luft über sein Gesicht streichen. Für einen Moment schloss er die Augen und leerte seinen Geist, um Raum zu schaffen für das Gefühl, in diesem Land der Sinneseindrücke zu Hause zu sein. Dann hob er die Lider und widmete sich der Aufgabe, wegen der er hergekommen war.

Drei Weingüter lagen um Castelvecchio herum. Die Reihen ihrer Rebstöcke liefen wie die Speichen eines Rades aufeinander zu, um sich bei dem Hügel mit dem alten Wachturm zu treffen. An den fernen Enden dieser Linien standen die Gehöfte, eines größer, die anderen beiden kleiner als Due Torri. Sergio kannte ihre Namen: Castello di Nebbia, die Nebelfestung, lag im Osten und trotz des Namens in der prallen Herbstsonne. Dort leuchtete ein hellblauer Swimmingpool aus den gedeckten Farben der Landschaft hervor. Passeroni, der Winzer, versuchte seit Jahren, Hoflieferant für den Vatikan zu werden, und verschenkte dabei mehr Wein an den Papst, als dieser jemals bei der Eucharistiefeier würde verwenden können. Die benachbarte Tenuta Jörg Johansen gehörte einem Deutschen aus Hamburg, der sich mit dem Kauf eines Weinguts einen Lebenstraum erfüllt hatte. Das letzte und kleinste Gehöft trug den Namen Fattoria Primadonna, weil eine Vorfahrin des Besitzers Stefano Simoncini als Balletttänzerin an der Mailänder Scala für Furore gesorgt hatte. Simoncini erzählte gern davon und war überzeugt, seine siebzehnjährige Tochter habe dieses Talent geerbt.

Drei Weingüter, drei Träume. Sergio beschloss, die Winzer aufzuwecken und mit der Wirklichkeit zu konfrontieren: dem Mord vor ihrer Haustür.

Er spuckte den Stein aus, kehrte zu seinem Wagen zurück und startete den Motor.

Ein Blütenblatt hatte sich von der Rose gelöst, als Sergio zwei Stunden später zurück in die Stadt fuhr, um eine wichtige Erfahrung reicher: Die Winzer um Volterra herum mochten reiche Ernten einfahren oder schlechte Jahre erleben – stets aber ernteten sie die Missgunst ihrer Nachbarn.

Auf allen drei Weingütern hatte er die Eigentümer angetroffen, alle drei hatten von dem Mord gehört, aber niemand hatte etwas Verdächtiges gesehen. Für Jörg Johansen war es sogar vorhersehbar gewesen, dass »da oben in den Ruinen irgendwann etwas passieren musste, bei all dem Gesindel, das sich dort herumtreibt«. Von seinem Wohnzimmerfenster aus wollte der Deutsche nachts den Schein der Lagerfeuer in San Frediano gesehen und die Bässe der Musikanlagen über die Felder dröhnen gehört haben. So habe er sich das Leben in der Toskana nicht vorgestellt, beschwerte er sich.

Auch die Frage, ob die Winzer Geld vermissen würden, führte ins Leere. Stefano Simoncini von der Fattoria Primadonna klagte, dass auf seinem Gut ständig Geld verschwinde, es würde aber immer wieder auftauchen: verwandelt in neue Kleider für seine Tochter.

Bis zu diesem Zeitpunkt zeigten sich alle drei Landwirte zugänglich. Zwar beantworteten sie Sergio Fragen ungeduldig und argwöhnten, sie würden verdächtigt, etwas mit dem Toten in Castelvecchio zu tun zu haben, aber immerhin waren sie hilfsbereit. Das änderte sich, als Sergio das Pflanzenschutzmittel zur Sprache brachte. In Castello Nebbia zogen plötzlich Nebelschwaden über Passeronis sonnenverbranntes Gesicht, Jörg Johansens Augen verengten sich zu Schlitzen, und Stefano Simoncini, der Vater der verschwenderischen Primadonna, ließ eine Schimpftirade vom Stapel, die Angelo Panda Respekt eingeflößt hätte. Alle drei stellten dieselbe Frage: War Sergio von Vincenzo de Santis hergeschickt worden, um zu prüfen, ob die Konkurrenz illegale Mittel verwendete? Die Feindseligkeit, die Sergio entgegenschlug, war fast mit Händen zu greifen. Er wiederholte seine Frage und bekam zur Antwort, was er schon von Vincenzo gehört hatte: Die drei Winzer verwendeten durchaus Insektizide, die Carbamate enthielten – in zulässigen Mengen. Die Kanister seien vorschriftsmäßig in Giftschränken weggeschlossen, sodass sich niemand daran bedienen könne. Und noch eine Information Vincenzos bestätigte sich: Die Winzer standen dem benachbarten Biobetrieb ablehnend gegenüber. Simoncini schlug Sergio vor, er solle lieber mal Due Torri durchsuchen, dort würde er jede Menge Pflanzenschutzmittel finden, Insektizide, die auf einem Biohof überhaupt nicht verwendet werden dürften. Jörg Johansen wollte Vincenzo deshalb sogar anzeigen und verlangte von Sergio, das gleich an der Haustür zu erledigen. Er beharrte so lange darauf, juristische Schritte gegen de Santis einzuleiten, bis Sergio ihm sagte, dass er dafür auf die Wache kommen müsse. Der nebulöse Giancarlo Passeroni glaubte als Einziger, dass Due Torri ein echter Biohof war. Aber nur, weil Vincenzo de Santis den Hof so heruntergewirtschaftet hatte, dass er sich die teuren Insektizide nicht leisten konnte. Passeroni zufolge war Vincenzo ein Betrüger. Nun war das in Winzerkreisen nicht unbedingt ein Makel, sondern konnte sogar zu einer Auszeichnung werden, wenn man geschickt vorging. Wer aber betrog und damit erfolglos blieb, zog sich den Spott der anderen zu. Due Torri, fuhr Passeroni fort, stehe so schlecht da, dass Vincenzo de Santis seinen Vin Santo mit Aprikosensaft strecken müsse, damit überhaupt so etwas Ähnliches wie Geschmack daran festzustellen sei. »Biobrühe« nannte der

Herr der Nebelfestung das, was in den Kellern von Due Torri lagerte.

Sergio, der mit unbewegter Miene zuhörte, fiel der rote Kanister unter den Trockengestellen ein. Darin sei Aprikosensaft, hatte Vincenzo gesagt.

Dass das Verhältnis zwischen den konventionellen Weinbauern und ihrem ökologisch arbeitenden Kollegen spannungsgeladen war, hatte Sergio erwartet. Doch die drei Winzer ließen auch aneinander kein gutes Haar. Jeder beeilte sich, Sergio gegenüber den Biohof Due Torri zu verunglimpfen, um danach wortreich gegen die beiden Nachbarn ins Feld zu ziehen. Die anderen seien Halunken und Diebe, behaupteten Simoncini, Passeroni und Johansen, der Hamburger verwendete zwar ein deutsches Wort, dessen genaue Bedeutung Sergio nicht kannte, das er aber dennoch verstand.

Was denn gestohlen worden sei, wollte Sergio wissen. Er hoffte, eine Spur zum Geld in der Hosentasche von Nino Marino gefunden zu haben, aber das erwies sich als Illusion. Trauben seien weggekommen, erfuhr er, in großer Menge. Johansen sprach von fünfzehn Tonnen, die ein Unbekannter ihm vor zwei Jahren gestohlen habe, direkt vom Hof. Dort hatte er die Ernte in einem Anhänger über Nacht stehen lassen, damit der Tau sie frisch hielt. Als Schuldiger komme nur Simoncini infrage, fuhr Johansen fort. Den hatte auch Passeroni in Verdacht, dem ein Jahr später ebenfalls ein Anhänger mit zwölf Tonnen Trauben über Nacht abhandengekommen war. Auf die Frage, wieso die beiden Winzer ihren Nachbarn beschuldigten, antworteten sie, dass es gar nicht anders sein könne, denn bei Simoncini sei noch nie etwas geklaut worden, also müsse er der Schuldige sein. Sergio, dem dieses Verwirrspiel merkwürdig vorkam, kehrte noch einmal zu dem Beschuldigten zurück. Der meinte, dass seine Nachbarn die Trauben als gestohlen gemeldet hätten, um die Versicherungssumme einzustreichen. Gleichzeitig hätten sie ihm, dem erfolgreichsten Winzer des Trios, eins auswischen wollen.

Was für ein Durcheinander! Zunächst hatte Sergio versucht, die Verwicklungen der drei Winzer untereinander auf seinem Notizblock festzuhalten. Nach dem dritten Gespräch hatte sich auf dem Papier ein Spinnennetz von Namen und Strichen entwickelt, das einer Abrechnung Angelos nach einem Samstagabend in der Trattoria ähnelte. Sergio riss das Blatt ab, knüllte es zusammen und ließ es in seiner Hosentasche verschwinden.

Die drei Winzer von Castelvecchio waren viel zu sehr mit sich selbst beschäftigt, um irgendetwas außerhalb ihrer Weingüter zu bemerken. Und wenn einer von ihnen einen Mord hätte begehen wollen, so wären seine Nachbarn die Opfer gewesen, und nicht ein durch die Landschaft irrender Popsänger mit großem Durst.

Kapitel 16

In der Wachstube rauschte das Wasser. »Du wirst noch die halbe Stadt leer trinken«, rief Bertini von seinem Schreibtisch zum Spülbecken herüber.

Sergio kam unter dem Wasserhahn hervor und wischte sich den Mund ab. In seinem Bauch gluckerte es. Er war gerettet, hatte kurz vor dem Verdursten die Wache erreicht, war grußlos durch den Raum gestürmt und hatte sich gegen die kleine Küche geworfen. Die folgenden Minuten hatte er mit geschlossenen Augen Wasser in sich hineinlaufen lassen.

»Du bist verrückt, Panda!«, sagte Bertini und warf Sergio ein Handtuch zu. »Du kommst hier halb verdurstet an und bringst drei volle Wasserflaschen mit. Das musst du mir erklären.«

Bertini hatte recht. Es musste tatsächlich etwas seltsam wirken: Auf dem Ablauf der kleinen Spüle standen nicht nur drei, sondern sogar vier Flaschen aufgereiht. Eines der Behältnisse war die zur Blumenvase umfunktionierte Glasflasche, die Vincenzo ihm gegeben hatte. Die Rose darin war in einem Zustand des Zweifels. Sie konnte sich nicht entscheiden, ob sie welken oder weiterhin blühen sollte.

Die anderen drei Flaschen waren ungeöffnet. Sergio hatte sie von den Winzern der drei Weingüter bekommen, die an Castelvecchio grenzten. Im Weggehen hatte er sie um eine Flasche gebeten, so wie er es schon bei Vincenzo getan hatte. Doch anders als de Santis hatte man ihm je eine Plastikflasche in die Hand gedrückt. Eine davon war sogar von derselben Marke wie die, aus der Nino Marino getrunken haben musste, allerdings war sie nicht aus grünem, sondern aus hellem Kunststoff.

»Das ist nichts zu trinken«, erklärte Sergio, »das sind Beweismittel im Fall Nino Marino.«

»Ich dachte, dabei seien Drogen im Spiel«, erwiderte Bertini, »kein Mineralwasser.«

»Bleib bitte bei deiner eigenen Droge und trink in den nächsten Tagen nur Kaffee, den du mit Leitungswasser zubereitet hast.« Sergio deutete auf die Kaffeemaschine aus orangefarbenem Kunststoff, die auf einem kleinen Schrank neben der Spüle stand. »Und sag das bitte den Kollegen, wenn du sie siehst. Die Flaschen dürfen nicht angerührt werden.«

Sergio legte Bertini den Schlüssel für den Polizeiwagen auf den Schreibtisch, dann verließ er die Wache. Sein Ziel war der Stadtpark. Er hielt sich auf dem Weg dorthin dicht an den hohen mittelalterlichen Gebäuden des Stadtzentrums und nutzte den Schatten, damit die Rose sich ein wenig von den Strapazen der Autofahrt erholen konnte. Kurz überlegte er, ob er einfach eine neue für Giulia kaufen sollte. Millefiori, Volterras schönster Blumenladen, lag in der Nähe. Doch Sergio wollte Giulia nicht irgendeine Rose schenken, sondern eine, die ihr zeigte, dass er immer und überall an sie dachte.

Der Park lag im goldenen Spätsommerlicht. Die Bäume warfen ab Mitte September schon am Nachmittag lange Schatten. Der Wiese standen die dunklen Streifen gut, vor allem dort, wo diese die vertrockneten Stellen im Gras überdeckten. Im Hintergrund, wo sich die Westmauer der Fortezza an den Rand der Grünfläche schmiegte, leuchtete die helle Plane von Angelos Küchenzelt. Sergio machte einen Bogen darum und hielt auf die Bühne zu, die an der Südseite des Parks aufgebaut war, sodass sie zusammen mit dem Zelt ein L bildete. Am Abend des Festessens, am Samstag, würden die Tische und Bänke für das Publikum auf der freien Fläche dazwischen aufgestellt sein, ebendort, wo jetzt eine Gruppe Kinder Fußball spielte.

Schon von Weitem hörte Sergio das Saxophon. Er erkannte Giulias Spiel sofort. Sie hatte eine Art, Töne aus dem Instrument hervorzuzaubern, die Sergio jedes Mal Schauer über den Rücken jagte. Giulia liebte Jazz, spielte am liebsten die Musik von John Coltrane und hatte Sergio geduldig erklärt, was daran so einzigartig war. Sie hatte gelacht, als er zurückgegeben hatte, dass die Gefühle, die Coltranes Musik bei ihr auslösten, Giulias Musik bei Sergio hervorrief – und nicht nur ihre Musik.

Die Bühne bestand aus Pressspanplatten, die auf ausgeklappten Metallfüßen standen. Es waren dieselben Bühnenelemente, die für Veranstaltungen auf der Piazza am Rathaus verwendet wurden. Sie trugen die Spuren – oder waren es Narben? – zahlreicher Konzerte von berühmten

und weniger berühmten Musikern, Bands und Kammer-
orchestern und von Theateraufführungen des Festivals Volterra Teatro. Zuletzt hatte auf genau dieser Bühne ein
klassisches antikes Drama in moderner Bearbeitung stattgefunden, das Sergio und seine Freunde dazu genutzt hatten, den Mörder des Filmstars Stella Aurora zu überführen.

Jetzt gehörte diese Bühne Giulia.

Sie stand in der Mitte des Aufbaus und im Zentrum der
Aufmerksamkeit, denn sie war umringt von den Männern
der Gefängnisband. Giulia trug ihre Dienstkleidung, die
dunkelblaue Hose, das hellblaue Hemd und die tiefblaue
Weste. Um ihren Hals hing das Saxophon und glänzte vor
der Busfahreruniform wie der Mond am Nachthimmel.
Einige Spaziergänger waren stehen geblieben, schauten zur
Bühne hinauf und lauschten den Tönen, die Giulia dem
Instrument entlockte. Es war eine bekannte Melodie, Sergio
musste erst einige Takte mitsummen, bevor er auf den Titel
kam: *Ti Amo* von Umberto Tozzi. Giulia spielte die Melodie
auf ihre eigene Art, zeitversetzt und mit Tönen dazwischen,
die sie sich selbst ausdachte. Sie hauchte dem alten Schlager
neues Leben ein und ließ ihn atmen. Dabei stand sie still
und hielt die Augen geschlossen. In die Musik versunken
schien Giulia sogar ihre Scheu vor der Bühne zu vergessen.
Die Umstehenden auf dem Holzaufbau wiegten sich im
Rhythmus der Musik wie Zweige im Wind, der jetzt tatsächlich aufkam und mit Giulias langem dunklem Haar
spielte. Sie schien es nicht zu bemerken. Einem älteren
Mann aus der Band lief eine Träne über die Wange.

Sergio blieb in einiger Entfernung stehen. Bildete er sich

das nur ein, oder hatte die Rose in seiner Hand wieder Farbe gewonnen?

Die Musik endete. Applaus erklang, auf der Bühne und aus vielen Winkeln des Parks. Giulia setzte das Saxophon ab und wandte sich an die Bandmitglieder. Sergio hörte sie noch etwas von einem eigenen Arrangement bekannter Lieder und von verminderten Akkorden sagen, da legte sich ihm eine Hand auf die Schulter.

»Willst du deinen alten Vater gar nicht begrüßen?«, fragte eine krächzende Stimme dicht neben seinem Ohr.

Sergio fuhr herum. Angelo stand vor ihm, gekleidet in einer weißen Chefkochjacke mit schwarzen Applikationen an den Säumen. Dazu trug er einen hohen Kochhut, der den kleinen Toskaner ungewohnt groß wirken ließ.

»Warum bist du so zurechtgemacht?«, fragte Sergio überrascht. In der Trattoria schmiss Angelo den Laden stets in normaler Kleidung, allenfalls eine Schürze band er sich um.

»Zurechtgemacht?«, echote Angelo. »Glaubst du, ich gehe auf einen Maskenball? Berufskleidung nennt man so was. Und ich zeige meinen Auszubildenden, wie man sie mit Würde trägt.«

Sergio trat einen Schritt zurück, um seinen Vater zu mustern. »Steht dir jedenfalls ausgezeichnet«, sagte er.

Angelo nickte. »Verrate mir lieber etwas, das ich noch nicht weiß. Zum Beispiel, warum du einen Bogen um mein Küchenzelt machst, als würde es darin nach Jauche stinken.«

»Ich muss mit Giulia sprechen«, sagte Sergio. Auf weitere Erklärungen verzichtete er.

»Das sehe ich«, sagte Angelo und deutete auf die Rose in

Sergios Hand. »Wenn du das Ding da nicht bald ablieferst, wird es zu Staub zerfallen. Hör zu, ich brauche deine Hilfe!«

Sergio glaubte, nicht richtig zu hören. »Bin ich hier aus einer Zeitmaschine gestiegen und drei Tage in die Vergangenheit gereist? Oder bist du verwirrt?« Er tippte sich gegen die Brust. »Ich helfe dir bereits, *babbo*. Ich halte die Trattoria am Laufen, während ich versuche, meine Dienstzeiten einzuhalten und nebenbei einen Mörder zu fangen, der hier irgendwo frei herumläuft. Was willst du jetzt noch?«

»Heute ist Mittwoch«, sagte Angelo ungerührt. »Im Il Gusto ist Ruhetag. Da wirst du wohl ein bisschen Zeit erübrigen können.«

»Aber die Trattoria hat doch überhaupt keinen Ruhetag«, wandte Sergio ein.

»Heute Abend schon«, verkündete Angelo. »Matteo und Trommelfeuer haben nach dem Mittagstisch ein Schild geschrieben und an die Tür gehängt, denn ich brauche Matteo bei den Vorbereitungen fürs Bankett.«

»Du ziehst für das Festessen auch noch unseren Koch ab? Übertreibst du nicht ein bisschen?«

»Er soll den Jungs hier mal zeigen, wie man blitzschnell Zwiebeln, Zucchini, Steinpilze und all das Zeug klein schnibbelt.« Angelos heisere Stimme wurde zum Flüstern. »Das dürfen wir eigentlich nicht, weil die Männer aus der Fortezza nicht mit scharfen Messern hantieren sollen, aber diese kleine Ausnahme erlauben wir uns – im Sinne der anspruchsvollen Ausbildung meiner Küchengehilfen.«

Sergio verzichtete darauf, Angelo auf die möglichen Folgen dieser eigenmächtigen Aktion hinzuweisen. Offenbar ging sein Vater so sehr in der neuen Aufgabe auf, dass er nicht nur seine Vorurteile den Gefangenen gegenüber abgelegt hatte, sondern sich für deren Wohlergehen verantwortlich fühlte. Deshalb brachte er die wesentlichen Bestandteile der Trattoria Mortale mit in den Stadtpark: Stolz und Solidarität – und den Koch Matteo.

Es würde nichts nützen, Angelo die Rose unter die Nase zu halten und zu erklären, dass Sergio genau jene freien Stunden, von denen sein Vater sprach, mit Giulia verbringen wollte. Denn dann würde Angelo schnurstracks auf die Bühne steigen und sie davon überzeugen, dass Sergio heute schon wieder keine Zeit für sie haben würde.

»Worum geht's?«, fragte Sergio.

Angelos Miene verriet seinen Triumph. »Ich dachte schon, du würdest nie fragen.« Er trat näher an Sergio heran. »Es ist wegen des Rezepts.«

»Für das Dessert?«, wollte Sergio wissen.

»Das ist nicht irgendein Dessert, sondern *Tiramisu Natale*, unsere alte Familienspezialität. Ich nutze es ja nur zu besonderen Gelegenheiten. Und das Festessen hier im Stadtpark ist genau der Anlass, den es verdient.«

Sergio nickte. Das Rezept für die Süßspeise stammte von seinem Urgroßvater Natale. Im Il Gusto kam es zu Anlässen wie Geburten oder Hochzeiten und zu Weihnachten zum Einsatz, und die besonderen Zutaten und die spezielle Zubereitung des Desserts hielt sein Vater streng geheim. Angelo bereitete diese Nachspeise stets eigenhändig zu und ließ sich dabei nicht über die Schulter schauen, nicht mal von seinem Sohn. Auf die Frage, wann er das Rezept preisgeben werde, pflegte der alte Wirt zu antworten: entweder am Tag seines letzten Atemzugs oder dann, wenn eine Frau auf der Bocciabahn mitspielen und gewinnen würde. Das erste Ereignis würde vermutlich früher eintreten. »Wo liegt das Problem?«, fragte Sergio ungeduldig. Dabei wusste er bereits, worum es ging. Erst gestern hatte Angelo ihn nach dem Rezept gefragt.

Im Hintergrund war erneut Beifall von der Bühne her zu hören. Sergio wandte den Kopf und sah, wie sich Juan mit seinem Gitarrenkoffer zu Giulia gesellte. Er stellte den Koffer ab und begrüßte sie, indem er seine Arme um sie schlang und sie an sich drückte!

Sergio umfasste den Stiel der Rose fester und spürte, dass ihn ein Dorn stach.

»Das Rezept ist verschwunden«, erklärte Angelo. »Ich habe alles durchsucht, die gesamte Trattoria, sogar dein Fotolabor, aber es ist weg. Ich brauche es. Dringend! Die meisten Zutaten und ihre Mengen sind mir wieder eingefallen, aber zwei oder drei Kniffe fehlen. Ausgerechnet die, die das Tiramisu zu etwas Besonderem machen. Vielleicht hast du einen deiner genialen Einfälle und findest heraus, wo das Rezept liegen könnte. Wenn doch heute Abend niemand sonst im Lokal ist, dachte ich, du könntest in Ruhe danach Ausschau halten.«

»Also gut«, sagte Sergio mit einem skeptischen Blick zu Giulia hinüber. »Ich suche das Rezept für dich.«

»Wer einen Mörder fangen kann, der findet auch ein Stück Papier«, schloss Angelo und wollte sich zum Gehen wenden, als Sergio ihn zurückhielt.

»Ich habe auch einen Auftrag für dich«, sagte er. Angelos letzte Bemerkung hatte ihn auf eine Idee gebracht. »Frag deine Küchengehilfen bitte, welche Sorte Mineralwasser sie in der Kantine der Fortezza bekommen. Kannst du das für mich erledigen, *babbo*?«

Bevor Angelo antworten konnte, war aus dem Küchenzelt ein Scheppern und Poltern zu hören. Jemand fluchte laut, aber einfallslos.

»Ich werde dahinten gebraucht«, sagte Angelo. »Du hast mich lange genug aufgehalten. Finde das Rezept! Ich schaue nach dem Mineralwasser.« Er trabte in Richtung Küchenzelt davon.

Endlich! Sergio warf einen letzten prüfenden Blick auf die Rose, dann ging er zur Bühne hinüber. Dort stellte Giulia der Band gerade Juan vor, der vor seinem Gitarrenkoffer kniete, um das Instrument hervorzuholen. »Juan«, sagte Giulia, »wird uns als Gitarrist und Sänger begleiten. Wir hoffen, damit euren Bandleader wenigstens halbwegs ersetzen zu können. So viel Energie und Talent wie Nino Marino bringen wir zwar nicht mal zu zweit auf die Bühne, aber wir geben unser Bestes. Wenn wir alle gut zusammenspielen«, fuhr sie fort, »hört uns Nino bestimmt zu, dort, wo er jetzt ist. Wenn ihr Lust habt, üben wir *Ti Amo* ein, ich zeige euch, wie man einem alten Schlager mit ein paar Verzierungen auf die Sprünge hilft, und Juan wird dazu singen. Wenn wir das schaffen, und ich bin sicher, dass es funktionieren wird, schlage ich vor, dass wir auch ein oder zwei Songs von Nino einstudieren. Die spielen wir dann am Schluss unserer Vorführung, als Höhepunkt des Auftritts.

Das wird dem Publikum die Tränen in die Augen treiben.«
Sie deutete auf Juan, der sich den Gitarrengurt über die
Schulter legte. »Damit gebe ich an unseren Sänger weiter.«

»Giulia«, zischte Sergio vom Bühnenrand, »gibst du
einem Fan ein Autogramm?«

Sie drehte sich um, erkannte Sergio, kam lächelnd zu
ihm herüber und setzte sich auf den Bühnenrand. Sie
streckte die Arme nach ihm aus und küsste ihn zur Begrüßung, das Saxophon, das sie noch um den Hals trug, war
dabei im Weg.

Sergio wollte Giulia die Rose überreichen, steckte sie
aber stattdessen in die Öffnung des Instruments. Die Blüte
war so groß, dass sie den Schallbecher vollständig ausfüllte.
»Die habe ich beim Weingut Due Torri gesehen und an
dich gedacht«, sagte er.

»Du bist ja gar kein Autogrammjäger, sondern ein Grou-
pie«, sagte Giulia. »Wirfst du als Nächstes Teddybären auf
die Bühne?« Sie blies vorsichtig in das Mundstück des Saxo-
phons, zwei Takte von *Ti Amo* erklangen, der Luftzug ließ
die Blätter der Rose sanft vibrieren. Eines löste sich und
flog davon.

»Ich habe Neuigkeiten von Cardenio«, sagte Sergio, dem
es angesichts der kleinen Vorstellung im Bauch kribbelte.

Giulia ließ das Instrument sinken und sah ihn erschrocken an. »Hast du ihn gefunden? Es geht ihm doch gut?«

»Vielleicht sogar zu gut«, antwortete Sergio. »Er macht
die Gegend unsicher und belästigt anständige Hündinnen.
Die Besitzerinnen sind nicht besonders gut auf ihn zu
sprechen. Clara Manfredi hat bereits mit dem Hundefänger

gedroht.« Das Gewehr von Bertinis Mutter ließ er besser unerwähnt.

»Wir müssen ihn finden, bevor ihn jemand ins Tierheim bringt.« Sie stockte. »Oder Schlimmeres.«

Giulia schien an die vielen Jäger zu denken, die es in Volterra gab. Die gingen zwar hauptsächlich auf Wildschweine – die Speisekarte des Il Gusto profitierte davon –, aber wenn ihnen ein streunender Hund vor die Flinte lief, würden sie vielleicht keinen Unterschied machen.

Sergio beschloss, nicht darauf einzugehen. »Ich schlage vor, wir suchen ihn dort, wo er um seine Angebeteten herumscharwenzelt oder seine Mahlzeiten stibitzt. Wir haben inzwischen Hinweise genug, Bertini hat sogar ein Bewegungsprofil angelegt.«

Giulia drückte Sergios Hand. »Du bist ein tierisch guter Detektiv, Pandolino«, sagte sie. »Dann kann ich heute Abend auf dich zählen? Wir gehen durch die Stadt und suchen mit dem Plan deines Kollegen nach Cardenio.«

Das war es dann wohl mit dem romantischen Abend. Erst die Suche nach Angelos Rezept, dann die Suche nach dem Hund und – über allem schwebend – die Suche nach der Elster. Sergio setzte ein unternehmungslustiges Lächeln auf und sagte: »Hol mich in der Trattoria ab, wenn du hier fertig bist. Ich bereite unterdessen ein paar Leckerbissen in der Küche zu, deren Duft wir durch die Straßen ziehen lassen werden. Das wird den Hund schon anlocken.«

Jemand klopfte gegen das Mikrofon. Das dumpfe Pochen hallte durch den Park. Erst glaubte Sergio, dass Juan etwas vortragen wolle, dann sah er, dass ein junger Mann aus der

Band vor dem Mikrofon stand. Zu ihm gesellte sich einer von Angelos Küchengehilfen in Kochschürze. Auch die anderen Männer aus dem Küchenzelt kletterten jetzt auf die Bühne und stellten sich zu den Bandmitgliedern. Was sollte das werden?

»Signore e Signori«, sagte der Häftling am Mikrofon. Er hielt den Ständer mit beiden Händen fest umklammert, offenbar war er es nicht gewohnt, vor Publikum zu sprechen. Das sammelte sich jetzt vor der kleinen Bühne. Aus allen Winkeln des Parks kamen Menschen herbei. Die wenigen, die zögerten, wurden von Juan herangewunken. Wollte die Band eine Kostprobe geben?

»Wir sind Gefangene der Fortezza Medicea«, sagte der junge Mann. Seine Stimme bebte hörbar. Seine Blicke flogen über die Gesichter. Sergio lächelte aufmunternd zurück. Diese Jungs waren keine Rampensäue, die gern im Scheinwerferlicht standen, sie waren von der Gesellschaft Gezeichnete und mussten Mut aufbringen, um sich mit diesem Makel vor anderen zu präsentieren. Dem Sprecher stockte die Stimme. Der neben ihm Stehende legte ihm eine stärkende Hand auf die Schulter. »Und wir ...«, fuhr der Musiker fort, »... wir wollen sagen, dass wir hier zeigen dürfen, was in uns steckt. Dass wir beweisen können, dass wir nicht nur Verbrecher sind, sondern Männer, die bereuen, dass sie die falschen Entscheidungen getroffen haben. Ich stehe heute zum ersten Mal seit vier Jahren in einem Park. Für Sie alle ist das etwas Normales, ein Ort, den man mal eben besucht und dann beim Abendessen wieder vergisst. Aber für meine Freunde und mich ist das ein einzigartiges Erlebnis, es zeigt uns, dass es hier draußen etwas gibt, auf das es sich zu warten lohnt.« Die Worte flogen jetzt aus dem jungen Mann heraus wie die Töne aus Giulias Saxophon. Im Hintergrund hatten sich mittlerweile zwölf Küchengehilfen und Musiker versammelt. »Man schenkt uns Vertrauen«, fuhr der Sprecher fort. »Dafür wollen wir den Gästen des Fortezza-Banketts am Samstag einen unvergesslichen Abend bereiten. Vielleicht gelingt das nicht immer, weil zum Beispiel ich mit zwei linken Händen versuche, ein Keyboard zu bearbeiten. Aber seien Sie versichert, dass wir unser Möglichstes versuchen werden.« Er sah sich zu seinen Mitstreitern um, die nickten. Dann wandte er sich noch einmal dem Mikrofon zu und sagte leise: »Das war's, was wir sagen wollten.«

Vereinzelter Applaus erklang. Nachdem die Spaziergänger sich vergewissert hatten, dass die Vorstellung vorbei war, gingen sie ihrer Wege. Einige Kinder blieben vor der Bühne stehen. Juan spielte mit der Gitarre ein paar Rhythmen, zu denen sich die kleinen Zuschauer drehten, dann stimmte er seine Gitarre und bat die Musiker, sich an ihre Instrumente zu begeben. Die Proben begannen.

»Ich muss wieder an die Arbeit«, sagte Giulia. Sie strich Sergio mit der Kuppe eines Zeigefingers über die Lippen. »Aber ich freue mich schon auf nachher, Signor Hundedetektiv.«

Sergio sah Giulia zu, wie sie sich neben Juan stellte, der den Bandmitgliedern etwas erklärte. Dabei nahm sie die Rose aus dem Saxophon und band sie mithilfe ihres Halstuchs seitlich an dem Instrument fest.

KAPITEL 17

Der Abend dämmerte, und der Himmel trug fliederfarbene Streifen, als Sergio die Trattoria aufschloss.
Im Türfenster hing ein Pappschild mit den Worten: *Heute
geschlossen* – er erkannte Matteos ordentliche Schrift –, und
darunter hatte Trommelfeuer gekrakelt: *Bis morgen, ihr
Hungrigen!* Die Türglocke klingelte, aber die wohlvertrau-
ten Stimmen fehlten. Aus dem Halbdunkel im Lokal fun-
kelten Sergio einzig die Glasaugen der Wildschweinköpfe
zur Begrüßung entgegen. Auch sie schienen durch die ungewohnte Stille irritiert zu sein. Was war das Il Gusto ohne
seine Gäste?

Sergio drückte den Lichtschalter, die Lampen flackerten
kurz und tauchten den Raum in warmes Licht. Jetzt war es
etwas heimeliger, und wenn erst ein Gericht für Cardenio
auf dem Gasherd brutzelte, würden die gewohnten Düfte
durch die Trattoria ziehen.

Auf dem Weg in die Küche kam Sergio an der Kasse vorbei, die auf der Theke stand. Sie war immer noch verschlossen. Das Giftgrün des Metalls stach ihm in die Augen und
schien ihn zu verhöhnen. Er schaute auf seine Armband-

uhr – es war kurz vor halb acht –, dann drehte er den Metallkasten so, dass Licht auf dessen hintere Seite fiel. Dort war eine Metallplakette angeschraubt, darauf stand die Adresse des Herstellers mitsamt Rufnummer. Sergio ging zum Telefon, das in der Kammer hinter der Theke an der Wand hing, nahm den Hörer ab und wählte. Eine Automatenstimme teilte ihm mit, dass alle Mitarbeiter im Gespräch seien und er es zu einem späteren Zeitpunkt versuchen solle. Er legte auf. Mit der Kasse würde er sich später noch einmal befassen müssen.

Er hängte seine Uniformjacke an den Haken, ging in die Küche und öffnete die Kühlschranktür. Da stand der Topf mit dem Wildschweinfleisch. Matteo hatte es frisch von einem Jäger bekommen und ein Ragout mit Stangensellerie, Möhren und Thymian als Tagesgericht angeboten. Von dem Frischfleisch war etwas übrig, für Cardenio war es perfekt. Sergio gab die tiefroten Stücke in eine Pfanne und begann sie auf kleiner Flamme zu garen. Dem Geruch, der daraus aufstieg, würde keine Hundenase widerstehen können.

Jetzt blieb noch etwas Zeit, bis Giulia kam. Sergio wollte rasch im Fotolabor nach dem Rechten sehen, durchquerte den Gastraum, schloss die Tür zum Innenhof der Trattoria auf, wo ebenfalls einige Tische und Stühle aufgestellt waren, und betrat das Labor. Eigentlich diente dieser Bereich als Lager, aber der Raum war groß genug, um darin Negative zu entwickeln und Fotos abziehen zu können. Die Stammgäste der Trattoria betrachteten Sergios Leidenschaft für die Fotografie und vor allem das Labor in dem kleinen Lokal mit Argwohn und sahen wegen der Chemikalien darin eine

Bestätigung des Namens Trattoria Mortale für das Il Gusto. Da half es auch nichts, dass Sergio mit einer Vorschriftsmäßigkeit auf den sicheren Gebrauch der Fotochemikalien achtete, die selbst Alessandro Respekt abgerungen hätte. Sergio ging dabei so sorgfältig zu Werke, dass es in dem Lagerraum nicht mal nach Fixierbad roch. Abziehzangen, Trockenschrank, Dosen und Schalen, alles hatte seinen Platz. Aber seit Angelo vorhin berichtet hatte, er habe das Labor nach dem verschwundenen Rezept durchsucht, war Sergio beunruhigt. Zu Recht, wie sich herausstellte. Die kniehohen blauen Kanister mit Entwickler- und Fixierflüssigkeiten waren aus dem Schrank unter der Arbeitsplatte herausgezogen worden und standen im Raum, immerhin waren sie fest verschlossen. Die Pappkartons mit dem Fotopapier waren aus der Schublade genommen und über die Arbeitsfläche verteilt worden. Anscheinend hatte Angelo bei seiner Durchsuchung nicht gewusst, was in den Kisten aufbewahrt wurde, denn von einer hatte er die Klebestreifen abgerissen und dann den Deckel geöffnet. Überrascht musste er auf die Tasche aus dickem schwarzen Kunststoff geblickt haben, in der die Papierbogen vor Lichteinfall geschützt waren. Offenbar hatte Angelo die Schere gefunden und damit den Schutzbeutel aufgeschnitten – natürlich ohne vorher das Licht zu löschen.

Sergio schaute auf die verdorbenen Fotopapiere, die mittlerweile einen silbergrauen Schimmer angenommen hatten. Immerhin schien Angelo seinen Fehler bemerkt zu haben, denn die anderen Kisten waren versiegelt geblieben. Das Rezept hatte er zwar nicht gefunden, aber ebenso wenig schien er es für notwendig erachtet zu haben, im Labor wieder Ordnung herzustellen. Sergio seufzte. Vielleicht war das besser so.

Die Kisten mit dem Fotopapier räumte er zurück in die Schublade und stapelte die unbrauchbar gewordenen Bögen hinter dem Vergrößerungsapparat. Gerade wollte er die Kanister wieder zurück an ihren Platz schieben, als er etwas im hintersten Winkel des Schranks bemerkte. Da stand noch eine Kiste, eher ein Kasten, etwas, das hinter den Kanistern verborgen gewesen war: die alte Registrierkasse. Sergio erinnerte sich an den Tag, es war gar nicht lange her, als die moderne Kasse dieses Großvatermodell ersetzt hatte. Angelo hatte den grünen Neuankömmling auf die Theke gestellt und einige Male die Funktionen geprüft. Danach hatte er mit seiner vor Vergnügen krächzenden Stimme die Stammgäste dazu aufgefordert, die neue Kasse möglichst bald mit Geldscheinen zu füllen. Wo die alte Registrierkasse geblieben war, darüber hatte Angelo nie ein Wort verloren. Sergio war davon ausgegangen, dass sein Vater sie dem Schrotthändler gegeben hatte, der einmal im Monat mit seinem Pritschenwagen durch die Straßen fuhr. Dass Angelo sie aufbewahrt hatte, war wohl seiner Sentimentalität zuzuschreiben, aus demselben Grund hatte er die Kasse vermutlich auch in einem geheimen Winkel versteckt gehalten.

Sergio zog den schweren Apparat aus dem Schrank. Das Modell war aus Gusseisen gefertigt und beige emailliert. Die Emaille war an genau den Stellen abgenutzt, auf denen jahrzehntelang Finger herumgedrückt hatten, dort schien das blanke Metall durch. Das bedeutete aber nicht, dass die Kasse nicht mehr einsatzbereit gewesen wäre. Sie funktionierte sogar ohne Strom. Sergio drehte an der seitlich angebrachten Kurbel und drückte auf die große gelbe Taste. Die Schublade sprang auf und prallte gegen sein linkes Schienbein. Der plötzliche Schmerz trieb ihm Tränen in die Augen, und er redete sich ein, es seien Tränen der Freude wegen des Wiedersehens.

Kurz darauf hatte Sergio das neue Modell von Spoletti ins Labor verbannt und die alte Registrierkasse wieder auf der Theke installiert. Er fühlte sich erleichtert. Zwar blieben die Geldscheine, die in der neuen Kasse eingesperrt waren, vorerst unerreichbar, aber dafür funktionierte der Betrieb in der Trattoria wieder, und darauf kam es schließlich an. Sergio prüfte noch einmal die Tasten des alten Geräts. Es schnarrte, ratschte und polterte. In seinen Ohren klang das wie Musik. Längst hatte er alle Funktionen getestet, als er sich selbst dabei überraschte, immer wieder die Zahlentasten zu benutzen und sich an der korrekt zusammengerechneten Summe zu erfreuen, die in der Anzeige erschien, wenn er *Total* drückte. Das geschah gleichzeitig mit einem leisen Klingeln, einem Ton, den er schon als Kind immer gemocht hatte.

»Das ist ein Fis«, sagte Giulia. Mit einem Mal stand sie in der Tür. Sergio hatte, vertieft in das Spiel mit der Kasse, die Türglocke überhört. Giulia hatte die Busfahreruniform gegen eine weiße, enge Jeans und ein schwarzes Oberteil mit Trägern getauscht. Wo zuvor der Halsgurt für ihr Saxophon gehangen hatte, trug sie jetzt eine schmale Halskette, und ihr Haar war hochgesteckt. »Hätte ich gewusst, dass du so musikalisch bist, hätte ich mein Instrument für ein Duett mitgebracht«, sagte sie.

»Ich bin sicher, wir bekommen auch ohne Hilfsmittel eine Harmonie zustande«, gab Sergio zurück. Mit einem Mal schien die Trattoria gar nicht mehr so leer und verlassen zu sein. Im Gegenteil. Dies war einer jener Momente, in denen der Laden gut ohne Trommelfeuer, Zitadelle, Kugelblitz und Harpune auskam.

Nachdem sie sich voneinander gelöst hatten, strich Giulia mit den Fingern über Sergios Uniformhemd. »Du könntest auch mal ein bisschen privater aussehen. Wenn wir so durch die nächtliche Stadt gehen, werden die Leute denken, du würdest mich abführen.«

»Nichts lieber als das«, sagte Sergio. »Aber wir sind ja als Hundedetektive unterwegs. Ich könnte eine Tweedmütze mit Karomuster aufsetzen und mir die Pfeife meines Großvaters in den Mundwinkel hängen.«

»Ist das der Großvater, nach dessen Rezept Angelo so verzweifelt forscht?«, fragte Giulia. »Bevor ich den Stadtpark verlassen habe, hat er mir aufgetragen, dir beim Suchen zu helfen.«

»Es ist sogar noch älter«, sagte Sergio, »ein Rezept meines Urgroßvaters Natale Panda. Vielleicht hat es sich schon aufgelöst.« Auf Giulias spöttischen Blick fügte er hinzu: »Also gut, ich schaue mich mal danach um. Vermutlich ist es irgendwo zwischen Angelos Unterlagen verschwunden.«

Er ging in das kleine Büro im hinteren Teil der Trattoria. Eigentlich war es nur eine Abstellkammer mit einem

Schreibtisch. Darüber war ein Regal angebracht, dessen Bretter sich in der Mitte durchbogen. Darauf standen etwa zwei Dutzend Aktenordner – unmöglich, die alle durchzusehen. Sergio konzentrierte sich auf den Schreibtisch. Daran saß Angelo oft bis spät in der Nacht, um die Lagerbestände zu prüfen, Bestellungen vorzubereiten und sich über die Speisekarte der nächsten Saison Gedanken zu machen. Mehr als einmal hatte Sergio seinen Vater hier gefunden, mit dem Kopf auf den Armen und in tiefen Schlummer versunken.

Auf den ersten Blick sah es auf dem Schreibtisch aus wie in einem Altpapiercontainer. Briefe, Rechnungen, Zettel und sogar Servietten, auf die Angelo spontane Einfälle gekritzelt hatte, lagen herum. Sergio war mit dieser Unordnung vertraut. Er wusste, dass eigentlich nur vier Stapel den Tisch bedeckten, deren Grenzen aber fließend waren. Wenn er sich auf diese markanten Stellen konzentrierte, würde er das Rezept systematisch suchen können.

Eine Viertelstunde später brachte er zwei Fundstücke in die Küche. Giulia war dabei, das durchgegarte Fleisch in eine große Plastikschüssel umzufüllen. »Das ist eine Menge«, sagte sie. »Damit locken wir jeden Hund in der Stadt hinter dem Ofen hervor. Was bekommst du dafür?«

»Die Gewissheit, ein paar streunende Tiere in Volterra glücklich gemacht zu haben«, erwiderte Sergio.

»Bist du fündig geworden?«, wollte Giulia wissen.

»In gewissem Sinne schon«, sagte Sergio. »Das Rezept ist zwar nicht aufgetaucht, aber das hier. Es ist die Gästeliste für das Festessen der Fortezza.«

»Lass uns mal schauen, wer hingeht«, sagte Giulia. Zusammen studierten sie das eng bedruckte Papier. Giulia fuhr mit dem Zeigefinger die Zeilen hinunter und murmelte einige Namen. Sergio kannte etwa die Hälfte der Gäste, alteingesessene Volterraner, einige hatten sich mit der ganzen Familie angemeldet. Die anderen, ihm Unbekannten, schienen von außerhalb anzureisen. Als sie auf der zweiten Seite angekommen waren, blieb Giulias Finger plötzlich auf einer Zeile stehen. »*Porca miseria!*«, rief sie.

Sergio hatte Giulia noch nie fluchen gehört. »Was hast du denn?«

»Siehst du den hier?« Giulia tippte so kräftig gegen die Liste, dass die Spitze ihres Fingernagels kleine Dellen im Papier hinterließ. Sergio las den malträtierten Namen. »Maurizio Cesari. Nie gehört. Wer ist das?«

»Mein Dozent an der Musikhochschule in Florenz«, sagte sie. »Bei Cesari habe ich Saxophon studiert. Er hat mich für ein Talent gehalten und wollte, dass ich auf Barocktrompete umsteige, damit ich in klassischen Ensembles spielen kann.«

Sergio überlegte. »Und jetzt musst du dich ihm als Busfahrerin in Volterra vorstellen, die die Leute beim Essen mit Schlagern unterhält. Hör mal«, er nahm ihre Hand, »du bist trotzdem ein großes Talent, und wenn ich deine Musik höre … also, wie soll ich das sagen … dann …«

Giulia küsste ihn auf den Mund und sperrte weitere Beruhigungsversuche darin ein. »Darum geht es nicht, Pandolino. Ich bin zufrieden mit meinem Leben, andernfalls würde ich versuchen, etwas daran zu ändern. Dennoch ist die Anwesenheit von Maurizio Cesari eine Herausforderung für mich. Ich will ihm natürlich beweisen, dass ich meinen eigenen Weg gehe und trotzdem gute Musik mache.«

»Der Mann wird doch erkennen, dass du nur Teil einer Band bist. Und die besteht aus Gefangenen der Fortezza. Da geht es nicht um anspruchsvolle Musik, sondern um den Anspruch, füreinander da zu sein.«

»Das meinen die anderen Bandmitglieder ja auch. Sie wollen das Konzert im Geiste Nino Marinos geben. Und daran werde ich mich halten. Ganz egal, was Cesari davon hält – wir werden so spielen, wie wir es für richtig halten.« Giulia drückte Sergio die Gästeliste gegen die Brust. »Es wird schon dunkel«, sagte sie. »Wir sollten gehen.«

»Ich bringe nur noch schnell die Liste zurück.«

Im Büro legte Sergio die Bogen an ihren Platz – so weit das möglich war – und wollte gerade die Schreibtischlampe ausschalten, als er einen Briefumschlag bemerkte, der noch nicht geöffnet war. Typisch Angelo! Täglich nahm er die Post entgegen, blätterte sie durch, hielt sich aber nie damit auf, die Schreiben zu öffnen und zu lesen. Meistens begnügte sich der alte Wirt damit, anhand der Absender zu erraten, was in den Umschlägen steckte. Oft genug lag er damit richtig, und ebenso oft verpasste Angelo Fristen und zahlte Mahngebühren.

Sergio nahm den Umschlag an sich und riss ihn auf. Das graue Papier trug den Absender der Finanzbehörde.

Bevor er das Schreiben lesen konnte, klingelte die Türglocke. Eine tiefe, wohlbekannte Stimme war zu hören. Sergio eilte in den Gastraum. In der Tür stand Zitadelle.

»Ich hab Licht gesehen«, rief er Sergio entgegen. »Ist heute doch nicht geschlossen?«

Gemeinsam mit Giulia gelang es Sergio, den mächtigen Toskaner ins Freie zu schieben. Rasch löschte Sergio das Licht, damit es nicht noch mehr Gäste anlockte. Bevor er das Il Gusto abschloss, legte er den Brief der Finanzbehörde auf die Registrierkasse. Darum würde er sich gleich morgen Mittag kümmern.

KAPITEL 18

Cardenio hatte eine Sonnenbrille bekommen. Auf dem Fahndungsplakat neben dem Baptisterium hatte ein Witzbold dem Hund das italienischste aller Accessoires auf die schwarz-weiße Schnauze gemalt.

»Steht ihm gut«, meinte Sergio. »Er sollte sich überlegen, so was dauerhaft zu tragen. Seine Angebeteten würden in Ohnmacht fallen.«

»Seine Angebellten meinst du wohl.« Giulia stellte einen der Blechnäpfe vor dem Plakat ab – aus dem dahinterliegenden Stadthaus war eine Meldung zu Cardenio bei Bertini eingegangen – und füllte im Licht einer Wandlaterne etwas von dem Fleisch hinein.

Hoffentlich erreicht der Duft dieses späten Happens schnell die richtige Nase, dachte Sergio. Sonst würden sich bald die Hunde und Katzen der Stadt um die Näpfe versammeln und lautstark um die Beute balgen.

»Zwei Näpfe haben wir noch«, sagte Giulia. Sie hatten die Behälter aus der Trattoria mitgenommen, wo Angelo sie für die vierbeinigen Begleiter der Gäste bereithielt. Hunde waren im Lokal nicht erlaubt, aber weder Vater noch Sohn

Panda hatten es jemals übers Herz gebracht, einen Hund vor der Tür warten zu lassen, während ihm aus dem Il Gusto die köstlichsten Gerüche in die Nase stiegen.

»Die nächsten Stationen sind das Don Alpha und der Laden von Signora Bianchi«, erklärte Sergio. Danach, so sah es der Plan vor, wollten sie die Behälter an jeder Station wieder einsammeln und darauf hoffen, dabei Cardenio mit der Schnauze im Napf zu erwischen. Die Chancen standen gut. Der Hund wurde normalerweise von Giulia gefüttert, streunte aber nun schon seit mehr als einer Woche durch die Stadt. Da man ihn aus den Küchen der Volterraner Gastronomie und Geschäftswelt meist verscheuchte, würde er ausgehungert sein und sein Liebeswerben vielleicht auf eine Schüssel Wildschweinbissen konzentrieren.

Auf dem Weg zum Don Alpha schmiegte sich Giulia an Sergio. Es war eine Stunde vor Mitternacht, aber noch warm. An den hohen, mittelalterlichen Gebäuden leuchteten die Straßenlampen, und in den dunklen Durchgängen konnte man die Sterne am nachtblauen Himmel funkeln sehen. Die Gassen waren leer. Aus einem Lokal drangen das Geklapper von Geschirr und die Scherze, die die Kellner nach Feierabend über die skurrilsten Gäste des Tages rissen. Mal roch es nach frischer Wäsche, die auf einer zwischen zwei Fenstern gespannten Leine hing, mal nach einem späten Abendessen. Über allem lag der Pfirsichgeruch von Giulias Haut, der Sergio verführerisch in die Nase stieg. Ein Mann in Schwarz ging vor ihnen her und bog in eine Seitenstraße ein. Sonst war niemand zu sehen. Die Stadt bereitete sich auf die Nacht vor.

Nach elf Uhr abends wurde es still in Volterra. Am Don Alpha waren die Lichter gelöscht. Umso besser, dachte Sergio, dann können wir den Köder ungestört auslegen. Nachdem ein weiterer Napf gefüllt war – Cardenio schaute von einem der Fahndungsplakate erwartungsvoll dabei zu –, nahm Sergio Giulia bei der Hand. »Vielleicht solltest du darüber nachdenken, Cardenio ein richtiges Zuhause zu geben«, sagte er.

Leichthin hatte das klingen sollen, aber er spürte, wie Giulia für die Dauer eines Lidschlags erstarrte. Natürlich ging es nicht um den Hund, jedenfalls nicht ausschließlich, sondern um das Leben, das Giulia und Sergio führten. Haltestelle oder Endstation? Sollten sie sich darüber klar werden?

»Du meinst, ich soll nach Volterra umziehen?«, fragte sie. Sergio konnte nicht heraushören, ob sich ihre Stimme kühler oder wärmer anhörte.

Giulia wohnte in Cecina, etwa vierzig Kilometer von Volterra entfernt, am Meer. Hin und wieder übernachtete sie bei ihrer Tante Sofia oder bei Sergio, aber meist fuhr sie nach Feierabend den weiten Weg in ihrem grünen Fiat Cinquecento, der »Erbse«, wie Sergio den Wagen nannte, bis zu ihrer kleinen Wohnung an der Küste.

»Du bist in Volterra geboren«, sagte Sergio, »du arbeitest hier, du kennst die ganze Stadt, und die ganze Stadt kennt dich. Wenn du herziehen würdest, müsste Cardenio nicht mehr heimatlos umherlaufen.«

»Und ich auch nicht«, sagte Giulia, »das ist es doch, worauf du hinauswillst, nicht wahr?«

»In Gedanken hänge ich jede Nacht Fahndungsplakate mit deinem Foto auf«, gestand Sergio.

Im Schein einer Laterne sah er Giulia lächeln. Für einen Moment war es so still, dass man die Motten hören konnte, die gegen die Lampe flatterten. Giulia legte die Arme um Sergios Nacken, zog seinen Kopf neben ihre Wange, sodass ihr Mund neben seinem Ohr war. Dann sagte sie leise etwas, das Sergio nicht richtig hörte, denn in diesem Moment eilte jemand an ihnen vorbei. Ein untersetzter Mann in einem schwarzen Hemd und dunkler Hose, derselbe, der vor ihnen hergegangen und dann abgebogen war. Diesmal trug er ein Paket unter dem Arm. Sergio erkannte Paolo. Verstohlen sah sich der Sozialarbeiter zu dem ineinander verschlungenen Paar um, schien Sergio aber nicht zu bemerken, vielleicht, weil dessen Gesicht in Giulias Haar verborgen war.

Paolo ging schnell weiter und bog in die Via di Sotto ein.

»Da stimmt was nicht«, sagte Sergio. Er spürte, wie sich die Haare auf seinen Unterarmen aufstellten.

»Was hast du denn?« Giulia löste sich von ihm und schaute Paolo hinterher. »Wer war das?«

»Paolo Cambi. Unter seiner Aufsicht ist Nino Marino vom Weingut Due Torri entkommen. Seither habe ich Paolo nicht gesehen.«

»Na und?«, fragte Giulia. »Jetzt hast du ihn gesehen. Also kein Grund zur Beunruhigung.«

»Paolo wohnt hinten beim Friedhof, zusammen mit seiner Freundin. In der Richtung, in die er unterwegs ist, geht es zum Gefängnis.«

Giulia zuckte mit den Schultern. »Vielleicht hat er Nacht-schicht.«

»Dann müssten sie ihn in den Aufsichtsdienst versetzt haben«, sagte Sergio. »Davon habe ich nichts gehört.« Er versuchte zu lächeln. »Warum ändern wir unsere Route nicht ein wenig und legen den letzten Köder in der Straße zur Fortezza aus?«

»Wenn du dann wieder mein Hundedetektiv bist – mei-netwegen.«

Sie schlugen den Weg ein, den Paolo genommen hatte. In der Via di Sotto lagen viele Geschäfte. Nach Feierabend zogen die Besitzer Läden aus Holz oder Blechlamellen vor die Schaufenster, sodass nicht mal der Name des dahinter verborgenen Geschäfts zu erkennen war. Ein Stück voraus war Paolo zu sehen, der in Richtung der kleinen Piazza XX Settembre lief. Sergio kniff die Augen zusammen, um die Gestalt in Schwarz in der wenig beleuchteten Straße im Blick zu behalten.

Paolo blieb kurz stehen und verschwand dann in einem Durchgang. Weiter voraus schälte sich ein Paar aus der Dunkelheit, ging an der Stelle, an der Paolo verschwunden war, vorbei und kam auf Sergio und Giulia zu. Es waren zwei ältere Männer. An ihrem gebrochenen »*Buona notte*« hörte Sergio, dass es sich um Touristen handelte. Er und Giulia grüßten zurück. Im nächsten Augenblick sah er, wie Paolo wieder aus dem Durchgang auftauchte und seinen Weg die Via di Sotto hinauf fortsetzte. Er schien sich vor den Passanten versteckt zu haben. Jetzt hielt er sich dicht an den Häusern.

»Du hast recht«, sagte Giulia mit gesenkter Stimme. »Da stimmt was nicht.«

Langsam folgten sie Paolo, darauf bedacht, die Lichtinseln der Laternen zu meiden und im Schatten zu bleiben. Er ging an der Piazza XX Settembre vorbei, dann an der Stadtbibliothek und am Archäologischen Museum und stieg die schmaler werdende Straße, die nun Via Don Giovanni Minzoni hieß, in Richtung Porta a Selci hinauf, dem Stadttor, an dem das Gefängnis lag. Wenn sich Paolo hier noch einmal umdrehte, würde er Sergio und Giulia entdecken. Sie hielten sich im Hintergrund, konnten aber erkennen, dass Paolo an der Auffahrt zum Gefängnistor vorbeiging. Dann war er mit einem Mal verschwunden.

»*Porca miseria!*« Diesmal war es Sergio, der fluchte. »Hätte er sich nicht was Helleres anziehen können?«

»Hätten wir ihm vorher verraten, dass wir ihm heimlich folgen, hätte er uns den Gefallen vermutlich getan«, gab Giulia zurück.

Sie erreichten die Stelle, an der sie Paolo zuletzt gesehen hatten. Sergio ging die letzten Meter bis zum Stadttor und schaute hinaus auf die Unterstadt. In vielen Fenstern brannte noch Licht, und auf der Landstraße unterhalb der Fortezza fuhren vereinzelt Autos vorbei. Niemand war in der Nähe. Wenn Paolo hier entlanggegangen war, hatten sie ihn aus den Augen verloren.

Wohin war er verschwunden?

»Licht«, zischte Giulia dicht an seinem Ohr. »Ich habe Licht gesehen. In dem Turm da.« Sie zeigte auf den Torre Femmina, jenen Turm der alten Fortezza, der an der Porta a

Selci bis an die Straße heranreichte. Er hatte in vergangenen Jahrhunderten als Wachturm gedient, um Feinde, die sich der Stadt näherten, schon von Weitem ausmachen zu können. Der mächtige Rundbau lag dem Wachturm auf Vincenzos Weingut gegenüber, allerdings in einer Entfernung von zehn Kilometern Luftlinie.

Sergio spähte die graue Steinwand hinauf. Ein matter Schein drang aus den Schießscharten hervor, die rund um die Turmkrone verliefen. An einer der schmalen Öffnungen zog in diesem Moment ein Schatten vorbei.

»Ist das Paolo, oder werden wir gerade Zeugen eines Gefängnisausbruchs?«, fragte Giulia.

»Soviel ich weiß, ist der Turm überhaupt nicht mehr an das Gefängnis angeschlossen«, flüsterte Sergio. »Er steht seit Jahren leer. Hin und wieder wird er von Bauforschern besichtigt.«

»Was macht Paolo dann da drin?« Giulia ließ ihre Unterlippe in ihrem Mund verschwinden.

»Das werden wir herausfinden.« Sergio sah sich um. »Wir warten, bis er wieder rauskommt. Hier, hinter dem Torbogen.«

Sergio und Giulia drängten sich in einen unbeleuchteten Winkel zwischen der Porta a Selci und der Stadtmauer und warteten. Was Paolo in dem Turm auch anstellen mochte, er brauchte lange. Zwischendurch fanden Sergios Finger Giulias Hände und Giulias Lippen seinen Mund. Sergio begann bereits, das geheimnisvolle Gebaren Paolos zu vergessen, als ein Knirschen zu hören war.

Aus dem Versteck heraus sah er Paolo aus der kleinen

Tür am Fuß des Turms heraustreten. Der Sozialarbeiter trug noch immer den Karton, allerdings war dieser jetzt zusammengefaltet. Paolo klemmte sich die Pappe unter den Arm, um die Tür mit beiden Händen zuziehen zu können. Dann setzte er sich in Bewegung – direkt auf die Porta a Selci zu.

Sergio und Giulia zogen sich tiefer in den Schatten hinter dem Tor zurück. Paolo kam näher, ging so dicht an ihnen vorbei, dass Sergio das Minzaroma seines Rasierwassers riechen konnte, und hielt auf einen Altpapiercontainer zu. Dort hinein stopfte er die Pappe, klopfte sich die Hände an der Hose ab und schloss lautlos den Deckel des Containers. Dann ging er den Weg, den er gekommen war, in Richtung Stadtzentrum davon.

Nach einer Weile traten Sergio und Giulia aus ihrem Versteck. Sergio hob den Deckel des Containers an, und Giulia zog die Pappe daraus hervor. Sie hielten die Beute so, dass das Licht der nächsten Straßenlaterne darauffiel. Auf einer Seite entdeckten sie die Reste eines Aufklebers, doch es war zu viel davon abgerissen, um lesen zu können, was in dem Karton gesteckt hatte.

Sergio warf die Pappe wieder in den Container und schaute zum Turm hinauf. Das Licht in den Schießscharten war erloschen. Jetzt lag das Bollwerk wieder im Dunkel.

»Sollen wir nachsehen, ob wir reinkommen?«, fragte Sergio.

Giulia legte eine Hand auf seinen Arm. »Ist das nicht verboten?«

»Es verbietet sich eher, einer solchen Merkwürdigkeit

nicht nachzugehen«, gab Sergio zurück. »Außerdem bin ich von der Polizei.« Noch einmal schaute er zur Turmkrone hinauf. »Da scheint niemand mehr zu sein. Schlimmstenfalls stoßen wir auf ein paar Justizvollzugsbeamte, die wissen wollen, was wir da drinnen zu suchen haben.«

»Und was sagen wir denen?«

»Nichts als die Wahrheit: dass ich im Fall Marino ermittele.«

Doch es gab keine Wachen. Die kleine Tür, die in den Turm führte, lag ein Stück vom Stadttor entfernt und war unbeleuchtet. Sergio tastete in der Dunkelheit an ihr entlang und spürte, dass das Schloss aus Schmiedeeisen gefertigt war. Ein Sicherheitsschloss hätte er ohne den passenden Schlüssel nicht öffnen können, aber dieser alte Mechanismus sollte zu knacken sein. Er bat Giulia um eine Haarnadel und stocherte damit in dem Schlüsselloch herum. Er hielt den Atem an. Den ersten Bolzen des Schlosses hörte er schon nach wenigen Augenblicken einrasten. Bis er mit der Spitze der Haarnadel den zweiten Bolzen zur Seite schieben konnte, dauerte es etwas länger. Der dritte Bolzen schien sich überhaupt nicht von der Stelle rühren zu wollen, und Sergio musste seine aufschäumende Ungeduld im Zaum halten. Er zog die Lippen von den zusammengepressten Zähnen zurück und versuchte sich vorzustellen, die Haarnadel sei ein Teil seines Körpers, eine Verlängerung seiner Finger, ein ...

... Klicken ließ ihn aus der Konzentration aufschrecken. Er drückte den Türgriff nieder, das Eisen fühlte sich kühl an, die Federn darin knirschten. Die Tür rührte sich nicht.

»Vielleicht klemmt sie«, sagte Giulia. »Paolo hat sie mit beiden Händen schließen müssen«.

Sergio lehnte sich mit einer Schulter gegen das Holz und schob. Beinahe wäre er in die Dunkelheit des Turms gefallen, denn die Tür gab mit einem scharrenden Geräusch nach. Aus dem Innern wehte ihm ein Geruch nach Moos und Pilzen entgegen. Sergio trat einen Schritt vor und tastete blind an der Wand entlang, bis er eine auf dem Mauerwerk verlegte Leitung fühlte. Seine Finger folgten dem Kabel und fanden einen Schalter, einen der alten Sorte aus Bakelit, den man nicht drücken, sondern drehen musste. Der Schalter klackte, als Sergio ihn betätigte, und rings um die Innenwand des Turms leuchteten Lampen auf. Ihr Licht war schummrig, aber es genügte zur Orientierung.

Der runde Innenraum schien als Lager genutzt zu werden. Zwei Rasenmäher standen herum, Gemüsekisten und Pappkartons waren aufeinandergestapelt, Schaufeln, Rechen und Spaten lehnten wie betrunkene Wachtposten an der runden Mauer. Deren Ziegelsteine waren an vielen Stellen ausgebessert, wie nachträglich verputzte Flächen verrieten. Die Mitte des Raums beherrschte eine mächtige Säule, in der eine Wendeltreppe in die Höhe führte.

Sergio wartete, bis Giulia eingetreten war, dann drückte er die Eingangstür zu und deutete auf die Kästen und Kisten. »Wenn Paolo seine Fracht hier versteckt hat, können wir die ganze Nacht danach suchen.«

»Das Licht kam doch von oben, aus den Schießscharten.« Giulia warf einen Blick die Wendeltreppe hinauf. »Und jetzt ist es dunkel. Das bedeutet ...«

»… dass man die Lampen in den anderen Stockwerken einzeln anschalten muss«, ergänzte Sergio. »Paolo ist also da raufgegangen.«

Giulia nahm die ersten Stufen. Sergio folgte ihr. Sie stützten sich an der Wand aus Panchinosteinen ab und stiegen in die Höhe. Sergios Augen waren durch die Arbeit in der Dunkelkammer daran gewöhnt, sich bei wenig Licht zurechtzufinden. Das leichte Glühen der Lampen im Erdgeschoss genügte ihm. Giulia schien der Gang die finstere Treppe hinauf Schwierigkeiten zu bereiten. Immer wieder blieb sie stehen, um mit dem Fuß die nächste Stufe zu ertasten. Schließlich traten sie im Mittelgeschoss in einen offenen Raum. Sergio drehte den Lichtschalter, und auch in diesem Teil des Turms leuchteten Lampen auf.

Der Raum war genauso zugeschnitten wie der im Erdgeschoss, hier wurde allerdings nichts aufbewahrt. Vermutlich war die Kammer leer, weil es schwierig war, Lasten über die engen Stufen nach oben zu tragen.

»Schau mal«, sagte Giulia und ging auf einen Kamin zu, der wie ein zahnloses Maul im Mauerrund klaffte.

Der Kamin war kalt und gefegt. Darin hatte schon lange kein Feuer mehr gebrannt. Ein perfektes Versteck für Paolos geheimnisvolle Fracht? Sergio beugte sich hinein und streckte eine Hand in die Schatten, tastete an den Wänden herum, brachte aber nichts weiter zutage als Ruß. Als er seine schwarzen Finger sah, fühlte er sich an Nino Marino erinnert, sah dessen mit Ruß geschwärzte Finger vor sich und den Namen an der Wand der alten Kirche von Castelvecchio. War Paolo die Elster?

Rasch wischte Sergio den Schmutz an einem Taschentuch ab. Dann lehnte er sich noch einmal tief in den Kamin hinein und verdrehte den Hals, um nach oben zu schauen. In einiger Entfernung war der tiefblaue Nachthimmel zu erkennen, gerastert durch ein Metallgitter, das oben auf dem Kaminschacht angebracht war, wohl um zu verhindern, dass Vögel sich hineinverirrten.

»Hier ist nichts«, sagte Sergio, nachdem er Kopf und Oberkörper wieder aus dem Kamin gezogen hatte.

»Sonst gibt es hier kein Versteck.« Giulia hatte die Säule mit der Wendeltreppe umrundet. »Aber ein Stockwerk haben wir ja noch.«

Sergio hörte das leichte Zittern in ihrer Stimme. Auch ihm war nicht wohl dabei, die in Finsternis liegenden Stufen noch weiter hinaufzusteigen. Diesmal ging er als Erster, Giulia blieb dicht hinter ihm und hielt sich an seinem Gürtel fest. Sergio streckte eine Hand in jede Richtung zu den Steinwänden des Turms aus und suchte dort Halt. Nach einer endlos scheinenden Zeit – von außen hatte der Turm gar nicht so hoch ausgesehen – erreichten sie die obere Kammer.

Dort funktionierten nur zwei Lampen. »Das war der Lichtschein, den wir von unten gesehen haben.« Giulia trat zu einem Schlitz in der Mauer. Die Schießscharten waren in Mittelalter und Renaissance von Armbrustschützen besetzt gewesen. Erfolgte kein Angriff auf die Stadt, hatten die Soldaten im Turm gehockt und sich vermutlich mit Würfeln und Witzen die Zeit vertrieben.

»Von hier oben kann man die ganze Stadt überblicken«,

sagte Giulia. »Ich kann sogar bei den Mancinis ins Wohnzimmer sehen.«

»Dann wissen wir ja jetzt, wie sich die Wachtposten damals unterhalten haben«, sagte Sergio und suchte nach einem möglichen Versteck. Aber es war nirgendwo etwas zu sehen. Der Raum war, bis auf einen Kamin, leer.

»Er kommt zurück«, rief Giulia. Sie hatte das Gesicht an den Spalt in der Mauer gepresst und winkte Sergio zu sich.

»Paolo?«, fragte Sergio und lugte durch eine Schießscharte ins Freie. Auf der Straße unter ihnen näherte sich eine einsame Gestalt. Die Person war dunkel gekleidet und trug einen Karton unter dem Arm.

Mit einem Satz war Sergio beim Lichtschalter. Die Lampen erloschen.

»Was machen wir jetzt?«, zischte Giulia.

»Rechtzeitig bis nach draußen schaffen wir es nicht mehr.« Sergio flüsterte.

»Vielleicht kommt er ja gar nicht bis nach oben«, sagte Giulia leise und mit wenig Überzeugung in der Stimme.

»Er scheint ja auch beim ersten Mal seine Fracht gar nicht hier hinaufgetragen zu haben«, ergänzte Sergio. »Sonst hätten wir sie entdeckt. Ich schlage vor, wir verhalten uns einfach still.« Er spürte Giulias Hand in seiner, sie war kalt. »Keine Sorge!«, fuhr Sergio fort. »Was soll schon geschehen? Schlimmstenfalls stellt Paolo uns zur Rede, weil wir ihn verfolgt haben. Der ist ungefährlich.« Doch so sicher, wie er sich gab, war Sergio nicht.

Tief unter ihnen hörten sie Lärm, Paolo schien die Tür aufgeschoben zu haben. Sie war unverschlossen gewesen.

Was würde er denken? Dass ihm jemand gefolgt war? Oder dass das alte Schloss nicht richtig funktionierte? Auch war das Licht im Erdgeschoss eingeschaltet. Wieder ertönte das Geräusch von unten, es drang hallend die Wendeltreppe hinauf. Paolo hatte die Tür wieder zugedrückt. Deutlich war ein Schlüssel zu hören, der sich in dem alten Eisenschloss drehte. Dann kamen schwere Schritte die Stufen hinauf.

»Wenn er raufkommt, wird er uns entdecken«, flüsterte Giulia. »Wir müssen uns irgendwo verbergen.«

Sergio hatte keine Angst vor Paolo, aber Giulia hatte recht. Gesetzt den Fall, dass Paolo seine geheimnisvolle Kiste wirklich hier oben entleerte, könnten sie ihn dabei beobachten und herausfinden, was der Sozialarbeiter mitten in der Nacht in den Turm schleppte. Aber dazu bräuchten sie ein Versteck – ein Versteck in einem leeren Raum.

»Die Instrumente der Dunkelheit erzählen uns Wahrheiten«, murmelte Sergio.

Giulia drückte Sergios Arm. »Was soll das?«

Sergio deutete auf die beiden Lampen, die noch funktionierten. Sie hingen an Kabeln, die an den Ziegeln entlang verlegt waren. »Wir drehen die Birnen aus den Fassungen und ziehen uns hinter die Säule der Wendeltreppe zurück. Da wird Paolo uns vielleicht nicht entdecken. Aber wir können dabei zusehen, was er hier oben treibt.«

»Hast du Katzenaugen?«, fragte Giulia.

Die Schritte wurden lauter.

»Keine Katzenaugen«, flüsterte Sergio. »Aber ein Elefantengedächtnis. Paolo raucht. Also wird er ein Feuerzeug oder Zündhölzer bei sich haben. Los! Es bleibt keine Zeit.«

Sie schlichen über die Dielen des Holzfußbodens zu den beiden Lampen. Die Glühbirnen waren mit Staub bedeckt und noch warm. Sergio hörte ein leises Quietschen, als er seine aus der Fassung drehte, Giulia schaffte es, geräuschlos vorzugehen. Er fasste sie bei der Hand und zog sie hinter die Treppe. Wenige Atemzüge später hörten sie Paolo die letzten Stufen hinaufkommen. Seine Schritte waren unregelmäßig, wie von jemandem, der etwas Schweres trägt und am Ende seiner Kräfte ist. Ein Poltern war zu hören, gefolgt von dem Klicken des Lichtschalters. Es blieb dunkel. Sergio spürte die Wärme der Glühbirne, die er in der linken Hand hielt.

Paolo fluchte leise. Kurz darauf erklang ein metallisches Klacken und Ratschen, und ein Lichtschein flammte auf. Der Schein von Paolos Feuerzeug genügte, um einen kleinen Bereich des runden Raums in der Turmkrone notdürftig zu beleuchten. Sergio und Giulia standen im Schatten der Treppensäule, unsichtbar für Paolo, solange er auf seiner Seite der Kammer blieb.

Sergio beugte sich vor, um sehen zu können, was Paolo trieb. Der schob gerade den Karton zu einer der Schießscharten hinüber. Dort machte er sich an dem Behältnis zu schaffen, klappte den Deckel auf und griff hinein. Bevor Sergio erkennen konnte, was Paolo aus der Kiste hervorholte, erlosch das Licht. Diesmal fluchte Paolo deftiger. Dreimal ratschte sein Feuerzeug, aber es blieb dunkel.

Eine Weile war alles still. Sergio wagte kaum zu atmen. Dann waren wieder Geräusche zu hören. Etwas stieß gegeneinander, ein Gegenstand fiel zu Boden. Paolo schien zu versuchen, sein Werk in der Finsternis zu verrichten. Sergio lauschte und versuchte, sich ein Bild davon zu machen, was vor sich ging. Da waren das Knarren des Kartons, das Rieseln von Staub oder Mörtel, das Schnaufen Paolos und ein Klicken, das Sergio an Bocciakugeln erinnerte, die gegeneinanderstießen. Die Zeit dehnte sich, Paolo schien eine Ewigkeit zu brauchen, doch schließlich atmete er tief ein und aus, das klang für Sergio nach der Erleichterung am Feierabend. Wieder waren Schritte zu hören, zaghafter diesmal, dann stieg Paolo die Treppe hinab.

Auch Sergio erlaubte sich einen Seufzer der Erleichterung. Erst jetzt bemerkte er, dass Giulia seine Hand drückte und ihre Fingernägel in seine Haut grub. Sie warteten, bis unten die Tür zu hören war, einmal, als Paolo sie aufzog, und einmal, als er sie schloss. Nervös tastete Sergio nach der Haarnadel, mit der er vorhin das Schloss geöffnet hatte. Sie war noch in seiner Hosentasche.

Sie traten hinter der Treppensäule hervor. Giulia wollte ihre Glühbirne wieder in die Fassung drehen, aber Sergio hielt sie zurück. »Lass uns warten, bis Paolo außer Sichtweite ist«, sagte er. Durch die Schießscharten beobachteten sie, wie der Sozialarbeiter die Via Don Giovanni Minzoni hinabging, diesmal hatte sein Gang etwas Beschwingtes, und schließlich in der Nacht verschwand.

Augenblicke später leuchteten die Lampen wieder. Die Kammer sah aus wie zuvor. Wo war der Inhalt des Kartons geblieben?

»Vielleicht ist bei Paolo eine Schraube locker«, mutmaßte Giulia, »und er trägt nachts gern leere Kartons herum.«

»Er hat in der Dunkelheit mit irgendetwas hantiert«, sagte Sergio. »Du hast es doch auch gehört.«

»Natürlich«, sagte Giulia. »Das war Glas, das aneinandergestoßen ist.«

Glas! Jetzt, da Giulia dem Geräusch einen Namen gab, erkannte Sergio ebenfalls, was er vorhin in der Finsternis gehört hatte. »Deine Ohren sind einzigartig«, sagte er.

»Besonders dann, wenn sie ein Kompliment zu hören bekommen«, gab sie zurück. »Wo könnte das Glas geblieben sein?«

Sie sahen sich um. Paolo hatte sich in einem kleinen Bereich der Kammer aufgehalten. Sergio kniete sich auf den Boden und strich über die Holzbohlen. Giulia ging an der Wand entlang und befühlte die Steine. Sie entdeckte das Versteck zuerst.

»Hier ist was lose«, rief sie.

Tatsächlich waren Risse in der Wand zu sehen, in einer erst kürzlich mit frischem Putz verschmierten Fläche. Ausgebesserte Stellen wie diese hatte es auch in den anderen Stockwerken des Turms gegeben. Hier jedoch verliefen Risse um die verputzte Fläche herum.

Sergio erinnerte sich an das Geräusch rieselnden Mörtels, das er vorhin in der Dunkelheit gehört hatte. Er legte eine Hand auf die Wand, der Putz war fest und körnig, dann klopfte er dagegen. Ein hohles Geräusch ertönte. Sergio sah zu Giulia hinüber. »Was sagt dein perfektes Gehör dazu?«

Sie hatten das Versteck gefunden. Wie sich herausstellte, war der Putz nicht auf der Mauer aufgetragen, sondern auf einer kleinen Platte aus Holz. Paolo hatte sie so zurecht-gesägt, dass sie in eine Aussparung in der Wand hineinpass-te. Dahinter fanden Sergio und Giulia eine Nische, seiner-zeit musste dort der Abort für die Wachtposten gelegen haben. Sergio kannte so etwas von anderen historischen Gebäuden Volterras. Sogar die Räume der Polizeiwache verfügten über einen solchen stillen Winkel, der ursprüng-lich mit einem Loch im Boden versehen war, aber die Löcher der alten Aborte waren heutzutage zugemauert. Paolos geheimes Örtchen war vom Boden bis zur Decke mit Behältern gefüllt, die mit roten und weißen Plastik-deckeln verschlossen waren.

Sergio pflückte eines der Fundstücke von dem Stapel herunter. »Tatsächlich Glas«, sagte er.

Giulia beugte sich zu ihm hinüber. »Sag schon! Was ist da drin?«

Sergio drehte das Glas so, dass Licht auf das Etikett fallen konnte. Dann sah er Giulia überrascht an. »Das ist Schoko-creme.«

KAPITEL 19

Durch die Fenster der Polizeiwache fielen die ersten Sonnenstrahlen auf einen Haufen Zettel und ein rotes Wollknäuel. Bertini saß hinter seinem Schreibtisch, sortierte die Papierstücke und blies den Dampf aus seiner Kaffeetasse. Sergio goss sich aus der Kanne ein und stellte sie zurück auf die Heizplatte. Mit den Brandflecken in ihrem orangefarbenen Plastik gehörte die Kaffeemaschine nicht nur zur festen Einrichtung der Wache – sie war sogar die dienstälteste Wachhabende. Alle Versuche Alessandros, den alten Apparat durch einen neuen zu ersetzen, waren bislang an Protesten von Bertini, Morelli und Sergio gescheitert. Für sie war der Kaffee, der durch die alten Leitungen floss, der kriminellste in der Stadt: so stark, dass er verboten werden müsste.

Sergio ging zum Stadtplan hinüber, der voller Zettel mit Hinweisen auf Cardenios Verbleib hing, und starrte grübelnd auf die Porta a Selci und den Femmina-Turm. Die Entdeckung vom Abend zuvor ging ihm nicht aus dem Kopf. Wozu sollte Paolo Schokocreme in einem geheimen Versteck horten? Wohl kaum als Schmuggelware.

Sergio sah zu Bertini hinüber. Mit dem Kollegen würde er über das Thema nicht reden können. Sergios Gedanken zu Paolos geheimnisvollem Hort waren zu verworren, und er wollte nicht die nächsten Wochen lang Schokocreme-Scherze von Bertini und Morelli hören, weil er die Süßspeise als polizeilichen Ermittlungsgegenstand ins Gespräch gebracht hatte. Da musste er schon auf Alessandro warten. Doch der war nicht in der Wache, weil er einen Unfall auf der Landstraße Richtung Colle di Val d'Elsa aufnehmen musste.

»Du kannst Feierabend machen«, schlug Sergio Bertini vor. Der Kollege hatte Nachtschicht gehabt.

»Erst müssen wir uns über die Fahndung nach Cardenio unterhalten.« Bertini deutete auf das Wollknäuel auf seinem Tisch. »Das habe ich meiner Mutter abgeschwatzt.« Er nahm es auf und warf es spielerisch in die Luft. »Das hilft uns bei der Auswertung der Hinweise.«

»Also gut«, sagte Sergio und versuchte, den Gedanken an die Gläser mit Schokocreme gegen das Bild der mit Fleisch gefüllten Näpfe für Cardenio auszutauschen. Kurz erzählte er, dass er mit Giulia gestern Nacht an sieben Stellen im Stadtzentrum Köder ausgelegt hatte. Paolos Auftauchen und ihren Einbruch in den Femmina-Turm, der die Suche nach Cardenio vorzeitig beendet hatte, ließ er unerwähnt. Stattdessen sagte er: »Leider haben wir Cardenio verpasst. Bis auf zwei Näpfe waren alle leer, als wir sie wieder eingesammelt haben – wer auch immer seine Schnauze dort hineingesteckt hat.«

»Das bringt uns weiter.« Bertini riss einen Zettel ab und schrieb etwas darauf. »Wo war das?«

Sergio deutete auf den Stadtplan, und Bertini befestigte die Zettel.

»Damit engen wir den Aktionsradius des Flüchtigen ein«, lobte Bertini, der sich in der Rolle des Fahndungsleiters offenbar wohlfühlte. »Ich habe eine Überraschung für dich.« Er machte eine bedeutungsschwere Pause. »Es gab weitere Anrufer, die den Hund gesehen haben wollen. Alle Sichtungen haben in diesem Bereich stattgefunden.« Er riss drei Klebezettel ab und hämmerte sie auf den Stadtplan. »Hier. Hier. Und hier. Das passt zu drei von den leer gefressenen Näpfen. Jede Wette, er hat in dieser Gegend seinen Unterschlupf. Jetzt pass auf!« Bertini sammelte Stecknadeln von seinem Schreibtisch auf und begann, sie in die Zettel auf der Karte zu stecken. Als Nächstes schlang der Kollege den Wollfaden um die Nadeln und führte ihn dabei kreuz und quer über den Plan. Nach einigen Minuten zog sich ein rotes Spinnennetz über Volterra. Die Fäden verliefen durchs Zentrum, trafen hier und da zusammen, reichten bis nach San Giusto und in andere Viertel außerhalb der Stadtmauer, um sofort wieder in die Mitte der Karte zurückzukehren.

»Kannst du ein Muster erkennen?«, fragte Bertini.

Sergio wich zurück, bis er die gesamte Karte im Blick hatte. Bertini hatte ein heilloses Durcheinander geschaffen. Unter all den Fäden waren die Zettel nicht mehr zu erkennen, und die waren immerhin eine Hilfe gewesen.

»Nun ja, ich erkenne einen Stern«, sagte Sergio. »Eindeutig.« Zwar ergaben die Linien überhaupt keine Form, aber er wollte Bertini den Spaß nicht verderben.

»Sieht für mich aus wie ein Dinosaurier, der auf einem Klavier spielt.«

Sergio fuhr herum. Alessandro war in der Wache aufgetaucht, lehnte an seinem Schreibtisch und schaute zu der Landkarte hinüber. »Bertini, du hast jetzt Feierabend.«

»Einen Moment«, erwiderte der Angesprochene. »Wir sind ganz nah dran!« Er löste den Faden an einigen Nadeln und schlang ihn um andere herum.

»Gut, dass du da bist.« Sergio begrüßte Alessandro. Die beiden Männer standen sich am Schreibtisch gegenüber. »Ich muss dir dringend berichten, was Giulia und ich gestern angestellt haben.« Er trank von seinem Kaffee.

Alessandro zuckte zurück. »Ich bin nicht sicher, ob ich solche Details über euch wissen will.«

Sergio schüttelte den Kopf. »Es geht um eine Entdeckung, die mit dem Tod Nino Marinos in Zusammenhang stehen könnte.«

Eines der Telefone läutete. Als Klingelton hatte Alessandro »Polizeisirene« eingestellt. Der alte Celentano-Hit *Azzurro*, der zuvor bei jedem Anruf ertönt war, hatte Sergio fast um den Verstand gebracht.

»Augenblick!« Alessandro zog das Telefon zu sich heran.

»*Pronto!*«, sagte er in den Hörer. »Ja, die Polizia di Stato in Volterra, Minotti am Apparat.« Eine Pause folgte. »Ah, Commissario Baldi, was für eine freudige Überraschung!« In Sergios Richtung verdrehte Alessandro die Augen.

Alessandro setzte sich auf den Schreibtischstuhl und holte aus einer Schublade einen Notizblock hervor. Während er weiter der Stimme aus dem Hörer lauschte, begann er darauf zu schreiben. »Wird erledigt, Commissario«, sagte er nach einer Weile. »Wir kümmern uns darum. Natürlich können Sie sich auf uns ... Er hat aufgelegt.« Alessandro sah zu Sergio hinüber und hielt den Hörer in die Luft wie ein totes Tier, das er aus einem Teich gefischt hatte.

»Was ich dir unbedingt erzählen muss, ist Folgendes ...«, begann Sergio erneut. Doch Alessandro unterbrach ihn.

»Kann das warten? Wir haben einen eiligen Auftrag von Baldi bekommen. Der Commissario hat den Raben in Florenz unter die Lupe genommen und dessen richtigen Namen herausgefunden. Er will wissen, ob der Kerl in Volterra bekannt ist. Schau bitte im Computer nach, ich werfe einen Blick in unser Papierarchiv.«

»Wie heißt denn diese Krähe?« Sergio drehte den Notizblock herum und versuchte, Alessandros Schrift zu entziffern. »Toni Brega?« Er stutzte.

»Baldi ruft in einer Stunde wieder an«, drängte Alessandro, der ein großes Schubfach aus einem Metallschrank zog.

Commissario Baldi und Ispettore Rossi waren Meister darin, andere für sich arbeiten zu lassen. Sie selbst saßen in diesem Augenblick vermutlich in einer Bar und nahmen die Touristinnen aufs Korn, die vor dem Florentiner Dom Schlange standen. Widerwillig schaltete Sergio seinen Computer an, rief die interne Datenbank der Polizia di Stato auf, loggte sich mit Namen und Passwort, *Terremoto*, ein und tippte »Toni Brega« in die Suchmaske. Mit dem Zeigefinger verharrte er über der Eingabetaste. Dieser Name! Der war ihm doch schon mal begegnet! Lange war das noch nicht her. Toni Brega. Die neun Buchstaben leuchteten herausfordernd auf dem Monitor. Toni Brega, Brega, Brega. Sergio schloss die Augen. Tauchte da ein Gesicht aus der Dunkelheit auf? Nein, da tanzten nur ein paar helle Punkte vom Monitorlicht vor seinen Lidern.

Sergio dachte an die Stimmen derjenigen, mit denen er gestern gesprochen hatte, und ließ sie die beiden Worte sagen. Er hörte Tonis Bregas Namen in Angelos Krächzen, in Trommelfeuers Brummen und in Matteos nasalem Nörgeln, er hörte Giulia, die den Namen mit der Bestimmtheit der Toskanerin aussprach, und er hörte Kugelblitz, der sich immer anhörte wie eine Mischung aus Wahrsager, Lehrer und wohlmeinendem Onkel.

Keiner von ihnen hatte den Namen des Raben ausgesprochen. Oder …

Giulia! Sergios Gedanken kehrten zu ihrer klaren, scharfen Stimme zurück. Da war etwas im hintersten Winkel seines Bewusstseins, er kam nur nicht ran. Verzweifelt schlug er mit beiden Händen auf den Schreibtisch. Kaffee schwappte aus seiner Tasse auf die verkratzte Kunststoffplatte.

»Hast du was gefunden?«, fragte Alessandro. Sergio hörte ihn kaum. Er durchsuchte seine Erinnerung, die eine gewisse Ähnlichkeit mit dem Chaos auf Angelos Schreibtisch hatte.

Giulia hatte einen Namen gesagt.

»Maurizio Cesari«, rief Sergio und lachte laut vor Erleichterung. Der Knoten in seinem Kopf war entwirrt, die Lösung lag vor ihm.

»Wer? Was redest du da?« Alessandro schnaubte. »Wir suchen nach Toni Brega.«

»Könnt ihr das nicht leiser erledigen?«, fragte Bertini im Hintergrund. »Ich versuche hier zu arbeiten.«

»Du hast Feierabend!«, riefen Sergio und Alessandro gleichzeitig. Bertini murmelte etwas und ließ von seiner Fadenarbeit am Stadtplan ab.

Sergio sprang auf und lief zu Alessandro hinüber. Jetzt, wo er endlich Bescheid wusste, war sein Mund voller Worte, die alle gleichzeitig herauswollten. »Maurizio Cesari war Giulias Musikprofessor«, sagte Sergio schnell. »Er kommt zum Festessen in den Stadtpark. Er ist einer der Gäste.«

»Na und?«

»Er steht auf der Gästeliste für das Festessen der Fortezza. Ich habe sie gestern Abend in der Trattoria gefunden. Giulia und ich sind die Namen durchgegangen. Und unter ihnen war ...«

»Toni Brega?« Alessandro sah Sergio erschrocken an. »Toni Brega kommt zum Bankett in den Stadtpark?«

Sergio schaute auf die Uhr. »Sieht so aus, als müssten Baldi und Rossi gar keine Stunde auf unser Ermittlungsergebnis warten. Das hat jetzt gerade mal zehn Minuten gedauert. Wenn die Kollegen auch so schnell arbeiten würden, gäbe es bald keine Verbrecher mehr in der Provinz Pisa.«

»Ich rufe sie sofort an.« Alessandro wollte zu seinem Schreibtisch gehen, aber Sergio legte ihm eine Hand auf den Arm.

»Warte! Lass die Kollegen doch erst mal ihren Kaffee austrinken. Wir behalten einen kühlen Kopf und denken darüber nach, was das alles zu bedeuten hat.«

Alessandro nickte und stützte sich mit einem Ellenbogen an dem Archivschrank ab. »Also gut. Nehmen wir mal an, Baldi und Rossi haben recht und Toni Brega kannte Nino Marino. Die beiden waren möglicherweise in Drogengeschäfte verwickelt, die zum Tod des Sängers geführt haben.«

»Warum sollte Brega dann jetzt nach Volterra kommen?«, fragte Sergio.

»Der Mörder kehrt immer zum Tatort zurück«, rief Bertini von hinten.

»Wenn Toni Brega wirklich ein Krimineller ist, würde er wohl kaum zu einem Bankett der Gefängnisleitung von Volterra gehen«, sagte Alessandro.

»Er muss schon einen sehr guten Grund haben, um herzukommen«, bestätigte Sergio.

Alessandro trommelte mit den Fingern auf den Metallschrank. »Der Umkehrschluss ist: Brega würde ein größeres Risiko eingehen, wenn er nicht herkommt.«

»Wenn er mit dem Tod Nino Marinos in Verbindung steht, könnte es sein, dass jemand im Gefängnis etwas über den Mord weiß.« Paolo und seine geheimnisvolle Schokocreme tauchten in Sergios Gedanken auf. Gab es eine Verbindung zwischen dem Sozialarbeiter und Toni Brega?

Wieder schaltete sich Bertini ein, der seine Uniformjacke vom Garderobenhaken nahm. »Hört sich für mich an, als wolle dieser Rabe beim Festessen das zu Ende bringen, was er in Castelvecchio begonnen hat. Jedenfalls, wenn ihr mich fragt.« Er verabschiedete sich und ging pfeifend aus der Wachstube hinaus.

»Danke, Kollege!«, rief Alessandro ihm hinterher. »Du schaust zu viele Kriminalfilme!« Zu Sergio gewandt sagte er: »Aber möglich wäre das. Was machen wir jetzt? Das Bankett absagen?«

Sergio stellte sich vor, wie er Angelo beibringen würde, dass die große Chance für seine Küchengehilfen platzte. »Du weißt doch, was alles vom Gelingen des Festessens abhängt.«

»Richtig«, sagte Alessandro. »Aber wir können dafür keine Menschen in Gefahr bringen.«

Die Polizeisirene gellte durch den Raum. Alessandro ging zu seinem Schreibtisch und nahm den Anruf entgegen. Dann formte er mit den Lippen das Wort »Baldi« in Sergios Richtung. Alessandro setzte sich, lehnte sich vor und berichtete dem Commissario, was sie über Toni Brega herausgefunden hatten. Dann nickte er einige Male und sagte »Sì, Signor Baldi«, nachdem ihm offenbar aufgefallen war, dass sein Gesprächspartner die Geste nicht sehen konnte. »Das sollte kein Problem sein. Ich spreche mit der Gefängnisdirektorin.« Dann legte er auf.

»Und?«, fragte Sergio. »Will er das Bankett abblasen lassen?«

»Im Gegenteil«, sagte Alessandro. »Baldi meint, das Festessen sei die Gelegenheit, Toni Brega auf frischer Tat zu ertappen und ihn vor einem großen Publikum festzunehmen. Das Letztere hat der Commissario natürlich nicht gesagt, aber so intensiv gedacht, dass ich es hören konnte.«

»Das heißt, wir müssen die Sicherheitsvorkehrungen verdoppeln«, schlussfolgerte Sergio.

»Verdreifachen.« Alessandro ließ das Telefon auf der Schreibtischunterlage rotieren wie einen Kreisel. »Und wenn was schiefläuft, darfst du dreimal raten, wer dafür verantwortlich gemacht wird.«

KAPITEL 20

W as für eine Idylle! Die Sonne des Vormittags schien auf den Parco Enrico Fiumi, und die Kinder genossen das schöne Wetter beim Fangenspielen, begleitet von ihren Müttern und Großmüttern, die mit Eiscreme im Schatten unter den Bäumen saßen und den Nachwuchs anfeuerten. Der Wind ließ die Blätter der hohen, alten Bäume rascheln, und es klang wie ferner Applaus.

Im Küchenzelt brannte die Luft.

Das lag zum einen am Kochunterricht, den Angelo seinen Gehilfen gab. Auf beiden Gasherden zischten Flammen, und aus den daraufstehenden Töpfen stieg Dampf auf. Es lag aber auch an der Sonne, die das Zelt in ein Treibhaus verwandelt hatte.

Und schließlich lag es an Angelo selbst, der sich gerade Sergios Bericht anhörte.

»Das Bankett absagen aus Sicherheitsgründen? Ihr habt wohl nicht alle Rädchen festsitzen!« Angelo tippte sich so heftig gegen die Stirn, dass seine Kochmütze wackelte. »Kein Drogenboss aus Florenz ist so gefährlich wie Angelo Panda, wenn er wütend wird. Das solltest du eigentlich wissen.«

Sergio verdrehte die Augen. Hätte er das Thema doch bloß nicht angeschnitten. Aber sein Vater musste eingeweiht werden. »Commissario Baldi ist ja deiner Meinung, *babbo*. Er will auch, dass das Festessen stattfindet. Weil er hofft, an dem Abend den Mörder von Nino Marino festnehmen zu können. Deshalb bin ich hier. Weil du das wissen sollst. Ihr müsst hier auf eine Polizeiaktion eingestellt sein.«

»Dieser Baldi ist für den Erhalt des Banketts? Endlich macht der mal was richtig«, krächzte Angelo. »Und was diese Festnahme angeht: Das wird die Gäste mitreißen. Wir erzählen ihnen hinterher einfach, das gehöre zum Programm. Was wäre denn ein Gefängnisbankett ohne eine richtige Verhaftung? In Rom zahlen die Leute für so was Eintritt, wusstest du das?«

Angelos Stimmung schien sich aufzuhellen, dafür stieg der Pegel von Sergios Sorgen. »Hier geht es nicht um Unterhaltung«, sagte er, »sondern um die Sicherheit von hundertfünfzig Menschen. Wir werden die Vorkehrungen verstärken müssen, wir werden …«

»Wir werden vor allem jetzt mal aufhören, immer nur über deine Probleme zu sprechen«, unterbrach ihn Angelo. »Ich hab nämlich auch welche. Oder hast du das Rezept schon gefunden?«

Die Trattoria! Sergio hatte seit gestern Abend nicht mehr an das Il Gusto gedacht. Er schaute auf die Uhr. Bald Mittag. Dann musste er ins Lokal, um Matteo zu helfen. Dabei gab es so viel anderes zu tun.

»Bislang kein Rezept in Sicht, *babbo*. Ich habe alles

durchsucht. Kannst du nicht eine andere Nachspeise auf die Tische zaubern, zum Beispiel ...«

Sergio stockte. Er sah, wie sich Angelos Mund bewegte, als sein Vater ihn erneut unterbrach, aber er hörte die Worte nicht. Wieder und wieder tippte sich Angelo gegen seinen Kochhut und zeigte danach mit dem Finger auf Sergio, aber dieser sperrte alle Geräusche aus seinen Gedanken aus.

»Schokocreme«, sagte er schließlich.

Angelo verstummte, dann schnappte er nach Luft und setzte seine Tirade fort. »Du erwartest doch nicht im Ernst von mir, dass ich das Rezept deines Urgroßvaters gegen eine Schokocreme tausche. Natale Panda hat dieses Rezept entwickelt, um seine Angebetete, deine Urgroßmutter, mit seinen Kochkünsten zu betören. Verstehst du? Ohne dieses Tiramisu würde es dich überhaupt nicht geben!«

Sergio versuchte diesmal erst gar nicht, seinen Vater zu besänftigen. »Kann ich mal mit deinen Küchengehilfen sprechen?«

»Das musst du die Jungs schon selbst fragen«, sagte Angelo. »Was mein Rezept angeht, wirst du ...«

Sergio ließ ihn stehen und ging zu den drei Männern hinüber, die mit langstieligen Löffeln in großen, dampfenden Töpfen rührten. »Signori«, sagte Sergio, »ich muss Ihnen einige Fragen stellen.«

Die Küchengehilfen wichen zurück, als sie Sergio in Polizeiuniform auf sich zukommen sahen.

»Oh, keine Sorge.« Er hob eine Hand. »Es geht um etwas Harmloses. Essen Sie gern Schokocreme?«

Kurz darauf verließ Sergio den Stadtpark und ging an der Nordseite der Fortezza entlang zur Porta a Selci. So harmlos, wie er vermutet hatte, schien Schokocreme gar nicht zu sein. Die Küchengehilfen – der schmalbrüstige Lino mit dem dünnen Zopf, Raoul mit den rastlosen Augen und den nikotinverfärbten Zähnen und Franco mit den breiten hängenden Schultern – hatten Sergio berichtet, dass die Süßigkeit zu den Dingen gehörte, die im Gefängnis streng verboten waren. Nicht etwa, weil die Direktorin sich um übergewichtige Gefangene sorgte, sondern weil sich die Gläser der Schokocreme wunderbar eigneten, um Drogen darin zu verstecken. Dazu musste man nur den Deckel öffnen und so viel Schokocreme herauslöffeln, bis ein bodentiefes Loch entstanden war. Dann wickelte man den zu verbergenden Stoff in Plastikfolie und steckte ihn hinein. Als Nächstes kam die Creme wieder obendrauf.

Sergio hatte zunächst geglaubt, die drei Männer wollten ihn zum Besten halten. Er hatte sie schief angelächelt, um ihnen ein Grinsen zu entlocken, aber sie waren ernst geblieben. »Das erkennt ja der kurzsichtigste Justizvollzugsbeamte, dass die Schokocreme manipuliert wurde«, hatte Sergio eingewandt. Daraufhin fingen Lino, Raoul und Franco doch an zu grinsen. Schokocreme, so erklärten sie, habe eine besondere Eigenschaft. Sie bestehe zu einem Großteil aus Fett, und das werde flüssig, wenn man es erhitze, und beim Abkühlen wieder fest.

Zunächst wollte Sergio darauf hinweisen, dass er in einer Trattoria aufgewachsen war und sehr wohl wisse, was Fett sei. Dann begriff er, was ihm die Männer zu erklären versuchten. Die Schokocreme wurde erwärmt und flüssig gemacht. Nachdem sie abgekühlt war, sah die Oberfläche wieder unberührt aus – das perfekte Versteck.

»Was ist mit der Versiegelung?«, fragte Sergio. »Wenn man den Deckel abschraubt, muss man erst eine Aluminiumfolie abreißen. Da kann die Oberfläche der Schokocreme noch so frisch aussehen. Fehlt die Versiegelung, wäre das ein Zeichen dafür, dass jemand mit dem Glas etwas angestellt hat.«

Auch darauf wussten die drei Küchengehilfen eine Antwort. Die Versiegelung gebe es nicht bei allen Marken. Und damit die ohnehin überlasteten Vollzugsbeamten nicht auch noch lernen mussten, Schokocremes auseinanderzuhalten, sei jedwede Nascherei dieser Art im Gefängnis verboten. Ebenso wie Wärmflaschen, fügte Franco hinzu, in denen sich ebenfalls verbotene Substanzen verbergen ließen und die nur zu finden seien, wenn man die Flaschen aufschnitt.

Vor Sergio erhob sich jetzt die Porta a Selci, und daneben ragte der Femmina-Turm in den blauen Himmel. Wie freundlich alles bei Tageslicht aussah! Fast hätte Sergio die Stelle an dem Stadttor nicht wiedererkannt, an der er sich mit Giulia vor Paolo versteckt hatte.

Was mochte der Sozialarbeiter im Schilde führen? Paolo schmuggelte Schokocreme ins Gefängnis. Entweder ließ er sie sich nach Hause liefern, oder er kaufte sie im Großhandel in Pontedera. Nachts brachte er die Gläser dann heimlich zur Fortezza – in jenen Teil, der nicht genutzt wurde. Dort versteckte Paolo die Schokocreme, um sie nach und nach ins Gefängnis zu schleusen. Weil … Die Schlussfolgerung lag nahe, aber Sergio widerstrebte es, zum Ende seiner Gedankenkette zu kommen.

Weil Paolo Drogen in den Gläsern verbarg.

Sergio schüttelte den Kopf. So etwas hätte er dem freundlichen Volterraner nicht zugetraut. Er kannte Paolo schon lange, so wie die meisten Menschen in der Stadt. Paolo war stets durch sein Mitgefühl aufgefallen, deshalb hatte er oft Schwierigkeiten in seinem Beruf. Er ließ den Gefangenen zu viel durchgehen. Auch sein Einsatz für die Erntehilfe im Weinberg war typisch für Paolo. Wenn er anderen helfen konnte, war er sofort Feuer und Flamme.

Doch diesmal war Paolo Cambi zu weit gegangen. Drogen ins Gefängnis zu schmuggeln hatte nichts mehr mit Herzensgüte zu tun. Das war ein Verbrechen.

Sergio blieb unter dem Stadttor stehen und schaute zum Femmina-Turm hinauf.

Nino Marino hatte ebenfalls mit Drogen Berührung gehabt. Sie waren dafür verantwortlich gewesen, dass der Sänger einen Menschen überfahren hatte. Jetzt war Nino Marino tot, und Paolo schleuste unerlaubte Substanzen ins Gefängnis. Gab es eine Verbindung?

Sergio nahm die Dienstmütze ab und massierte seine Stirn. Paolo lieferte Drogen, Nino Marino hatte welche genommen. Waren sie im Gefängnis Dealer und Kunde gewesen? Hatte die Geschäftsbeziehung dazu geführt, dass Paolo Nino zum Ernteeinsatz mitgenommen hatte?

Sergios Gedanken liefen wie eine Kugel auf der Bocciabahn. Bevor sie liegen blieb, lärmte die Hupe eines Autos in unmittelbarer Nähe.

Sergio fuhr herum. Ein weißer Lieferwagen stand direkt hinter ihm. Der Fahrer gestikulierte und rief hinter der Windschutzscheibe etwas, das glücklicherweise nicht zu verstehen war. Sergio trat zur Seite. Während der Fahrer den Motor aufheulen ließ und vorbeirauschte, ging Sergio zur Tür des Turms. Dahinter lag die Antwort auf viele Fragen. Wenn Paolo wirklich Drogen ins Gefängnis schmuggelte, würde Sergio diese in einem der Gläser finden. Dann könnte er Paolo zur Rede stellen und vielleicht den Fall Marino lösen.

Sergio drückte die Klinke der Tür hinunter, die er gestern Nacht mithilfe von Giulias Haarnadel geöffnet hatte, aber die Tür bewegte sich nicht. Er half mit der Schulter nach. Vergebens, die Tür war abgesperrt. Dabei hatte er den Zugang zum Turm doch nur zugezogen, weil er heute noch einmal hatte hineingehen wollen. Wer hatte die kleine Tür abgeschlossen?

Er sah sich um. Auf der Mauer über dem Zugang zur Fortezza patrouillierten zwei Männer in Uniform. Sie schauten zu Sergio hinunter und tippten sich zum Gruß gegen die Schirme ihrer Dienstmützen. Er nickte ihnen zu. In seiner Hosentasche tastete er nach Giulias Haarnadel, holte sie hervor und strich mit dem Finger über das Metall. Nein. Er würde nicht am helllichten Tag in den Turm einbrechen. Es waren zu viele Zeugen in der Nähe. Das würde nur Fragen aufwerfen, die Sergio nicht beantworten konnte.

Er legte die flache Hand gegen das raue Holz der Turmpforte. Dort drin war das Geheimnis um Nino Marinos Tod verborgen, und er würde es lüften. So bald wie möglich.

KAPITEL 21

Die Glocke des Campanile schlug zwölf Mal. Wieso war es schon wieder Mittag? Dabei hatte der Tag erst begonnen! Sergio lief auf die Polizeiwache zu. Er musste endlich mit Alessandro über die Schokocreme sprechen und einen Schlüssel für den Turm organisieren. Aber er musste auch in der Trattoria aushelfen, denn Matteo war allein dort, und ab zwölf Uhr kamen die Gäste, meist Einheimische, um dort ein günstiges Mittagessen einzunehmen.

Sergio zerbiss einen Fluch zwischen den Zähnen, blieb vor dem Eingang des Palazzo Pretorio stehen und starrte auf das verkratzte Messingschild an der Wand: *Polizia di Stato – 2. Obergeschoss.* Er holte tief Luft, drehte sich um und verließ die Piazza dei Priori im Laufschritt. Mord, Drogen, Schokocreme – das alles war zweitrangig. Jetzt ging es erst mal um die Trattoria Mortale. Wäre doch dieses Festessen schon vorbei! Dann wäre sein Vater zurück im Il Gusto, und mit ihm würden normale Verhältnisse zurückkehren – wenn es so etwas im Lokal der Pandas überhaupt gab.

Sergio eilte auf der Via Ricciarelli, die in die Via San Lino überging, den Stadthügel hinab. Die abschüssigen Straßen verliehen seinen Schritten Geschwindigkeit. Im Laufen zog er sein Mobiltelefon aus der Tasche und rief in der Wache an.

»Polizia di Stato Volterra. Minotti am Apparat.«

Alessandro meldete sich nicht mit seinem üblichen »*Pronto*«. Anscheinend erwartete er weitere Anrufe von Baldi.

»Sergio hier. Alessandro, ich bin auf dem Weg ins Il Gusto und komme nach dem Mittagstisch in die Wache zurück.« Er erreichte die Porta San Francesco und lief den Borgo San Stefano hinunter.

»Kein Problem. Im Moment ist alles ruhig«, sagte Alessandro. »Wenn ich dich früher brauche, melde ich mich.«

»Da ist noch was«, hob Sergio an. Linker Hand lag das Il Mulino. In der Tür des Ristorante stand Giulias Tante Sofia und winkte ihm zu. Er grüßte zurück und eilte weiter.

»Ich platze vor Neugier«, sagte Alessandro.

Sergio spurtete den Borgo San Giusto hinab, keine ideale Bedingung zum Telefonieren. »Du wirst dich noch ein wenig beherrschen müssen. Erst mal brauche ich einen Gefallen von dir.«

»Was soll das, Sergio?«, kam es aus dem Lautsprecher. »Kündigst du deine Dienstprotokolle demnächst auch erst stundenlang vorher an, bevor du sie mir auf den Tisch legst, und verteilst für die Zwischenzeit Aufgaben?«

In Höhe der Kirche San Giusto blieb Sergio stehen – die Laterne der Trattoria war schon zu sehen – und holte tief Luft. »Ich brauche deine Hilfe, aber ich kann dir erst später erklären, worum es geht. In Ordnung?«

Es raschelte in der Leitung, dann war Alessandro wieder zu hören. »Ich tue alles für dich, das weißt du.« Seine Stimme hallte etwas, offenbar war er aus der Wachstube ins Treppenhaus des Palazzo gegangen, wo man ungestört sprechen konnte. Alessandro machte eine Pause. »Es geht hoffentlich nicht um etwas Unrechtmäßiges?«

Doch, dachte Sergio. »Du kennst den alten Femmina-Turm?«

»Klar, an der Porta a Selci.«

»Wir müssen da rein. Der Turm ist verschlossen. Finde einen Schlüssel oder einen anderen Weg, die Tür zu öffnen.«

»Jetzt platze ich wirklich«, sagte Alessandro.

»Dann pass bitte auf, dass ich nicht die ganze Wache reinigen muss, und stell schon mal den Wischeimer bereit«, gab Sergio zurück und beendete das Gespräch. Er fühlte, wie ein wenig Anspannung von ihm abfiel. Auf Alessandro konnte er sich verlassen.

Augenblicke später hatte Sergio das Il Gusto erreicht. Die Tür stand offen.

Zwei Tische waren besetzt, er grüßte die Gäste, Enrico von der kleinen Internetagentur sowie Anna und Andrea vom nahen Campingplatz. Sergio wollte auch Matteo begrüßen, der gerade Pizza servierte, aber der Blick des Kochs traf ihn wie eines der Messer, mit denen Matteo sonst sein Thunfisch-Carpaccio zubereitete.

Als der Koch die Pizza vor Enrico auf den Tisch stellte, rumpelte der Teller, dann lief Matteo auf Sergio zu und zog ihn in die Kammer hinter der Theke. Er holte einen Briefumschlag aus der Tasche seiner Kochjacke hervor und hielt ihn hoch wie ein Schiedsrichter beim Fußball eine Rote Karte. »Seid ihr Pandas von allen guten Geistern verlassen?« Er knallte den Briefumschlag in seine Handfläche.

Jetzt erkannte Sergio das Schreiben wieder. Er hatte es gestern Nacht auf Angelos Schreibtisch gefunden, aufgerissen, aber dann – angesichts der Gästeliste für das Festessen und der abendlichen Pläne mit Giulia – liegen lassen. Erschrocken von Matteos ungewohnter Heftigkeit, nahm er dem Koch das Kuvert aus der Hand, nahm den Brief heraus und sah ihn sich an.

Die Post kam von der Finanzbehörde. Sergio erstarrte, als er den Betreff las: *Betriebsprüfung.* Seine Finger verkrampften sich um das Papier. Eine Prüfung der Bücher hatte es im Il Gusto schon mal gegeben. Damals hatte Angelo alle Kräfte mobilisiert, um die Akten vorher in Ordnung zu bringen. Er hatte das Lokal schließen müssen, um mit Sergio zwei Tage und Nächte das Chaos in seiner Buchführung in eine einigermaßen präsentable Form zu bringen. Doch diesmal stand Sergio allein vor dem Trümmerhaufen von Angelos Unterlagen. Bevor der sein Küchenzelt im Stadtpark verließ, würde er sich in der Fortezza einkerkern lassen – oder freiwillig bei seiner Konkurrentin Sofia Zacchi im Il Mulino essen gehen.

Eine Steuerprüfung. Ausgerechnet jetzt! Sergio versuchte, seinen Herzschlag zu einem Adagio zu senken. Was war zu tun? Erst mal musste er Matteo beruhigen. »Das bekommen wir schon hin«, sagte Sergio in einem Tonfall, mit dem er sonst die aufgeregten Opfer harmloser Unfälle mit Blechschaden beruhigte. »Ist ja nichts passiert.«

Matteo starrte ihn an, als sei er nicht bei Verstand. Seine sonst von Küchendämpfen gerötete Gesichtshaut war unnatürlich bleich. »Sergio«, schnappte Matteo und deutete mit dem Zeigefinger auf den Brief, »wenn ich wegen eurer Nachlässigkeit die Arbeit in der Trattoria verliere, kündige ich dir die Freundschaft.«

In diesem Moment wurde Sergio bewusst, dass er etwas übersehen haben musste. Noch einmal schaute er auf das Schreiben der Finanzbehörde, ging die Zeilen durch. Da stand es, das Datum der Apokalypse.

»Das ist ja heute!«, brach es aus ihm hervor.

»Merkst du das auch schon?« Matteo verschränkte triumphierend die Arme und legte das Kinn an die Brust.

Das Adagio wechselte ins Allegro vivace. Hitze stieg Sergio in den Kopf. Mit einem Mal fühlte er sich wie ein Schuljunge, der seine Hausaufgaben nicht gemacht hat. Wie konnte das passieren? Er schaute auf das Datum des Briefs. Er war zwei Wochen alt.

»*Porca miseria!*« Sergio drückte das Schreiben in der Faust zusammen und warf es gegen den Kühlschrank neben seiner Cocktailbar.

Die Gespräche der Gäste und das Klingeln von Besteck und Gläsern verstummten.

»Das hat Angelo verschlafen, oder?«, wollte Matteo wissen.

Sergio ging nicht darauf ein. Natürlich war es sein Vater gewesen, der den Brief ungeöffnet auf seinem Schreibtisch hatte herumliegen und Moos ansetzen lassen. Aber die Schuldfrage zu klären, half jetzt niemandem. Sergio griff nach Matteos Schultern. »Wir müssen das Il Gusto retten. Hilfst du mir?«

»Natürlich«, sagte Matteo verdattert und nickte. »Wenn du mir sagst, wie.«

Ja, wie? Nicht einmal Sergio kannte sich in Angelos Buchführung aus.

»Halt den Laden heute Mittag ohne mich am Laufen«, sagte Sergio. »Wenn der Prüfer kommt, sollten wir auf keinen Fall den Eindruck erwecken, dass wir in Panik geraten sind. Hier geht alles seinen gewohnten Gang, verstehst du?«

»Der gewohnte Gang könnte für einen Steuerprüfer ein bisschen zu rasant sein«, sagte Matteo, lächelte schief und kehrte in den Gastraum zurück. Im Weggehen sagte er: »Aber wir schaffen das schon.«

Während sich Matteo weiter um die Gäste kümmerte und dabei sogar ein Liedchen pfiff – Sergio erkannte *Mi va sempre tutto storto*, den Radiohit Nino Marinos –, rief Sergio in der Wache an. Er nahm sich für den Rest des Tages frei, würde dafür aber mit Morelli, der für ihn einsprang, darüber beraten müssen, wie er das wiedergutmachen konnte.

Als Nächstes wollte sich Sergio bei seinem Vater melden. Bevor er dessen Nummer wählte, schloss er für einen Moment die Augen und versuchte, an etwas Angenehmes zu denken. Giulia tauchte in seinem Geist auf, Giulia in der Nacht zum Donnerstag, sie trug ihr Saxophon – und sonst nichts.

»Panda«, krächzte es aus dem Apparat. Giulias Bild verpuffte. Angelos heisere Stimme drang so laut aus dem Telefonino hervor, dass Sergio das Gerät am langen Arm von sich streckte. Er erklärte seinem Vater die Situation. »Du musst sofort herkommen«, schloss er den Bericht, »sonst ist Finito im Il Gusto.«

»Mal langsam, Sohnemann«, sagte Angelo ruhig. »Was soll denn schon geschehen? Du empfängst den Kerl von der Finanzbehörde in deiner Polizeiuniform und garantierst mit deiner Polizistenehre dafür, dass in der Trattoria alles mit rechten Dingen zugeht.«

Sergio hätte ihm gern erklärt, dass er bald die Uniform der Finanzpolizei zu sehen bekäme, doch das wäre sinnlos, und vielleicht wäre es gar nicht so schlecht, wenn Angelo im Stadtpark blieb. Dort konnte er kein weiteres Unheil anrichten.

»Sag mir einfach, wo ich die Unterlagen finde«, verlangte Sergio. »Dann regele ich das hier schon.«

Unter dem Schreibtisch seines Vaters stand eine blaue Transportkiste, in der sonst die Milchtüten geliefert wurden. Angelo schien die Tagesbons einfach unter den Tisch zu werfen, wo sie dann in die Kiste segelten. Zwei Kilogramm lose Zettel lagen darin, einige nicht mal aus dem laufenden Geschäftsjahr, sondern aus längst vergangenen, wie Sergio feststellte. Er blätterte die Papiere im Zeitraffer durch, Staub stieg ihm in die Nase. Es würde Tage dauern, das alles zu sortieren.

In der Gaststube klingelte die Türglocke.

Sergio schaltete die Schreibtischlampe ein und begann, die Zettel zu ordnen, zunächst mal einen Haufen für jedes Geschäftsjahr, danach würde er weitersehen.

»Sergio?« Matteo steckte den Kopf durch die Tür. »Die Finanzbehörde ist da.« Matteos sorgenvolles Gesicht bekam noch mehr Falten, als er den Zustand der Buchführung sah. »Ich glaube, wir sind geliefert«, sagte er und verschwand.

Der Signore von der Finanzbehörde war eine Frau. Sie hieß Livia Ferri und war das Gegenteil von dem, was Sergio sich unter einer Steuerprüferin vorstellte. Dazu schien Signora Ferri viel zu jung: Sie mochte Mitte zwanzig sein und sah aus, als habe sie sich gerade erst an der Universität eingeschrieben. Eine Anfängerin. Sergio schöpfte Hoffnung.

»Signora«, er gab ihr die Hand, »ich bin Sergio Panda. Juniorchef des Il Gusto. Bitte, kommen Sie herein und nehmen Sie Platz.«

Während sich die Betriebsprüferin setzte, hatte Sergio Gelegenheit, sie genauer zu betrachten. Sie hatte das dunkelblonde Haar so straff zurückgebunden, dass ihre Gesichtshaut spannte. Darauf war jetzt eine leichte Rötung zu sehen, die ihre Wangen noch höher wirken ließ. Der hellrote Lippenstift auf ihrem breiten Mund passte gut zu ihrem tiefgrünen Kostüm, zu dem sie weiße Sneaker trug. Sie sah Sergio aus großen Regenpfützenaugen an und ließ für einen Augenblick ein Schmunzeln erkennen, als sie seine Blicke bemerkte. »Verkleiden Sie sich immer als Polizist, wenn Sie Gäste bedienen?«, fragte sie.

Sergio erklärte ihr seine Doppelrolle. Dann bot er ihr etwas zu trinken an. »Und auch wenn Sie hungrig sein sollten, haben Sie sich den richtigen Arbeitsplatz ausgesucht.« Aus den Augenwinkeln sah er Matteos Kopf in der Durchreiche verschwinden.

Livia Ferri bat um ein Glas Wasser, dann kam sie ohne Umschweife zur Sache und wollte die Betriebsunterlagen des vergangenen und des laufenden Geschäftsjahres sehen. Sie schaute auf ihre Armbanduhr. »Ich würde gern pünktlich Feierabend machen. Glauben Sie, wir schaffen das in drei Stunden?«

Ihr aufmunterndes Lächeln fiel in sich zusammen, als Sergio die blaue Plastikkiste auf den Tisch stellte. Die Quittungen hatte er vom Schreibtisch seines Vaters wieder zurück in die Kiste geschaufelt.

»Wollen Sie jetzt vielleicht einen Grappa?«, fragte er.

Signora Ferri antwortete mit einem Blick, der einen Großbrand gelöscht hätte. »Wo sind Ihre Aktenordner?«, wollte sie wissen. »Haben Sie keinen Steuerberater?«

Natürlich. Der Steuerberater! Einmal im Jahr kam Signor Girotti ins Il Gusto und verschwand mit Angelo Panda einen Abend lang im Nebenzimmer. Allerdings hatte Sergio ihn schon lange nicht mehr gesehen.

Ein kurzer Anruf bei Angelo schaffte Klarheit. Girotti war seit einem Jahr im Ruhestand, und Angelo hatte es versäumt, sich um einen Nachfolger zu kümmern. »Das bisschen Papierkram erledigen wir selbst«, sagte er und legte auf. Sergio überbrachte Signora Ferri die Nachricht. Es gab keine Aktenordner, nur die Kiste.

Sie spitzte die Lippen und wühlte in den Unterlagen, ließ die Quittungen auf den Tisch regnen. »Dann wird das wohl nichts mit dem pünktlichen Feierabend. Ich muss Sie auffordern, die Unterlagen zu sortieren und mir dann Stapel für Stapel zu übergeben.«

»Jetzt?«, fragte Sergio. Insgeheim hatte er gehofft, Signora Ferri würde die Kiste mitnehmen und diese grauenvolle Arbeit in ihrem Büro erledigen.

»Jetzt«, sagte sie knapp. »Und ich nehme den Grappa.« Sie zog sich die Jacke ihres Kostüms aus und hängte sie an die Garderobe. Darunter trug sie eine ärmellose hellrosa Bluse mit Rüschen an der Knopfleiste. Sergio entledigte sich seiner Uniformjacke, krempelte die Ärmel seines Hemds hoch und nahm ihr gegenüber Platz. Das würde Angelo einiges kosten, dafür würde er sorgen, einen zweiwöchigen Urlaub mit Giulia. Mindestens.

Wieder klingelte die Türglocke. Kugelblitz schob seinen Bauch in die Trattoria. Darüber spannte ein weißes Polo-hemd. Er blieb vor dem Tisch stehen und staunte Livia Ferri und die blaue Plastikkiste an. »*Sera*«, grüßte er. »Was ist denn hier los?«

Sergio bat Kugelblitz, sich irgendwo hinzusetzen, Matteo würde sich gleich um ihn kümmern. Es gebe eine Steuer-prüfung, fügte er mit vielsagendem Blick hinzu.

Der alte Toskaner rührte sich nicht von der Stelle.

»Was ist denn noch, Enzo?« Sergio spürte, dass seine Stimme scharf klang. In der Regel sprach er Kugelblitz auch nicht mit dessen richtigem Namen an. Aber Regeln galten an diesem Tag nicht.

»Die anderen kommen bestimmt auch noch«, sagte Kugelblitz.

»So wie jeden Tag«, knurrte Sergio.

»Jeden Tag, genau.« Kugelblitz hob bedeutungsschwer die struppigen Augenbrauen.

Sergio starrte ihn verständnislos an, in jeder Hand einen Fetzen Papier mit verblichener Schrift.

»Unser Tisch«, sagte Kugelblitz und tippte mit einem Finger auf die rot-weiß karierte Tischdecke. »Wir sitzen hier jeden Tag.«

Das konnte doch nicht wahr sein! Sergio stieß die Luft aus und ließ sich gegen die Lehne des Stuhls fallen. »Kugel!«, sagte er mit Nachdruck, denn Kugelblitz hörte die Kurzform seines Spitznamens wegen seines Bauchumfangs nicht gern. »Wir sind mitten in einer delikaten Situation. Das hier ist wichtig. Bitte setz dich heute ausnahmsweise da drüben hin. Ihr könnt zwei kleine Tische zusammenschieben. Nur für heute Abend.«

Kugelblitz schien zu überlegen. Er schaute zu Livia Ferri herüber, deren Bleistift über ein weißes Blatt tanzte, während der Zeigefinger ihrer linken Hand die Summe auf einer Lohnabrechnung markierte.

»Weißt du, Sergio«, sagte Kugelblitz. »Ihr zwei seht aus, als könntet ihr Hilfe gebrauchen.«

Sergio stand abrupt auf. »Wenn du keine Ruhe gibst, verlieren wir vielleicht die Trattoria!«, wollte er sagen und: »Dann musst du deinen Stammtisch ins Il Mulino verlegen.« Stattdessen legte er einen Arm um Kugelblitz' Schultern und zog ihn von dem Tisch weg.

»Warten Sie!«, sagte Livia Ferri. »Ihr Freund könnte uns tatsächlich helfen.« Sie lächelte Kugelblitz an. »Je mehr Leute anfassen, umso früher ist man fertig, nicht wahr?«

»Das hängt davon ab, wer diese Leute sind«, sagte Sergio, aber Kugelblitz hatte sich bereits aus seinem Griff befreit und auf den Stuhl neben der Finanzbeamtin fallen lassen. Das Sitzgeflecht knirschte. Er schlug mit beiden Händen auf den Tisch. »Dann mal los! Ich bin Fachmann in Steuerfragen.«

»Oh, wirklich? Haben Sie mal in dem Bereich gearbeitet?«, wollte Signora Ferri wissen.

»So ähnlich«, antwortete Kugelblitz. »Als junger Mann hatte ich einen eigenen Betrieb und musste wegen Steuerhinterziehung eine Woche lang ins Gefängnis.«

Das Lächeln auf Signora Ferris Gesicht fror ein.

»Wonach suchen wir denn?«, fragte Kugelblitz. Er griff in die Kiste und kramte eine Handvoll Quittungen daraus hervor.

»Bankauszüge, Eingangsrechnungen, Lohnabrechnungen und die Dokumente aus dem Kassenbericht«, erklärte Sergio.

Kugelblitz lachte.

»Was ist daran lustig?«, wollte Sergio wissen.

»Du weißt doch«, gab Kugelblitz zurück. »Abgerechnet wird zum Schluss.«

Die Fröhlichkeit des großen Toskaners wirkte ansteckend, und mit einem Mal fühlte sich Sergio auf wundersame Weise wohl in seiner Gesellschaft. Wie sagte man in Volterra? Solange man über etwas lachen kann, ist die Lage nicht hoffnungslos.

Einige Stunden später war der Tisch dreimal verlängert und zum Mittelpunkt der Welt geworden. Draußen ging zwar schon fast die Sonne unter, aber dafür war die Kiste beinahe geleert. Der Inhalt war auf vier Pizzakartons aufgeteilt, die aufgeklappt nebeneinanderstanden. Haarige

Männerarme ragten hierhin und dorthin. Nicht nur die von Sergio und Kugelblitz. Zwischenzeitlich waren Trommelfeuer und Zitadelle hinzugekommen und sofort ins Steuergeschäft eingestiegen.

»Das ist besser als Kartenspielen«, sagte Zitadelle.

»Wie kommst du denn darauf?«, fragte Trommelfeuer und studierte einen Beleg mit zusammengekniffenen Augen.

»Weil du dabei nicht mogelst«, erwiderte Zitadelle.

»Ob hier jemand mogelt«, wandte Livia Ferri ein, »wird sich noch herausstellen.«

Sergios Rücken schmerzte, und er spürte sein Gesäß nicht mehr. »Fertig!« Er warf den letzten Beleg in die Schachtel, auf deren Deckel in großen Buchstaben *Tagesbons* geschrieben stand. »Jetzt haben wir uns eine Erfrischung verdient. Ich werde euch allen etwas Hochprozentiges servieren, um den Staub aus den Kehlen zu brennen.«

Sergio ging in die kleine Kammer hinter der Theke und öffnete das Kabinett, in dem er die Zutaten für seine Cocktails aufbewahrte. Was passte am besten zu einer Betriebsprüfung? Er schaute auf die Flaschen. Er hatte Rum, Martini rot und weiß, Orangensaft und … er nahm die Spirituosen heraus, um sehen zu können, was sich dahinter verbarg … da war auch der Angostura.

Bald darauf servierte er ein malvenfarbenes und mit einer Orangenschale garniertes Getränk in Martinigläsern.

»Was ist das?«, fragte Livia Ferri und schnüffelte an dem Drink.

»Die Mischung nennt sich *tassa sul reddito*«, sagte Sergio. »Einkommenssteuer. Meine Vorauszahlung sozusagen.«

Während die Finanzbeamtin vorsichtig an ihrem Glas nippte, hatten es ihre Tischgenossen schon geleert. Sergio beobachtete die Wirkung des Alkohols auf Livia Ferri. Entspannte sie sich? Wurden ihre Augen, die die ganze Zeit streng und konzentriert auf die Papiere geschaut hatten, glasig?

Sie lehnte sich zurück und klickte die Haarspange auf. Dann puffte sie ihre Frisur mit beiden Händen auf. »Ah«, sagte sie und lächelte die anderen am Tisch an, »so ist es besser. Wissen Sie was, Signor Panda?«

Sergio lächelte zurück. Wollte sie etwa noch einen Cocktail? Er hatte genug Zutaten, um diese junge Frau ihren Beruf vergessen zu lassen. »Sie können Sergio zu mir sagen.«

»Sergio«, gurrte sie, »es fehlen Unterlagen.« Dabei legte sie eine Hand auf den Pizzakarton mit den Tagesbons. »Das sind Kassenberichte«, erklärte sie. »Von Hand geschrieben, die Tagesabrechnungen aus den Zeiten, in denen Sie mit einem alten Kassenmodell gearbeitet haben. Das neue von der Finanzbehörde vorgeschriebene Modell gibt die Tagesbons ja von selbst aus. Sie sind dazu verpflichtet, diese Bons unter dem Einlagefach der Kasse aufzubewahren. Das haben Sie doch gewiss getan, nicht wahr, Sergio?«

Sergio versuchte, nicht zur Theke hinüberzuschauen, auf der die alte Kasse mit der Kurbel stand. Livia Ferri schien das Zucken an seinen Augen bemerkt zu haben. Sie entdeckte die Kasse, bevor Sergio etwas erklären konnte.

»Sie arbeiten noch immer mit einem alten Modell?«, fragte sie und spitzte die Lippen.

»Warten Sie einen Moment«, sagte Sergio, stand auf und

eilte ins Lager. Dort zog er die neue Kasse hinter den Kanistern mit den Fotochemikalien hervor, trug sie in die Gaststube und stellte sie vor Livia Ferri auf den Tisch. »*Pronto!*«, sagte er. »Wir haben das neue Kassenmodell selbstverständlich angeschafft, aber leider geht das Ding nicht mehr auf. Und die Bons, die da drin sind, werden wohl erst mal dortbleiben.«

»Haben Sie schon den Kundenservice angerufen?«, fragte Livia Ferri.

Als Sergio das bestätigte, schien sie in Nachdenken zu versinken. Dann holte sie ein Telefonino aus ihrer Handtasche und tippte darauf herum. Währenddessen schauten Kugelblitz, Zitadelle und Trommelfeuer besorgt zu Sergio herüber. Kugelblitz bewegte die Lippen und versuchte, etwas tonlos zu sagen, dabei imitierte er die Bewegung einer Hand, die ein Glas zum Mund führt.

»Keine Drinks mehr für mich, danke«, sagte Livia Ferri, ohne den Blick von ihrem Telefon zu nehmen. »Ah, hier haben wir es.« Sie hielt den Bildschirm so, dass alle ihn sehen konnten, trotzdem konnte Sergio darauf kaum etwas erkennen, da sich die Lampen darin spiegelten.

»Da steht«, sagte Livia Ferri, »dass es zwei Möglichkeiten gibt, dieses Dilemma zu lösen. Entweder wir kommen an die Tagesbons aus der Kasse, oder ich muss den Umsatz anhand der vorliegenden Eingangsrechnungen und der Speisekarte hochrechnen. Die zweite Möglichkeit würde allerdings zuungunsten des Betriebs ausfallen.«

»Und das heißt auf Italienisch?«, fragte Trommelfeuer.

»Dass die Pandas mehr Steuern zahlen müssten.«

»Wie viel mehr?«, wollte Sergio wissen.

»Das hängt davon ab, wie hoch meine Schätzung ausfällt. Hinzu käme eine Geldbuße in Höhe von fünfzehn Prozent des Jahreseinkommens und …«

Sergio hörte nicht mehr hin. Die Trattoria war ständig in Geldnot. Das Lokal warf gerade genug ab, um Angelo über Wasser zu halten, Matteos Lohn auszuzahlen und die Ausgaben für den nächsten Monat zu decken. Hinzu kam, dass das Il Gusto in den Sommermonaten durch die Touristen so viel einnehmen musste, dass es über den Winter kam. Eine einzige Reisesaison mit schlechtem Wetter konnte das Traditionslokal ruinieren – ebenso wie eine saftige Strafe der Finanzbehörde.

»Ich bekomme diese Kasse schon auf«, sagte Sergio.

»Gut«, sagte Signora Ferri. »Und ich rechne derweil den Umsatz hoch.«

Sergio suchte nach einem Ausweg. Die Schätzung des Umsatzes musste er verhindern. Er sah, wie sich Kugelblitz an seinem Bauch kratzte. »Haben Sie eigentlich einen Spitznamen?«, fragte er.

»Ich … also, ich … nein, habe ich nicht«, sagte Livia Ferri.

Am Stammtisch herrschte für einen Moment Schweigen. »Woher kommen Sie denn?«, fragte Zitadelle.

»Aus Livorno«, sagte sie und versuchte, sich auf die Speisekarte zu konzentrieren und die Preise der Gerichte abzuschreiben.

»Und da gibt es so was nicht?«

Sie schaute hoch, in ihrem Blick lag ein Anflug von

Orientierungslosigkeit. »Die Kinder geben sich Spitznamen, aber unter Erwachsenen ist das unüblich.«

»Bei uns in Volterra ist das eine Auszeichnung«, erklärte Trommelfeuer.

»Trommelfeuer, Kugelblitz und … wie war noch mal Ihr Name?«, fragte sie.

»Zitadelle«, sagte Zitadelle.

»Das sollen Auszeichnungen sein?«, fragte sie.

»Bedeutender als Orden.« Kugelblitz stützte die Hände auf die Knie. »Ein Mann, der in Volterra keinen Kampfnamen hat, ist kein richtiger Mann.«

»Ein Waschlappen«, sagte Zitadelle.

»Ein Kleinkind«, ergänzte Trommelfeuer.

Livia Ferris Blick ruckte zu Sergio. »Haben Sie auch so einen Namen?«

»Terremoto«, sagte Kugelblitz, bevor Sergio etwas erklären konnte. »Erdbeben. Fragen Sie mal die Frauen in seiner Nähe.«

Die drei Stammgäste lachten. Signora Ferri errötete leicht und unterdrückte ein Schmunzeln.

Sergio legte Kugelblitz eine Hand auf die Schulter, sie hatte die Ausmaße eines Fußballs. »Wenn du schon unsere Geheimnisse zum Besten gibst«, sagte Sergio, »solltest du unserem Gast auch verraten, wieso du Kugelblitz genannt wirst, Enzo!«

Kugelblitz lehnte ab, doch es war offensichtlich, dass er die Gelegenheit nur zu gern nutzte, um mal wieder die alte Geschichte zum Besten zu geben, in der er als Halbwüchsiger die Bocciameisterschaft im Viertel gewonnen hatte.

Während Kugelblitz redete, ging Sergio zum Wandtelefon in der Kammer und versuchte noch einmal, den Kundendienst des Kassenherstellers zu erreichen. Im einen Ohr hatte er die Melodie der Warteschleife, im anderen die immer lauter werdende Stimme von Kugelblitz, als dieser erzählte, wie er die Bocciabahn von Ferrino, dem Schurken, befreit hatte. Ferrino war dafür bekannt, beim Boccia zu betrügen, aber es gelang einfach niemandem, ihm das nachzuweisen. Als Kugelblitz zu der Stelle kam, an der er Ferrinos metallene Bocciakugeln unter Strom gesetzt hatte, hängte Sergio auf.

Wieder nichts! Er würde sich einen anderen Weg ausdenken müssen, um diese hartnäckige Kasse zu öffnen.

»Und seitdem heiße ich Kugelblitz«, sagte dieser gerade, als Sergio zum Tisch zurückkehrte.

Livia Ferri war anscheinend von dem Bericht amüsiert, jedenfalls schob sie den vor ihr stehenden Pizzakarton beiseite und stützte sich mit beiden Armen auf. »Und die anderen?«, fragte sie. »Können Sie auch solche Geschichten erzählen?«

Da ließen sich Trommelfeuer und Zitadelle nicht lange bitten. Sie bestellten noch Grappa und einen Cocktail für die Dame, den diese diesmal nicht ausschlagen konnte, und begannen zu erzählen. Sergio, der in der Kammer die Getränke einschenkte, wusste: Das Il Gusto war gerettet, jedenfalls für diesen Abend.

Kapitel 22

D as habt ihr ja prima hinbekommen!« Angelo stand in
der Tür und starrte in die menschenleere Gaststube.
Im Il Gusto sah es aus wie nach einer Hochzeitsfeier. Die
Tische waren an die Wände gerückt, um Platz für eine
Tanzfläche zu schaffen, auf dem Boden trocknete eine
Lache Rotwein. Einer der Wildschweinköpfe war von der
Wand genommen worden und lag auf einem Stuhl, auf den
linken Hauer hatte jemand eine Zitrone, auf den rechten
einen Apfel gesteckt. Auf der Theke stand die widerspens-
tige Kasse und war mit Schirmchen aus der Cocktailbar geschmückt.

»Richtig«, sagte Sergio, »das haben wir tatsächlich gut
hinbekommen. Du solltest unseren Stammgästen dankbar
sein.« Er zog seinen Vater ins Innere des Lokals und schloss
die Tür ab. Es war nach Mitternacht. Trommelfeuer, Kugelblitz, Zitadelle und Livia Ferri waren erst vor zehn Minuten
gegangen.

Bevor Angelo etwas erwidern konnte, berichtete Sergio
von seinen Anstrengungen, Unheil vom Il Gusto abzuwen-
den. Er erzählte davon, wie die Signora von der Steuer-

behörde sich erst durch nichts und niemanden von ihrer Aufgabe hatte abbringen lassen, dann aber nach und nach dem Charme der alten Toskaner erlegen war.

»Sie wollte immer mehr Kampfnamen hören«, berichtete Sergio, »und unsere Gäste kannten genügend, um sie einen ganzen Abend lang damit zu füttern, während ich Getränke serviert habe. Auf Kosten des Hauses.«

Angelo schien den letzten Satz zu überhören. »Habt ihr an Kreuzotter gedacht?«, fragte er. »An Hammerhai und Attila?«

Sergio nickte. Ja, dachte er, und nicht nur an die. Livia Ferri hatte nach dem zweiten Cocktail die Pizzakartons mit den Quittungen zugeklappt, an der Garderobe gestapelt und darum gebeten, dass niemand etwas anrühre. Dann hatte der Abend seinen Lauf genommen. Nachdem Zitadelle berichtet hatte, wie Angelo zu seinem Namen »Harpune« gekommen war, hatte die Finanzbeamtin darauf bestanden, mit ihrem Vornamen angesprochen zu werden. Noch lieber, hatte Livia gesagt, sei ihr ein Spitzname, aber den müsse sie sich wohl erst verdienen.

Wenn Sergio sich recht erinnerte, war es Trommelfeuer gewesen, der Livia darauf aufmerksam machte, dass sie die Grundlage für einen eigenen Spitznamen längst gelegt hatte. Für ihn sei sie »die Elster«, weil sie sich gern in fremden Nestern bediene.

In diesem Augenblick war für Sergio die Szenerie eingefroren. Er hatte wieder die Schrift an der Wand von San Frediano gesehen und Nino Marino, wie er tot hinter dem Altar lag, die Finger schwarz vom Ruß, mit dem er seine letzten Worte geschrieben hatte, das Vermächtnis eines Popsängers.

Livia hatte seinen erschrockenen Blick bemerkt, eine Hand auf seine gelegt und beteuert, dass er sich keine Sorgen machen müsse, selbst Steuerprüferinnen hätten Humor. Sergio hatte die Hand zurückgezogen und versucht, sein Entsetzen hinter einem Lächeln zu verbergen, doch er hatte gespürt, dass ihm das nur halbwegs gelang.

Die Elster. Natürlich! Wenn es in Volterra Fachleute für Spitz- und Kampfnamen gab, dann waren das Trommelfeuer, Zitadelle und Kugelblitz. Dass er nicht eher darauf gekommen war! Wie aber konnte er nach der Elster fragen, ohne die Stimmung zu zerstören? Denn die steuerte dem Höhepunkt entgegen, und das bedeutete, dass Livia die Angelegenheit mit den Tagesbons möglicherweise vergaß oder auf das Sympathiekonto umbuchte.

Mit gespieltem Vorwurf im Blick hatte Sergio in die Runde geschaut und gesagt, dass man eine engagierte junge Dame wie Livia unmöglich als Elster bezeichnen könne. Außerdem sei der Name bestimmt schon vergeben.

Die Reaktion, die folgte, war genau die, auf die Sergio gehofft hatte. Kugelblitz, Trommelfeuer und Zitadelle blickten sich an, jeder sprach den Namen vor sich hin, wie um denjenigen zu beschwören, der mit ihm gesegnet war. Im Gedächtnis der drei Toskaner schien sich jedoch kein Gesicht zu materialisieren.

Die Elster, verkündete Trommelfeuer, sei frei. In Volterra gebe es bestimmt niemanden dieses Namens. Um sicherzugehen, fragte Sergio noch einmal nach und rief den Stammgästen Orte und Gelegenheiten in Erinnerung, bei denen sie neue Namen verteilten oder zu hören bekamen: die Bocciabahn von San Giusto, die Piazza dei Priori, die Versammlungssäle des Arci, die Bushaltestelle am Borgo San Giusto, die Tre Amici und natürlich die kleinen Gemüsegärten am westlichen Hang des Stadthügels.

Eine Elster war nirgendwo gelandet.

Daraufhin beanspruchte Livia den Namen mit Nachdruck für sich. Zur Bekräftigung ihrer Worte holte sie ein Formular aus der Handtasche, kritzelte etwas darauf und ließ alle am Tisch unterschreiben. Sodann zückte sie einen Stempel, stellte die Rädchen am Rand auf das Datum des Tages ein und hämmerte einen Abdruck auf das Dokument.

Dann wollte sie tanzen. Während Kugelblitz die Tische beiseiterückte und Trommelfeuer das Radio lauter drehte, hielt Sergio die neue Elster am Tisch zurück und versuchte, ihr die Sache mit dem Spitznamen auszureden, bevor es zu Missverständnissen und Verwicklungen kommen konnte. Sergio mochte sich nicht einmal vorstellen, wie Baldi und Rossi reagieren würden, wenn ihnen zu Ohren kam, dass die Elster frei in Volterra herumlief und eine junge Dame der Finanzbehörde war.

Aber Livia winkte alle Einwände, die Sergio gegen den Namen erhob, mit der selbst gemachten Urkunde beiseite und bestand darauf, fortan als Elster zu gelten, wenigstens in Volterra. Der Termin im Il Gusto sei ihre zweite Steuerprüfung in der Stadt. Mit gesenkter Stimme verriet sie, dass sie bei der ersten gleich reiche Beute gemacht habe. Sie verwendete den Begriff, indem sie mit beiden Händen Gänsefüßchen in die abgestandene Luft zeichnete. Deshalb sei sie der Ansicht, ihren Titel wenigstens in der kleinen toskanischen Stadt tragen zu dürfen, daran könne nicht mal die Polizei etwas ändern.

Was sie dann sagte, ging in der Musik unter, die jetzt durch das Lokal fegte. Sergio musste nachfragen und erfuhr, dass Livia in einem Ristorante am östlichen Rand des Stadtzentrums Unregelmäßigkeiten in der Buchführung entdeckt hatte und dem Wirt eine saftige Nachzahlung ins Haus gekommen war. Mit einem Mal war ihr Mund dicht an Sergios Ohr.

»Dieser Kerl, der Wirt, hat versucht, mich betrunken zu machen«, sagte sie. »Aber wissen Sie was, Sergio? Ich vertrage eine ganze Menge. Und als dieser Steuersünder mir die zweite Flasche Wein derselben Marke auf den Tisch gestellt hat, da musste ich das Etikett nur noch mit den Angaben der Steuererklärung vergleichen, und schon wusste ich, dass der Wein nicht in den Büchern auftauchte. Signor Baroncini hat ihn von einem Winzer aus der Gegend bezogen, und die beiden schienen beschlossen zu haben, die Finanzbehörde mit dieser Transaktion nicht zu behelligen.« Sie tippte zum Rhythmus der Musik mit dem Zeigefinger auf die Tischplatte. »Na, was sagst du nun?«, fragte sie auf einmal in vertraulichem Ton. »Wenn das mal keine richtige Detektivarbeit ist!« Sie klopfte ihm auf die Schulter und setzte wieder ihr beseeltes Lächeln auf. »Tanzen wir?«

Als Sergio mit Livia im Arm eine Runde durch das Lokal

drehte, fragte er sich, was die junge Frau alles in der Trattoria Mortale zur Kenntnis genommen haben mochte, während er geglaubt hatte, sie mit zwei oder drei Cocktails unschädlich gemacht zu haben. Auch hoffte er, dass Giulia jetzt nicht durch die Tür kam. Doch hinter allem anderen ragte die Erkenntnis auf, dass die Weste von Riccardo Baroncini nicht so weiß war, wie sein strahlend helles Ristorante vermuten ließ.

Livia wusste nicht mehr genau, was für einen Wein sie im Il Ghiottone getrunken hatte, aber sie erinnerte sich daran, dass auf dem Etikett zwei Türme zu sehen gewesen waren.

Due Torri! Vincenzo de Santis und Riccardo Baroncini waren in krumme Geschäfte verwickelt. Dabei hatte Baroncini Sergio gegenüber behauptet, Vincenzo nicht zu kennen. Der Chef des Il Ghiottone war nicht nur ein Steuersünder. Er war auch ein Lügner. Sergio musste noch einmal mit ihm sprechen. In diesem Fall durfte es keine unbeantworteten Fragen geben.

»Was schaust du denn so abwesend? Aufwachen!« Angelo schwenkte die Hand vor Sergios Gesicht. »Du hast mir immer noch nicht erklärt, wieso der Wildschweinkopf diese Tortur hat über sich ergehen lassen müssen und warum die Kasse so merkwürdig aussieht.«

Die Kasse! Die durfte Sergio auf keinen Fall vergessen. Livia hatte abwechselnd mit Kugelblitz, Trommelfeuer und Zitadelle getanzt. Sergio hatte sich hinter die Theke zurückgezogen und weiter Cocktails gemischt. Irgendwann war Kugelblitz auf die Idee gekommen, die bunten Schirmchen zwischen die Tasten der Kasse zu stecken. Die sei doch ein Symbol des Kapitalismus, und dass sie kaputt sei, das halte er für ein Zeichen Gottes, der seiner Meinung nach Sozialist war. Ob die anderen ihn ernst nahmen, wusste Sergio nicht, aber sein Vorschlag wurde in die Tat umgesetzt.

Und da stand sie noch immer, die Kasse von Spoletti, und weigerte sich, ihre Tagesbons herauszugeben.

»Weißt du, *babbo*, diese Dame von der Finanzbehörde«, sagte Sergio zu Angelo, »die haben wir ganz schön um den Finger gewickelt. Sie hat uns eine Frist eingeräumt.«

Livia war durch die Tür der Trattoria geschritten, hatte sich auf der Schwelle noch einmal umgedreht und verkündet, sie habe sich die Sache durch den Kopf gehen lassen, in dem sich jetzt aber alles drehe, so schwindelig sei ihr geworden beim Tanzen mit den starken Herren.

Kugelblitz, Zitadelle und Trommelfeuer hatten ihr sehnsüchtige Blicke zugeworfen.

Deshalb sei sie zu dem Schluss gekommen, hatte Livia weiter erklärt, der Trattoria noch eine Chance zu geben. Sie wolle die Schätzung noch einmal aussetzen. Es genüge, wenn sie die fehlenden Tagesbons am kommenden Nachmittag zur Verfügung habe. Damit war sie in die Nacht verschwunden, in Richtung des Il Mulino, wo sie in der Zwischenzeit ein Zimmer reserviert hatte.

»Nur bis morgen?«, fragte Angelo und deutete mit ausladender Geste auf die Unordnung im Lokal. »All das, und da habt ihr nur eine Frist von ...«, er schaute auf seine Uhr, »... fünfzehn Stunden herausgeholt?«

»Bis dahin müssen wir die Kasse knacken«, sagte Sergio.

»Ach ja?«, krächzte Angelo. »Und du weißt vermutlich auch schon wie.«

Das war der Moment in dieser seltsamen Nacht, in dem Sergio an der Reihe war zu lächeln.

Kapitel 23

Die Eiskugel auf dem Plakat lächelte Sergio an. Im nächsten Moment war das freundliche Gesicht mit der roten Schleckzunge verdeckt von Renzo, der im Kiosk am Stadtpark Süßigkeiten, Getränke und Imbisse verkaufte. Der junge Mann im Kapuzenpullover lächelte hingegen nicht, als er Sergio einen *caffè doppio* servierte, sondern verdrehte die Augen und deutete mit einem Kopfnicken auf Alessandro. Der lehnte an der Theke der Holzbude, die Renzo soeben erst aufgeklappt hatte, und inspizierte einen Bastkorb mit Obst. Der Imbiss lag etwas abseits des Stadtparks an einem Spazierweg entlang der mittelalterlichen Stadtmauer. Die beiden Polizisten waren auf dem Weg zum Femmina-Turm gewesen, als Alessandro eine kurze Pause am Kiosk hatte einlegen wollen.

»Du hast doch genug Orangen, um ein Glas Saft auszupressen«, sagte der Leiter der Polizeiwache und hielt eine der Früchte in die Höhe.

»Die Dekoration meiner Bude bleibt, wo sie ist. Kannst du so früh am Morgen nicht einen Kaffee trinken wie jeder normale Mensch?«, nörgelte Renzo, vergrub die schlanken Hände in den Taschen seines grünen Pullovers und gähnte.

»Kannst du nicht Getränke servieren wie jeder normale Mensch?«, gab Alessandro zurück. Er legte die Orange zurück in den Korb und verschränkte die Arme vor der Brust. Jeder der Männer schaute mürrisch in eine andere Richtung.

Sergio trank seinen *caffè* und versuchte, die nun folgende Stille zu genießen, aber es gelang ihm nicht. Das zufriedene Saftschlürfen seines Freundes und Kollegen fehlte ihm.

»Alessandro nimmt Vitamine so zu sich wie andere Koffein«, erklärte er Renzo. Dann beugte er sich zu dem Kioskbesitzer hinüber und raunte ihm etwas zu.

Renzo grinste, zog die Hände aus den Taschen und schob die Ärmel des Pullovers nach oben. Als er sich zu einem großen weißen Kasten hinunterbeugte, war die lächelnde Eiskugel wieder zu sehen. Kratzende Kramgeräusche drangen aus der Truhe, dann tauchte Renzo wieder auf. »Hier. Geht aufs Haus«, sagte er und reichte Alessandro ein mit Eiskristallen überzogenes Päckchen mit der Aufschrift *Aranciamo.*

Alessandro riss das bunte Papier vorsichtig an dem Falz auf und schob sich das Fruchteis in den Mund. Lächelnd sagte er: »Eine eckige Orange, wie originell. *Grazie.*«

Renzo nickte, gähnte erneut und nestelte an seinen dunkelblonden Haaren, die er zum Pferdeschwanz gebunden trug. »Ihr wolltet noch etwas anderes, oder?«

Sergio winkte ab. »Vielleicht später, wir …«

»… nehmen gern, was du noch zu bieten hast«, unterbrach Alessandro und saugte so stark an dem Eis, dass es an der Oberkante seine gelbe Farbe verlor.

Unter der Theke holte Renzo ein zusammengefaltetes Stück Packpapier hervor und schob es wortlos über den Holztresen.

Alessandro steckte das Eis zwischen die Lippen, nahm seine Dienstmütze vom Tresen und klopfte dreimal hinein, bevor er sie aufsetzte. Dann bearbeitete er wieder das Eis und griff sich das gefaltete Papier. »Du eröffnest einem immer neue Möglichkeiten«, sagte er und wandte sich zum Gehen. »*Ciao*, Renzo.«

Verblüfft verfolgte Sergio das Geschehen, grüßte ebenfalls zum Abschied und spazierte mit Alessandro durch den kleinen Torbogen, der an dieser Stelle in die Stadtmauer eingelassen war, in den Stadtpark hinein.

Im Parco Enrico Fiumi war zu dieser frühen Stunde noch kein Grashalm platt getreten. Die weißen Planen an Angelos Küchenzelt waren heruntergelassen und bauschten sich leicht im feuchtwarmen Morgenwind. Der Sand des Wegs durch den Park knirschte unter den Füßen der Polizisten.

»Was sollte das denn?«, fragte Sergio.

»Du wolltest doch, dass ich den Turmschlüssel besorge«, erwiderte Alessandro, »und siehe da, hier ist er.« Er präsentierte das Packpapier auf seiner Handfläche.

Sergio nahm es und wickelte es auf. Der schwarze schmiedeeiserne Bartschlüssel, der zum Vorschein kam, glänzte im frühen Sonnenlicht. »Und den bekommt man bei Renzo unter der Theke?«

»Nicht ›man‹, aber wir.« Alessandro biss das letzte Stück Eis ab und warf den Holzstiel in einen dunkelgrauen Abfalleimer. »Ich wollte nicht den offiziellen Weg gehen und bei der Gefängnisleitung nach dem Schlüssel fragen, weil du dich am Telefon so geheimnisvoll ausgedrückt hast«, erklärte er. »Deshalb habe ich Clara angerufen.«

»Clara Manfredi? Die Notärztin?«

»Genau. Ihr Onkel ist doch Bauunternehmer und an der Restaurierung des Turms beteiligt, die demnächst beginnen soll. Er hat sich kürzlich in der Wache erkundigt, ob wir die Straße vor dem Turm für ihn sperren würden, weil er dort Baumaterial einlagern wollte, deshalb dachte ich, dass er einen Schlüssel hat. Clara hat dafür gesorgt, dass Renzo ihn mitbringt.«

Die junge Saisonkraft im Kiosk war Claras Neffe, fiel Sergio ein. Er nickte.

Sie verließen den Park an der Via di Castello. Zu ihrer Linken waren einige der kleinen Wohnhäuser bis auf Tuchfühlung an die Festungsmauer herangerückt.

»Jetzt bist du mir aber eine Antwort schuldig«, sagte Alessandro. Er sprach leise, sie näherten sich der Auffahrt zum Gefängnistor. »Was suchen wir denn in diesem Turm?«

Sergio beschleunigte seine Schritte. Sie gingen an der Auffahrt vorbei und weiter an der Festungsmauer entlang auf die Porta a Selci zu. Bis zu dem Stadttor hatten Sergio und Giulia zwei Abende zuvor Paolo verfolgt. Direkt dahinter lag der Zugang zum Turm. »Wir suchen etwas, das Paolo dort versteckt und womit er möglicherweise krumme Geschäfte treibt«, sagte er.

»Geht es etwas konkreter?« Skepsis lag in Alessandros Stimme.

»Du wirst schon sehen«, entgegnete Sergio knapp, öffnete die alte Holztür mit dem Schlüssel und stieß zusätzlich mit der Schulter dagegen. Die Pforte schrammte über den Steinboden. Sergio ging voran und fand sofort den Schalter für die Wandlichter wieder, dessen Klacken durch den runden Raum hallte.

Alessandro folgte ihm in den Turm und schloss die scharrende Tür hinter sich. »Mit vagen Versprechen locke ich meine Kinder immer zum Zahnarzt.«

Sergio drehte sich um, während er im trüben Schein der Lichter die ersten Stufen der Wendeltreppe hinaufging. »Wenn es dich beruhigt: Das hier wird nicht wehtun.«

In den nächsten Minuten waren nur ihre Schritte auf den Treppenstufen zu hören. In der Dachkammer angekommen, fand Sergio die markante Stelle in der Turmwand sofort wieder. Er fasste in die Spalte zwischen Mauer und Holzverkleidung, zog diese ab, legte sie neben sich auf den Boden und griff...

... ins Leere.

Die Gläser mit der Schokocreme waren verschwunden.

Alessandro steckte den Kopf in die Nische. »Ein erstaunlicher Fund, Agente Panda. Ich will ja nicht übertreiben, aber das sind bestimmt drei Kubikmeter abgestandene Luft.«

»Die Nische war voll«, sagte Sergio. »Das musst du mir glauben.« Ihm war schwindelig. Wo waren die Gläser geblieben?

»Voll womit?« Alessandro wischte sich Staub- und Spinnweben von der Uniform.

»Vorgestern Nacht war ich mit Giulia in der Stadt unterwegs«, begann Sergio und berichtete, wie sie Paolo zum Turm gefolgt und bis in die obere Kammer vorgedrungen waren. »Da war diese Nische bis zum Rand voll mit Gläsern.« Er musterte Alessandro. »Schokocremegläsern.«

»Schokocreme«, wiederholte dieser langsam. Er schaute noch einmal in die leere Nische. »Na und? Das ist vielleicht merkwürdig, aber kein Grund, an krumme Geschäfte zu denken.«

Sergio schüttelte den Kopf und begann, in der Turmkammer im Kreis zu gehen. Unter seinen Füßen knarrten die Holzbohlen, es wurde allmählich heiß unter dem Dach. Er erklärte Alessandro, was ihm die Küchengehilfen über die Vorzüge von Schokocreme und Wärmflaschen verraten hatten. Während er sprach, holte Alessandro seinen Notizblock hervor und begann, darauf herumzukritzeln, er erstellte eine Liste, und Listen, das wusste Sergio wie kein Zweiter, waren Alessandros gefährlichste Waffe.

Nachdem Sergio seine Ausführungen beendet hatte, zog Alessandro zwei kräftige Striche auf das Papier. »Gute Arbeit, Agente Panda. Die Gläser, die Drogen, die Gefangenen, die Flucht und der Tod Nino Marinos. Soll mich der Teufel holen, wenn es da keinen Zusammenhang gibt. Die Frage ist: Wo sind die Gläser geblieben?«

»Es gibt zwei Möglichkeiten«, antwortete Sergio. »Entweder hat Paolo die Ware hier heraufgebracht, damit jemand anders sie abholen konnte. Oder er hat bemerkt, dass wir sein geheimes Lager gefunden haben, und die Gläser in Sicherheit gebracht.«

»Sagtest du nicht, er sei in jener Nacht noch mal zurückgekommen?«, fragte Alessandro.

Sergio erinnerte sich an den Schreck, der ihm in die Glieder gefahren war, als Paolo noch einmal in den Turm gekommen war, an die Anspannung, als er sich mit Giulia hinter der Säule der Wendeltreppe versteckt hatte.

Hatte Paolo ihnen nur vorgespielt, sie nicht zu bemerken?

»Die Tür«, sagte Sergio. »Paolo hatte die Tür zum Turm nach seinem ersten Besuch abgeschlossen. Dann sind wir mithilfe von Giulias Haarnadel rein, und als Paolo zurückkehrte, war die Tür nicht mehr zugesperrt. Außerdem brannte unten Licht. Das muss ihn aufgeschreckt haben.«

Alessandro tippte mit seinem Kugelschreiber auf den Notizblock, bis ein Mosaik aus blauen Punkten entstanden war. »Dann war er alarmiert. Vielleicht hat er sogar geahnt, dass jemand mit ihm im Turm ist. Auf jeden Fall hat Paolo seine heiße Ware in Gefahr gesehen. Demnach war er wahrscheinlich selbst derjenige, der die Gläser aus dem Turm geräumt hat. Was machen wir jetzt?«

Die beiden Polizisten sahen sich an. »Wir stellen Paolo zur Rede«, sagten sie im Chor.

Bevor Alessandro den Notizblock wieder wegsteckte, konnte Sergio einen Blick darauf werfen. Oben auf das Blatt hatte sein Kollege *Operazione Crema al cioccolato* geschrieben.

KAPITEL 24

Angelos Küchengehilfen hatten Paolo an diesem Tag noch nicht gesehen, aber sie vermuteten, dass er morgens im Garten der Fortezza zu finden sei, wo er die Beete wässerte, die von den Gefangenen angelegt worden waren. Lino deutete über seine Schulter, dorthin, wo sich hinter dem Küchenzelt die Mauer der Fortezza erhob. Der Garten, erklärte er, befände sich direkt auf der anderen Seite. Sergio und Alessandro könnten denselben Durchgang nehmen wie er und seine Kollegen: Eine kleine Holztür in der Mauer führe vom Stadtpark in den Teil der Fortezza, in dem der Garten liege. Man müsse eine Sicherheitsschleuse passieren, aber das sei für die Signori von der Polizei bestimmt kein Problem.

Sergio und Alessandro fanden die Tür, klopften und wurden von einem Mann in schwarzer Uniform eingelassen. Sie betraten einen kleinen Raum mit Schreibtisch, mussten einige Fragen beantworten und ihre Dienstausweise zeigen, dann schloss der Beamte eine weitere Tür auf, und die Besucher durften ins Freie treten. Sergio zuckte angesichts der Ironie des Begriffs zusammen, denn der Hof, in dem sie sich wiederfanden, war von der hohen Festungsmauer und der Wand eines wuchtigen Wehrturms umschlossen. Sogar die Luft schien hier eingesperrt zu sein – kein Windhauch regte sich, und aus dem ungepflasterten Boden stieg der Geruch von Wildkräutern auf, von denen das Areal überwuchert war.

Inmitten des Wildwuchses fiel der ordentlich angelegte Garten sofort auf: zwei Beete, in deren Mitte ein heller schmaler Steinweg verlief, daneben ein einzelner Olivenbaum von der Größe eines Schulkindes, außerdem ein kleiner Steingarten mit Blumen sowie zwei aus Holzkisten zusammengebaute Sitzbänke und ein Tisch. Ein Staketenzaun grenzte den Garten vom übrigen Hofgelände ab und diente gleichzeitig als Rankhilfe für das Gemüse. Sergio erkannte Bohnen, Erbsen, Gurken und Tomaten.

Im Gartentor des merkwürdigen Refugiums stand Paolo mit einer grauen Gießkanne und kratzte seinen Schnauzbart. Die Männer begrüßten sich. Paolo stellte die Gießkanne ab. Er schien keineswegs überrascht, die Polizei zu sehen. »Was kann ich für euch tun?«, fragte er.

»Die schönsten Gärten gedeihen immer da, wo man sie am wenigsten erwartet«, sagte Sergio. »Kümmerst du dich allein um all das hier?«

»Nur im Moment«, erklärte Paolo und klopfte die Hände an seiner schwarzen Uniformhose ab. »Der Garten ist eines der Projekte, die ich in der Fortezza betreue. Die Männer, die hier üblicherweise mitarbeiten, sind mit dem Bankett beschäftigt.« Er deutete Richtung Stadtpark.

»Gehörte Nino Marino zu der Gruppe?«, fragte Sergio.

Paolo nickte mit düsterer Miene.

»Kannst du eine Pause machen?« Alessandro nahm die Dienstmütze ab und fächerte sich Luft zu. »Wir möchten noch einmal mit dir über Marino reden.«

Paolo wischte sich mit dem Handrücken über die schweißnasse Stirn. Er wirkte erschöpft. »Kommt, setzen wir uns.« Er führte Sergio und Alessandro über den Weg zwischen den beiden Beeten hindurch zu der Sitzgruppe. In dem Garten wuchsen grüne Salatköpfe und üppiger Radicchio neben struppiger Rauke und welker Petersilie. Die Pflanzen bildeten wohl die Unterschiedlichkeit derjenigen ab, die sie pflegten.

»Ich würde euch ja etwas zu trinken anbieten, aber die Bar ist leider geschlossen.« Paolo ließ sich auf einer Holzbank nieder, Sergio und Alessandro setzten sich ihm gegenüber.

»Du kannst uns den Mund mit ein paar Informationen wässrig machen«, entgegnete Sergio. Er würde Paolo dazu bringen müssen, von sich aus etwas preiszugeben. Hier war Fingerspitzengefühl gefragt.

Anscheinend sah Alessandro das anders. Er schlug seinen Notizblock auf und sagte: »Wir suchen nach einer Erklärung für das Geld, das Nino Marino bei sich hatte.« Dabei tippte er gedankenverloren mit dem Finger auf die Zeile *Operazione Crema al cioccolato.*

Paolo schaute erst Alessandro, dann Sergio an. »Hier im Garten wird Nino das Geld nicht gefunden haben.« Er fuhr sich mit dem Daumen über den Schnäuzer.

Wieder wollte Alessandro etwas sagen, aber diesmal

stieß Sergio ihn unter dem Tisch mit dem Fuß an. Alessandros Art, Fragen zu stellen, war bestens dafür geeignet, Kleinkriminellen ein Geständnis zu entlocken, aber Paolo würde er den Mund versiegeln.

»Man sieht den Beeten an, dass ihr viel Zeit reinsteckt«, sagte Sergio. Er hoffte, dass sich Paolo von Alessandros Frage ablenken lassen würde, wenn er Gelegenheit bekam, über die eigene Arbeit zu sprechen.

»Zeit genügt nicht«, sagte Paolo und warf einen Blick über die Schulter auf das Gemüse. »Man braucht vor allem Geduld.«

»Mit den Pflanzen?«, fragte Sergio. »Oder mit den Gärtnern?«

»Mit den Vorgesetzten«, sagte Paolo und setzte ein schiefes Lächeln auf.

»Das kommt mir bekannt vor.« Alessandro schaltete sich jetzt wieder in das Gespräch ein. »Wir haben da diese Kollegen aus Pisa …«

Sergio sendete noch einmal Signale mit der Schuhspitze. »Du klingst besorgt, Paolo. Hast du Probleme mit der Gefängnisdirektorin?«

Paolo schüttelte den Kopf. »Signora Rissone ist von meiner Arbeit begeistert. Aber der Beirat der Fortezza hält nichts davon.« Auf Sergios fragenden Blick hin setzte er hinzu: »Das ist eine Gruppe alter Männer aus dem Justizvollzugsamt, die meinen, man solle Gefangene in ein finsteres Loch sperren und sie dort verkommen lassen.«

Das erinnerte Sergio an Angelos Einstellung zum Strafvollzug – und daran, wie schnell sein Vater die Meinung geändert hatte, als ihm die Leitung des Festessens übertragen worden war und er Kontakt zu den Häftlingen bekommen hatte. »Aber du siehst das anders«, sagte er, um Paolo am Reden zu halten.

»Natürlich! Ihr etwa nicht?«

»Doch, *certo*«, sagte Sergio. »Wir gehören zwar zu denjenigen, die dafür sorgen, dass die Fortezza immer gefüllt bleibt. Aber daran, dass die Fehlgeleiteten zur Strafe leiden müssen, liegt uns nichts.«

Paolo stemmte die Unterarme auf die Tischkante. »Darauf läuft es aber hinaus.«

»Was meinst du damit?«

»Der Beirat versucht schon seit einiger Zeit, das Sozialprogramm im Gefängnis abzuschaffen. Die halten die Gefängnisband, das Bankett, den Ernteeinsatz und sogar diesen Garten hier für verrückt und stürzen sich wie die Geier auf jedes kleine Problem. Nach einem Festessen in der Fortezza fehlte mal eine Suppenkelle, da gab es einen Riesenärger, obwohl wir die Kelle am selben Abend in der Küche gefunden haben. Deshalb haben sie die Sicherheitsvorschriften bei der Weinlese verschärft, aus diesem Grund musstet ihr als Aufseher anrücken. Hat ja viel gebracht.« Er lachte kalt. »Damit meine ich nicht euch. Als ihr kamt, war Nino ja schon geflohen. Was ich meine, ist, dass man den Männern am besten mit Vertrauen begegnet, nicht mit harten Maßnahmen. Nimmt man das Vertrauen weg, geht alles zum Teufel.«

Allmählich schien sich Paolo warm zu reden. »Hast du Probleme bekommen wegen Nino Marino?«, fragte Sergio.

»Probleme? Diese Angelegenheit wird für mich zur Schicksalsfrage! Am Montag ist Nino tot aufgefunden worden. Gleich am Dienstag gab mir Signora Rissone ein Schreiben des Beirats, der darin das sofortige Ende aller Vergünstigungen für die Gefangenen und die Absage des Festessens forderte.«

»Dann wird das Bankett also nicht stattfinden?«, fragte Sergio.

»Das Festessen konnte die Direktorin diesmal noch retten. Aber es wird wohl das letzte Mal sein. Die Leute des Beirats wollen sich sogar unter die Gäste mischen, um zu sehen, ob alle Sicherheitsvorkehrungen getroffen worden sind. Danach drehen sie uns den Geldhahn zu. Ich werde vermutlich nicht entlassen, dafür hat Signora Rissone gesorgt. Zum Wachdienst wollen sie mich versetzen. Stellt euch das mal vor: Ich lege meine ganze Kraft in diese Aufgabe, und was bekomme ich dafür? Einen Tritt.«

»Was sagen denn die Gefangenen dazu?«

»Wen interessiert das? Das sind doch bloß Verbrecher.«

»Aber du hast einen Draht zu ihnen, oder?«

Paolo wischte sich über das Gesicht. »Ich erzähle euch jetzt mal was, aber das bleibt unter uns, ja? Einige der Männer hier sind so was wie Freunde für mich geworden. Wenn einer entlassen wird, bin ich auf der einen Seite froh, dass er wieder frei ist. Aber auf der anderen Seite … auf der anderen Seite vermisse ich die Kerle.«

Sergio nickte und schwieg einen Moment mit Paolo. Nichts verband Männer so sehr wie ein gemeinsamer Moment der Stille.

Alessandro schien anderer Ansicht zu sein. »Um noch mal auf das Geld zurückzukommen, das Nino Marino bei sich hatte.« Diesmal ließ er sich nicht aufhalten. »Es gibt bestimmt noch andere Verstecke als den Garten in der Fortezza, oder? Du kennst dich doch aus, Paolo. Wo könnte man so etwas verbergen?«

Paolo nahm die Arme von der Tischplatte. Sein Blick, soeben noch versonnen, wechselte in einen Zustand, der Milch auf zehn Meter Entfernung sauer werden ließ. »Was wollt ihr damit sagen? Dass ich es war, der Nino das Geld gegeben hat? Stehe ich unter Verdacht?«

Alessandro hob eine beschwichtigende Hand. »Keineswegs, wir gehen nur Hinweisen nach.«

Sergios Stimme tastete nach einem verbindlichen Ton. »Was der Kollege meint, ist: Du könntest etwas von den anderen Gefangenen erfahren haben. Wir würden …«

Paolo unterbrach ihn. »Wieso meint ihr, ich würde alle Verstecke im Gefängnis kennen?«

Unter der Tischplatte ballte Sergio die Hände zu Fäusten. Selbst wenn Paolo ein einfältiger Bursche wäre, musste ihm jetzt klar sein, wer am Mittwochabend im Femmina-Turm herumgeschnüffelt hatte. Aber Paolo war von Einfalt so weit entfernt wie Sergio von der Lösung des Falls Nino Marino.

»Na, wieso?«, drängte Paolo.

Sergio beschloss, mit der Tür ins Haus zu fallen – oder in den Turm. »Ich habe gesehen, wie du Gläser mit Schokocreme in den Turm geschmuggelt hast«, sagte er. »Kannst du uns das erklären?«

Paolo sprang auf. »Was für eine Schokocreme? Seid ihr verrückt geworden? Euch hat der Beirat geschickt, oder? Ihr sollt mir irgendwas unterjubeln und euren Vorgesetzten melden. Damit sie mich endgültig absorvieren können. Diese ganze Fragerei, Paolo hier und Paolo da«, er wackelte mit dem Kopf, »damit wolltet ihr mich unvorsichtig machen. Ich sage euch jetzt mal was: Wenn hier jemand absorviert wird, dann werde ich derjenige sein, der dafür sorgt. Klar?«

Er stapfte davon, trat im Vorbeigehen gegen die Gießkanne, die in hohem Bogen über den Hof flog. Dann verschwand Paolo im Innern der Fortezza, nicht ohne mit den Fingern ein Zeichen unendlicher Verachtung in Richtung der beiden Polizisten zu formen.

Alessandro und Sergio sahen ihm nach und warteten, bis sie die Tür, durch die er in der Fortezza verschwand, ins Schloss fallen hörten. »Jetzt könnte ich ein Glas Orangensaft gebrauchen«, sagte Alessandro.

»Was hältst du von alldem?«, fragte Sergio. »Hat Paolo was mit Nino Marinos Tod zu tun?«

»Du meinst, dass er die Elster sein könnte?« Alessandro stand auf und strich seine Uniform glatt. »Lass uns mal zusammenfassen: Er schmuggelt Schokocreme ins Gefängnis, in der vermutlich Drogen versteckt sind. Der Verdacht liegt nahe, dass unser Sozialarbeiter sie den Gefangenen verkauft. Dabei muss er mit Nino Marino aneinandergeraten sein. Vielleicht hat Marino ihn erpresst, hat gedroht, ihn zu verraten.«

Alessandros Gedankengänge waren logisch. Sergio selbst hätte nicht so schlecht von Paolo gedacht, aber hier führte eins zum anderen. »Du willst sagen, dass Paolo Nino zur Flucht verholfen hat?«

Alessandro nickte. »Nino hat Paolo unter Druck gesetzt. Er sollte ihm helfen zu entkommen, oder der Sänger hätte die Drogengeschäfte publik gemacht, und Paolo hätte selbst eine Zelle in der Fortezza beziehen müssen. Die Weinlese war die Gelegenheit. Paolo steckte Nino das Geld zu und gab ihm das vergiftete Wasser mit auf den Weg. Damit hatte sich Paolos Problem erledigt, er konnte wieder seine Drogengeschäfte abwickeln und hat sofort für Nachschub gesorgt. Dabei hast du ihn ertappt.«

Jetzt stand auch Sergio auf, gemeinsam gingen die Männer zur Sicherheitsschleuse, um das Gefängnis zu verlassen. Sergio dachte darüber nach, wie Alessandro das Geschehen rekonstruiert hatte. Der Hergang erschien schlüssig, dennoch stimmte irgendetwas daran nicht.

Das Geräusch der Sicherheitstür unterbrach seine Gedanken. Diesmal winkte sie der Beamte hinter dem Schreibtisch durch. Auf der anderen Seite der Mauer betraten sie den Stadtpark, und Sergio kam es vor, als sei er in einer anderen Welt gelandet, als könne er freier atmen.

Es war beinahe Mittag, stellte er beim Blick auf seine Armbanduhr fest. Er musste sich auf den Besuch von Livia Ferri in der Trattoria vorbereiten.

Zeit, einen Tresor zu knacken.

Kapitel 25

Angelos Küchenzelt glich einem weißen Drachen, der aus langem, tiefem Schlaf erwacht. Aus dem metallisch glänzenden Kamin, der aus dem Kunststoffdach ragte, stieg eine weiße Rauchfahne in den tiefblauen Himmel, und aus Ritzen und Nähten kam Dampf hervor. Sergio machte sich bereit, dem Drachen gegenüberzutreten.

Mit Alessandro hatte er verabredet, dass er sich im Laufe des Nachmittags bei ihm in der Wache melden würde. Die Zeit wollte der Kollege und Freund nutzen, um seine Listen auszuwerten und so viel wie möglich über Paolos Vergangenheit herauszufinden.

Sergio sah Alessandro nach, der auf dem Weg zum westlichen Ausgang des Stadtparks war. Am entfernten Ende der Grünanlagen machte Sergio einige Parkwärter aus, die für das Bankett am nächsten Tag die Anlagen auf Vordermann brachten. Einer saß auf einem motorisierten Rasenmäher und drehte schwungvoll seine Runden, zwei andere hockten auf dem Gras und … Sergio kniff die Augen zusammen, konnte aber nicht erkennen, womit die Leute beschäftigt waren. Das Grün der großen zentralen Rasenfläche hatte Schlagseite bekommen und kippte ins Gelbliche. Wenn Paolo schon viel Arbeit damit hatte, den Gemüsegarten der Fortezza zu wässern, so war das kein Vergleich zu der Aufgabe, die riesige Fläche des Stadtparks in Schuss zu halten. Es fehlte Regen, doch am Himmel war keine Wolke zu sehen. Für das Festessen waren das gute Aussichten, aber der Park würde welk wirken.

Als er die Plane des Küchenzelts zurückschlug, wurde Sergio von einer Dampfschwade eingehüllt, die nach Hefe roch. »Dicht halten!«, rief ihm Angelo entgegen. Sergio ließ die Plane fallen und sah sich um. Angelo und seine Küchengehilfen waren um ein großes Backblech versammelt und bestaunten etwas, das Sergio als Weißbrot erkannte. Damit bereitete sein Vater eine seiner köstlichen Vorspeisen zu: Crostini mit Sardellen-Kapern-Leberpastete. Angelo schwor darauf, das Brot zu dem Aufstrich selbst zu backen. Ein Lufthauch von draußen genügte, um das Werk in sich zusammenfallen zu lassen.

Sergio gesellte sich zu der kleinen Gruppe. Den Männern lief der Schweiß unter den Rändern ihrer Kochmützen hervor, und sie tupften sich die Gesichter mit Servietten ab.

»Endlich kommst du«, sagte Angelo mit seiner heiseren Stimme. »Ich habe Lino, Raoul und Franco noch nichts verraten.« In Richtung der drei Männer sagte er: »Jetzt werdet ihr erfahren, warum ich die Kasse mitgebracht habe.«

Da stand sie! Angelo hatte das grüne Ungetüm am Morgen in den Stadtpark mitgenommen, Trommelfeuer hatte ihn mit seinem Rollermobil hingefahren. Den Rest würde Sergio den Küchengehilfen selbst erklären.

»Hören Sie, Signori«, begann er und legte eine Hand auf die Kasse. Das Metall war kühl, obwohl die Luft im Zelt der in einer Sauna ähnelte. »Mein Vater und ich benötigen Ihre Talente.«

Franco hob einen Kochlöffel in die Höhe. »Die stellen wir gern zur Verfügung.«

Sergio schüttelte den Kopf. »Ich meine die Talente, die Sie ins Gefängnis gebracht haben.«

Die drei Männer sahen sich an. Die Ratlosigkeit der Überrumpelten stand ihnen in die Gesichter geschrieben. »Was soll das bedeuten?«, fragte Lino lauernd.

Sergio, der das Misstrauen verstehen konnte, hielt es für das Beste, die ganze Geschichte zu erzählen. Er begann bei der Kasse, die sich nicht öffnen ließ, berichtete von der Steuerprüfung und davon, dass Livia Ferris Schatten schon über der Trattoria lag. Am Spätnachmittag würde die Steuerprüferin dort wieder erscheinen, bis dahin mussten die fehlenden Quittungen vorliegen. Sergio schaute auf die Uhr. Vier Stunden blieben noch. »Die Kasse muss geknackt werden. Verstehen Sie?«

Lino, Raoul und Franco sahen sich an. Raoul schüttelte den Kopf. »Kommt nicht infrage«, sagte er. »Ich habe nur noch drei Monate und vier Tage abzusitzen, und danach fange ich hier in Volterra, im Don Alpha, als Küchengehilfe an. Das setz ich doch jetzt nicht aufs Spiel!«

Franco trat einen Schritt zurück und hob abwehrend die Hände.

Lino starrte Sergio mit einem gefährlichen Schweigen an. »Wenn Sie die Kasse aufbrechen, begehen Sie keine Straftat«, versicherte Sergio den Männern. »Sie gehört uns. Außerdem bin ich Polizist. Glauben Sie im Ernst, ich würde Sie zu einem Verbrechen anstiften?«

»Ich kenne da Polizisten …«, begann Franco.

»Das reicht jetzt«, schaltete sich Angelo ein. »Ich hab mir schon gedacht, dass ihr Waschlappen das Ding nicht knacken könnt. Habe ich es dir nicht gleich gesagt, Sergio? Die Jungs hier haben nicht mal Kampfnamen, und das hat auch seinen Grund. Also gut«, er wuchtete die Kasse von der Arbeitsplatte und hielt sie Sergio hin, »nimm sie wieder mit in die Trattoria. Dann habe ich mich wohl getäuscht, als ich sagte, Lino, Raoul und Franco würden uns aus der Klemme helfen. Sie wollen in meiner Suppe rühren, aber eine Suppe für andere auslöffeln, das wollen sie nicht.«

Angelo ließ die Kasse in Sergios Arme fallen.

»Warten Sie!«, rief Lino. »Ich kenne dieses Modell. Eine Spoletti, oder?«

Sergio stellte den Kasten zurück auf die Arbeitsplatte.

Lino erklärte, dass er früher mehrere solcher Geräte geöffnet habe. Genau darauf hatte Sergio gesetzt.

Lino tippte auf der Tastatur herum und erklärte, dass es eine Kombination gebe, die das Gerät in den Urzustand zurückversetze. Er ließ seine Finger über die Ziffern fliegen wie ein Klavierspieler. Dann, sagte Lino, müsse man nur noch auf die Taste rechts unten drücken und schon …

Die Kasse rührte sich nicht.

»Die haben den Code geändert«, schimpfte Lino.

»Kein Wunder«, sagte Franco, »so oft, wie du den Trick angewendet hast.«

»Das war's dann wohl«, krächzte Angelo. »Wir müssen uns jetzt sowieso um das Brot und die Pastete kümmern.«

»Moment, Chef«, warf Franco ein. »Es gibt da noch eine Möglichkeit.«

Der hochgewachsene Mann mit den knochigen Schultern nahm ein Schälmesser aus dem Trockengestell an der Spüle und ging zu der Seite des Zeltes, an der Stromkabel aus einem kniehohen Kasten heraushingen. Den öffnete er, legte einen Schalter um und machte sich mit dem Messer daran zu schaffen. Dann bedeutete er den anderen, die Kasse zu ihm zu bringen. Als Sergio den grünen Kasten vor Franco absetzte, sah er, dass dieser zwei Kabel in der Hand hielt. An den Enden war die Isolierung abgeschnitten, und das blanke Kupfer ragte heraus.

Franco hielt die Kabel in die Höhe. »Mein Defibrillator«, sagte er mit ernster Miene. »Damit erwecke ich jeden und alles wieder zum Leben.« Er steckte eines der Kabel in den schmalen Spalt zwischen Schublade und Kassengehäuse. Dann tupfte er mit einer raschen Bewegung das andere Kabel dagegen.

Es blitzte, es zischte, es roch nach verbranntem Kunststoff.

Die Kasse rührte sich nicht.

»*Porca miseria!*«, rief Sergio, als er sah, dass auch dieser Versuch fehlgeschlagen war. Er holte aus und trat gegen das grüne Ungeheuer. Die Kasse kippte zur Seite und rutschte ein paar Zentimeter über die Bohlen des Küchenzelts. Die Schublade sprang auf.

»Du hast die ganze Zeit über das Zauberwort gekannt?«,

rief Angelo heiser. »Das hätten wir auch schneller haben können.«

Sergio ging vor der offenen Schublade in die Knie und sammelte die Geldscheine und Münzen auf, die aus der Kasse gefallen waren – etwas mehr als hundert Euro. Er bot das Geld Franco, Lino und Raoul an, doch die lehnten ab. Sie dürften kein Bargeld in den Zellen haben, sagten sie, aber wenn Sergio ihnen einen Gefallen erweisen wolle, könne er ihnen Zigaretten kaufen.

Sergio versprach, sich darum zu kümmern, ebenso wie um den malträtierten Stromverteiler. Aber vorher wollte er den Schatz bergen. Er stellte die Kasse wieder aufrecht. Mit der offen stehenden Schublade sah sie ein bisschen aus wie ein Spaßvogel, der seinem Opfer die Zunge herausstreckt. Sergio hob die Einlage heraus. Da waren sie: die Tagesbons und Belege für Livia Ferri, die der Trattoria den Hals retten würden. Sergio stopfte die Zettel in die Hosentaschen. Er spürte das glatte dünne Thermopapier der Quittungen zwischen den Fingern. Aber da war noch etwas. Er zog ein Stück Karton zwischen den Belegen hervor. Auf grauen Untergrund hatte jemand mit Tinte einige Zeilen geschrieben. Das schien schon lange her zu sein, denn die Worte waren beinahe verblasst.

»Das Rezept, *babbo*.« Sergio starrte das Fundstück an. Es gab keinen Zweifel. Ganz oben stand: *Tiramisu Natale*. Natale, Weihnachten, so hatte Sergios Urgroßvater geheißen, weil er an dem Festtag geboren worden war. Jetzt gab es eine Bescherung für Natales Enkel, Angelo Panda.

»Hab ich alles im Kopf«, sagte Angelo abschätzig. Doch

er griff ein bisschen zu rasch nach dem Stück Karton und riss es Sergio aus den Fingern. Dann entzifferte er die Worte darauf, schlug sich mit der Hand gegen die Stirn und murmelte etwas.

»Hast du alles, was du brauchst?«, fragte Sergio.

Angelo nickte. »Nur den Vin Santo hätte ich beinahe vergessen. Und die Mengenangaben stimmten nicht ganz. Aber jetzt«, er steckte das Rezept in die Brusttasche seiner Kochjacke und klopfte mit der flachen Hand darauf, »können wir den einmaligsten Nachtisch Italiens zubereiten.« Er kniff listig die Augen zusammen. »Dieses Festessen wird in die Geschichte Volterras eingehen – und meine Küchengehilfen mit dazu.«

Sergio verließ das Zelt und ging hinüber zur Bühne. Dort war eine Gruppe Techniker damit beschäftigt, ein Gerüst für die Lichtanlage aufzubauen. Ein Mann mit grauer Arbeitshose stand auf einer Leiter und schraubte einen Scheinwerfer an eine Verstrebung, ein anderer reichte ihm Werkzeug an. Sergio bat die beiden, nach dem Sicherungskasten im Küchenzelt zu sehen, dort seien einige Kabel in Mitleidenschaft gezogen worden. Die Techniker versprachen, sich darum zu kümmern.

Sergio schaute auf die leere Bühne. Er stellte sich Giulia darauf vor, in ihrem schlichten schwarzen Kleid und der Lederjacke. Wie ihr Saxophon mit ihrem Körper zu verschmelzen schien, wie sie Töne daraus hervorzauberte, die Sergios Nerven, Sehnen und Knochen auf diese gewisse Art zum Schwingen brachten.

Er holte sein Telefon hervor und wählte ihre Nummer.

»Pandolino«, rief Giulia. Im Hintergrund war Gesang zu hören, »wo steckst du?«

Der Gesang verwandelte sich in eine Männerstimme, die eine Frage stellte. Die Stimme gehörte Juan.

Sergio holte tief Luft. »Bist du nicht im Dienst?«

»Doch, ich bin gerade auf einer Sonderfahrt. Auf einer wichtigen Mission.«

Mit Juan? Was für eine Mission mochte das sein?

»Treffen wir uns heute Abend?«, fragte Sergio. »Wir könnten noch einmal nach Cardenio suchen, diesmal ohne Verfolgungsjagd und Einbruch in alte Gemäuer.«

»Heute Abend kann ich nicht, wir haben Generalprobe«, sagte Giulia durch das Brummen des Busmotors. Der Lärm einer Autohupe war durch das Telefon zu hören. Sergio stutzte, die Hupe hatte er auch in seinem anderen Ohr gehört. Giulia musste in der Nähe sein.

Sergio wollte fragen, was sie nach der Generalprobe vorhatte, aber er schluckte die Worte hinunter. Wenn sie ihn sehen wollte, würde sie von selbst darauf zu sprechen kommen. Auf keinen Fall wollte er am Telefon den Eindruck erwecken, er sei auf Juan eifersüchtig, obwohl das ein bisschen stimmte.

Sein Schweigen dauerte schon zu lange, Giulia würde es deuten können, sie kannte ihn gut. Es war wohl das Beste, das Gespräch mit ein wenig Plauderei ausklingen zu lassen. »Was ist das für eine geheime Mission, auf der ihr seid?«, fragte er.

»Wir fahren raus zu Due Torri«, sagte Giulia, »um den Wein für das Festessen abzuholen. Vincenzo de Santis stiftet wieder zwanzig Kisten. Das ist wunderbar, oder? Und mit dem Bus bekommen wir das alles abtransportiert.«

Due Torri. Vincenzo. Nino Marino. Baroncini. Die Namen wirbelten durch Sergios Kopf. Eigentlich wollte er dem Wirt des Il Ghiottone jetzt einen Besuch abstatten und ihn zur Rede stellen. Riccardo Baroncini hatte behauptet, Vincenzo de Santis nicht zu kennen, und das stimmte nicht – wie Sergio von Livia Ferri wusste, kannten sich Wirt und Winzer. Normalerweise hätte Sergio nicht viel um eine Lüge bei einem Steuerbetrug gegeben. Doch es gab eine Verbindung zum Mord an Nino Marino, eigentlich gab es sogar zwei: Marino war bei Baroncini aufgetreten, und von de Santis' Weingut aus war er geflohen. Sergio wusste nicht, wie das zusammenhängen könnte, dafür wusste er, dass das Verbrechen oft in der Maske des Zufalls erschien.

Und in diesem Moment fiel Sergio noch etwas anderes auf. Vincenzo de Santis hatte mehrfach darüber geklagt, dass die Ernten der vergangenen Jahre so schlecht ausgefallen seien, dass dadurch die Existenz seines Weinguts bedroht sei. Trotzdem spendete er den Wein für das Festessen. Das mochte noch mit rechten Dingen zugehen. Wie aber passte dazu, dass Vincenzo auch noch Wein an Riccardo Baroncini verkauft hatte? Zusammengenommen schienen doch recht viele Flaschen de Santis' Gehöft zu verlassen.

»Habt ihr noch Platz im Bus?«, fragte Sergio in das Telefon. »Ich muss dringend zum Weingut Due Torri.«

KAPITEL 26

M*i va sempre tutto storto.*« Juan sang den Refrain von Nino Marinos Hit mit Inbrunst. Seine Stimmlage war Bariton, und er schaffte es spielend, sich gegen das Brummen des Linienbusses durchzusetzen. Juan war ein hervorragender Sänger, wie Sergio zugeben musste.

Er saß auf dem vorderen Passagiersitz. Juan stand neben dem Fahrersitz, hielt sich an einer Haltestange fest und schaffte es trotz der holprigen Straße, die nach Due Torri führte, das Gleichgewicht zu halten und dabei mühelos jeden Ton zu treffen.

Giulia hielt das große Lenkrad fest umklammert und spielte Mundtrompete zu Juans Gesang. Diese Art der Improvisation, bei der Giulia mit den Lippen den Klang einer Trompete nachahmte, war ein Kunststück, das sie perfekt beherrschte.

Der schaukelnde Bus war ein Jazzklub auf Rädern. Juan und Giulia versetzten die abgestandene Luft in Schwingungen. Sergio ertappte sich dabei, wie er mit dem Fuß den Takt schlug. Die beiden waren gut. Richtig gut. Sie würden das Publikum beim Bankett am nächsten Tag sogar dann begeistern, wenn ihnen jemand die Instrumente wegnahm und den Strom abdrehte.

Am liebsten wäre Sergio selbst Giulias Duettpartner gewesen. Dieser Juan stand eindeutig zu nah an ihr dran. Jetzt schnippte er den Rhythmus mit den Fingern und beugte auch noch den Kopf zu ihr hinunter! Er sang ihr etwas ins Ohr. Sergio konnte genau sehen, dass Giulia errötete und energisch den Kopf schüttelte. Dann nahm sie eine Hand vom Lenkrad und schob Juan beiseite.

Sergio legte eine Hand auf sein Knie, um das Wippen seines Beines zu unterbinden. Er spürte das Erdbeben in ·seinem Innern grollen. Es verlangte von ihm, Juan in die Schranken zu weisen. Er atmete tief ein und aus, versuchte, dem Gesang des Spaniers nicht länger zuzuhören, und schaute aus dem Fenster. Wie weit war es noch bis zum Weingut? In der Macchia, die neben der Straße wucherte, sah er eine Bewegung. »Anhalten!«, rief er und war schon bei der Tür, als der Bus noch nicht stand. »Aufmachen! Schnell!«

Die Tür öffnete sich mit tödlicher Langsamkeit. Sergio zwängte sich hindurch. Er ignorierte Giulias Rufe und lief zu dem Gebüsch, in dem er die Bewegung gesehen hatte. Am liebsten wäre er hineingesprungen, aber in dem dichten Strauchwerk würde er nicht weit kommen. Er sank in die Knie, tastete seine Taschen ab. Da war es: das Stück Brot mit Leberpastete. Er wickelte es aus dem Papier und legte es vor die Büsche.

»Was wird das?«, rief Giulia aus dem Fahrerfenster.

In diesem Moment teilten sich die Zweige, und eine

schwarz-weiße, feucht glänzende Hundenase erschien. Zwei strahlende Augen schauten zwischen den Blättern hervor. Es schien, als würde Cardenio lachen. Ob er sich über das Wiedersehen mit Sergio freute, war nicht festzustellen, denn er schnappte sich die Pastete mit einem Biss und verschwand damit im Gebüsch.

»Cardenio«, rief Sergio hinter ihm her.

»Cardenio«, rief nun auch Giulia, die aus dem Bus gerannt kam.

»Cardenio«, sang Juan aus dem Fenster, »ist wie ein Straßenmusikant: Füttern erlaubt, aber streicheln verboten.«

In einiger Entfernung hörten sie den Hund durch die Sträucher brechen.

»Immerhin muss er heute nicht hungern«, sagte Sergio. In Giulias Gesicht sah er, dass das nur ein schwacher Trost war. »Glaub mir, es geht ihm gut.«

Giulia versuchte, in die Büsche hineinzulaufen, teilte die verschlungenen Gewächse mit den Händen. »Au!«, rief sie, blieb stehen und zog den Dorn einer Brombeerranke aus einem Finger. Der Hund war mit seiner Beute längst über alle toskanischen Hügel.

»Weißt du was?« Giulia sah Sergio bekümmert an. »Dass Cardenio etwas zustoßen könnte, glaube ich eigentlich auch nicht. Aber …«, sie zögerte, »… dass er vielleicht ein Zuhause finden könnte, ein gemütliches Plätzchen bei einer alten, einsamen Signora, die ihn mästet, bis er träge und kugelrund ist, davor habe ich Angst.« Giulias Augen wurden feucht. »Vielleicht kommt er nie wieder zu mir zurück.«

Sergio nahm sie in die Arme und stand eine Weile

schweigend mit ihr am Straßenrand. Er wusste genau, wie Giulia sich fühlte. Ihm ging es ja genauso. Allerdings hatte er weniger Angst davor, dass Cardenio sich jemand anderem zuwenden könnte, sondern Giulia.

Aus dem Busfenster pfiff Juan eine traurige Melodie.

Nach einer Weile schluckte Giulia heftig. »Es ist keine gute Idee, so lange in der prallen Hitze herumzustehen«, sagte sie. »Mir ist schon ganz komisch im Kopf.« Sie stiegen wieder in den Bus und fuhren weiter. Sergio fand seinen Platz von Juan besetzt, der mit übergeschlagenen Beinen auf dem Polster lümmelte und Sergio mit einem Auge zuzwinkerte. Die Haltestange, an der sich zuvor Juan festgehalten hatte, ergriff nun Sergio – und stand direkt neben dem Fahrersitz.

Was sollte das nun wieder? Überließ ihm der Straßenmusiker kampflos das Feld? Da musste etwas dahinterstecken.

Der Bus rumpelte weiter die Straße zum Weingut hinauf. In der Ferne ragten die beiden Türme in den Himmel. Sergio hielt Ausschau nach Cardenio, vielleicht ließ sich der Hund ja noch einmal blicken.

Juan stimmte wieder ein Lied an, Fetzen seiner spontanen Dichtung wehten Sergio ins Ohr. Konnte dieser Mensch nicht mal ruhig sein?

»Ein Haus für zwei, das wünsch ich mir. Trau mich aber nicht, dich zu fragen.«

Sergio erstarrte. Meinte Juan etwa ihn damit? Woher wusste er, dass Sergio Giulia vom Umzug nach Volterra zu überzeugen versuchte? Giulia blickte geradeaus, ihre Hände

waren so fest um das Lenkrad geklammert, dass die Knö-
chel weiß hervortraten.

»Trau mich aber nicht, dich zu fragen«, wiederholte Juan.
»Und ich wünsch mir…«, er zog das letzte Wort in die
Länge, »… 'nen Polizisten als Mann.« Dann wiederholte er
die Melodie pfeifend und klatschte mit den Händen auf seinen Beinen den Takt.

Was war nur mit diesem Kerl los? Sergio wollte sich umdrehen und Juan sagen, was er von seinen Spottliedern
hielt. Da kam ihm Giulia zuvor. »Es ist jetzt genug, Juan. Ich
hatte dich doch gebeten…« Sie verstummte.

Da wurde Sergio klar, welche Nachrichten hier durch die
Luft flogen. Juan hatte sich nicht über Sergio lustig machen
wollen, vermutlich kannte er nicht einmal dessen Gemütszustand. Stattdessen gab ihm der Musiker zu verstehen,
welchen Wunsch Giulia hegte und dass sie sich aber aus
irgendeinem Grund nicht dazu durchringen konnte, Sergio
davon zu erzählen.

Juan war kein Rivale im Werben um Giulia. Er war ein
Verbündeter.

In diesem Moment bog der Bus auf den Parkplatz von
Due Torri ein. Giulia öffnete die Türen. »Alle aussteigen«,
sagte sie und fügte mit einem Lächeln an Sergio gewandt
hinzu: »Endstation.«

Der Weinberg war um das Gehöft herum abgeerntet, die
Trauben von den Rebstöcken geschnitten. Die Rosen am
Rand eines Feldes ließen die Köpfe hängen. Sergio ging,
gefolgt von Giulia und Juan, durch den Torbogen in den

Innenhof des Weinguts. Dort erwarteten sie drei Pyramiden aus weißen Kartons, auf denen das Emblem von Due Torri prangte: eine Federzeichnung der beiden Türme. Vincenzo de Santis stand, einen Gartenschlauch in der Hand, in der Nähe und ließ Wasser in einen Kanister laufen. Als er die Besucher sah, drehte er den Hahn zu und begrüßte die Ankömmlinge. Giulia und Juan stellten sich vor.

»Ah, die Gesandten aus der Fortezza Medicea.« Vincenzo zwinkerte Giulia zu. »Besonders erfreulich ist, dass die Polizei meinen Wein für so wertvoll hält, dass sie den Transport eskortiert.« Er warf einen Blick zum Parkplatz hinüber. »In einem Linienbus«, sagte er schmunzelnd. »Wäre ein gepanzerter Geldtransporter nicht besser gewesen?«

Vincenzos joviale Art und seine lockeren Scherze passten für Sergio mit einem Mal nicht mehr zu dem Mann, der ihm gegenüberstand. Der Winzer wirkte angespannt, und seine Stimme war längst nicht so kraftvoll wie seine Worte.

Sergio ging nicht darauf ein. »Du hast doch gesagt, dass dir der Wein ausgeht. Umso erstaunlicher, dass du deine letzten Tropfen umsonst hergibst.« Er nickte zu den Kisten hinüber.

Vincenzo goss Gelächter über den launigen Worten aus. »Mein letztes Hemd würde ich für das Festessen hergeben, das weißt du. Aber wir wollen nicht schwatzen, während der Wein in der Sonne verkocht. *Andiamo!* An die Arbeit!«

Zu viert machten sie sich daran, die Kisten in den Bus zu tragen. Die Männer schleppten die Pakete, Giulia schob sie im Innern so unter die Sitze, dass sie nicht ins Rutschen kommen konnten. Nach einer Weile war alles verstaut.

Vincenzo bot einen *caffè* und eine Führung durchs Weingut an, aber Giulia und Juan wollten so schnell wie möglich in die Stadt zurück, um beim Aufbau der Bühne zu helfen. Sergio bat sie, den Kaffee anzunehmen, denn er wollte noch kurz mit Vincenzo unter vier Augen sprechen.

Der Winzer hob erstaunt die Augenbrauen, holte vier dampfende Tassen aus dem Wohnhaus, reichte Giulia und Juan zwei davon und begleitete Sergio in den Innenhof, wo die Trockengestelle standen. Dort sah alles aus wie zuvor, mit dem Unterschied, dass die Tür zum Weinkeller diesmal offen stand. Vincenzo schloss und verriegelte sie.

»Du hast wohl noch einen entlaufenen Gefangenen da drin versteckt«, sagte Sergio.

»Nur meine Vettern, die sich nach der Ernte da unten volllaufen lassen«, scherzte Vincenzo müde. »Worum geht's, Sergio? Wieder um den toten Sänger? Ich dachte, wir hätten schon alles geklärt.«

»Es sind neue Aspekte aufgetaucht.« Sergio blieb vage. Er überlegte, wie viel er Vincenzo verraten konnte, um Antworten zu erhalten, und was er besser für sich behielt. In einem Winkel des Hofs bemerkte er ein bepflanztes Weinfass. Er beobachtete eine Biene, die auf einer lila Lupine landete und versuchte, sich an dem Blütenblatt festzuklammern, das sich unter ihrem Gewicht beugte. Das Insekt kam ins Rutschen. »Wie geht es deinem Weingut denn nun wirklich?«, fragte er.

»Du weißt doch, was los ist«, erwiderte Vincenzo düster. »Wir haben ja schon über meine Schwierigkeiten gesprochen.«

»Wie viel Wein hast du in den vergangenen Jahren produziert?«, wollte Sergio wissen.

Vincenzo stieß lautstark die Luft aus. »Du stellst Fragen!« Er blickte in den Himmel, als suche er dort nach den Litermengen seiner Kellerei. »Ich glaube, das lag im Jahr bei dreißigtausend Litern pro Hektar. Mehr oder weniger. Zum Leben zu wenig, zum Sterben zu viel.«

»Wie viele Flaschen sind das?«, bohrte Sergio weiter.

Aber Vincenzo antwortete nicht darauf, sondern zog seine Schlüsse. »Warum fragst du? Glaubst du, dass ich an der Steuer vorbei arbeite? Du hast doch selbst gesehen, dass ich mir nicht mal Erntehelfer leisten kann, weil die letzten Jahre so schlecht waren. Muss ich dir wirklich erklären, dass die Sommer immer heißer und trockener werden? In welchem Land lebst du, Agente Panda?«

»In dem Land, in dem ein Winzer trotz schlechter Erträge in der Lage ist, zwanzig Kisten Wein zu verschenken. *Mi dispiace*, Vincenzo, aber das passt nicht zusammen.«

»Ist Wohltätigkeit jetzt ein Verbrechen?« Vincenzo stemmte die Hände in die Hüften und schüttelte resigniert den Kopf. »Ich gebe den letzten Tropfen Wein her für das Festessen im Stadtpark, und du willst mir daraus einen Strick drehen? Ich bin enttäuscht von dir, Sergio.«

Das war der Moment, in dem Sergio sicher war, dass mit dem Winzer etwas nicht stimmte. Der Vincenzo, den er kannte, hätte sich niemals hinter einen Vorwurf zurückgezogen. Stattdessen hätte er einen Scherz auf den Lippen gehabt, hätte augenzwinkernd gesagt, er sei ein Betrüger, und Sergio die Hände entgegengehalten, damit er ihm Handschellen anlegen konnte. Doch davon war nichts zu sehen. Vincenzo befand sich auf dem Rückzug. Er hatte Angst.

Aber da war noch etwas, über das er mit dem Besitzer des Weinguts sprechen musste.

»Es geht hier nicht nur um die zwanzig Kisten. Du hast außerdem Wein ans Il Ghiottone verkauft, wie ich erfahren habe«, sagte Sergio.

Vincenzo lief rot an. »Natürlich verkaufe ich Wein, Signore! Ich bin Winzer. Ich lebe davon.« Seine Stimme war klar und scharf und drang in Sergios Gehörgang wie eine Nadel. Vincenzos Arm schlug in Richtung Weinkeller aus. »Bevor du jemanden des Betrugs verdächtigst, solltest du erst mal einen Kurs in Betriebswirtschaftslehre belegen. Da unten ist alles voller Fässer, die bis zum Rand mit Wein gefüllt sind. Das ist der Ertrag von den fetten Jahren. Mein Hof hat so viel Wein erbracht, dass ich davon noch lange bescheiden leben kann. Und weißt du was? Der Wein wird dort unten von Jahr zu Jahr besser. Das bedeutet, dass jeder Liter mehr Geld einbringt, je älter er wird. Ich habe das genau ausgerechnet. Ich halte auch dann noch durch, wenn meine Konkurrenten Simoncini, Passeroni und Johansen ihre Höfe verkaufen müssen und mich darum bitten, bei mir als Erntehelfer arbeiten zu können.«

»Sergio?« Giulias Stimme drang in seine Gedanken, in denen Vincenzos Worte langsam zu Boden sanken wie die Rückstände aus einer Flasche Rotwein.

»Sergio!«, versuchte Giulia es erneut. »Wir müssen fahren. Im Stadtpark warten sie schon auf uns.«

Er schaute noch einmal in Vincenzos Gesicht, das sich

ein wenig entfärbt hatte. Der Winzer setzte ein Lächeln auf, das jetzt wieder echt wirkte. Das war der Vincenzo, den jeder kannte und mochte.

»Eins noch«, sagte Sergio und kramte in seiner Hemdtasche. Er zog den Zettel hervor. »Das ist von meinem Vater. Eine Bestellung für das Bankett morgen. Natürlich auf Rechnung.« Er reichte Vincenzo das Papier. Der faltete es auseinander und schaute mit zusammengekniffenen Augen darauf. Erst jetzt fiel Sergio auf, dass Vincenzo seine Brille nicht trug. Der Winzer hob die Notiz dicht vor die Augen und las. »Zehn Flaschen Vin Santo. Die gebe ich euch noch mit.« Dann schaute er Sergio strahlend an. »Siehst du, Agente Panda? Wenn man gute Freunde hat, läuft das Geschäft wie von selbst.«

KAPITEL 27

Sergio hatte in diesen Tagen so viele Unwahrheiten auf-
gedeckt, dass es für eine ganze Polizeikarriere reichte.
War alles um ihn herum auf Lügen gebaut? Erst Riccardo
Baroncini, der Wirt des Il Ghiottone, der behauptete, Vincenzo de Santis nicht zu kennen. Dann Vincenzo, der Sergio weismachen wollte, er habe trotz schlechter Ernten so
viel Wein, dass er ihn verschenken konnte. Und schließlich
Paolo, der versuchte, sich aus der Drogenaffäre herauszu-
schwindeln.

Grübelnd machte sich Sergio auf den Weg zur Trattoria
Mortale.

Den Wein und den Vin Santo von Due Torri hatte er mit
Giulia und Juan in der Fortezza abgeliefert. Nun war es
schon kurz nach sieben, Matteo und die Küche des Il Gusto
würden schon unter Dampf stehen und Livia Ferri auf die
Steuerquittungen aus Sergios Hosentaschen warten.

Gerade wollte er den Park durch das westliche Tor verlassen, da stach ihm etwas ins Auge. Der Rasen sah auf eine
merkwürdige Art fleckig aus. Sergio rieb sich die Augen,
doch der Effekt blieb derselbe. Er bückte sich, rupfte einige

Halme aus und inspizierte sie. Sie hatten eine unnatürliche Farbe. Was war das? Er rieb die Pflanzen zwischen Daumen und Zeigefinger. Sie waren steif und ... klebrig.

Sergio schaute über die Parkfläche. Rechter Hand, wo der kleine Weg zu den Ausgrabungen auf der etruskischen Akropolis führte, arbeiteten wieder die Parkwächter, die ihm schon am Morgen aufgefallen waren. Sie knieten auf dem Gras und ... jetzt erkannte Sergio, was dort vor sich ging. Die Gärtner besserten den Rasen aus. Anscheinend sollte beim Festessen alles grün und saftig aussehen. Und damit das in letzter Minute gelang, strichen sie die gelblichen Stellen grün an.

Sergio warf die Grashalme fort, einige blieben an seinen Fingern kleben. Sogar die Natur war heute eine einzige große Lüge.

»Liebt niemand in dieser Stadt mehr die Wahrheit?«, bellte er, als er in die Trattoria stürmte. Zu spät erkannte er, dass das Lokal bis auf den letzten Platz besetzt war. Es war Freitag, früher Abend, und Familien aus der Nachbarschaft hatten sich ebenso um die Tische versammelt wie Touristen und junge Nachtschwärmer auf dem Weg in die Klubs von Pisa und Florenz.

Sergio grüßte in alle Richtungen und stieß auf dem Weg in die Küche mit Trommelfeuer zusammen, der zwei Salatschalen in seinen kräftigen Händen trug und sie gerade noch ausbalancieren konnte. Trommelfeuer hatte seinen Oberkörper in ein weißes Hemd gehüllt, das Sergio zuletzt bei Alessandros Hochzeit an ihm gesehen hatte. Angelos Kumpane kellnerten jetzt so oft in der Trattoria, dass sie

Dienstkleidung anlegten. »*Sera*«, sagte Trommelfeuer, ohne anzuhalten. »An Tisch vier brauchen wir zwei Viertel Hauswein.«

In der Küche rüttelte Matteo in einer Pfanne ein Omelett mit Steinpilzen durch. Ohne den Blick zu heben, sagte der Koch: »Du willst die Wahrheit hören, Sergio? Die Wahrheit ist die: Du bist verdammt spät dran.«

Sergio wollte etwas erwidern und streckte schon einen Zeigefinger gegen Matteo aus, da läutete die Kapitänsglocke, die auf der Durchreiche zur Küche stand. Er fuhr herum und schaute in das vor Ausgelassenheit strahlende Gesicht von Livia Ferri.

»*Buona sera*, Signori«, rief sie, »ich bin zurück.«

Obwohl Sergio wusste, dass sie herkommen würde, obwohl er sich eigens wegen ihr beeilt hatte, war ihre Fröhlichkeit für ihn wie ein Schlag ins Gesicht, denn ihm war klar geworden: Die Finanzbeamtin ließ sich mitreißen, aber nicht um den Finger wickeln. Sergio trat in die Gaststube, um Livia zu begrüßen und die Steuerprüfung ein für alle Mal zu beenden.

Zu einem blau-weiß gepunkteten Sommerkleid trug sie ihre weißen Sneaker. Sie fasste ihn an der Schulter und küsste die Luft neben seinen Wangen.

Sergio holte die Quittungen aus seinen Hosentaschen hervor. »Die Tagesbons sind aufgetaucht«, sagte er. »Damit ist unsere Trattoria hoffentlich rehabilitiert.«

Livia lachte. »Das wird sich zeigen.« Sie sah sich in der Gaststube um. »Wo sind denn unsere Freunde?«

Damit meinte sie wohl Angelos Kumpane.

»Bis auf Trommelfeuer sind alle auf der Bocciabahn«, rief Matteo aus der Durchreiche und stellte zwei Teller mit Omeletts darauf. »Für Tisch drei.«

Sergio griff nach Livias Hand und drückte die Tagesbons hinein. »Entschuldigen Sie mich bitte.« Er nahm die Teller und wollte damit verschwinden, doch in diesem Moment öffnete sich die Tür, und Kugelblitz platzte ins Lokal.

»Zitadelle holt den Hahn«, rief er.

Die Gespräche an den Tischen verstummten. Einige Gäste sprangen von den Stühlen. Fragen und Rufe flogen durch die Gaststube. Matteo schüttelte immer wieder die Glocke. Auch Sergio konnte sich nicht beherrschen und jubelte mit einer in die Höhe gereckten Faust. Nach der ersten Überraschung skandierten die meisten Gäste Zitadelles Namen. Gelächter erfüllte das Lokal.

»Was ist denn los?« Livia Ferri zeigte ein unsicheres Lächeln, wie jemand, dem man einen guten Witz angekündigt hat, der aber die Pointe nicht versteht.

Sergio erklärte ihr, dass der Hahn so etwas wie der Wanderpokal der Bocciaspieler im Viertel sei. Wer nach drei Monaten die meisten Punkte gesammelt hatte, bekam die Trophäe und galt die nächsten drei Monate als König von San Giusto.

»Zitadelle braucht Stärkung«, verkündete Kugelblitz. »Ich soll *pizza pugliese* holen, hat er mir aufgetragen.«

»Einmal Pugliese«, rief Matteo. »Ist gleich fertig. Wenn er die im Bauch hat, hält ihn keiner mehr auf.«

»Zitadelle will zehn Teller«, korrigierte Kugelblitz. »Er will gleiche Chancen für alle. *Avanti*, Matteo.«

»Und dieser Hahn?«, fragte Livia Ferri. »Wird der hinterher geschlachtet?« Sie kräuselte die Oberlippe.

Sergio konnte sie beruhigen. Der Hahn, erklärte er, sei ein Überbleibsel der Fußballweltmeisterschaft von 2006, bei der Italien im Endspiel Frankreich gegenübergestanden hatte. Ganz San Giusto habe sich an der Bocciabahn versammelt, um auf einer Leinwand das Finale zu verfolgen. Damals hatte Angelo Panda einen Hahn aus Gummi über der Leinwand aufgehängt. Der Scherzartikel sollte den gallischen Hahn darstellen, ein Sinnbild Frankreichs, und die Schlinge, an der er hing, war um seinen Hals geknüpft worden.

»Hat das geholfen?«, fragte Livia.

»Fünf zu drei für Italien«, sagte Sergio. »Seither ist der Hahn die Trophäe der Bocciaspieler im Viertel.«

Die Türglocke klingelte, und Alessandro trat ein. »Was ist denn hier los?«, fragte er angesichts der aufgeregt diskutierenden Gäste. Einige von ihnen schlangen ihr Essen hinunter, anscheinend wollten sie sich das Spektakel an der Bocciabahn nicht entgehen lassen. Die Tanzklubs in Florenz waren jetzt zweitrangig.

Sergio berichtete Alessandro, was vor sich ging. »Gut, dass du da bist. Wir müssen Pizza ausliefern und Zitadelle anfeuern. Machst du mit?«

Alessandro war sofort einverstanden. Er sei zwar auch ein kleines bisschen dienstlich da, aber das könnten sie an der Bocciabahn besprechen. Statt der Uniform trug er eines seiner eigenwilligen Hawaiihemden, diesmal waren die Silhouetten von Palmen auf orangefarbenem Stoff zu sehen, der wohl einen Sonnenuntergang darstellen sollte.

»Ich helfe auch.« Livia Ferri steckte die Quittungen in ihre Handtasche.

»Das wird nicht nötig sein«, rief Sergio. Das fehlte ihm jetzt noch, dass er eine Steuerprüferin auf die Bocciabahn mitbrachte. Gott allein wusste, wie die Männer des improvisierten kleinen Ausschanks dort ihre Einnahmen verbuchten.

Matteo reichte die ersten Kartons mit Pizza heraus, und Kugelblitz nahm sie entgegen. »Gestern war es doch ganz lustig mit unserer Finanzbeamtin«, sagte er und drückte Livia zwei der Kartons in die Hand. »Es wird Ihnen auf der Bocciabahn gefallen.«

Livia Ferri strahlte abwechselnd Kugelblitz, Sergio, Matteo und Alessandro an. »Ich hätte niemals gedacht, dass mir mein Beruf mal so viel Freude machen würde.«

Wenn man dabei so viel Spaß hat, sollte ich vielleicht bei der Guardia di Finanza anfangen, dachte Sergio. Er wartete, bis Matteo die restlichen Kartons mit Pizza parat hatte, teilte sie unter Alessandro und sich auf und führte die kleine Prozession aus der Trattoria hinaus den Borgo San Giusto hinauf, dorthin, wo die Bocciabahn lag.

Sergio ahnte, warum Zitadelle *pizza pugliese* für alle bestellt hatte. Eigentlich war diese Pizza mild, sie wurde mit Zwiebeln, Oliven, Kapern, Mozzarella und frischen Tomaten belegt. Dem Namen nach stammte sie aus Apulien. Wie für alles, was aus Süditalien kam, hatten die Toskaner auch für das Pizzagericht nur Verachtung übrig. Deshalb hatte Angelo das Rezept ein wenig aufgepeppt und die *pizza pugliese* mit so viel Peperoni und Chili versehen, dass ihre

Schärfe den Gästen die Tränen in die Augen und Schweißperlen aus der Nasenspitze trieb. Was dazu führte, dass
beim Genuss des Gerichts oft und kräftig geflucht wurde.
Nichts anderes habe eine Speise aus Apulien verdient, meinte Angelo. Dass Zitadelle seine Gegenspieler mit dieser
Pizza fütterte, war also nicht seiner Fairness zuzuschreiben,
sondern seiner Gerissenheit. Allerdings, das musste man
ihm lassen, würde sich der mächtige Toskaner auch selbst
der Wirkung des Gerichts aussetzen und damit wieder
gleiche Verhältnisse für alle schaffen.

Sie erreichten die Bocciabahn, die hinter der großen
Kirchwiese von San Giusto lag, im letzten Licht des Tages.
Über der Bahn und dem Ausschank wurden gerade die
Lampen angeschaltet. Käfer tickten gegen die Lichter, und
die Männer auf der Bahn riefen sich lautstarke Kommen-
tare über den letzten Wurf zu. Frauen tummelten sich zwar
am Ausschank und an den Tischen für die Zuschauer, nicht
aber auf der Bahn selbst.

Sergio und Alessandro begrüßten die Spieler und Zuschauer, was dazu führte, dass diese das gelieferte Essen
»Pizza Polizia« tauften. Zitadelle musste noch drei Runden
gewinnen, um den Hahn zu bekommen. Sergio bat Kugelblitz, sich um Livia Ferri zu kümmern, denn was er mit
Alessandro zu beraten hatte, ging das Finanzamt nun wirklich nichts an. Kugelblitz versprach, sie bis ganz nahe an die
Absperrung der Bocciabahn heranzuführen und ihr die
Feinheiten des Spiels zu erklären.

Die beiden Polizisten stellten sich Stapelstühle unter den
kleinen Lautsprecher am Ausschank, aus dem blechern ita-

lienische Schlager erklangen. Der Lautsprecher war eigentlich ein Megafon, das bei Kundgebungen und für Aufrufe zum Blutspendetermin eingesetzt wurde. Auf der Bahn begann die nächste Runde, und die ersten Kugeln klickten aneinander.

»Hast du etwas über Paolo rausgefunden?«, wollte Sergio wissen.

Alessandro berichtete, dass er den Nachmittag damit zugebracht hatte, Informationen über den Sozialarbeiter zu sammeln. Zunächst habe er in den Polizeiakten gestöbert, aber dort sei nur ein Eintrag wegen eines frisierten Mopeds zu finden gewesen. Dann habe er in der Bar Priori unter den Gästen nach Paolo gefragt. Schließlich seien die Theken der Stadt der beste Ausschank für Informationen. Wie zu erwarten, kannte jeder in der Bar Paolo und wusste etwas über ihn zu berichten: Schulabschluss, Ausbildung, unverheiratet, feste Freundin, die Eltern im Seniorenheim in Colle – alles unauffällig.

Livia Ferri kam zu ihnen herüber und brachte Alessandro einen Orangensaft und Sergio einen *caffè doppio*. Die Männer bedankten sich. Nachdem Livia wieder verschwunden war, setzten sie ihr Gespräch fort.

»Paolo ist trotzdem verdächtig«, sagte Alessandro und strich das Kondenswasser von seinem Glas. »Diese Drogengeschichte passt einfach perfekt zu Marinos Tod.«

»Ein bisschen zu perfekt«, wandte Sergio ein und leerte seine Tasse. Er spürte, wie das Koffein seine Synapsen in Schwung brachte.

»Wir sollten morgen beim Festessen ein Auge auf Paolo

haben«, sagte Alessandro und zog sein Notizbuch aus der Hosentasche. »Vielleicht hat er sogar etwas mit dem Raben zu tun.«

Auf der Bocciabahn erklangen jetzt aufgeregte Rufe. Sergio stand auf und schaute zwischen den Rücken der Zuschauer hindurch auf das Spielfeld. Die blaue Kugel von Zitadelle lag ganz nah an der roten Zielkugel. Als Letzter der Runde war Sergios Onkel Lorenzo an der Reihe. Der ehemalige Leiter der Polizeiwache stand an der Markierung und küsste eine violette Kugel, dann ging er in die Knie und schloss die Augen. Blind zu werfen war Lorenzos Spezialität, er behauptete, die Augen würden einem bloß Streiche spielen, er habe ein feines Gespür für einen guten Wurf. Die Zuschauer feuerten Lorenzo an, indem sie seinen Spitznamen riefen: *Dottor Pomodoro*. Er holte mit dem rechten Arm Schwung, und die Kugel flog – nein, sie schwebte – durch die warme Abendluft und landete ein Stück abseits von Zitadelles Kugel. Aus dem Publikum kam das lang gezogene Seufzen der Enttäuschten, doch Lorenzos Kugel war noch in Bewegung, rollte weiter, berührte die blaue Kugel, stieß sie beiseite und blieb liegen, rund und zufrieden. Genauso wie Lorenzo, dem die Mitspieler auf den breiten Rücken klopften und zum Sieg der ersten von drei Finalrunden gratulierten.

Sergio setzte sich wieder. »Gibt es etwas Neues aus Florenz?«, fragte er. »Haben sich Baldi und Rossi gemeldet?«

»Es bleibt dabei: Der Rabe kommt zum Festessen«, antwortete Alessandro. »Ich habe dafür gesorgt, dass Baldi und

Rossi in seiner Nähe sitzen werden.« Er blätterte in seinem Notizblock. »Was daraus wohl wird?«

Sergio kratzte sich den Nacken, dann streckte er einen Finger seiner rechten Hand aus. »Erste Möglichkeit: Baldi und Rossi haben recht, und der Rabe ist in Drogengeschäfte verwickelt. Er könnte einen großen Deal verabredet haben und deshalb herkommen. Vielleicht sind Paolos geheimnisvolle Schokocremegläser im Spiel.«

»Zweitens?«

Der nächste Finger an Sergios Hand schoss in die Höhe. »Zweitens: Der Rabe will jemanden zum Schweigen bringen. Wir haben ja schon darüber gesprochen. Er kommt zum Festessen, weil er dort Gelegenheit hat, an einen der Gefangenen heranzukommen und ihn zu beseitigen.«

»Das würde bedeuten, dass der Rabe Nino Marino umgebracht hat und irgendjemand in der Fortezza davon weiß«, ergänzte Alessandro und notierte etwas. »Vielleicht auch wieder Paolo.«

»Es gibt noch eine dritte Möglichkeit«, kommentierte Sergio das Ausfahren seines Ringfingers. »Der Rabe ist überhaupt nicht die Elster.«

Alessandro rieb sich die Stirn. »Ich bekomme allmählich Kopfschmerzen bei all diesen Vögeln. Wir sollten Möglichkeit drei erst mal außer Acht lassen und davon ausgehen, dass beim Bankett Gefahr im Verzug ist. Schließlich sind wir Polizisten und für die Sicherheit der Gäste verantwortlich.«

Sergio stimmte ihm zu. Er sah eine Bewegung auf der Bocciabahn, etwas Blau-Weißes huschte dort herum. »Sieh dir das an!« Die beiden Polizisten reckten die Hälse. Auf der Bahn stand Livia Ferri neben Onkel Lorenzo. Dottor Pomodoro drückte der Steuerprüferin gerade eine seiner violetten Kugeln in die Hand.

»Kannst du dich daran erinnern, dass hier jemals eine Frau eine Bocciakugel werfen durfte?«, wollte Sergio wissen.

Alessandro schüttelte den Kopf. »Das wird auch diesmal nicht passieren. Lorenzo lässt sie die Kugel ja nur halten. Niemals würde er …«

Livia Ferri holte aus und schleuderte die Kugel in hohem Bogen über die Bahn. Von ihrer eigenen Kraft mitgerissen, verlor die Finanzbeamtin das Gleichgewicht und wäre auf die sorgfältig geharkte Sandbahn gestürzt, hätte Lorenzo sie nicht im letzten Moment aufgefangen. Die Kugel landete im Netz am entfernten Ende der Strecke.

»Null Punkte«, sagte Alessandro. »Ich glaube, dein Onkel hat aufs falsche Pferd gesetzt.« Er schnalzte mit der Zunge. »Eine Frau auf die Bahn zu lassen … Selbst schuld.«

Sogar auf die Entfernung nahm Sergio das Blitzen in Lorenzos Augen wahr. »Null Punkte? Da wäre ich mir nicht so sicher. Ich glaube, dass Dottor Pomodoro sogar die volle Punktzahl geholt hat.«

Als die Reihe wieder an Zitadelle war, zog Sergio Alessandro zu ihrem Besprechungsplatz zurück.

»Was ist denn noch?«, fragte Alessandro. »Sind wir nicht fertig? Paolo und der Rabe sind unsere Verdächtigen.«

»Es gibt da noch jemanden.« Sergio berichtete, was er über Riccardo Baroncini, den Wirt des Il Ghiottone, herausgefunden hatte. Dabei deutete er auf Livia Ferri, die jetzt wieder hinter die Absperrung der Bocciabahn zurückgetreten war und von dort aus Dottor Pomodoro anfeuerte. »Die Dame von der Finanzbehörde hat im Il Ghiottone Ungereimtheiten festgestellt. Der Wirt hat viel mehr Wein eingekauft, als er in den Büchern verzeichnet hat.«

»Was hat das mit unserem Fall zu tun?«

»Zum einen kam der Wein von Due Torri«, erklärte Sergio. »Zum anderen ist Nino Marino im Il Ghiottone als Sänger aufgetreten.«

Alessandro sah ihn fragend an. »Na und?«

Sergio untermalte seine Erklärung mit Gesten: Nino Marino war von Due Torri geflohen, jenem Weingut, dessen Besitzer krumme Geschäfte mit dem Wirt des Il Ghiottone machte, ebendem Ristorante, in dem Nino Marino aufgetreten war.

Alessandro sah ihn an. »Zufall. Ich erkenne da kein Verdachtsmoment. Due Torri liegt zu weit von Castelvecchio entfernt. Was ist mit den anderen drei Weingütern, bei denen du warst? Die liegen schließlich viel näher dran.«

Das Wasser! In all dem Durcheinander hatte Sergio die Flaschen vergessen, die er von den Winzern mitgenommen hatte. Er fragte Alessandro danach.

»Du meinst die Wasserflaschen auf der Spüle? Die habe ich ausgetrunken.«

Hitze stieg Sergio in den Kopf. Das durfte doch nicht wahr sein! »Hat Bertini dir nicht gesagt, was es damit auf sich hat? Ich habe die Flaschen von den Weingütern mitgebracht. Eine war sogar von der Marke, die bei Nino Marino gefunden wurde. An dem Tag bin ich, halb verdurstet, in der größten Hitze durch die Gegend gefahren und habe trotzdem die Flaschen nicht angerührt. Und du hast einfach …«

»Sieh es doch mal so«, sagte Alessandro. »Ich habe den Inhalt im Selbstversuch getestet. Es war alles in Ordnung damit. Wenn einer der Winzer der Mörder sein sollte, müssen wir ihm anders beikommen.«

»Darum kann sich ja Bertini kümmern«, knurrte Sergio. Mit dem Kollegen würde er ein ernstes Wort sprechen müssen. Er hatte ihm doch ausdrücklich gesagt, dass die Flaschen …

»Du meinst, wenn er nicht gerade mit der Fahndung nach Cardenio beschäftigt ist?« Alessandros Kommentar traf Sergio unvorbereitet, und er hatte recht. Sergio schluckte seinen Ärger hinunter. Er war Bertini etwas schuldig. Aber das musste warten – wie so vieles andere.

Von der Bocciabahn ertönten Rufe. Livia Ferri tänzelte noch einmal herbei, beugte sich über die Bar und schaltete die Musik aus. »Das Finale steht an«, erklärte sie, »Pomodoro und Zitadelle haben um Ruhe gebeten.« Dann stellte sie sich vor die Polizisten und streckte ihre Hände aus. »Kommt! Das wollt ihr euch doch nicht entgehen lassen, oder?«

Sergio und Alessandro nahmen Livias Hände und ließen sich von ihr in die Höhe ziehen. Am Geländer der Bocciabahn war kaum noch Platz, die Zuschauer drängten sich Schulter an Schulter. Zwei Männer hielten ihre Kinder in die Höhe, sodass die Sicht auf das Spielgeschehen fast vollends verstellt war. »Polizei«, sagte Sergio, »lasst uns durch.«

Der Trick funktionierte. Sergio und Alessandro fanden

sich nach einigem Murren der anderen vorn an der Absperrung wieder und konnten beobachten, wie sich die beiden Gladiatoren auf ihren letzten Wettkampf vorbereiteten. Onkel Lorenzo und Zitadelle waren beide kräftige Gestalten, aber sie unterschieden sich darin, dass der eine mehr Witz und der andere mehr Spontaneität besaß, beides Eigenschaften, die beim Bocciaspiel entscheidend sein konnten. Kugelblitz reichte jedem der Wettkämpfer noch ein Stück »Pizza Polizia«, sie griffen zu und bissen große Stücke davon ab. Augenblicklich vermehrten sich die Schweißtropfen auf ihren Gesichtern. Lorenzo stellte sich als Erster auf. Er war damit an der Reihe, das Spiel zu eröffnen und die kleine rote Kugel zu werfen, der sich anschließend alle Kugeln so weit wie möglich annähern mussten. Die Kugel, sie war aus Holz, verschwand zwischen seinen breiten Fingern und erinnerte Sergio an die Weintraube, die er in der Hand Vincenzos gesehen hatte. Der Winzer hatte die Traube zwischen Daumen und Zeigefinger gerollt und schließlich in seiner Faust zerquetscht.

Onkel Lorenzo baut doch auch Wein an!, schoss es Sergio durch den Kopf. In seinem Garten samt Laube, die wegen Lorenzos Junggesellenschaft »Die Mönchszelle« hieß, zog und züchtete der pensionierte Polizist so ziemlich alles, was das Land hergab: Tomaten, Paprika, Peperoni, Zucchini, Brokkoli, Karotten … und Trauben.

Klick. Zwei Bocciakugeln stießen gegeneinander.

Schon vor Jahren hatte Dottor Pomodoro die Rebstöcke angelegt. Mit der Zeit konnte er so viele Vernaccia- und Trebbiano-Trauben ernten, dass er sich an die Herstellung von Wein heranwagte. Seine Experimentierfreudigkeit war berüchtigt, und Sergio staunte darüber, wie viele Flaschen Weißwein Lorenzo aus seinem Garten herausholte.

Klick.

Ihn würde er fragen können, was es mit den Weinmengen auf Due Torri auf sich hatte. Lorenzo kannte sich aus. Er war Hobbywinzer und Ex-Polizist – die perfekte Mischung für eine Angelegenheit wie diese.

Klick. Klick.

Ein schriller Schrei riss Sergio aus den Gedanken. Livia Ferri lief zu Lorenzo hinüber und umarmte ihn. Die Zuschauer applaudierten, einige riefen Lorenzos Spitznamen. Der fünfundneunzigjährige Ehrenvorsitzende des Bocciaklubs, Antonio Bondi, überreichte Lorenzo den Hahn.

Sergio schaute auf die Bahn. Alle Kugeln waren geworfen. Wie tief war er in seinen Gedanken versunken gewesen? Er sah sich nach Zitadelle um. Der große Toskaner versuchte gerade, Lorenzo zu seinem Sieg zu gratulieren, kam aber nicht an Livia Ferri vorbei. Zitadelle war die Enttäuschung anzusehen – nicht für jeden, aber Sergio kannte ihn genug, und er wusste auch, dass es Zitadelles größter Wunsch war, einmal den Hahn zu gewinnen und König von San Giusto zu sein. Vielleicht beim nächsten Mal. Er wünschte es Zitadelle von ganzem Herzen. Aber er freute sich auch für Lorenzo.

Sein Onkel kam hinter der Absperrung hervor, umringt von Zuschauern, jeder wollte dem Gewinner die goldene Hand schütteln – weil Gold abfärbt, wie man in Volterra sagte. Sergio wartete geduldig, bis Dottor Pomodoro aus dem Gedränge herauskam. Er wollte ihn nach dem Wein fragen und hoffte auf eine schnelle Antwort, um das Weingut endlich abhaken und sich Dringlicherem zuwenden zu können. Paolo und dem Raben zum Beispiel.

»Onkel Lorenzo«, rief Sergio und winkte, »hier drüben.«

Lorenzo erspähte ihn und kam herbei. In der rechten Hand hielt er den Gummihahn, in der linken Livia Ferri. Ihre Hände lagen auf Lorenzos Brust, die vor Stolz so breit war, dass noch Platz für viele weitere Hände gewesen wäre.

»Zitadelle ist ein gerissener Hund«, sagte Dottor Pomodoro, »der Trick mit der Pizza war gut. Damit hat er die letzten Konkurrenten aus dem Feld geschlagen.«

»Aber dich nicht«, sagte Livia.

»Meine Geschmacksnerven sind an selbst gezogene Peperoni gewöhnt«, erklärte Lorenzo. »Dagegen kommt selbst Angelos Pizza nicht an.«

»Ich muss dich dringend sprechen«, sagte Sergio. »Es ist dienstlich. Können wir uns irgendwo unterhalten?« Er warf Livia einen Blick zu. »Allein?«

Lorenzo schaute Livia an, die einen Schmollmund zog, dann sagte er zu Sergio: »Dienstlich? Weißt du, Terremoto, ich bin im Ruhestand. Und seinen Ruhestand soll man genießen, solange man kann. Sagt jedenfalls dein Vater immer, wenn ich zu wenig Wein in der Trattoria bestelle.« Er legte einen Arm um Livia und ging mit ihr davon. Nach einigen Schritten drehte er sich noch einmal um. »Morgen früh gegen Sonnenaufgang bei den Tre Amici.«

Kapitel 28

Die Schlacht war geschlagen, der Hahn hatte ein Nest in Dottor Pomodoros Gartenlaube gefunden, allerdings würde er es sich in dieser Nacht mit Livia Ferri teilen müssen. Nach und nach verließen die Zuschauer die Bocciabahn. Die Spieler sammelten ihre Kugeln ein, trugen sie in Einkaufsnetzen oder Köfferchen mit Schaumstoffeinlagen davon. Vom Ausschank her war noch eine Weile das Klappern von Flaschen und Gläsern zu hören, dann verabschiedete sich auch Michele, der für die Getränke gesorgt hatte.

»Soll ich das Licht anlassen?«, fragte er, eine Kiste unter dem Arm.

»Ich schalte es später aus«, rief Sergio und winkte. Er wollte noch ein wenig allein sein auf der Bahn. Der Ort übte – vor allem, wenn der Trubel vorüber war – einen eigenartigen Zauber auf ihn aus. Sergio liebte diese Ruhe nach dem Sturm, auch in der Trattoria mochte er die stillen Stunden nach einem ausgelassenen Kindergeburtstag oder einer wilden Hochzeitsfeier, wenn er gemeinsam mit seinem Vater das Lokal wieder herrichtete, im Schweigen vereint.

Jetzt gehörte die Bocciabahn ihm. Die Ketten mit gelben

Glühbirnen schaukelten in einer warmen Brise, von Insekten umschwirrt. Der Feigenbaum am Rand der Bahn ließ eine seiner letzten halb vertrockneten Früchte fallen. Sergio griff nach einer der Kugeln, die vor seinen Füßen lagen – er hatte sie von Zitadelle ausgeliehen –, wog sie in der Hand, beugte sich tief hinunter und schickte sie auf den Weg, darauf achtend, dass sie möglichst keine Delle in den säuberlich geharkten Sand drückte. Warf man zu schnell und aus großer Höhe, konnte die Kugel nicht genug Drall entwickeln. Dann blieb sie schon nach wenigen Metern auf der Strecke. Boccia war ein Spiel, bei dem man auch etwas über das Leben lernte.

Sergio genoss den Unterricht. Dabei vergaß er die Ermittlungen zum Mordfall für eine Weile – ebenso wie die Zeit. Er war gerade dabei, die Kugeln zum wiederholten Male einzusammeln, als Giulia sagte: »Darf ich auch mal?« Sie stand plötzlich neben dem Feigenbaum, die Tasche mit dem Saxophon in der Hand, und sah Sergio mit ernster Miene an. Unter ihren Augen hatte die Müdigkeit Spuren hinterlassen.

Sergio umarmte sie. »Was für eine Überraschung! Ich dachte, du probst bis spät in die Nacht.«

»Das habe ich ja auch«, sagte Giulia.

Sergio schaute verwundert auf die Uhr. Es war kurz vor zwei Uhr morgens.

»Du siehst wunderbar aus«, sagte er.

Sie lächelte matt. »Danke für die Lüge. Wenn ich so aussehe, wie ich mich fühle, wundert es mich, dass du nicht die Flucht ergreifst.«

»Habt ihr bis gerade geübt?«

Giulia runzelte die Stirn. »Fragst du wegen Juan? Der ist schon vor Stunden nach Hause gegangen. Keine Angst, Signor Panda: Juan ist ein toller Musiker, aber überhaupt nicht mein Typ. Und das gilt auch andersherum. Er lebt mit seinem Freund zusammen.«

Sergio wich einen Schritt zurück. »Hör mal, darum ging es mir jetzt überhaupt nicht. Ich wollte doch nur …«

»Spielen?«, fragte Giulia. »Das will ich auch. Sollen wir?« Sie sah dabei gar nicht aus wie jemand, der sich vergnügen will.

»Na gut«, sagte Sergio und ging zurück auf die Boccia- bahn. Er hatte noch nie mit Giulia die Kugeln geworfen. Eigentlich hatte er noch nie eine Frau spielen sehen – bis auf Livia Ferri vorhin. Er nahm eine von Zitadelles Kugeln und hielt sie in die Höhe. »Du musst den Blick immer auf dein Ziel gerichtet halten«, sagte er und fixierte dabei die kleine rote Holzkugel, die in einiger Entfernung lag. »Nie- mals auf deine Hand schauen oder auf die Zuschauer. Wenn du ein Ziel hast, legst du darauf an, lass dich nicht ablenken und zögere nicht. Du darfst nicht mal daran denken, was schiefgehen oder wohin die Kugel rollen könnte. Du holst einfach Schwung und wirfst.«

»Das habe ich befürchtet«, sagte Giulia. »Deshalb habe ich auch nach der Probe noch allein auf der Bühne geses- sen. Die anderen sind schon um Mitternacht gegangen.«

Sergio schaute noch immer auf die Zielkugel, für den Wurf bereit, als Giulias Worte zu ihm durchdrangen. Er ließ den Arm sinken. »Du hast … was?«

Giulia schnappte sich eine Kugel und schob sie über die Bahn, gab ihr genau den richtigen Schwung, sie rollte so gleichmäßig, dass man meinen konnte, ein kleiner Motor arbeite darin.

»Ich wollte mit der Musik allein sein«, sagte Giulia. »Sie ist immer in meinem Kopf, aber oft ist so viel Lärm um mich herum, dass ich ihr nicht zuhören kann. Vorhin, nachdem die Band nach Hause ... in die Fortezza ... gegangen ist, die Beleuchtungsprobe abgeschlossen war und die Lichter ausgegangen sind, da habe ich noch eine ganze Weile zugehört.«

»Was stand denn auf dem Programm?«, fragte Sergio. Mit einem Mal spürte er das Gewicht des Moments auf seinen Schultern. Er schickte eine weitere Kugel auf den Weg. Sie tickte gegen die von Giulia und blieb neben ihr liegen.

»Augenblick mal«, sagte Giulia. Sie holte ihr Telefonino hervor und ging zum Ausschank hinüber, wo sie sich an den Kabeln des Megafons zu schaffen machte. Es krachte im Lautsprecher. Dann erklang Musik.

Sergio kannte das Stück, aber der Titel fiel ihm nicht ein. »Das ist Swing, oder?«

»Duke Ellington. *Take the A-Train*«, antwortete sie. »Tanzen wir?«

Sergio griff nach ihrer Hand und legte die Finger sanft gegen ihre Hüfte. Er spürte ihre Muskeln, als sie sich wie von selbst in Bewegung setzten, es war, als schiebe die Brise sie über den kleinen Platz. »Das ist die Musik, die dir im Kopf herumging?«, fragte er.

Giulia sah ihn an, ihre Augen wirkten mit einem Mal gar

nicht mehr so müde, sie waren groß und ihr Blick hellwach. Sie fixierte ihn. »Mache ich es so richtig?«, fragte sie. »Ich sehe nicht nach links oder rechts, ich versuche, nicht daran zu denken, was alles passieren könnte. Du hast doch gesagt: Hol einfach Schwung und los!« Sie kreisten um einen der Stapelstühle, dann eröffnete Giulia ihm, dass sie einen Entschluss gefasst habe. »Ich ziehe nach Volterra«, sagte sie. »Wenn du das noch willst.«

Sergio wusste mit einem Mal nicht mehr, wohin mit seinen Füßen, aber Giulia schob ihn einfach weiter. »Du verlässt Cecina?«, fragte er.

»Ich verlasse überhaupt nichts«, erwiderte sie. »Im Gegenteil.«

Da wusste er, wieso sie so lange allein im Stadtpark geblieben war. Sein Puls ging in ein Stakkato über, und er zog Giulia an sich. Aus dem Lautsprecher kam jetzt *Fly me to the Moon*. Nie zuvor hatte das alte Megafon so klar geklungen.

»Du hast nicht zufällig einen von Angelos Vorträgen über gegenseitiges Vertrauen zu hören bekommen?«, fragte Sergio.

Giulia lachte. »Diesmal hat dein Vater nichts damit zu tun. Aber Cardenio.« Ihre Lippen waren dicht neben seinem Ohr. »Er hat mir gezeigt, wo und wie wir leben sollen.«

»Du meinst, er ist gar nicht davongelaufen?«

»Der Hund ist klüger als wir beide zusammen«, sagte Giulia. »Er liebt dieses Städtchen und will nicht mehr zurück. Ich hätte ihn schon viel früher verstehen müssen. Stattdessen habe ich … haben wir versucht, ihn einzufangen und zur Rückkehr zu zwingen.«

Sergio musste an das Foto von Cardenio denken, das auf den Fahndungsplakaten in der Stadt abgebildet war. Hatte er nicht von vornherein den Eindruck gehabt, dass der Hund vieldeutig in die Kamera grinste?

»Dann wirst du zu deiner Tante Sofia ins Hotel ziehen?«, wollte Sergio wissen. Das Il Mulino lag am Rand des Viertels. Sie würden beinahe Tür an Tür wohnen.

»Ich hatte eigentlich das noch zu gründende Hotel Panda e Fonte im Sinn«, sagte Giulia. »Wenn dort auch Hunde willkommen sind.«

In diesem Moment endete die Musik. »Warte«, sagte Giulia, löste sich von Sergio und wollte zum Megafon hinübergehen, aber Sergio hielt sie fest. »Tanzen wir nicht weiter?«, fragte er und zog sie wieder an sich.

»Aber die Musik spielt nicht mehr«, sagte Giulia.

»Doch«, entgegnete Sergio, »das tut sie.«

KAPITEL 29

Sergio knöpfte das weiße Hemd zu und trat aus dem Haus an der Via della Frana, in dem seine kleine Wohnung lag. Die Sonne ging gerade auf, sie war kaum mehr als die Ahnung des heraufziehenden Tages, aber schon kräftig genug, um die Schatten der Häuser am Rand des Stadtviertels in die Länge zu ziehen. Genau die rechte Zeit, um sich mit Onkel Lorenzo zu treffen.

Dem Haus gegenüber stand ein Turm, kein schlanker Campanile und auch kein bulliger Wachturm, sondern ein unscheinbares Transformatortürmchen. Von allen Plätzen in Volterra mochte Sergio diesen am liebsten, denn am Fuß des Turms standen die Tre Amici, die drei Freunde: ein ausgeblichener Holzstuhl, dem ein Teil der Sitzfläche fehlte, ein weißer Küchenstuhl mit schlanken Aluminiumbeinen – er wackelte ein bisschen, versah seinen Dienst aber einwandfrei – und ein Plastikstuhl, dessen Sitzfläche mit Spanplatten repariert worden war. Die Tre Amici waren schon immer da gewesen, niemand wusste, wann oder von wem sie aufgestellt worden waren. Sie waren einer der beliebtesten Treffpunkte im Viertel San Giusto, denn von ihrem Standort aus konnte man weit ins Land hinaussehen. Vor allem an den Abenden, wenn ein kühler Wind vom fernen Meer nach Volterra wehte, waren die Stühle besetzt. Sergio hatte schon oft beobachtet, wie die Männer und Frauen, die dort so gern die Neuigkeiten des Tages austauschten, irgendwann verstummten und schweigend das Schauspiel genossen, das ihnen die Landschaft an dieser Stelle bot.

Jetzt waren die Stühle zwar frei, aber das Land war schon so lebendig, als habe es die Ruhe der Nacht niemals gegeben. Sergio stellte sich vor die Tre Amici, strich seine Uniformhose glatt und schaute auf die Hügel der Toskana herunter, auf einigen waren vereinzelte Gehöfte zu sehen, ihre Dächer rötliche Punkte in der dunkelgrünen Landschaft. An einem Hang schnitt ein Mann Kräuter mit einer Sichel und stopfte sie in einen Sack, vermutlich sammelte er Futter für seine Kaninchen. Die Luft roch nach dem Rauch der Herbstfeuer, deren Qualm hier und da zwischen den Hügeln aufstieg.

Im Turm brummte leise der Transformator. Sergio mochte das Geräusch, es drang in der Nacht bis in seine Wohnung und war das Schlaflied, zu dem er in die tiefsten Träume sinken konnte. Hörte Giulia das Brummen auch gerade? Er drehte sich um. Das Fenster zu seinem Schlafzimmer stand offen. Er dachte an die weichen Grübchen an der Stelle, an der Giulias Oberschenkel in die Knie übergingen.

Der Geruch von englischem Rasierwasser holte ihn aus den Gedanken. Von unten kam Onkel Lorenzo die schmale Straße herauf, der Duft wehte ihm voraus. Das war ungewöhnlich. Normalerweise roch Dottor Pomodoro nach Tabak, Speck und Leder. Er trug trotz der frühen Stunde seine Sonnenbrille. Sergio stand auf, um seinen Onkel zu begrüßen. Als er dessen Gesichtsausdruck rund um die dunklen Brillengläser sah, fiel ihm wieder ein, was am Abend zuvor geschehen war.

»Du wirst deine Mönchszelle umtaufen müssen«, sagte Sergio, und in seiner Erinnerung tauchte das Gesicht Livia Ferris auf, nicht der Livia Ferri, die vor zwei Tagen die Steuerquittungen im Il Gusto prüfen wollte, sondern jener Livia Ferri, die gestern von der Bocciabahn verschwunden war, mit ihrem eigenen Hahn im Arm.

Lorenzos Mundwinkel zuckten, doch es gelang ihm, ernst zu bleiben. »Umtaufen? Das wird auch Zeit. Der Name stammt nämlich von deinem Vater. Dabei ist dessen Trattoria eine viel größere Mönchszelle als mein kleiner Garten, das Il Gusto wird schließlich von einem Witwer und einem Junggesellen betrieben. Weshalb wolltest du mich sprechen?«

Junggeselle. Das Wort klang mit einem Mal fremd in Sergios Ohren. Er wollte wieder zu seinem Schlafzimmerfenster hinaufsehen, aber er beherrschte sich. »Setzen wir uns«, sagte er und nahm auf dem Holzstuhl Platz, nachdem sich Onkel Lorenzo für das Aluminiummöbel entschieden hatte. Dottor Pomodoro steckte sich einen Zahnstocher zwischen die Zähne und lehnte sich zurück, dann verschränkte er die Arme und kippelte mit dem Stuhl langsam hin und her. Die beiden Männer blickten über das Cecina-Tal.

»Ich wollte wegen deines Weins mit dir sprechen«,

begann Sergio. »Du hast Rebstöcke in deinem Garten, und ich muss wissen, wie viel Wein du damit herstellen kannst.«

»Ich habe deinem Vater doch schon gesagt, dass ich den Wein nicht verkaufe. Er wird ihn nicht im Il Gusto anbieten können. Aber ich schenke jedem von euch eine Flasche, wenn es sein muss.«

»Darum geht es nicht«, sagte Sergio. »Es hat mit einem Fall zu tun, an dem ich arbeite. Ich muss eine Mengenangabe überprüfen, und du bist der Einzige, der mir helfen kann.«

»Geht es um den Mord an diesem Sänger? Warum fragst du nicht einfach die Winzer in der Gegend? Die können dir auf den Tropfen genau sagen, was ihre Rebstöcke hergeben.«

Anscheinend wusste Onkel Lorenzo mal wieder über den Fall Bescheid. Der ehemalige Polizeichef war stets gut informiert, und Gerüchte flogen in Volterra ohnehin ständig durch die Luft. Man musste bloß die Ohren aufsperren. »Die Winzer kann ich nicht fragen«, erklärte Sergio, »weil ich eine unabhängige Quelle brauche.«

»Meine Quelle sprudelt jedenfalls«, sagte Dottor Pomodoro. »Ich habe fünf Rebstöcke in meinem Garten, und die liefern mir in einem normalen Jahr, also einem, das nicht zu trocken ist ...«

Bevor er weitersprechen konnte, rief eine Stimme hinter ihnen: »Frühstückt ihr etwa ohne mich?« Giulia kam aus dem Haus. Sie trug eine Pyjamahose und Sergios Uniformjacke. Auf ihrem Kopf saß, etwas schief, seine Dienstmütze. Sie balancierte eine Espressotasse in der Hand, kam mit vom Schlaf schweren Schritten zu den Tre Amici.

»*Buongiorno*, Dottore«, sagte sie zu Lorenzo, beugte sich zu Sergio und küsste ihn ausgiebig auf den Mund.

»Da müssen wir wohl noch mal überlegen, wer die Mönchszelle letztendlich bekommt«, grunzte Lorenzo.

»Ich wollte euch nicht unterbrechen«, sagte Giulia, ließ von Sergio ab und setzte sich auf den freien Stuhl. Der *caffè* dampfte in der Morgenluft.

»Wir waren gerade beim Wein«, setzte Lorenzo das Gespräch fort.

»Um diese Uhrzeit?«, fragte Giulia.

»Mein Wein wächst rund um die Uhr«, entgegnete Lorenzo. »Um auf die Frage zurückzukommen: Ich habe aus fünf Rebstöcken zehn Liter gekeltert.«

Sergio überschlug, was er selbst vom Weinanbau wusste. »Ein gutes Ergebnis, oder?«

Lorenzo hob einen Zeigefinger. »Damit würde ich jedem Winzer in der Toskana die Schamesröte ins Gesicht treiben.«

Sergio massierte sich mit einer Hand die Augenbrauen und versuchte sich daran zu erinnern, was er von Vincenzos Weingut wusste. »Wie viel Liter würde ein Weingut von zwanzig Hektar Fläche normalerweise erwirtschaften?«

Lorenzo stieß prustend die Luft aus, dann kaute er weiter auf seinem Zahnstocher und kratzte sich über die Brust. »Zwanzig Hektar? Das hängt von der Qualität des Weins ab. Tafelwein liefert recht hohe Erträge.«

»Nein, nein«, entgegnete Sergio, »es geht um Qualitätswein, biologischer Anbau.«

Lorenzo wiegte den Kopf und versank einen Moment in

nachdenkliches Schweigen. Giulia blies eine kleine Melodie auf der Mundtrompete und nippte zwischendurch an ihrem Espresso.

Schließlich gab Lorenzo das Ergebnis seiner Berechnungen preis. »Ich würde sagen: um die siebzigtausend Liter in einem normalen Jahr.«

»Und in einem trockenen wie diesem?«

»Weniger, vielleicht ... dreißigtausend Liter, würde ich sagen. Aber das wäre für ein so großes Weingut viel zu wenig. Selbst wenn der Winzer den Wein bis auf den letzten Tropfen verkaufen könnte, würde er damit gerade mal genug Geld verdienen, um die Bewirtschaftung seiner Felder bestreiten zu können. Da bliebe nicht viel zum Leben übrig.«

»Sprecht ihr von Due Torri?«, fragte Giulia. »Du warst gestern so komisch, als wir den Vin Santo geholt haben.«

Sergio nickte und sah Giulia an, aber eigentlich schaute er noch weiter, in Richtung Nordosten, wo das Weingut lag. Due Torri hatte in den letzten Jahren schlechte Erträge erwirtschaftet, trotzdem gab Vincenzo große Mengen Wein heraus. Wie der Winzer behauptet hatte, gelang ihm das durch seine Reserven im Weinkeller. Allerdings war dieser Keller immer verschlossen. Weil dort die Schatzkammer des Weinguts lag, behauptete Vincenzo. Das klang plausibel. Trotzdem würde Sergio den Keller überprüfen. Aber das musste er verschieben. Heute war der Tag des Festessens, und auf ihn und seine Kollegen von der Wache warteten andere Aufgaben.

»Eine Frage noch«, sagte Sergio und wandte sich wieder

Lorenzo zu. »Du hast gesagt, du hättest zehn Liter aus fünf Rebstöcken gewonnen?«

Lorenzo schmunzelte. »Weißt du was, Sergio, du bist eben doch ein guter Polizist, ganz egal, was dein Vater meint. Das liegt dir einfach im Blut, jedenfalls von deiner Familie mütterlicherseits.«

»Danke für das Kompliment«, sagte Sergio, »aber zu einem guten Polizisten gehört auch, dass er sich nicht durch Schmeicheleien von seinen Fragen ablenken lässt und auf Antworten besteht.«

Das Lächeln verschwand von Lorenzos Gesicht. »Na gut, dann verrate ich ein Geheimnis. Aber ihr müsst schwören, dass es unter uns bleibt.«

Nachdem Sergio und Giulia mit der Hand auf dem Herzen geschworen hatten, erklärte Dottor Pomodoro, wie man aus fünf Rebstöcken den Ertrag von zehn gewinnt. »Indem ich die ein oder andere Traube aufgelesen habe, die im Garten meines Nachbarn Ferruccio zu Boden gefallen ist. Was schaut ihr denn so? Ihr glaubt mir wohl nicht. So war es aber. Na gut, die ein oder andere Traube habe ich auch heimlich geschnitten, aber nur, wenn sie über den Zaun in meinen Garten hineinwuchsen.«

»Ich wusste es schon immer«, sagte Giulia. »Polizisten sind die schlimmsten Verbrecher.«

»In Sergios Fall magst du richtigliegen«, erwiderte Lorenzo. »Aber ich bin pensioniert, das ist was anderes.«

»Das Gesetz geht nicht in den Ruhestand«, warf Sergio ein, da hörte er ein Telefon klingeln. Es war sein eigenes Telefonino, und der Laut kam aus seiner Wohnung.

»Bin gleich wieder da«, sagte er und lief auf die Haustür zu. Wenige Augenblicke später kam er wieder zurück. »Giulia, hast du deinen Wagen in der Nähe? Ich muss sofort los.«

Giulia sprang auf. Sergios Dienstmütze fiel ihr vom Kopf, sie fing sie auf. »Was ist denn los? Ist es wegen des Festessens?«

»Der Wagen!«, platzte es aus Sergio heraus. »Hast du die Erbse hier irgendwo geparkt?«

»Am Il Mulino«, sagte Giulia. »Ich hole sie.«

»Das dauert zu lange«, sagte Sergio. »Lorenzo! Kann ich deine Vespa haben?«

Jetzt erhob sich auch Lorenzo. Mit der Geschwindigkeit eines Mannes, den nichts aus der Ruhe bringen kann, stand der ehemalige Polizeichef von dem Aluminiumstuhl auf, wühlte in seiner Hosentasche und warf Sergio einen Schlüssel zu. »Der Roller steht an der ehemaligen Mönchszelle. Pass auf, dass Livia dich nicht sieht, sonst will sie gleich noch eine Betriebsprüfung machen.«

»Wer ist Livia?«, fragte Giulia und zog die Augenbrauen zusammen.

»Das erkläre ich dir später.« Sergio wollte loslaufen, die Via della Frana hinab in Richtung Gartenlaube. Doch Giulia hielt ihn fest.

»Was ist denn überhaupt los?«, wollte sie wissen.

Sergio spürte, wie der Seismograf in seinem Innern ausschlug. Er hielt das Telefonino in die Höhe. »Das war Alessandro. Paolo ist mit einem Transporter weggefahren. Ich muss hinter ihm her!«

»Warum? Was ist daran so schlimm?«, wollte Giulia wissen.

»In dem Transporter sitzen Gefangene aus der Fortezza. Und sie sind einfach auf und davon!«

Kapitel 30

Die Mönchszelle lag nur hundert Meter unterhalb der Tre Amici. Sergio rannte, so schnell er konnte. Dicht hinter sich hörte er die klatschenden Schritte von Zehensandalen. Giulia! Warum folgte sie ihm? Sie sollte doch bei Lorenzo bleiben!

Von der Gartenlaube war in dem üppigen Grün nur das Dach zu sehen. Vor dem kleinen Eingangstor zu Lorenzos Refugium stand die tiefblaue Vespa. Sergio schwang sich auf die Sitzbank, steckte den Schlüssel in die Zündung und startete den Motor. Kaum hatte er den Motorroller vom Ständer geschoben, sprang Giulia auf den Sozius.

Sergio zog die Bremse und drehte sich um. Giulias Gesicht war ganz nah, der Schirm der Polizeimütze warf Schatten auf ihre Augen.

»Das muss ich allein erledigen«, rief Sergio. »Du kannst nicht mitkommen. Viel zu gefährlich!«

»Glaubst du wirklich, ich würde dich in so einer Situation allein lassen und mit deinem Onkel Kaffee trinken?«

Sergio drückte ihr das Telefon in die Hand. »Sprich mit Alessandro, während ich fahre. Ich muss wissen, wohin der

Transporter unterwegs ist und was genau passiert ist.« Er sah sie an. »Und ich brauche meine Jacke.«

»Darauf wirst du verzichten müssen«, sagte Giulia.

Sergio wollte noch etwas erwidern, dann verstand er, warum sie sich von der Uniform nicht trennen wollte. Er gab Gas und ließ die Bremse los. Die Vespa setzte sich an der steilen Straße langsam in Bewegung, nahm dann aber Fahrt auf. Als sie an den Tre Amici vorüberknatterten, sah Sergio Onkel Lorenzo beifällig nicken. Wahrscheinlich würde halb Volterra davon erfahren, dass Sergio Panda in leicht bekleideter Begleitung Verbrecher jagte.

Sergio sauste an der Trattoria vorbei, ließ die Bocciabahn links liegen und nahm den steilen Borgo San Giusto bergauf. Die Straße war schmal, aber ihnen kamen keine Autos entgegen. Er hörte Giulia hinter sich mit Alessandro telefonieren. Als sie an der Porta San Francesco auf die SP15 stießen, hielt Sergio vor dem Stadttor an.

»Rechts oder links?«, fragte er.

Giulia gab die Frage an Alessandro weiter, dann sagte sie: »Alessandro hat gesehen, wie der Transporter unterhalb der Fortezza nach rechts gefahren ist. Wenn er uns nicht entgegenkommt, muss er Richtung Saline abgebogen sein.«

Sergio fuhr wieder an. Der Roller ruckte, und er spürte, wie Giulia den freien Arm um seinen Bauch schlang, um sich festzuhalten. Auf der Hauptstraße war der Verkehr dichter, die Berufstätigen waren unterwegs, Sergio überholte Baustellenfahrzeuge und schnitt mit der Vespa eine dritte Fahrspur in den Strom der Autos, indem er auf dem Mittelstreifen mäanderte.

»Alessandro sagt, er habe Paolo für heute Abend unter Arrest setzen wollen, weil Gefahr im Verzug sei beim Festessen …« Giulias Stimme ging im Dröhnen eines Motors unter.

»Wie war das?«, rief Sergio nach hinten.

»Er wollte Paolo abholen und hoffte, ihn in der Fortezza zu finden. Als er an der Auffahrt war, hat er beobachtet, wie Paolo mit drei oder vier Männern in einen Transporter gestiegen und davongefahren ist. Die Männer trugen Kapuzenpullis und Schirmmützen, wohl um ihre Gesichter zu verdecken. Trotzdem hat Alessandro die Küchengehilfen deines Vaters erkannt.«

Paolo war dabei, Gefangenen zur Flucht zu verhelfen. Dann war er es also doch gewesen, der dafür gesorgt hatte, dass Nino Marino vom Weingut hatte verschwinden können.

»Alessandro ist jetzt auf dem Weg zur Wache, um einen Wagen zu holen. Er sagt, er wolle erst noch einmal mit dir sprechen, bevor er die Gefängnisdirektorin verständigt.«

Wohl überlegt, Kollege! Wenn die Flucht der Küchengehilfen bekannt wurde, war es mit dem Festessen vorbei. Dann würde die Veranstaltung abgesagt werden. Außerdem fehlten Angelo dann Helfer. Jetzt lag es an Agente Panda, die Männer wieder zur Festung zu bringen, Paolo zu verhaften und gleichzeitig dafür zu sorgen, dass vor morgen früh niemand davon erfuhr. »Sag Alessandro, wir erledigen das allein«, rief Sergio nach hinten. »Er soll auf keinen Fall irgendjemandem etwas erzählen. Sag ihm, wir sind unterwegs Richtung Saline. Er soll hinterherkommen.«

Sergio nahm im Kreisverkehr die Abzweigung zur Landstraße SS 68, die in Serpentinen den Stadthügel hinabführ-
te. Die Vespa beschleunigte auf der abschüssigen Straße,
und Sergio legte sich in die Kurven. Giulia machte jede Bewegung mit, so als seien sie beide aneinander festgewach-
sen. Sie ließen die Häuser Volterras hinter sich, offenes
Gelände empfing sie. Unter ihnen erstreckte sich das Land
mit seinen von der Morgensonne in Licht und Schatten ge-
tauchten Hügeln, aber Sergio hatte keinen Blick für die
Schönheit der Szenerie, seine Konzentration war ausschließlich auf den Asphalt gerichtet. Er drehte den Gashebel bis
zum Anschlag, überholte eine Reihe von Radsportlern und
wich Schlaglöchern aus. Er kniff die Augen gegen den Fahrtwind zusammen. Giulias Griff um seinen Bauch wurde
fester.

»Alessandro sitzt jetzt im Wagen und fährt Richtung
Saline«, rief Giulia in Sergios Ohr. »Er sagt, er sei nicht
sicher, ob er nicht doch das Gefängnis verständigen solle.«

Sergio schüttelte den Kopf und hörte Giulia wieder ins
Telefon sprechen. Diesmal würde Alessandro seine Korrekt-
heit vergessen müssen. Sergio wusste, dass sein Freund und
Kollege dazu fähig war – und dass es ihm schwerfallen
würde.

»Er sagt, dass er dich für die nächsten sechs Monate in
die Verkehrskontrolle schicken wird, wenn das hier schief-
geht.«

Saline di Volterra kam in Sicht. Der kleine Vorort lag tief
unter ihnen. Sergio suchte die Straße nach einem Transporter ab. In einiger Entfernung tauchten ein blauer und

ein weißer Lieferwagen zwischen den Hügeln auf und verschwanden wieder dahinter. Bei Due Torri hatten Paolos Kollegen Giuseppe und Antonio die Gefangenen mit einem dunkelblauen Lieferwagen zurück zum Gefängnis gefahren. Die Nachfrage bei Alessandro bestätigte Sergios Vermutung. Der Wagen, in dem Paolo und die Gefangenen flüchteten, war dunkelblau.

Jetzt durfte er den Transporter nicht aus den Augen verlieren. Wohin fuhr Paolo nur? Wollte er die Männer einfach irgendwo in der Landschaft aussetzen? Oder hatte er überhaupt nicht vor, sie zu befreien? Was, wenn Paolo der Mörder Nino Marinos war, eines Gefangenen, den er beiseiteschaffen musste? Und jetzt waren vier Häftlinge in seiner Gewalt? Vielleicht musste er sich aus demselben Grund ihrer entledigen, aus dem Nino gestorben war: wegen der Drogen in der Schokocreme.

Sergio erschauerte. Er ließ den Fahrtwind die düsteren Gedanken davontragen. Saline kam näher. Der dunkelblaue Transporter fuhr zwischen Häusern her, deren grüne Fensterläden noch geschlossen waren. Sergio holte auf. Erstaunlicherweise fuhr Paolo nicht besonders schnell. Er schien sich in Sicherheit zu wähnen.

Am kleinen Bäckerladen bremste Sergio ab.

»Warum wirst du langsamer?«, fragte Giulia.

»Wir müssen Alessandro herankommen lassen«, rief Sergio. »Nur mit dem Roller können wir den Transporter nicht zum Anhalten zwingen.«

Im Rückspiegel sah er den hellblauen Polizeiwagen die Serpentinenstraße herunterjagen, aber er war noch weit entfernt und in der Ferne kaum größer als eine Maus, eine Maus mit Blaulicht.

Sergio drehte wieder am Gas, und die Vespa schoss los. Die Fassaden der Häuser warfen das helle Motorengeräusch des Rollers zurück, als sie weiter durch den Ort rasten. Vor der Bar neben der Tankstelle saßen Männer beim *caffè* und deuteten auf die Vespa, vermutlich wegen Giulia. Jemand rief ihnen etwas vom Straßenrand zu. In der nächsten Minute waren sie schon durch Saline durch.

Paolo war verschwunden.

Sergio blieb neben den Eisenbahnschienen stehen. »Wo ist er hin?«, fragte er die Straße, die Vögel und den inzwischen tiefblauen Himmel.

»Vor uns ist er nicht, dann müssten wir ihn sehen«, stellte Giulia fest.

Von hinten kam Alessandro heran und hielt neben dem Roller. Er steckte den Kopf aus dem Seitenfenster. »Habt ihr ihn verloren?« Auf seiner Stirn standen Schweißperlen.

»Er ist in den Ort reingefahren, aber auf dieser Seite nicht wieder rausgekommen«, rief Sergio.

»Am Straßenrand oder an der Tankstelle habe ich keinen Transporter gesehen.« Alessandro ließ den Arm aus dem Fenster hängen und trommelte auf das Blech der Fahrertür. Sergio schaute die Straße hinauf und hinunter, er drehte am Gas, hielt aber die Bremse fest. Die kleine Vespa bockte unter ihm wie ein Pferd.

»Entweder ist er hier irgendwo zwischen den Häusern verschwunden …«, sagte Sergio.

»… oder er hat die Straße nach Pomarance genommen«,

sagte Giulia und deutete auf die Abzweigung hinter den Schienensträngen. Die Eisenbahn fuhr von hier auf einer alten, eingleisigen Strecke über Pomarance zur Küste nach Cecina.

Sie beschlossen, sich aufzuteilen. Alessandro wollte sich in Saline umsehen, Sergio und Giulia wollten den Weg nach Pomarance einschlagen.

Der Roller holperte über die rostigen Schienen, dahinter stieg die Straße an, sie verließen die Bebauung und fuhren durch Hügel, die mit niedrigem Gebüsch bewachsen waren. Vom Roller aus konnte Sergio über die Macchia hinaussehen. Er entdeckte den Transporter in dem Moment, in dem Giulia auf seine Schulter klopfte und mit ausgestrecktem Arm darauf zeigte. Der Wagen war zwar nur einige Hundert Meter Luftlinie entfernt, doch dazwischen wand sich die Straße in Haarnadelkurven durch die Landschaft. Ebenso gut hätte Paolo auf dem Mond sein können.

Als der Transporter wieder hinter einer Erhebung zu verschwinden drohte, spürte Sergio, wie sich in seinem Innern ein Erdbeben ankündigte. »Festhalten!«, rief er Giulia zu. »Mit beiden Händen.« Er wartete noch eine Sekunde, damit Giulia das Telefon wegstecken konnte, und als er ihre Arme um seinen Bauch spürte, schoss er mit der Vespa über die Straßenbegrenzung hinaus, in die Vegetation hinein.

Die Macchia wuchs an dieser Stelle nur spärlich. Sergio lenkte den Roller zwischen den Büschen hindurch auf ein offenes Feld. Jetzt war er dankbar dafür, dass die letzten Monate Trockenheit geherrscht hatte. Die kleinen Räder

der Vespa griffen auf dem harten Grund, im Rückspiegel sah Sergio eine Staubfahne auffliegen. Die Maschine setzte über steinharte Erdbrocken hinweg. Die Federung der Sitzbank wurde einem Härtetest unterzogen – ebenso wie Sergios und Giulias Wirbelsäulen.

Schon neigte sich der Hügel wieder der Straße entgegen. Das nächste Feld war mit verblühten Sonnenblumen bewachsen. Die Pflanzen standen so hoch, dass Sergio zwischen ihnen kurz die Orientierung verlor. Trockene, harte Blätter klatschten ihm ins Gesicht, und die Pflanzen raschelten und zischten empört, als die Vespa durch sie hindurchschnitt. Bald hatten sie das Ende des Feldes erreicht. Unter ihnen lag die Straße.

Der Transporter kam jetzt von links. Sie hatten Paolo überholt. Sergio sauste die letzten Meter den Hügel hinab, bis er den Asphalt erreicht hatte, dann blieb er so abrupt stehen, dass Giulia gegen ihn gepresst wurde und sie drohten, das Gleichgewicht zu verlieren. Sergio stemmte die Beine auf den Boden. Der Wagen rauschte heran.

»Bring dich in Sicherheit!«, rief er. Giulia sprang ab und lief auf den Straßenrand zu.

Sergio hob eine Hand. »*Fermarsi subito!*«, rief er. »Sofort anhalten!«

Der Fahrer des Transporters schien die Vespa nicht zu bemerken, erst als Sergio schon die Insekten auf dem Kühler zählen konnte, bremste er scharf. Die Windschutzscheibe reflektierte das Sonnenlicht. Die Kühlerhaube des Wagens kam auf Sergio zu, wurde immer größer, ein Maul mit chromblitzenden Zähnen. Reifen quietschten und zogen eine schwarze Spur über den Asphalt. Der Motor heulte auf. Das Heck des Transporters brach hinten aus, dann blieb der Wagen eine Handbreit vor dem Roller stehen. Sergio senkte seine Hand und legte sie auf die warme Motorhaube, etwa so, wie er einem nervösen Pferd die Nüstern gestreichelt hätte. Die Luft roch nach verbranntem Gummi.

Die Fahrertür öffnete sich, und Paolo stieg aus. Auf seinem Gesicht spiegelte sich sonnenroter Zorn. Er blieb mit dem Ärmel seines Hemds an der Tür hängen und zerrte daran, mit einem reißenden Geräusch ging der Stoff entzwei. Dann stürzte Paolo auf Sergio zu und packte mit beiden Händen den Lenker der Vespa.

»Willst du uns alle umbringen?«, rief er. Erst jetzt schien er Giulia am Straßenrand zu bemerken. »Ihr beiden seid wohl betrunken?«

Sergio spürte, wie die Drehzahl seines Pulses weiter zunahm. Er bockte den Roller auf und baute sich vor Paolo auf. Jetzt überragte er den Sozialarbeiter um einen halben Kopf.

»Paolo Cambi!«, sagte Sergio mit tiefer Stimme. »Du stehst unter Arrest. Lass sofort die Gefangenen heraus.«

Paolo wich einen Schritt zurück. »Dann weißt du davon?« Mit einem Mal sank Paolos Stimme in sich zusammen.

»Alessandro hat gesehen, dass du die Gefangenen mitgenommen hast«, entgegnete Sergio.

»Hätte ich mich doch bloß nicht darauf eingelassen!«, rief Paolo. Seine Stimme klang verzagt.

»Mach jetzt die Tür auf und lass die Männer frei«, verlangte Sergio noch einmal. Er erinnerte sich noch gut daran, wie die Häftlinge auf dem Weingut Due Torri in großer Hitze im Heck des Transporters hatten ausharren müssen.

»Frei?«, fragte Paolo. »Wieso frei? Was meinst du damit?«

In diesem Moment öffnete sich die Beifahrertür des Transporters, und eine sehnige Hand erschien, gefolgt von einem mageren Arm, der in einem kurzärmeligen Hemd steckte, dann tauchte ein Kopf mit weißem Stoppelhaar auf. »Wollt ihr hier auf offener Straße Kaffee trinken, oder können wir jetzt weiterfahren?«, krächzte Angelo und stieg aus.

»Was machst du denn hier, *babbo*?«, fragte Sergio, dem beim Anblick seines Vaters alles andere als wohl wurde. Was hatte der mit der Entführung der Gefangenen zu schaffen?

»Ich arbeite, und du?«, keifte Angelo. Sein Blick fiel auf Giulia. Er runzelte die Stirn.

Sergio ging um den Transporter herum und schob die Seitentür auf. Lino, Raoul und Franco sahen ihm entgegen, Schuldbewusstsein sprach aus ihren Gesichtern. Nach einer Entführung sah das nicht aus.

»Was ist hier eigentlich los?«, blaffte Sergio. »Soll ich euch alle verhaften?«

Die Küchengehilfen schauten betreten zu Boden. »Könnten wir diesen kleinen Ausflug vielleicht für uns behalten?«, fragte Lino leise.

»Ausflug?«, rief Sergio. »Was für ein Ausflug?«

»Jetzt spiel hier mal nicht den Hüter von Recht und Gesetz«, verlangte Angelo. »Es geht fast alles mit rechten Dingen zu.«

»Tatsächlich?« Sergio deutete auf Paolo, dessen Gesichtsfarbe von Rot zu Weiß gewechselt war. »Machst du mit dem da gemeinsame Sache?«

»Jetzt mal langsam.« Angelo lehnte sich gegen den Wagen. »Wenn hier jemand Ärger bekommen sollte, dann bin ich es. Aber da du hier der Polizist und gleichzeitig mein Sohn bist, fällt das ja wohl aus. Wir sind unterwegs nach Pomarance und werden unseren Weg jetzt fortsetzen. Meinetwegen unter Polizeischutz.«

»Pomarance?«, fragte Sergio. Die kleine Stadt lag etwa zehn Kilometer entfernt. »Was wollt ihr da?«

»Es ist Samstag. In Pomarance ist Wochenmarkt, und wir brauchen frische Fenchelknollen und Steinpilze für heute Abend«, erklärte Angelo ungeduldig. »Außerdem gehört es zur Ausbildung meiner Jungs – den zukünftigen Restaurantchefs –, Warenkunde zu lernen.« Er wedelte mit der Hand. »Du weißt schon: Wie man feststellt, dass der Fisch erst an diesem Morgen gefangen wurde und nicht vorgestern. Wie man einen frischen Kohlkopf von einem angeschlagenen unterscheidet.« Angelo klopfte sich gegen die Schläfe. »Auf den Volterraner Markt konnten wir ja wohl schlecht gehen.«

Sergio deutete auf Paolo. »Der dickste Fisch steht da drüben. Dieser Mann wird von der Polizei verdächtigt, einen Mord begangen zu haben. Und du fährst gerade mit dreien seiner potenziellen Opfer spazieren. Gott weiß, wo er euch abgeladen hätte. Auf einer Müllkippe vielleicht.«

Paolo kam näher. »Habe ich richtig gehört? Sergio? Du verdächtigst mich, Nino Marino umgebracht zu haben?« In Paolos Augen war echtes Entsetzen zu erkennen. »Mich?«

Er tippte sich mit einem Finger gegen die Brust. »Seid ihr deshalb in den Garten der Fortezza gekommen? Damit ich euch etwas verrate, womit ihr mich überführen könnt?«

Der Moment war gekommen, Paolo mit den Tatsachen zu konfrontieren. Sergio sah sich um. Sie standen auf einer Straße inmitten von Hügeln. Selbst wenn Paolo ein guter Läufer war, konnte er nicht entkommen. Es sei denn … Sergio ging zur Vespa und zog den Zündschlüssel ab, dann tat er dasselbe mit dem Transporter. Bevor er wieder bei Angelo und Paolo angekommen war, ließ er die Schlüssel in der Hosentasche verschwinden.

»Du kannst so viel leugnen, wie du willst, Paolo«, sagte Sergio, »aber Giulia und ich haben gesehen, was du im Femmina-Turm treibst.«

»Dann wart ihr das also neulich Nacht.«

»Du schmuggelst Drogen ins Gefängnis. Und Nino Marino musste sterben, weil er zu viel wusste. Weil er dich verraten wollte. Er hat dich erpresst.« Sergio beugte sich so nah an Paolo heran, dass er sich fast in den Schweißtropfen auf dessen Stirn erkennen konnte.

»Kommt schon«, Angelo schaute auf seine Uhr, »das hat doch Zeit bis morgen. Der Markt schließt in zwei Stunden, und wir sind noch nicht mal in Pomarance angekommen.«

Sergio schob seinen Vater beiseite, das war etwas, das er noch nie getan hatte. Sein ganzes Denken war auf Paolo ausgerichtet, auf dessen Augen, die hin und her ruckten, auf die linke Hand, die sich jetzt am Griff der Schiebetür festhielt, auf die Füße, die auf dem heißen Asphalt scharrten.

»Du glaubst, in der Schokocreme waren Drogen versteckt?«, fragte Paolo. »Wie kommst du denn darauf?«

»Ich habe meine Quellen«, erwiderte Sergio und vermied es, zu Lino, Franco und Raoul hinüberzusehen. »Was ist mit Nino Marino passiert? Ich sage es dir: Du hast ihm das Geld zugesteckt, damit er dich in Ruhe lässt und verschwindet, und als er sich in Sicherheit wiegte, hast du ihn vergiftet. Die Elster! Das bist du!« Sergio wusste, dass diese Schlussfolgerungen nicht unbedingt zutreffend sein mussten, aber er wollte Paolo provozieren.

Paolo hob beschwichtigend die Hände. »Jetzt hör mal, Sergio, ich ... die Schokocreme ...« Er atmete ein paarmal tief durch. »Also gut: Ich gebe zu, dass ich die Gläser im Turm versteckt und ins Gefängnis geschmuggelt habe. Aber deshalb bin ich noch kein Mörder.«

Immerhin ein kleiner Erfolg. Jetzt hieß es dranbleiben. »Wie lange machst du das schon?«, fragte Sergio.

»Seit einem Jahr«, gab Paolo kleinlaut zu. »Aber es waren niemals Drogen in den Gläsern, das musst du mir glauben.«

»Was soll denn sonst drin sein?«, fragte Sergio. Von weiter hinten hörte er ein Auto näher kommen.

Paolo hob in einer ratlosen Geste die Hände: »Na, Schokocreme!«, sagte er.

Sergio schlug mit der flachen Hand gegen den Transporter. »Raus mit der Sprache! Woher bekommst du das Zeug? Wer kauft es dir im Gefängnis ab?«

»Ich verteile die Schokocreme heimlich an die Jungs«, sagte Paolo bedrückt. »Es ist so«, er schaute erst in den Himmel, dann aufs Straßenpflaster. »Die Gefangenen brauchen jedes bisschen Normalität, das sie bekommen können. Hinter den Mauern ist das Leben kaum als solches zu bezeichnen. Oh«, er hob beschwichtigend die Hand, »natürlich bedeutet Haft heute nicht mehr dasselbe wie früher. Es gibt Sport, Arbeit, man kann Freunde finden und sich die Zeit vertreiben. Trotzdem bleibt es ein Gefängnis. Und die Männer darin, die bereuen, was sie getan haben. Ich sage immer: was ihnen passiert ist. Und mittendrin stehe ich, Paolo Cambi, und versuche ihr Schicksal ein bisschen angenehmer zu machen.«

»Mit Schokocreme?«, fragte Angelo, der nun auch aufmerksam zuhörte. »Bekommen die Jungs denn nichts Anständiges zu essen?«

»Doch, natürlich. Die Küche ist sogar recht gut. Aber es sind Kleinigkeiten wie Schokolade, die das Leben erträglich machen. Versteht ihr? Was man vermisst, wenn man da drin einige Zeit zubringen muss, sind die kleinen Dinge des Lebens, Sachen, die uns in Freiheit kaum auffallen würden. Du hast Lust auf was Süßes? Du kriegst es überall. Draußen jedenfalls. Aber in der Fortezza sind Süßigkeiten Luxus, ein Luxus, den es bis vor einiger Zeit ab und zu gab, denn Schokocreme gehörte in der Kantine zum Frühstück dazu. Jedenfalls bis zur Revision durch den Fortezza-Beirat.«

Sergio erinnerte sich, dass Paolo ihm und Alessandro von den Beschlüssen des Beirats berichtet hatte. »Weiter«, sagte er und nickte Paolo zu.

»Der Beirat hatte von irgendwoher gehört, dass man in Schokocreme Drogen verstecken kann. Man muss die Creme nur erwärmen und etwas hineinpressen, wenn sie dann erkaltet, sieht man nicht mehr, dass die Masse manipuliert worden ist.« Paolo tippte sich gegen die Stirn. »Wer denkt sich so einen Unsinn aus?«

»Und daraufhin haben sie Schokocreme in der Fortezza verboten?«, fragte Angelo. »Diese Unmenschen!«

Paolo nickte. »So ist es. Seit einem Jahr gibt es keine Schokocreme mehr in der Kantine. Aber die Männer lieben sie. Weil sie für einen Moment die Welt in hellerem Licht erscheinen lässt. Und ich musste mit ansehen, wie sich dieser Lichtblick verdüsterte, wie immer weniger Hoffnung auf den Gesichtern der mir anvertrauten Menschen zu sehen war. Was hättest du denn getan? Ich habe mich nicht um das Verbot geschert und weiter Gläser in die Kantine gebracht, bis Signora Rissone es mir untersagt hat. Sie meinte, wenn es rauskommt, dass wir die Anordnungen des Beirats missachten, würde es noch mehr Repressalien geben. Nicht nur für uns, sondern auch für die Gefangenen. Danach habe ich die Gläser nachts heimlich in die Fortezza geschafft, erst habe ich sie mir in großen Mengen nach Hause liefern lassen und sie dann im Femmina-Turm versteckt. Von da aus war es einfach, die Schokocreme tagsüber zu den Gefangenen zu bringen.«

»Das beweist gar nichts«, sagte Sergio, der Paolos Bericht misstrauisch verfolgt hatte. »In den Gläsern könnte trotzdem etwas versteckt gewesen sein.«

»Mensch, Sergio! Du solltest mich besser kennen.«

Sergios Blick bohrte sich in Paolos Augen. Leuchtete darin die Wahrheit, oder versuchte der rundliche Volterraner, ihn hinters Licht zu führen? Sergio, der Mensch, hätte

Paolo gern geglaubt, aber Sergio, der Polizist, war anderer Ansicht.

Paolo blickte ihn erwartungsvoll an. »Es liegt jetzt an dir, Sergio. Du kannst mich verhaften, weil ich ohne Erlaubnis mit ein paar Gefangenen einen Ausflug mache, du kannst mich unter Mordverdacht stellen und einsperren, oder du kannst mir glauben. Nur Beweise, die kann ich dir nicht liefern.«

»Dann ist das mal wieder eine Frage des Vertrauens«, sagte Angelo.

Bevor Sergio etwas sagen konnte, hielt Alessandros Polizeiwagen hinter dem Transporter. Der Leiter der Volterraner Wache stieg aus und kam im Laufschritt auf Sergio zu. »Hast du ihn gefasst?«, rief er im Näherkommen. »Du hättest ein Warndreieck auf die Straße stellen müssen. Hier könnte ja alles Mögliche passieren. Also«, Alessandro schaute in die Runde, und sein Blick blieb an Paolo hängen, »was liegt hier vor?«

Sergio atmete tief durch. »Ich fürchte, wir müssen Paolo wegen Geschwindigkeitsüberschreitung ein Strafmandat ausstellen.«

KAPITEL 31

In Sergios kleiner Wohnung herrschte eine angenehme Art von Unordnung. Über der Alocasia hing noch immer Giulias Bluse, die Zimmerpflanze hatte sie gestern Nacht aufgefangen. Das Bett war zerwühlt, die beiden eingedrückten Kissen lagen dicht beieinander. Die Weinflasche stand zwischen den benutzten Gläsern, und der Rest der heruntergebrannten Kerze ragte aus einem weißen Wachsfleck hervor. Alles war so, wie sie es vor einigen Stunden verlassen hatten, und Sergio glaubte, auf ein Gemälde zu blicken, einen Augenblick, den er für immer festhalten wollte.

Er hob die Kamera vor das Gesicht, stellte Blende und Belichtungszeit ein und löste aus. Der Spiegel im Gehäuse des Fotoapparats klackte.

»Du hast mich doch nicht etwa fotografiert?«, rief Giulia. Sie stand in ihrer Unterwäsche vor dem Spiegel und entrollte rauchblaue Strümpfe.

»Noch nicht, aber jetzt, wo du es sagst …« Er transportierte den Film mit einem schnurrenden Geräusch weiter.

»Umdrehen, bis ich fertig bin!«, befahl Giulia. »Danach kannst du das Ergebnis bewundern.«

Sergio wandte sich dem Fenster zu. Beide Flügel standen offen und rahmten den Blick auf das Transformatortürmchen und die Tre Amici ein. Unter dem Fenster stand Lorenzos Roller und knackte, während er abkühlte. Sie waren gerade wieder in Volterra angekommen, und Giulia musste sich umziehen – oder besser anziehen –, denn sie wurde im Stadtpark erwartet. Dorthin war auch Alessandro gefahren, um sich ein Bild vom Aufbau der Tische für den Abend zu machen und mit Morelli und Bertini das Sicherheitskonzept für das Bankett durchzugehen. Wegen des großen Ereignisses waren alle vier Polizisten im Einsatz. Angelo war mit Paolo, Lino, Raoul und Franco nach Pomarance weitergefahren. Doch auch sie würden bald im Küchenzelt erscheinen müssen, um das Essen für den Abend vorzubereiten. Das Geschehen konzentrierte sich auf den Stadtpark, die Grünanlage auf dem Dach Volterras verwandelte sich zu einer Linse, durch die alles Licht fiel.

Sergio schaute durch den Sucher der Kamera auf die Landschaft. In der Ferne entdeckte er eine Gruppe Wanderer, aus deren Mitte etwas metallisch Glänzendes herausragte. Carlos Autoantenne. Dann hatte der Gästeführer wieder Kundschaft. Sergio ließ die Kamera weiter über die Hügel schweifen, während er hörte, wie hinter ihm ein Reißverschluss hochgezogen wurde. Da unten sah er Lorenzos Gartenlaube, Sergio konnte deutlich das Dach aus Wellpappe erkennen, ebenso wie die beiden Gestalten, die vor der Laube auf der grünen Bank saßen: Onkel Lorenzo und Livia Ferri. Er ließ die Kamera sinken. Dottor Pomodoro hatte die Steuerprüferin ganz schön in seinen Bann geschlagen. Oder war sie es gewesen, die ihn ...? Auf jeden Fall versprühte Lorenzo neuerdings einen Charme, der seine Einsiedelei vielleicht beenden würde.

Der Gedanke an seinen Onkel ließ Sergio den Blick auf die Tre Amici richten. Zwei Frauen in Blumenkitteln hatten sich dort niedergelassen und plauderten, der dritte Platz war leer. Vorhin hatte er selbst dort unten gesessen und mit Onkel Lorenzo Berechnungen über Ernteerträge angestellt. Dabei war herausgekommen, dass Lorenzo Trauben aus dem Garten seines Nachbarn stibitzt hatte. Sergio schmunzelte. Sein Onkel war mit allen Wassern gewaschen, und manche davon waren ziemlich trübe.

Er stutzte. Wenn Lorenzo seine Erträge mit anderer Leute Trauben aufbesserte – konnte es sein, dass auch Vincenzo de Santis die Weinmengen von Due Torri auf diese Weise vergrößerte? Sergio erinnerte sich an seine Besuche auf den drei Weingütern, die um die Ruinen von Castelvecchio herum lagen, bei den Winzern Simoncini, Passeroni und Johansen. Zwei von ihnen hatten den Dritten beschuldigt, ihnen große Mengen Trauben gestohlen zu haben. Sergio war diesen Hinweisen nicht weiter nachgegangen, die Angelegenheit schien nichts mit dem Fall Nino Marino zu tun zu haben. Aber jetzt, angesichts von Onkel Lorenzos dubioser Ernte, sah er diese Anschuldigungen in einem neuen Licht.

Sergio schloss das Fenster. »Ich muss sofort los, in die Weinberge.«

Giulia war fast vollständig angezogen. Sie trug ein dunkelblaues, eng anliegendes Kleid von schlichter Eleganz,

Sergio wäre am liebsten eine Stunde reglos stehen geblieben und hätte sie einfach nur angesehen.

»Jetzt?«, fragte Giulia und nestelte an einem Träger. »Ich dachte, wir fahren gemeinsam hoch in den Stadtpark und bereiten das Fest vor.«

Sergio griff nach seiner Uniformjacke, wie durch einen Nebel bemerkte er, als er die Arme in den Stoff stieß, dass die Jacke wie Giulia duftete. »Ich nehme noch mal den Roller. Sag Alessandro, dass ich komme, so schnell ich kann.« Er stürzte die Treppe hinunter und durch die schmale Tür ins Freie. Von oben hörte er Giulias Stimme: »Pass auf dich auf, Pandolino! Diesmal bist du ohne Hilfssheriff unterwegs.«

Sergio startete die Vespa und drehte das Gas auf. Die kleine Maschine sauste los und erreichte Augenblicke später die SP15. Die Uniformjacke flappte im Fahrtwind, und Sergio hielt sich mit einer Hand am Lenker fest, während er versuchte, mit der anderen die Knöpfe zu schließen. Dann legte er sich in die Kurven und fegte aus der Stadt hinaus. Sein Ziel war das Weingut Due Torri.

Das Gehöft lag im Sonnenlicht. Sergio fuhr unter dem Torbogen hindurch auf den Hof. Niemand war zu sehen. In den Haselnussbüschen hüpften Vögel umher und stoben in einem Schwarm auf, als sie Sergio bemerkten.

Die Freitreppe erklomm er mit zwei großen Schritten und ließ den Türklopfer gegen das Holz mit dem abblätternden Lack fallen. Im Innern war das Echo seines Klopfens zu hören, aber sonst nichts, keine Schritte, keine Stimmen. Das Wohnhaus lag verlassen da. Er stellte sich auf den Hof, legte die Hände an den Mund und rief nach Vincenzo, bekam aber keine Antwort. Die Tür der kleinen Kapelle neben dem Campanile stand offen. Sergio spähte hinein. Die Bänke in dem schmalen Raum waren leer. Der Wachturm war verschlossen und schaute einsam über das Land. Auch auf den Feldern rührte sich nichts. Auf dem kleinen Innenhof standen die Trockengestelle, von einigen waren die Trauben verschwunden.

Sergios Blick schweifte über die Hofanlagen, bis er an der niedrigen Tür zum Weinkeller hängen blieb. Zweimal hatte Vincenzo ihn davon abgehalten hineinzugehen. Was mochte dort unten verborgen sein? Waren es nur Fässer voller Riserva, Vincenzos Kapital, mit dem er die dürren Jahre zu überstehen hoffte? Oder gab es in dem Keller Diebesgut zu entdecken, die verschwundenen Ernten der benachbarten Weingüter, längst zu Wein verarbeitet, Wein, der den maroden Biohof retten sollte? Betrieb Vincenzo de Santis wirklich ökologische Landwirtschaft? Oder war er ein Lügner, der seine Nachbarn bestahl?

Sergio griff nach der Türklinke. Abgeschlossen! Er legte eine flache Hand gegen die Tür, das Holz war warm und roch nach Lasur. Er ruckelte an dem Griff, die Tür wackelte in den Angeln, sie war marode, wie so vieles auf dem Gehöft. Er drückte mit der Schulter dagegen, ein Knirschen war zu hören. Sergio schaute sich auf dem Hof um. Am gegenüberliegenden Ende lag der kleine Schuppen mit einem von Spinnweben verklebten Fenster: das Gerätehaus. Vincenzo hatte ihm die Gebäude an dem Tag gezeigt, an dem

Nino Marino geflohen war. Diese Tür war nicht verschlossen, und wenige Augenblicke später kehrte Sergio mit der Metallspindel einer alten Obstpresse zum Eingang des Weinkellers zurück. Er klemmte die Stange wie ein Stemmeisen in den Spalt zwischen Mauerwerk und Türschloss, zögerte einen Moment, dann drückte er mit beiden Armen gegen den Hebel. Das kühle Metall wurde unter seinen Händen warm, er lehnte sich mit dem Oberkörper dagegen, es knirschte noch einmal, und Mörtel rieselte aus der Wand. Dann gab es einen Knall, und ein Teil des Türschlosses fiel ihm vor die Füße. Die Tür selbst stand einen Spaltbreit offen und hing schief in den Angeln wie ein Boxer nach der zwölften Runde. Sergio lehnte die Spindel gegen die Wand und zog die Tür auf. Dahinter führte eine Treppe nach unten. Er tastete an der Wand entlang, fand den Lichtschalter und betätigte ihn. In den Putz eingelassene Lampen flammten auf und beleuchteten ausgetretene Stufen.

Ein Geräusch auf dem Hof ließ ihn innehalten. Als er sich umdrehte, sah er eine Gruppe Feldspatzen, die trockene Trauben vom Boden aufpickten. Er wandte sich wieder der Kellerei zu, ging hinein und zog die schiefe Tür hinter sich zu, soweit es das zerstörte Schloss erlaubte. Dann stieg er in den Keller hinab.

Er hätte niemals gedacht, dass ein Weinkeller so tief unter der Erde liegen konnte. Als er die Treppe hinter sich ließ, kam es ihm vor, als sei er in den neunten Kreis der Hölle hinabgestiegen. Allerdings war es in dieser Hölle angenehm kühl. Der Keller war aus dem Tuffstein herausgehauen, und die Wände waren in ihrer rohen Form belassen. Der Boden war von rissigen Steinplatten bedeckt, und von der Decke hingen Lampen mit breiten Schirmen, die das Licht in weiten Bogen verteilten. Überall lagerten Holzfässer, einige so groß, dass sie Sergio überragten, andere so klein, dass sie ihm nur bis zum Knie reichten. Die Fässer reihten sich an den Wänden und im Raum, einige waren übereinandergestapelt, sodass er nicht über sie hinwegsehen konnte. Es roch nach Früchten und feuchtem Stein, und über allem lag das Aroma von abgebrannten Streichhölzern: Schwefel. Sulfite erhöhten die Lagerfähigkeit des Weins, hatte Vincenzo ihm erklärt, allerdings würden sie in Bioweinen nur zurückhaltend verwendet.

An einer Wand entdeckte Sergio aufrecht stehende Stahltanks, aus ihnen ragten Röhren und Schläuche hervor, Messinstrumente waren darauf befestigt. Daneben standen zwei Kompressoranlagen und ein Plastiksack. Sergio holte eine Handvoll Holzstückchen daraus hervor, sie waren rund und glatt geschliffen. Er konnte nichts Besonderes daran feststellen. *Eichenchips* stand auf dem Sack geschrieben. Es gab Winzer, die ihrem Barriquewein den Geschmack von Eichenfässern verliehen, indem sie nicht den Wein ins Holzfass, sondern das Holz in den Wein gaben. Holzplättchen wie jene, die Sergio in der Hand hielt, gaben ihr Aroma an den Wein ab, und der Winzer konnte seinen Barrique schneller und günstiger herstellen als bei einer jahrelangen Lagerung im Fass. Sergio waren solche Weine von den Händlern bekannt, mit denen die Trattoria Mortale zusammenarbeitete, daran war nichts auszusetzen, solange der Winzer nicht behauptete, es handele sich um im Fass

gereiften Barrique. Doch dass Vincenzo de Santis Eichenchips in seinen edlen Wein gab, war eine Überraschung.

Sergio nahm einen Becher von einem Regal und ging
zwischen den Fässern hindurch. Wie viele Liter mochten
hier unten lagern? Vincenzo hatte behauptet, dies seien
seine Reserven. Hatte das Weingut so viel erwirtschaften
können?

Er blieb vor einem mannshohen Holzfass stehen und
strich über die Holzdauben, öffnete den Ausguss und ließ
Wein in den Becher hineinlaufen. Dann begutachtete er die
Flüssigkeit, indem er sie gegen das Licht einer der Lampen
hielt und daran roch. Schließlich kostete er davon. Der
Wein war gut, nicht herausragend, aber gut, und es war
definitiv kein Riserva, dafür mangelte es ihm an Substanz.

Als Nächstes suchte Sergio nach einer Füllstandsanzeige.
Er fand mehrere an einem Gestell aufgehängte Messgeräte,
nahm das größte herunter und klopfte zweimal gegen die
Glasscheibe der Anzeige, damit der Zeiger beweglich wurde.
Mithilfe einer Trittleiter stieg er an der Seite eines Weinfasses empor, bis er an den Pfropfen obenauf heranreichte. Er
zog den Verschluss heraus. Der Weingeruch, der ihm entgegenschlug, war betäubend. Er ließ Peilstab und Schwim-
mer hinein. Der Zeiger reagierte sofort und blieb auf der
Markierung für 2400 Liter stehen. Das Fass war voll.

Zwei weitere Stichproben bestätigten das Resultat. In
Vincenzos Weinkeller gab es keine Spur von Mangel und
auch keinen Riserva. Der Wein, der hier in großen Mengen
lagerte, war jung. Und wenn Sergio nicht alles täuschte, war
er auch nicht an den Reben von Due Torri gewachsen.

Gerade wollte Sergio von der Trittleiter herabsteigen, da stieß er mit dem Kopf gegen eine der Lampen. Der Schirm begann zu schaukeln, Licht und Schatten gerieten in Bewegung, und als Sergio die Hand ausstreckte, um die Lampe wieder ins Gleichgewicht zu bringen, fiel ihr Schein unter eine hölzerne Sitzbank an der gegenüberliegenden Wand. Darunter standen rote Kanister, sie sahen aus wie jener, den Sergio vor einigen Tagen unter dem Trockengestell gefunden hatte. Aprikosensaft war darin gewesen. Aber an diesen Kanistern war etwas anders.

Sergio stieg von der Leiter und wollte zu der Sitzbank hinübergehen, als er Schritte auf der Treppe hörte, schnelle Schritte. Im nächsten Moment tauchte Vincenzo de Santis am Fuß der Treppe auf und starrte Sergio aus großen Augen an.

Die beiden Männer standen sich einen Moment schweigend gegenüber. Vincenzo trug einen eleganten Anzug, sein Gesicht war von Rasierwasser gerötet. Sergio befahl seinen Muskeln, sich wieder zu bewegen. Er wollte auf Vincenzo zugehen, da bemerkte er die Metallspindel in dessen rechter Hand.

»Sergio?«, fragte Vincenzo mit einer Stimme, die dem Knarren einer Pinie im Wind ähnelte. »Was treibst du denn hier unten? Ich habe schon gedacht, es seien Einbrecher auf dem Weingut.« Er hielt das Eisen in die Höhe. »Anscheinend unterscheiden sich deren Methoden heutzutage nicht so sehr von denen der Polizei.«

»Ich habe mich in deinem Keller umgesehen«, sagte Sergio. Er spürte, wie ihm trotz der Kühle der Schweiß ausbrach. Vincenzo hatte eine Waffe in der Hand und blockierte den einzigen Ausweg. »Wir müssen uns dringend unterhalten. Am besten im Freien.«

Der Winzer ließ das Eisen sinken, stellte es aber nicht beiseite. »Hier ist es doch ganz gemütlich«, sagte er und kam einen Schritt auf Sergio zu.

Obwohl Sergio den Drang verspürte zurückzuweichen, blieb er stehen, wo er war.

»Du hast hier unten keinen Riserva lagern«, sagte er, »sondern Wein aus Trauben, die du von deinen Nachbarn gestohlen hast.«

Vincenzo spitzte die Lippen und kam noch einen Schritt näher. Sergio konnte sein Rasierwasser riechen. »Dir bleibt wohl nichts verborgen, Agente Panda.« Vincenzo blieb auf Armlänge vor Sergio stehen und stützte sich auf die Eisenstange wie auf einen Gehstock. »Das hast du wohl deiner doppelten Berufung zu verdanken, Kellner und Polizist.« Er lächelte kurz und kühl. »Weißt du, manchmal hat man es als Biowinzer nicht leicht, das habe ich dir bereits erklärt. Und da ich mein Weingut nicht verlieren wollte, musste ich zu diesem kleinen Trick greifen – und zu der Ernte meiner Nachbarn. Du wirst mich doch nicht verraten, oder? Sagen wir: hundert Kisten Wein für eure Trattoria?«

»Auf den Kisten wirst du sitzen bleiben, Vincenzo. Ich bin zwar manchmal Kellner, aber im Augenblick trage ich Uniform.« Sergio schätzte die Entfernung zu Vincenzos rechtem Arm ab. Um ihm das Eisen entwinden zu können, würde er zuerst einen Schritt auf ihn zugehen müssen. Das würde Vincenzo Gelegenheit geben zuzuschlagen. Er versuchte, nicht auf das Werkzeug, sondern in Vincenzos Augen zu blicken. »Deine schlechten Ernten sind nur ein Teil der Geschichte«, sagte Sergio. »Ich habe mit deinen Nachbarn gesprochen.«

»Die!«, stieß Vincenzo aus. »Die würden mir die schlimmsten Schandtaten auf den Leib dichten, wenn sie nur intelligent genug wären, sich welche auszudenken.«

»Mag sein«, entgegnete Sergio. »Aber ich habe die Angaben von Simoncini, Passeroni und Johansen überprüft. Die letzten Jahre waren tatsächlich nicht besonders gut für die Ernte. Aber selbst die Biowinzer in der Region haben genug Erträge eingefahren. Dass die Trockenheit für den Zustand von Due Torri verantwortlich sein soll, ist nur eine Ausrede. Was ist wirklich los auf deinem Weingut?«

Eine Pause entstand, und Stille füllte den Raum zwischen den beiden Männern. Dann begann der Winzer zu reden.

»Ist ja auch egal«, begann er. »Du wirst mich doch so oder so nicht anschwärzen, nicht wahr, Sergio?« Er räusperte sich. »Die Schuld am Zustand des Guts trage ich selbst. Du weißt ja, dass meine Weine Prädikate bekommen haben.«

Sergio nickte.

»Nicht nur in einem Jahr«, fuhr Vincenzo fort, »sondern in drei aufeinander folgenden. Das haben bisher nur wenige Winzer geschafft. Ich war stolz. Und die Preise für meinen Wein gingen in die Höhe. Also habe ich … na ja … was hättest du getan? … Ich habe die Ernteerträge erhöht, habe mehr aus den Reben herausgeholt, ich habe den Boden gedüngt und die Triebe öfter beschnitten. Das Ergebnis war

hervorragend. Aber du kannst eine Kuh nur so lange mel-
ken, bis sie umfällt. Nach zwei Jahren intensiver Bewirtschaftung war der Boden ausgelaugt. An den Rebstöcken
wuchsen winzige Trauben. Mein Qualitätswein floss nicht
mehr in Strömen, er tröpfelte nur noch in die Fässer. Was
sollte ich tun?«

»Und da hast du dich zu deinen Nachbarn geschlichen,
um deren Ernte zu stehlen«, sagte Sergio.

»Ja. Nein. Nicht sofort. Erst habe ich versucht, die Rebstöcke mit herkömmlichen Mitteln zu retten.«

»Herkömmliche Mittel?«, fragte Sergio. »Du meinst…«

»Kunstdünger und Insektizide.« Vincenzo deutete auf
die roten Kanister unter der Sitzbank. »Da stehen sie. Es
blieb mir nichts anderes übrig. Ich hätte zwar in diesem
Jahr das Prädikat für Biowein nicht mehr bekommen. Aber
du kennst die Kunden: Wenn sie einmal davon überzeugt
sind, dass eine Ware gut ist, dann kaufen sie sie immer wieder, bis ihnen irgendwann auffällt, dass man sie zum Narren gehalten hat.«

»Nein«, sagte Sergio. »So etwas weiß ich über die Besucher unserer Trattoria nicht.« Er dachte kurz nach. »Wenn
deine Rebstöcke erschöpft waren, wieso haben dann die
Rosen vor den Feldern so prachtvoll geblüht? Du hast mir
erzählt, sie würden Missstände im Weinberg als Erste
anzeigen. Stimmte das etwa auch nicht?« Langsam schob
Sergio einen Fuß nach vorne und achtete dabei darauf, kein
Geräusch zu verursachen.

»Die Rosen?« Vincenzo lachte lautlos. »Die pflanze ich
neu, sobald sie gelbe Blätter bekommen. Manchmal sogar

mehrmals im Jahr. Damit jeder glaubt, mit dem Wein sei alles in Ordnung.« Mit einem Mal sah de Santis aus, als wäre sein Hund gestorben. Dass er seine Brille nicht trug, verstärkte diesen Effekt. »Verstehst du?«, fuhr er fort. »Ich war mit meinem Wein am Ende. Die Rebstöcke waren ausgepumpt, der Keller war leer, von irgendetwas musste ich doch leben. Das hat bislang auch funktioniert, dank meiner Beutezüge auf den Nachbarhöfen, aber jetzt kommst du und … Ach!« Er fuhr sich durch die dunklen Haare. »Bei mir geht einfach alles schief.«

Sergio, der sich gerade einen weiteren Zentimeter auf Vincenzo zubewegen wollte, erstarrte. So hieß der Hit von Nino Marino. Und mit einem Mal wusste Sergio, wieso der Sänger hatte sterben müssen.

KAPITEL 32

Weingut Due Torri, fünf Tage zuvor

Das Geld knisterte in dem braunen Briefumschlag, der in Vincenzos Hosenbund steckte. Er hatte sein hellblaues Hemd über das Kuvert gezogen, niemand durfte erfahren, dass er dabei war, einem Strafgefangenen zur Flucht zu verhelfen. Er hielt auf die Trockengestelle für seine Vin-Santo-Trauben zu, hinter sich hörte er die schnellen Schritte von Nino Marino. Der Sänger hatte sich, wie verabredet, nach der Mittagspause vom Weinberg weggeschlichen. Die Aufpasser aus der Fortezza, allen voran dieser einfältige Paolo, hatten es ihm leicht gemacht, sie vertrauten den Häftlingen und halfen sogar dabei, Trauben zu schneiden. Das waren Schoßhunde, keine Wachhunde!

Unter dem Dach mit den schräg gestellten Holzlamellen blieb Vincenzo stehen. Er hielt Nino den Umschlag entgegen, noch bevor der Sänger herangekommen war. »Da hast du, was du wolltest. Verfluchter Erpresser!«

Nino riss den Umschlag an sich, öffnete ihn und holte das Bündel Geldscheine heraus. »Zu wenig, das sehe ich auf einen

Blick!«, sagte er mit seiner volltönenden Stimme. Alles an ihm war laut und gespreizt, alles, was er sagte, auf Effekt ausgelegt. Wie konnte so einer berühmt und von anderen Menschen angehimmelt werden? Vincenzo verstand die Welt nicht mehr.

Nino löste das Gummiband, das die Geldscheine zusammenhielt, und begann sie zu zählen, dabei steckte er sich seine von der Feldarbeit schmutzigen Finger in den Mund und blätterte durch die Banknoten. Nachdem er fertig war, schlug er Vincenzo mit dem Bündel gegen die Brust. »Da fehlen tausend Euro!«, rief er energisch, und obwohl er sich offensichtlich zusammennahm, würde er noch in Volterra zu hören sein. »Zweitausend hatte ich gesagt.«

»Mehr habe ich nicht«, gab Vincenzo zurück und drückte mit den Händen die Luft nach unten, um dem anderen zu zeigen, dass er sich mäßigen müsse. Kalter Zorn überkam ihn. Hätte er einen Knüppel gehabt, hätte er ihn Marino über den Schädel gezogen. Aber hier unter den Trockengestellen gab es nur morsches Holz und weiche Trauben.

»Soll ich zur Polizei gehen?«, blaffte Nino. »Soll ich ihnen sagen, woher dein Wein wirklich kommt?«

»Niemand wird dir glauben«, entgegnete Vincenzo schwach. »Du bist ein Verbrecher, und ich bin ein angesehener Winzer und Geschäftsmann.« Ihm war klar, was als Nächstes kommen würde. Die beiden Männer hatten das Gespräch schon einmal geführt, am vergangenen Freitag, als Nino Marino mit den anderen Erntehelfern aus der Fortezza zum ersten Mal auf das Weingut gekommen war. Vincenzo hatte die Männer begrüßt, Nino dabei aber nicht erkannt. Es war *lange her, seit er ihn das letzte Mal gesehen hatte, in Freiheit, als Musiker im Il Ghiottone. Und auch da war Marino nur ein Gesicht unter vielen gewesen.*

Doch Nino Marino wusste umso besser, wer Vincenzo war. Gleich am Freitag, in der Pause, war der Gefangene zu ihm gekommen und hatte offenbart, was er über Vincenzo und Riccardo Baroncini, den Wirt des Il Ghiottone, wusste. Noch immer staunte Vincenzo darüber, was für ein Gehör Marino haben musste, aber vielleicht war das bei Musikern normal. Niemals hätte er gedacht, dass das Gespräch zwischen ihm und Riccardo hätte belauscht werden können, ihre Ab- machung, den gestohlenen Wein an der Steuer vorbei ins Il Ghiottone zu liefern, ohne Rechnung, die Bezahlung bar auf die Hand. Und noch immer verfluchte sich Vincenzo selbst, dass er Riccardo gegenüber erwähnt hatte, woher die Trau- ben für den Wein wirklich stammten. Wie hätte er wissen sol- len, dass Nino Marino seine Worte hören konnte?

»Du meinst, niemand würde mir glauben?« Ninos Gesicht war jetzt ganz nah. Unter seinen großen, von langen Wim- pern umrandeten Augen lagen Schatten, sein schmales Bärt- chen war verwachsen. »Dann braucht die Polizei ja nur bei Baroncini nachzuforschen.«

Die Männer schwiegen sich bedrohlich an. Vincenzo spür- te, wie sich die Luft zwischen ihnen zu etwas Feststofflichem materialisierte, etwas, das zu explodieren drohte.

»Gib mir mein Geld, und dann bist du mich los«, zischte Nino, und sein rechter Arm schoss in Richtung der Felder. »Dann bin ich auf und davon.«

Vincenzo trat einen Schritt zurück. »Mehr Geld habe ich

aber nicht«, wiederholte er. »Warum muss ich wohl Häftlinge
bei der Ernte einsetzen? Weil ich keine Erntehelfer bezahlen
kann. Nimm die Tausend und verschwinde, oder geh zur
Polizei. Aber dann solltest du dir darüber im Klaren sein,
dass ich dich wegen Erpressung anzeigen werde«, sagte er im
Ton einer Beerdigungsfeierlichkeit.

Nino schaute Vincenzo finster an. Er schien nachzudenken.
Dann lachte er kalt, warf Vincenzo den leeren Umschlag vor
die Füße, ließ das Gummiband um die Banknoten schnappen
und stopfte das Geld in seine Jeans. »Die Tausend sind erst
mal in Ordnung, damit komme ich von hier weg. Aber wenn
ich wieder Boden unter den Füßen habe, melde ich mich, und
dann ist der Rest fällig.«

Vincenzo stieß den Sänger gegen die Brust, dass dieser tau-
melte. »Jaja! Ich hoffe, die Sonne verbrennt dich, wenn du
durch die Hitze rennst.«

Die Worte schienen in Nino etwas auszulösen. Er kaute
auf der Luft herum. »Richtig. Ich brauche Wasser und etwas
zu essen. Wer weiß, wie lange ich unterwegs bin, bevor mich
ein Autofahrer mitnimmt.«

»Trink doch aus Pfützen«, knurrte Vincenzo.

»Wenn es nur welche geben würde«, entgegnete Nino. »Gib
mir eine Flasche Wasser mit auf den Weg, dafür erlasse ich
dir vielleicht die Tausend.« Er lachte bitter.

In diesem Moment erlebte Vincenzo etwas, das er später
als Eingebung bezeichnete, allerdings wusste er nicht, ob sie
von Gott gekommen war oder von dessen Gegenpart. »Was-
ser! Natürlich. Warte einen Moment, ich hole dir eine Flasche
aus dem Weinkeller.«

Vincenzo legte den Kopf schief und schaute Sergio mit Unschuldsmiene an. »Es war so einfach! Dieser Idiot hat die Flasche mitgenommen, ohne einen Blick darauf zu werfen. Erst hatte ich befürchtet, er schaut nach, ob der Verschluss in Ordnung ist, ich hatte sie ja bereits geöffnet. Aber dazu war er wohl zu aufgeregt. Und dann musste er losrennen, bevor die anderen ihn vermissen würden. In Castelvecchio hat er anscheinend Pause gemacht und das vergiftete Wasser in sich hineinlaufen lassen.«

Der belustigte Ton, mit dem de Santis die Geschichte erzählt hatte, ließ Sergio schaudern. »Die Flasche, aus der Nino Marino das Gift getrunken hat, war aus grünem Kunststoff. Du hast mir eine helle Glasflasche gegeben, als ich dich neulich nach Wasser gefragt habe. Damit ich dir nicht sofort auf die Schliche komme.«

Vincenzo setzte ein Geburtstagslächeln auf. »Immerhin kommst du jetzt drauf.«

»Dann hat es gar kein Treffen in Castelvecchio gegeben«, sagte Sergio. »Du hast Marino von hier aus getötet.«

»Clever, nicht wahr? Mord per Fernbedienung«, sagte der Winzer mit einer Stimme, die Sergio nicht gefiel.

»Aber wenn er in Castelvecchio niemanden treffen wollte«, überlegte Sergio laut, »warum ist er dann dorthin gelaufen? Auf der Hauptstraße wäre er schneller vorwärtsgekommen.« Er spürte, wie sich sein Puls auf unangenehme Weise beschleunigte, und versuchte, normal weiterzuatmen. Der Mann, der ihm gegenüberstand, hatte gerade einen Mord gestanden – und er hielt eine Eisenstange in der Hand.

Vincenzo blieb scheinbar ruhig. »Dafür gibt es nur eine

Erklärung: weil Marino nicht die volle Summe von mir bekommen hat. Deshalb wollte er mich vielleicht bei meinen Nachbarn anschwärzen. Dieses Schwein! Erst erpresst er mich, und nachdem er bekommen hatte, was er wollte, wird er zum Verräter. Sergio, du musst zugeben, er hatte den Tod verdient.«

Sergio stellte sich vor, wie Nino Marino auf den Hügel von Castelvecchio hinauftaumelt, außer Atem und durchgeschwitzt. Er öffnet die Wasserflasche und trinkt sie leer. Dann stützt er sich an einer Mauer ab und schaut über das Land, vielleicht an derselben Stelle, an der Sergio vor einigen Tagen gestanden hatte, mit Blick auf die drei Weingüter. Vielleicht entschließt er sich dazu, den Winzern zu verraten, wer ihre Trauben gestohlen hat. Im Gegenzug verlangt er Geld. Vielleicht entscheidet er sich aber auch dagegen, das Risiko wäre hoch. Während er abwägt, spürt er die Wirkung des Gifts, ihm wird flau, dann übel, seine Knie und seine Hände zittern. In der Kirche bricht er zusammen. Ihm wird klar, dass etwas in der Wasserflasche gewesen sein muss. Er ruft um Hilfe. Vergebens. Es ist niemand dort, der ihn hört. Dann sieht er die kalte Feuerstelle und kommt auf die letzte Idee seines Lebens.

»Wer ist die Elster?« Sergio nagelte de Santis mit seinem Blick fest. »Bist du das?«

»Das würdest du wohl gerne wissen. Also gut, ich verrate es dir. Aber nur, wenn du versprichst, wiederum mich nicht zu verraten.«

»Das kann ich nicht, Vincenzo. Ich bin Polizist und du … bist ein Mörder.«

Die Muskeln an Vincenzos Unterkiefer mahlten. »Verstehst du nicht? Ich habe nur mein Weingut beschützt. Was würdest du denn tun, wenn jemand eure Trattoria bedrohen würde?«

Sergio streckte beide Hände aus, in einer Geste der Offenherzigkeit. Er hoffte, damit dem Eisen in der Hand des Winzers etwas näher zu kommen. »Was ich tun würde? Auf jeden Fall ...«

In diesem Moment schlug Vincenzo zu. Sergio sah das Eisen auf seinen Kopf zurasen und hob den linken Arm. Das Werkzeug prallte gegen seinen Ellenbogen und sandte ein schmerzhaftes Vibrieren durch seine Knochen. Er biss die Zähne zusammen, wollte nach der Stange greifen, doch seine Hand fasste ins Leere. Vincenzo holte wieder aus, diesmal zielte er tiefer und erwischte Sergio an der Brust. Etwas knackte. Sergio ging in die Knie. Er bekam keine Luft mehr. Er sah, wie seine Dienstmütze zu Boden fiel. Dann kamen die kalten harten Steinplatten auf sein Gesicht zu. Er fühlte sich wie gelähmt. Sein Brustkorb war in heißen Schmerz gebadet, sein Gesicht fühlte sich auf der einen Seite taub an, sein linker Arm schien in einer Schraubzwinge zu stecken. Verschwommen nahmen seine Augen die Gewölbedecke des Weinkellers wahr. Dann wurde die Decke rot, und etwas lief in seinen Mund hinein. Er bekam keine Luft, hustete, Flüssigkeit rann seine Wangen und sein Kinn herab. Jemand hielt ihm die Nase zu, drückte gegen seinen Unterkiefer. Undeutlich erkannte er Vincenzos Gesicht.

»Jetzt weißt du alles«, hörte Sergio ihn wie aus weiter

Ferne sagen. »Nur eins noch nicht: Wie man sich fühlt, wenn man vergiftet wird.«

Wieder war da dieses rote Etwas. Der Kanister mit dem Insektizid. Vincenzo flößte ihm das Zeug ein. Die Flüssigkeit lief in Sergios Kehle, und Panik schoss durch seinen Geist. Er wurde etwas klarer, versuchte, sich aufzurichten, stieß den Kanister beiseite. Ein Schlag traf ihn hart am Kopf. Er riss die Hände hoch und versuchte, Vincenzo zu packen. Wieder sauste etwas auf ihn nieder. Dann umfing ihn Dunkelheit.

KAPITEL 33

Als Sergio erwachte, bemerkte er zunächst gar nicht, dass er die Augen geöffnet hatte, so wenig unterschied sich die Finsternis hinter seinen Lidern von der im Raum. War er noch im Weinkeller von Due Torri? Er tastete über den Boden. Da war die raue Oberfläche einer Steinplatte mit einem Riss darin, und etwas weiter vorn fanden seine Fingerspitzen den Rand eines Fasses. Ja, er war in dem Gewölbe. Und er war am Leben.

In Sergios Mund lag der Geschmack von etwas widerlich Süßem. Er spie aus. Sein Gesicht fühlte sich verklebt an, von dem Gift, das ihm am Mund heruntergelaufen war, und von den Tränen, die auf seinen Wangen getrocknet waren. Er blinzelte, aber es wurde nicht heller. Vincenzo musste das Licht gelöscht haben. Dann war er wohl verschwunden, hatte Sergio hier unten liegen lassen, vermutlich in dem Glauben, dass der Agente niemals wieder aufstehen würde.

Sergio stützte die Arme auf und atmete einige Male tief durch. Hatte sich so Nino Marino in seinen letzten Momenten gefühlt? Sergios Brustkorb rebellierte von den Schlägen, die Vincenzo ihm verpasst hatte, doch er verspürte keine Übelkeit. Dieser süße Geschmack, der kam ihm bekannt vor. Schmeckten so Insektizide? Wäre er ein Schädling, hätte ihn das Zeug eher angelockt als ferngehalten. Was war das nur? Er bohrte mit der Zunge in seinem Mund herum, erwartete, dass sich die Muskeln bei der Berührung mit einem Bitterstoff zusammenziehen würden. Aber das geschah nicht. Das war ... etwas aus der Cocktailbar. Sergio war ein Meister darin, die Zutaten von Mixgetränken herauszuschmecken, und dieser Geschmack war in einem Drink gewesen, den er erst neulich zu sich genommen hatte.

»Hundsgemein«, sagte er leise, in Erinnerung an das Cocktailrezept von Daniele, jenen Drink, dem er erst vor wenigen Tagen einen Namen gegeben hatte, zu früher Stunde auf der Terrasse des Hotels Fiorentina. Darin war Aprikosensaft gewesen. Der Gedanke riss ihn aus der Benommenheit. Aprikosensaft. Vincenzo hatte ihm statt Gift Aprikosensaft eingeflößt. Warum?

Noch einmal versuchte er aufzustehen, doch seine Muskeln versagten ihm den Dienst. Sein linker Arm, den Vincenzo mit der Eisenstange getroffen hatte, war taub, sein Kopf fühlte sich an wie ein Ballon. Unter Schmerzen kroch er durch die Dunkelheit, dorthin, wo er die roten Kanister vermutete. Mit den Fingern ertastete er die Sitzbank und darunter die Kunststoffbehälter. Einen zog er hervor, schraubte den Verschluss ab und roch daran. Ein pestilenzartiger Gestank stach in seine Nase, und er zog den Kopf zurück. Schnell drehte er den Deckel wieder zu, tastete nach dem nächsten. Auch darin schwappte eine Flüssigkeit, der er sich lieber nicht ausgesetzt hätte. Beim dritten Kanister wurde Sergio fündig. Darin roch es nach Früchten. Nach Aprikosen. Jetzt erinnerte er sich an den Moment vor einigen Tagen, in dem er einen roten Kanister unter dem Trockengestell für die Vin-Santo-Trauben gefunden hatte, an den Moment, in dem Vincenzo ihm demonstriert hatte, dass Fruchtsaft darin war, Fruchtsaft, den er zur Herstellung des Vin Santo brauchte.

Sergio tastete über den Kanister. Da war sie, die eingeprägte Schrift *Custode di Frutta*. Vincenzo verwendete Aprikosenmost, den er in roten Kanistern geliefert bekam, und zugleich versteckte er hier unten Pflanzenschutzmittel, die ebenfalls in roten Kanistern aufbewahrt wurden. Und in dem Durcheinander vorhin musste er die Behälter verwechselt und versucht haben, Sergio mit dem Most zu vergiften.

Ein Glucksen stieg in Sergios Kehle auf, ein Laut der Erleichterung, der in fruchtiges Aroma getaucht war. Sofort quittierte sein Kopf das mit einem stechenden Schmerz. Er schob die Kanister wieder unter die Bank. Dann begann er damit, sich abzutasten. Die Schmerzen in seiner Brust kamen von der linken Seite, von dort, wo ihn das Eisen getroffen hatte. Er drückte mit den Fingern gegen die Rippen – wie es schien, war keine gebrochen. Vielleicht war er mit einer Prellung davongekommen. Der linke Arm war schlimmer dran. Wo Vincenzo ihn geschlagen hatte, konnte Sergio das Gelenk kaum bewegen. Er tastete am Ellenbogen entlang und fand eine Schwellung, die ihn an den Umfang von Zitadelles Unterarmen denken ließ. Aber das alles würde ihn nicht aufhalten. Er musste so schnell wie möglich raus aus dem Keller und die Fahndung nach Vincenzo einleiten.

Mit der gesunden Hand zog Sergio sein Mobiltelefon hervor. Der Bildschirm leuchtete auf. Er wählte die Nummer der Polizeiwache, der Ruf ging jedoch nicht durch. Keine Verbindung, signalisierte das Gerät. Dieser verdammte Tuffstein!

Im Freien würde es funktionieren. Sergio schleppte sich in die Richtung, in der er die Treppe vermutete. Um sich zwischen den Fässern orientieren zu können, schaltete er die Taschenlampenfunktion des Telefonino an. Das geisterhaft kalte Licht erlaubte es, einige Schritte weit vorauszusehen. Dennoch benötigte Sergio eine Weile, bis er endlich die unterste Stufe aus der Schwärze auftauchen sah.

Die Treppe hinaufzukommen war eine Tortur, doch schließlich stand er vor der Holztür des Weinkellers. Er versuchte, sie zu öffnen, aber Vincenzo hatte sie anscheinend auf der anderen Seite mit etwas Großem blockiert, vermutlich, damit niemand in den Weinkeller gelangen konnte. Sergio wählte die Nummer der Polizeiwache. Diesmal ging der Ruf durch. Bertini meldete sich. Kaum hatte Sergio seinen Namen gesagt, da wurde die Verbindung schon wieder unterbrochen. Der Akku war leer. Das Licht der Taschenlampe hatte ihn strapaziert. Sergio biss die Zähne zusammen. Kurz überlegte er, ob er um Hilfe rufen sollte. Aber das Weingut war verlassen, und falls sich Vincenzo in der Nähe aufhielt, wollte Sergio ihn nicht darauf aufmerksam machen, dass er noch am Leben war.

Vielleicht gab es noch einen anderen Ausgang, ein Lüftungssystem, einen Schacht. Sergio fand den Lichtschalter und betätigte ihn. Über der Treppe und unten im Keller flackerten die Lampen wieder auf. Immerhin konnte er jetzt etwas erkennen. Er machte sich an den Abstieg, diesmal gelang ihm die Bewegung schon besser. Unten angekommen ging er an den Wänden entlang, kam an den Metalltanks vorbei, an der Sitzbank mit den Kanistern und dem Gestell mit den Messinstrumenten. Als er um das nächste Fass bog, sah er den Durchgang. Er war niedrig, aber breit, es gab eine schmale Treppe und eine Rampe, um dort Fässer hinein- und hinauszurollen. Aus dem Raum dahinter schien Licht. Sergio bückte sich und trat ein.

Ein weiterer Lagerraum öffnete sich vor ihm, diesmal kleiner und schmaler. Zuerst fiel ihm die alte Weinpresse auf, deren dunkles Holz den Raum beherrschte. Er konnte nicht erkennen, ob sie noch in Betrieb oder nur ein Museumsstück war. Dahinter lagen Fässer in vier Reihen dicht an dicht, kleinere diesmal. Und zwischen ihnen standen rote Kanister.

Ein ungutes Gefühl beschlich Sergio. Er ging vor einem Fass in die Knie und berührte den Ausguss. Ein Tropfen blieb an seiner Fingerspitze hängen. Er rieb Daumen und Zeigefinger aneinander, dann hob er die Probe an die Nase. Das schien Vin Santo zu sein. Hier war offenbar der Keller für die Lagerung von Vincenzos Süßweinspezialität. Aber etwas an dem Tropfen roch merkwürdig. Sergio spürte seinen Puls bis in die Fingerspitzen, als er davon kostete. Der Vin Santo schmeckte bitter. Er griff zu einem Kanister und drehte ihn so, dass er das Etikett lesen konnte. Sergio ließ ihn bestürzt fallen, sprang auf und zuckte zusammen, als ihn sein Körper an den Kampf mit Vincenzo erinnerte.

In dem Kanister war Insektizid gewesen. Jetzt war er leer, und der Vin Santo schmeckte entsetzlich.

De Santis hatte die Kanister vertauscht. Vorhin, als er Sergio hatte vergiften wollen, war es ein Glück gewesen, dass er stattdessen den Aprikosensaft verwendet hatte. Aber hier im Lager des Vin Santo schien Vincenzo das Missgeschick zuvor auch schon unterlaufen zu sein. Statt mit Aprikosenmost hatte er seinen Vin Santo mit Carbamaten versetzt. Sergio ging durch die Reihen der Fässer und prüfte vier weitere. Bei allen war der bittere Geschmack festzustellen. Vincenzo de Santis hatte seine Produktion ruiniert.

Und der Vin Santo für das Festessen im Stadtpark stammte von ihm. Sergio, Giulia und Juan hatten den Dessertwein zusätzlich mitgenommen, weil auf Angelos Rezept, das so lange in der neuen Kasse gesteckt hatte, stand, dass die besondere Zutat für das Tiramisu am heutigen Abend Vin Santo sein würde. Sergio ballte die Fäuste und presste sie gegen die Stirn. Hätte er doch diese verfluchte Kasse niemals geöffnet!

Trotz der Kühle im Weinkeller brach Sergio der Schweiß aus. Angst schlang sich um seinen Geist und drohte, jeden klaren Gedanken zu ersticken. Hatte Vincenzo vor, die Gäste zu vergiften, oder war die Verwechslung von Gift und Fruchtsaft ein tödliches Versehen? Ein Versehen, das Vincenzos Sehschwäche zuzuschreiben war? Bei ihren letzten Treffen hatte der Winzer seine Brille nicht getragen.

Sergio musste im Stadtpark sein, bevor das Dessert serviert wurde.

Er suchte die Wände nach einem Durchlass ab, sah aber nur soliden Fels, der im Schein der Lampen feucht schimmerte. Gab es eine Rutsche, auf der die Fässer in den Keller hineingeschoben wurden? So schnell er konnte, durchmaß Sergio den Raum. Alles, was er fand, war ein Stadtplan von Volterra, der auf einem der Fässer lag und die schönsten Aussichtspunkte des Ortes bewarb. Das Glück war eine Zynikerin.

Der einzige Ausgang war die Tür, aber die war versperrt. Sergio humpelte die Treppe wieder hinauf und drückte mit dem gesunden Arm gegen die Pforte. Sie rührte sich nicht, doch der Spalt war breit genug, um eine Hand hindurchzustecken. Auf der anderen Seite ertastete er etwas Raues, fühlte mit den Fingern daran entlang. Ein Reifen. Vincenzo hatte einen seiner Traktoren vor die Tür gefahren. Da konnte Sergio noch so lange drücken und schieben, das Ungetüm würde ihn im Weinkeller gefangen halten. Es blieb nur eine Möglichkeit: Er musste auf sich aufmerksam machen. Wenn Vincenzo noch da war und ihn hörte, würde er zumindest den Traktor beiseitefahren, um Sergio endgültig den Garaus zu machen. Aber dann gab es immerhin noch die Möglichkeit, den Winzer zu überrumpeln und zu entkommen. Alles war besser, als in diesem Loch zu versauern, während hundertfünfzig Menschen im Stadtpark in Gefahr schwebten.

Sergio presste den Mund gegen die Tür und versuchte zu rufen. Seine Stimme hörte sich kraftlos und heiser an. Noch einmal probierte er es, aber alles, was aus seiner Kehle kam, war ein Krächzen, das ihn an die Stimme seines Vaters denken ließ. So würde er niemals entkommen. Er lehnte sich mit der Stirn gegen die Tür, die Zeit, wertvoller als je zuvor, verstrich. Er hatte das Gefühl, nicht genug Luft zu bekommen.

Sergio richtete sich auf, streckte die Hand durch den Türspalt. Da war der Reifen, er tastete weiter, bis er die Felge erreichte, blankes Metall, von der Sonne erwärmt. Seine Finger fühlten am Rand entlang, bis sie das Ventil fanden. Er reichte kaum heran, drückte seine Schulter so kräftig gegen den Spalt, dass sie fast hindurchgepresst wurde, seine Muskeln wurden so stark zusammengequetscht, dass er beinahe die Kontrolle über seine Finger verlor, als sie jetzt die Plastikkappe von dem Ventil schraubten. Er ließ die Kappe fallen, sie tickte mit einem kaum hörbaren Klicken auf den Boden. Dann zog Sergio den Arm zurück und schüttelte ihn. Wenn das, was er vorhatte, gelang, würde er seinen Kampfnamen wohl ein zweites Mal verliehen bekommen.

Er ging die Treppe wieder hinunter, dorthin, wo die Metalltanks mit den Eichenchips standen. Daneben waren die beiden Kompressoren aufgestellt, Gummischläuche um die Kühlrippen gewickelt. Einen davon klemmte sich Sergio unter den Arm und trug ihn nach oben. Eine gefühlte Ewigkeit später war es ihm gelungen, den Schlauch des Kompressors auf das Ventil des Traktorreifens zu drücken. Mit letzter Kraft legte er die Klemme des Kompressorschlauchs um, dann schloss er den Apparat an den Strom an und schaltete ihn ein.

Ein Summen erklang. Es wurde lauter, entwickelte sich zu einem Dröhnen, begleitet von einem Zischen, als Luft in den Reifen gepumpt wurde. Sergio wusste nicht, ob sein Plan aufgehen würde, wohl aber, dass er sich in Sicherheit bringen musste. Unter seinen Füßen vibrierte der Boden, als er die Treppe hinunterhumpelte und sich hinter einem großen Weinfass duckte. Er schloss die Augen, legte die Hände auf die Ohren und hielt den Atem an. Als nach einer Weile nichts geschehen war, blinzelte er und gab sein linkes Ohr für einen Moment frei.

Ein Knall zerriss die Luft, gefolgt von einem Poltern und Krachen, dann flog etwas die Treppe herunter und hämmerte gegen das Weinfass, hinter dem sich Sergio geduckt hatte. Er fand sich auf dem Rücken liegend wieder. In seinem linken Ohr war ein hohes Pfeifen zu hören. Er schüttelte den Kopf, doch der Laut wollte nicht verschwinden. Schließlich stand er auf. Auf der anderen Seite des Weinfasses lagen der verbeulte Kompressor und einige zersplitterte Holzbretter. An der Farbe war zu erkennen, dass sie vor wenigen Augenblicken noch zur Tür gehört hatten. Aus dem Treppenschacht wölkte Staub in den Weinkeller. Sergio presste sich eine Hand vor Mund und Nase und stolperte die Stufen hinauf.

Kapitel 34

Die Sonne verschüttete ihr spätes Gold über die Baum-
kronen, und der heiße Nachmittag ging in einen
warmen Abend über. Sergio brauste mit der Vespa zum östlichen Tor des Stadtparks hinauf. Der Motorroller schlingerte, es war nicht einfach, ihn mit einer Hand in der Spur
zu halten. Seine Linke war nicht mehr zu gebrauchen, der
Arm pochte alarmierend.

Vor dem Tor zum Stadtpark stand Bertini, hob eine
Hand und rief: »Halt! Geschlossene Veranstaltung!« Sergio
gelang es, den Roller zum Stehen zu bringen, sonst wäre er
gegen den jungen Kollegen gekracht. »Sergio!«, rief Bertini
überrascht. »Du bist das? Wo hast du gesteckt? Alessandro
hat schon …« Er machte eine Pause. »Wie siehst du denn
aus?«

»Das sind sehr viele Fragen auf einmal.« Sergio drückte
Bertini den Lenker der Vespa in die Hand und bat ihn, das
Fahrzeug aufzubocken. »Keine Zeit jetzt. Wenn du nur bitte
schnell …«

… Alessandro Bescheid geben würdest, dass er sofort das
Festessen abblasen und die Gäste nach Hause schicken soll,

wollte Sergio sagen. Doch da fiel sein Blick in den Park, und er verstummte.

Die Grünanlage hatte sich verwandelt. Wo zuvor Bäume, Wiesen und Wege zum Flanieren und Ausruhen eingeladen hatten, waren jetzt die Tische für das Bankett aufgebaut. Sie waren rund und so groß, dass an jedem acht bis zehn Personen Platz fanden. Über die weißen Tischdecken waren Rosenblüten ausgestreut, das Besteck blitzte im Licht von Öllämpchen, und auf den Tellern waren drei Servietten so ineinandergesteckt, dass sie kleine grün-weiß-rote Pyramiden bildeten. Die Gäste waren schon da, standen in Abendgarderobe zwischen den Tischen und unterhielten sich bei Aperitif und Crostini so angeregt miteinander, dass über dem Park das Summen eines Bienenstocks hing.

Linker Hand, an die Mauer der Fortezza geschmiegt, stand das Küchenzelt, diesmal zu allen Seiten hin offen. Davor hatten sich die Küchengehilfen versammelt und nahmen letzte Instruktionen von Angelo entgegen, der den Kellnern die Westen aus schwarzer Seide zurechtzupfte. Die Männer lauschten seinen Anweisungen mit gespanntem Gesichtsausdruck. Lino, Raoul und Franco hatten sich gegenseitig die Arme um die Schultern gelegt und riefen den Kellnern etwas zu, was diese erwiderten. Gelächter flog durch die Luft.

Sergios Blick wanderte zur Bühne. Darauf stand jetzt eine Verstärkeranlage, von den Lautsprechern führten Kabel zu Mikrofonständern, die über den Bretterboden verteilt waren: zwei vor einem Schlagzeug, einer vor einem kleinen Verstärker mit einem E-Bass, und ein Mikrofon hielt Giulia in der Hand, aber nicht, um es zu benutzen, sondern um es weiter vom Bühnenrand in den Hintergrund zu ziehen, wo ihr Saxophon stand. Sogar aus der Entfernung konnte Sergio Giulias Aufregung spüren. Ob ihr Musikprofessor wirklich unter den Gästen war?

Er konnte dieses Festessen unmöglich platzen lassen. Es musste einen anderen Weg geben, das Gift aus der Welt zu schaffen, und er wusste auch schon, wohin der führte.

»Was wolltest du sagen?«, fragte Bertini.

»Nichts«, sagte Sergio. »Ich erledige das selbst. Leihst du mir die bitte?« Er pflückte Bertini die Dienstmütze vom Kopf und setzte sie auf. Unter dem Schirm waren die Schwellungen in seinem Gesicht vielleicht weniger auffällig. So schnell es seine Blessuren zuließen, lief Sergio den Sandweg in den Park hinein, schnurstracks auf das Küchenzelt zu.

»Was sagst du da?« Angelo starrte Sergio an wie einen Gast in der Trattoria, der behauptete, seine Saltimbocca sei nicht durchgebraten.

Sergio holte tief Luft, um die Lage nochmals zu erklären. »Du darfst das Dessert auf keinen Fall servieren lassen. Der Vin Santo ist vergiftet. *Babbo*, verstehst du? Ich müsste eigentlich den gesamten Park räumen lassen, aber ich gebe dir Gelegenheit, die Situation zu entschärfen. Alles, was du tun musst, ist, das Tiramisu vom Menü zu streichen.«

Angelo berührte den Bluterguss auf Sergios linkem Jochbein. »Du hast einen Schlag auf den Kopf bekommen. Tut das weh?«

»*Babbo!*« Sergio wich zurück.

»Du hättest mit diesem Motorroller nicht so rasen sollen. Hoffentlich ist Giulia nichts passiert.«

»Das war kein Unfall … das war …« Sergio spürte, wie ihm der Atem stockte. »Wo hast du den Vin Santo von Due Torri?« Er ließ den Blick durch das Küchenzelt schweifen, überall standen Teller, Schüsseln und Töpfe, überall dampfte und brutzelte es.

»Der ist die Krönung«, krächzte Angelo. »Du glaubst doch nicht im Ernst, dass ich das Dessert nach unserem traditionellen Familienrezept in den Müll werfe, nur weil du mal wieder so einen Verdacht hast.«

»Das ist kein Verdacht. Wo stehen die Dessertschälchen?«

»Das werde ich dir bestimmt nicht verraten!« Angelo schaute auf die Uhr. »Ich muss jetzt arbeiten. Dass ich dir in einer Situation wie dieser überhaupt zuhöre! Aber ich gebe dir eine Chance. Wenn du mehr als einen Verdacht vorweisen kannst, bin ich bereit, dir zu glauben.«

»Den Beweis bekommst du, wenn du die Nachspeise auftischen lässt, aber dann wird es zu spät sein«, rief Sergio. Die Küchengehilfen drehten sich zu ihm und Angelo um, und Sergio zwang sich, die Stimme zu senken. »Du musst mir glauben: Vincenzo de Santis hat den Vin Santo vergiftet und ist geflohen.«

»Vincenzo?«, fragte Angelo. »Der war eben noch hier und hat alle mit Handschlag begrüßt. Wie ein flüchtiger Massenmörder sah der nicht aus, eher wie ein fleißiger Winzer aus Volterra. Wenn du mit deinem Verdacht richtigliegen würdest, wäre der sicher längst über alle Berge.«

Vincenzo war im Stadtpark? Sergio griff nach Angelos Schulter. »Wo ist er?«

Sein Vater befreite sich. »Woher soll ich das wissen? Dahinten irgendwo, hat sich unter die Gäste gemischt.«

Sergios Gedanken arbeiteten fieberhaft. Vincenzo besaß den Nerv herzukommen, nachdem er geglaubt hatte, Sergio beseitigt zu haben. Das bedeutete, der Winzer wähnte sich in Sicherheit.

»Ich bringe dir deinen Beweis, *babbo*«, sagte Sergio. »Aber warte mit dem Dessert, bis ich wieder da bin.«

»Die Nachspeise wird für gewöhnlich erst am Ende des Menüs serviert«, sagte Angelo. »So viel solltest du mittlerweile gelernt haben.« Er wedelte mit der Hand. »Und jetzt raus hier, gleich wird die Suppe aufgetragen.«

Sergio stellte sich neben das Küchenzelt und beobachtete die Gäste. Sein Blick verschwamm, die Schläge, die ihm Vincenzo verpasst hatte, waren nicht ohne Folgen geblieben. Er schüttelte die Benommenheit ab und ließ den Blick über die Gesichter schweifen, die bereits im Schatten lagen, denn die Dunkelheit senkte sich über den Park. Für die Stimmung war das genau richtig, aber wenig hilfreich, um einen Mörder in einer Menschenmenge zu entdecken. Sergio würde sich unter die Leute mischen müssen, wenn er Vincenzo fassen wollte. Er zog Bertinis Dienstmütze tiefer ins Gesicht, sie war ihm etwas zu klein, aber vielleicht erkannte Vincenzo ihn darunter nicht und glaubte, er sei einer der Polizisten, die im Park für Sicherheit sorgten.

Es roch nach Parfum und Prosecco, als er sich zwischen den Menschen hindurchdrängte. Mehr als einmal stieß jemand gegen seinen verletzten Arm, und er zuckte zusammen. Welche Kleidung hatte Vincenzo im Weinkeller getragen? Ob er sich wohl umgezogen hatte nach dem Zweikampf? Sergios Blicke huschten über die Gesichter, aber der Winzer war nirgendwo zu sehen.

In diesem Moment war ein Klingeln zu hören. Alle schauten zur Bühne, wo Lino vor einem Mikrofon stand und eine Handglocke läutete. Sergio erkannte die Küchenglocke der Trattoria wieder. »Signore e Signori«, sagte Lino in das Mikrofon. »Willkommen zum Cena Galeotta, dem einzigen und besten Gefängnisbankett der Welt. Bitte nehmen Sie Platz und lassen Sie sich von echten Verbrechern ein Menü auftischen, an das Sie sich noch lange erinnern werden – lebenslänglich, ohne Bewährung.«

Gelächter und Applaus erklangen. Die Gäste verteilten sich an die Tische und ließen sich an den Plätzen mit ihrem Namensschildchen nieder. Das Ganze ging so schnell, dass Sergio mit einem Mal einer der wenigen war, die aufrecht zwischen den Tischen standen. Flugs griff er sich einen freien Stuhl und zwängte sich damit zwischen zwei Sitzende.

»Darf ich?«, sagte er und rückte an den Tisch heran.

Von der gegenüberliegenden Seite der runden Tafel starrten ihn Commissario Baldi und Ispettore Rossi an. Die Blicke, die sie ihm zuwarfen, drohten mit Degradierung. Sergio nickte den beiden zu, da bemerkte er die kaum wahrnehmbare Bewegung von Rossis Kopf nach links. In dieser Richtung saß ein Mann mittleren Alters mit welligem, geöltem und zurückgekämmtem Haar, der unter der maßgeschneiderten Anzugjacke ein T-Shirt trug. Er hatte ebenmäßige Züge, die von einer gebrochenen Nase verunstaltet wurden, und er unterhielt sich angeregt mit seiner Platznachbarin Clara Manfredi, wobei er der auf ihrem Schoß sitzenden Pippa den Kopf kraulte. Die kleine Hündin knurrte.

Zuerst verstand Sergio nicht, was Rossi ihm bedeuten wollte. Was hatten die beiden Kollegen mit Clara und ihrer Begleitung zu schaffen? Dann las Sergio den Namen auf dem Kärtchen.

Der Mann neben der Notärztin war Toni Brega. Der Rabe saß mit Baldi und Rossi am selben Tisch. Natürlich. Dafür hatte Alessandro gesorgt. Und jetzt platzte Sergio mit seiner Uniform in die verdeckte Operation der Kollegen.

Allerdings war der Rabe nicht die Elster. Nur wussten das Baldi und Rossi nicht. Sie glaubten, dass ihnen an diesem Abend ein großer Fisch ins Netz gehen würde. Dabei schwamm der längst anderswo herum.

Toni Brega schaute immer wieder verstohlen zu Sergio hinüber. War er nervös? Hatte er tatsächlich etwas mit der Drogenszene von Florenz zu schaffen?

»*Permesso?*«, fragte jemand hinter Sergio.

Einer der Kellner stellte einen dampfenden Teller vor ihm auf den Tisch. Auch die anderen Gäste wurden mit der Suppe versorgt.

Am Nebentisch rief jemand nach einem Stuhl.

Sergio wollte das Gericht ablehnen, es war eine Stracciatella alla Toscana, die Angelo immer wieder aufs Neue zu verändern pflegte, diesmal schien er neben Ei und Parmesan auch Fenchel in die Fleischbrühe hineingegeben zu haben. Dann fiel Sergio ein, dass es wohl am unauffälligsten war, Angelos Suppe einfach auszulöffeln – daran war er ja schließlich gewöhnt.

Brega berichtete Clara gerade, dass er in Florenz eine Zeit lang nicht den besten Ruf gehabt hätte, wegen einiger Vergehen in seiner Jugendzeit.

Baldi und Rossi unterbrachen ihre ohnehin wohl nur zum Schein geführte Unterhaltung, rührten in ihren Suppen und lauschten. Sie waren voll und ganz mit dem Raben beschäftigt, der seine Aufmerksamkeit wiederum auf Clara richtete. Niemand achtete auf Sergio. Das gab ihm Gelegenheit, sich weiter nach Vincenzo umzusehen. Hatte de Santis auch einen Platz beim Festessen und saß jetzt irgendwo bei seiner Suppe? Sergio drehte sich zu den Nebentischen um.

»Es ist für mich ein Nervenkitzel, heute Abend hier zu sein«, hörte er Brega sagen.

»Für mich und Pippa auch«, erwiderte Clara leise. »Wie aufregend das alles ist!«

Am Tisch linker Hand entdeckte Sergio eine Gruppe elegant gekleideter Herren, die er nicht kannte. Auch Onkel Lorenzo und Livia Ferri saßen dort beisammen. Lorenzo hob sein Weinglas und prostete Sergio mit einer knappen Geste zu. Livia bemerkte ihn zum Glück nicht.

»Ja, aufregend«, wiederholte der Rabe. »Und wie! Hätte ich gewusst, dass meine Tischnachbarin eine toskanische Schönheit ist, hätte ich mich nicht so nachlässig gekleidet.«

Clara Manfredi schoss ein Kompliment über Bregas Anzug ab.

Sergio ließ seinen Blick einen Tisch weiter wandern. Zwischen drei Ehepaaren aus der Stadt erkannte er Paolo, dem sein elegantes Jackett gut zu Gesicht stand. Weniger passend war Paolos Miene, die über dem Suppenteller hing wie ein unheimlicher Vollmond über einem nächtlichen Teich. Er starrte etwas oder jemanden am Nebentisch an: die Gruppe älterer Herren. Das musste der Beirat sein, der das Sozialprogramm der Fortezza kürzen wollte und hergekommen war, um das Bankett in Augenschein zu nehmen.

Wo steckte Vincenzo?

Sergio brauchte einen besseren Standort, vom Tisch aus sah er nicht genug. Er stand auf und entfernte sich ein paar Schritte, da hörte er Toni Brega in seinem Rücken sagen: »Gut, dass der Agente weg ist.«

»Sergio? Der ist in Ordnung«, entgegnete Clara Manfredi.

»Für Sie vielleicht«, sagte Brega. »Aber ich sitze nicht so gern mit der Polizei an einem Tisch.«

»Dann ist das Gefängnisbankett eine ungewöhnliche Wahl, wenn Sie ausgehen wollen«, gab Clara zurück.

»Nun, ich bin nicht ganz freiwillig hier«, raunte Brega.

»Das müssen Sie mir erklären.«

»Ich habe eine Wette verloren. Eine delikate Wette unter Kollegen.«

»Erzählen Sie mir davon.« Clara kicherte.

»Der Wetteinsatz war, dass der Verlierer hier zum Bankett erscheinen musste«, erklärte der Rabe.

»Aber das ist doch keine Strafe«, stieß Clara hervor. »Ein Platz beim Bankett! Den hätte eigentlich der Gewinner bekommen müssen.«

»Nicht, wenn man in gewissen Kreisen verkehrt.« Brega
räusperte sich.

»Ich verstehe nicht«, sagte Clara.

Sergio verstand umso besser, was Brega zu erklären versuchte.

»Ich begebe mich hier in Reichweite der Polizei«, sagte
Toni Brega. »Und nehme an einem Festessen teil, das von
einem Gefängnis ausgerichtet wird. Unter meinen Bekannten nennt man so etwas ›in den Bauch der Bestie gehen‹.«

»Sie meinen die Höhle des Löwen?«, fragte Clara.

»Sie verstehen mich, Clara«, säuselte Toni Brega. Jetzt
beugte er sich zu der Notärztin hinüber und sagte leiser:
»Deshalb wäre es schön, wenn sie mir ein bisschen helfen
würden. Seien Sie meine Begleitung für diesen Abend,
dann falle ich nicht so auf.«

»Sind Sie denn ein Verbrecher?«, fragte Clara.

»Keineswegs«, wehrte Brega ab. »Aber es gibt da die ein
oder andere Ordnungswidrigkeit, wegen der die Polizei
noch ein Wörtchen mit mir reden will.«

Sergio wandte sich zu Baldi und Rossi um. Im Mund des
Commissario war der Löffel stecken geblieben. Rossi schau-
te zu Sergio herüber, die Scham der Niederlage im Blick.
Jetzt musste auch den beiden Kollegen von der Questura
klar geworden sein, dass Toni Brega nicht die Elster war.
Eine Wette verloren! Ein Krimineller wurde zur Belusti-
gung seiner Kumpane zum Gefängnisbankett geschickt.
Dieser Ermittlungserfolg von Baldi und Rossi würde zur
Legende in den Polizeiwachen bis hinunter nach Grosseto
werden.

Auf der Bühne begann die Musik zu spielen. Alle schauten nach vorn, Sergio nutzte die Gelegenheit und ging unauffällig zwischen den Tischen hindurch, bis er den Rand des Banketts erreichte. Auf der Bühne sah er die Gefängnisband mit Juan am Mikrofon. Giulia begleitete die Rhythmusgruppe zurückhaltend mit ihrem Saxophon. Sie spielten einen alten Schlager, aber Sergio nahm die Musik kaum wahr, er ging zu einer höher gelegenen Stelle und suchte den Park nach einem Hinweis auf Vincenzo ab, stellte sich vor, durch den Sucher seiner Spiegelreflexkamera zu schauen und immer nur einen Teil des Geschehens zu fixieren: Angelo, der im Küchenzelt gestikulierte, die Kellner, die zwischen den Tischen umherliefen, einige Besucher, die auf den Wegen beisammenstanden und rauchten. Keine Spur von Vincenzo de Santis. Stattdessen sah Sergio in einiger Entfernung Alessandro über einen der Sandwege gehen. Die Hilfe des Kollegen konnte er jetzt gut gebrauchen. Er winkte, aber Alessandro bemerkte ihn nicht. Um ihm zuzurufen, war die Musik zu laut. Sergio setzte sich in Bewegung, auf Alessandro zu. In diesem Moment endete die Musik, und Applaus erklang.

»Alessandro!«, rief Sergio.

Der Angerufene wandte den Kopf in seine Richtung und kam auf Sergio zu.

Das Klappern von Tellern war zu hören, die Stimme einer Frau sagte ins Mikrofon: »Ich begrüße Sie herzlich zu unserem diesjährigen Festessen.« Das war Signora Rissone, die Leiterin der Fortezza. Sie hielt eine Ansprache.

Sergio hatte Alessandro fast erreicht.

»... bedanken wir uns bei unserem Beirat, der heute Abend unter uns weilt«, sagte die Gefängnisdirektorin.

»Alessandro!« Sergio humpelte auf seinen Freund zu. »Gut, dass du da bist!«

»... bei Angelo Panda, dem diesjährigen Küchenchef, der so viel Vertrauen in unsere Männer hat, dass er die Geheimnisse seiner Trattoria-Küche mit ihnen teilt ...«

»Was ist denn mit dir passiert?« Alessandro griff nach Sergios gesundem Arm, wohl um ihn zu stützen, doch er wehrte die Hand ab. »Später. Du musst mir helfen.«

»... und wie jedes Jahre bei unserem Wohltäter Vincenzo de Santis, der auch diesmal wieder den Wein gespendet hat.«

»Vincenzo!«, rief Sergio und fuhr herum. Wie durch Watte hörte er seine heisere Stimme. Er schaute zur Bühne hinüber. Der Strahl eines Scheinwerfers bewegte sich vom Küchenzelt weg und streifte über die Tische.

»Hier ist er!«, rief jemand. Der Scheinwerfer folgte der Stimme und erfasste zwei Männer am Durchgang zu Renzos Kiosk. Vincenzo stand dort, und neben ihm Riccardo Baroncini, der jetzt mit einer Hand winkte und mit der anderen auf Vincenzo zeigte.

»Los!«, rief Sergio und zog Alessandro hinter sich her. »Wir müssen ihn festnehmen.«

Er überhörte Alessandros Fragen und lief auf den Durchgang zu. Vincenzo stand noch immer im Scheinwerferlicht und hob geblendet eine Hand vor die Augen, während er mit der anderen nun ebenfalls winkte. Und lächelte.

Sergio verfiel in ein schwerfälliges Traben. Er musste

Vincenzo erreichen, bevor sich der Scheinwerfer von de Santis wegdrehte und der Winzer Sergio auf sich zukommen sah. »Machen Sie bitte Platz, Signori!«, rief Alessandro hinter ihm. Ein Glas fiel um, jemand schimpfte.

Er war nur noch einen Steinwurf von Vincenzo entfernt, als er Livia Ferri rufen hörte: »In Volterra nennt man mich die Elster. Ist das nicht verrückt?«

Im nächsten Moment war ein Rumpeln zu vernehmen. Der Scheinwerfer löste sich von Vincenzo de Santis und schwenkte zu den Tischen hinüber. Dort war Ispettore Rossi aufgesprungen und baute sich bedrohlich vor Livia Ferri auf, was wiederum Onkel Lorenzo von seinem Stuhl aufspringen ließ.

Sergio lief so schnell, wie er trotz der Verletzungen konnte. Da entdeckte ihn Vincenzo. Geistesgegenwärtig packte der Winzer Riccardo Baroncini an den Aufschlägen seines Jacketts und schleuderte ihn auf Sergio zu. Baroncini taumelte, von der Attacke überrascht, in Sergios Arme, während Vincenzo in die entgegengesetzte Richtung davonlief. Das Gewicht des Restaurantbesitzers drohte Sergio aus dem Gleichgewicht zu bringen, doch er ließ sich nicht lange aufhalten und setzte über den nun am Boden liegenden Baroncini hinweg. Dessen Flüche verfolgten Sergio ebenso wie Alessandro, der anscheinend den Ernst der Lage begriffen hatte. Alessandro rannte an Sergio vorbei, rief: »Halt! Bleiben Sie stehen!«, kam dem flinken Vincenzo aber nicht näher. Jetzt schlug der Winzer Haken zwischen den Tischen. Wenn doch nur Baldi und Rossi achtgeben würden! Aber die beiden waren viel zu sehr mit Livia Ferri und Onkel

Lorenzo beschäftigt, der Ispettore Rossi jetzt in den Polizeigriff nahm.

Trotz des Durcheinanders setzte die Musik wieder ein. *Ti Amo* übertönte das Geraune, das von den Tischen aufstieg. Aber diesmal schafften es die Klänge von der Bühne nicht, die Gäste zu verzaubern. Alle beobachteten die hintereinander herjagenden Männer. Vincenzo hielt auf Toni Brega und Clara Manfredi zu. Clara sprang von ihrem Stuhl auf. Dabei ließ sie Pippa fallen. Die Hündin landete unsanft, aber sicher im Gras. Ob Vincenzo sie wahrnahm und das Tier trotzdem trat oder ob das ein Versehen war, ließ sich später nicht feststellen. Mit einem Mal erfüllte ein herzzerreißendes Jaulen die milde Abendluft. Vincenzo rannte weiter, er ahnte nicht, dass er am Ende seines Weges angekommen war. Unter einem Gebüsch löste sich ein kniehoher Schatten und stürzte auf den Winzer zu. Schwarzweißes Fell schimmerte im Mondlicht. Dann riss der Scheinwerfer die Szene aus der Dunkelheit.

Vincenzo lag auf dem Rücken, die Hände schützend vor das Gesicht gehoben. Auf seiner Brust stand Cardenio, die Lefzen hochgezogen und die blitzenden Zähne entblößt. Die Musik setzte aus, und das Knurren des Hundes war jetzt im gesamten Stadtpark zu hören.

Alessandro erreichte die beiden als Erster. Er wollte Cardenio von de Santis herunterzerren, doch der Hund schnappte nach seiner Hand, die Alessandro im letzten Moment wegziehen konnte. Sergio kam hinzu.

»Unternimm was!«, rief Alessandro. »Bevor der Hund ihn zerfleischt.«

Der auf dem Boden liegende Vincenzo schien zu Stein geworden zu sein, er starrte in das über ihm klaffende Hundemaul, aus dem Geifer auf sein Hemd troff.

»*Finito*, Cardenio!«, sagte Sergio so bestimmt, wie es sein rasselnder Atem zuließ. »Komm her! Ganz ruhig!«

Cardenio schien allerdings gar nicht daran zu denken, den Unhold ungeschoren davonkommen zu lassen, der Pippa, seiner Angebeteten, eins mit dem Fuß verpasst hatte. Er kläffte zweimal laut und deutlich auf sein Opfer herab, um ihm zu verstehen zu geben, was er von ihm hielt.

»Cardenio«, sagte eine ruhige Stimme. Giulia tauchte nun ebenfalls im Licht des Scheinwerfers auf, sie ging in die Knie und streckte eine Hand in Richtung des Hundes aus. Dann spielte sie eine kleine Melodie auf der Mundtrompete. Im nächsten Moment war Vincenzo de Santis frei – jedenfalls für ein paar Sekunden, denn schon schnappten Alessandros Handschellen zu, und der Winzer vom Weingut Due Torri wurde in Richtung des Küchenzelts abgeführt.

KAPITEL 35

Was soll ich? Erst Nino Marino und dann den Vin Santo für das Bankett vergiftet haben? Ihr seid wohl übergeschnappt.« Vincenzo de Santis warf wilde Blicke auf Sergio und Alessandro, die im Küchenzelt vor ihm standen. Bertini und Morelli hinderten Neugierige daran, in das Zelt zu kommen. Angelo und seine Küchengehilfen waren dabei, die Planen zu schließen, da drängten sich Baldi und Rossi hinein.

»Was ist hier los?«, schnauzte Baldi.

Rossi rieb sich den Arm, der in Lorenzos Griff gesteckt hatte.

Sergio erklärte mit belegter Stimme, was im Weinkeller von Due Torri geschehen war, und von Vincenzos Betrügereien, die ihn zum Mörder hatten werden lassen, weil Nino Marino ihn mit seinem Wissen um die gestohlenen Trauben erpresst hatte. Dabei wurde er immer wieder von Vincenzo unterbrochen, der ein Protestgeheul anstimmte. Als Sergio mit seinem Bericht bei den Kanistern angelangt war, die der Winzer vertauscht haben musste, unterbrach ihn Vincenzo.

»Lächerlich«, stieß er aus, der obere Knopf seines Hemds war abgerissen, und feuchte Flecken zeichneten sich darauf ab. »Ich habe überhaupt keine Carbamate auf meinem Weingut. Ich bin Biowinzer. Das habe ich diesem Irren schon zigmal erklärt.«

»Wenn es stimmt, was der Agente sagt ...«, begann Baldi.

Doch Sergio ging dazwischen. »Wenn es stimmt, was Signor di Santis sagt, dann kann er ja mal das Tiramisu probieren.«

Angelo öffnete den Kühlschrank und holte ein gläsernes Schälchen heraus. Aus einem Korb nahm er einen Dessertlöffel und hielt Vincenzo beides hin.

Der erstarrte, aber nur für einen Moment. »Ich mag das Zeug nicht. Ich bin allergisch, da kann man nichts machen.«

»Du verschmähst das Tiramisu nach dem Rezept von Natale Panda, meinem Großvater?«, sagte Angelo. Er schnaubte verächtlich. »Dann esse ich es eben selbst. Wir werden ja sehen, wie dein Vin Santo wirkt.« Er grub den Löffel in das Schälchen und holte ihn wieder hervor, mit einer bräunlichen, cremigen Masse beladen. Bevor er den Löffel zum Mund führen konnte, hob Vincenzo die gefesselten Arme und schlug Angelo das Schälchen aus der Hand. Es zerbrach auf dem Boden, das Dessert ergoss sich über die Holzdielen.

Alle Blicke richteten sich auf den Winzer, der versuchte, in einer Geste der Nichtigkeit die Arme auszubreiten, jedoch an den Handschellen scheiterte. »Was denn? Ich bin ausgerutscht.«

»Führen Sie den Mann ab!«, befahl Commissario Baldi

an Alessandro gewandt. Der Chef der Polizeiwache fasste Vincenzo am Oberarm und schob ihn aus dem Küchenzelt.

»Wir vernehmen ihn später«, sagte Baldi zu Sergio. »Erst mal müssen wir hier für Ordnung sorgen und das vergiftete Essen sicherstellen.«

»Hier ist nichts vergiftet«, krächzte Angelo, »außer der Stimmung. Deshalb werden Sie sich jetzt alle aus meiner Küche zurückziehen.«

Baldi rührte sich nicht vom Fleck. »Es war Ihr eigener Sohn, der gerade berichtet hat, der Vin Santo sei nicht in Ordnung. Wollen Sie etwa behaupten, dass er lügt?«

»Diesmal vielleicht nicht«, sagte Angelo, und der Anflug eines Lächelns zeichnete sich auf seinen hageren Wangen ab. »Ich habe den Vin Santo nämlich probiert, bevor ich ihn in meine Nachspeise gegeben habe. Glaubt ihr etwa, ich würde einfach irgendeine Plempe in meinen Nachtisch gießen? Schon gar nicht dieses Zeug von Due Torri.«

Sergio spürte, wie sich sein Herzschlag beruhigte. »*Babbo* ...«, sagte er. Aber sein Vater war noch nicht fertig.

»Dieser Vin Santo schmeckte einfach grässlich«, fuhr Angelo fort. »Mir wurde schon von einigen Tropfen ganz komisch. Und nachdem du bei mir warst und mir von deinem sogenannten Verdacht erzählt hast, da habe ich ihn in den Ausguss gekippt und meinen Magen mit Grappa gereinigt.«

»Und das Rezept von Natale Panda?«, fragte Sergio. »Was willst du denn stattdessen zum Nachtisch servieren?«

Jetzt erweiterte Angelo das Lächeln auf seinem Gesicht zu einem Grinsen, das Sergio in der Regel als Alarmsignal deutete. »Ich war doch heute früh mit Paolo in Pomarance, und da hat er mich gefragt, ob ich nicht Verwendung für die Gläser mit Schokocreme hätte, die er übrig hat. Hab ich natürlich nicht. Aber Paolo hat so verzweifelt ausgesehen, dass ich mir dachte: He, Angelo, der arme Kerl bleibt auf seiner Lieferung sitzen, und du bist immerhin Gastwirt und wirst das Zeug schon los. Also habe ich ihm die Gläser abgekauft. Und schon habe ich Verwendung dafür!« Er holte ein weiteres Schälchen aus dem Kühlschrank und hielt es Sergio hin. Das Dessert duftete nach Schokolade. »Hier, probier mal! Ich glaube, der alte Natale wäre stolz auf uns.«

Die Lichter auf den Tischen brannten, die Gäste saßen wieder an ihren Plätzen, eine Brise ging durch den Park und wirbelte die Rosenblätter von den Tischtüchern auf. Gelächter war zu hören, einige versuchten, die Blüten aus der Luft zu fischen, andere probierten Scherze. Die Anspannung löste sich.

Auf der Bühne trat Juan ans Mikrofon und schlug einige Akkorde auf der Gitarre. Als er die Aufmerksamkeit auf sich gezogen hatte, kündigte er an, dass die Veranstaltung jetzt weitergehe. Er bedankte sich bei den Kollegen von der Volterraner Polizeiwache, die soeben den Küchengehilfen für eines der kommenden Festessen eingefangen hatten.

Applaus erklang, und die Band setzte wieder ein. Sie spielte den alten Schlager *La Porta Chiusa* – Die verschlossene Tür.

Sergio stand neben dem Küchenzelt und drückte Giulia

an sich. »Auf den zweiten Arm werden wir einige Tage verzichten müssen«, sagte er.

Giulia sah ihn sorgenvoll an. »Ich bringe dich besser zu einem Arzt. Du siehst furchtbar aus.«

»Von dir kann ich das Gegenteil behaupten«, sagte Sergio. »Und der Arzt wird warten müssen, gleich bist du mit deinem Solo dran, und das lasse ich mir nicht entgehen. Wer hat mir gesagt, Musik sei die beste Medizin?«

»Nur, wenn sie in den richtigen Mengen verabreicht wird«, entgegnete Giulia. Sie warf einen Blick zur Bühne hinüber.

»Dann brauche ich jetzt eine Überdosis«, erklärte Sergio und ließ sie los. Giulia hauchte ihm einen Kuss auf die Wange. Dann lief sie zur Bühne.

Sergio beobachtete, wie sie die kleine Treppe hinaufstieg, sich das Saxophon umhängte und genau in dem Moment das Mundstück an die Lippen setzte, als Juan mit dem Gesang aufhörte und Giulia an der Reihe war.

Sergio hielt den Atem an, während er miterlebte, wie Giulia verträumt die Augen schloss und die Musik aus sich herausfließen ließ, wie sie sich sanft im Takt wiegte und mit einem Mal aussah wie Fortuna, die Glücksgöttin, die ihr Füllhorn über die Menschen ausgoss. Da verwandelte sich die Melodie. Aus *La Porta Chiusa* modellierte Giulia *Mi va sempre tutto storto* heraus, den Hit Nino Marinos. Jetzt übernahm Juan mit der Gitarre das Thema und sang dazu ins Mikrofon, während er in Richtung Küchenzelt winkte. Von dort liefen Lino, Franco und Raoul zur Bühne, gefolgt von den Kellnern, alle stellten sich am Bühnenrand auf und

366

sangen im Chor: »Bei mir geht alles schief.« Und diesmal passte der Text besser denn je, denn der Gesang war so schief, wie er ergreifend war – genauso wie das Echo, das von den Tischen aufstieg.

Sergio, der zu Baldi und Rossi hinübersah, war keineswegs überrascht, dass auch die beiden Kollegen die Lippen bewegten.

Kapitel 36

Baldi küsste seine Fingerspitzen. »Dieses Tiramisu war einfach großartig. Wie Ihr Vater das noch hinbekommen hat, ist mir ein Rätsel.« Er saß in der Wachstube neben Rossi, der aufmerksam beobachtete, wie Sergio Kaffee aus der alten Maschine einschenkte. Der Ispettore nahm die Tasse entgegen, bedankte sich artig, starrte aber lange in den Dampf, bevor er sich dazu durchrang, einen Schluck zu trinken.

Sergio reichte auch Baldi eine Tasse. »Freut mich, dass es Ihnen geschmeckt hat, Commissario. Sie sollten die Erinnerung an dieses Dessert pflegen, denn es wird für lange Zeit das letzte Mal sein, dass Sie es gegessen haben.«

»Warum?« Baldi goss sich Milch aus der Tüte in die Tasse. »Gehört dieser Geniestreich denn nicht zur Speisekarte der Trattoria? Ich hatte gehofft, Sie könnten mir das Rezept verraten. Wo wir doch Kollegen sind.«

»Ich fürchte, das Rezept bleibt ein Geheimnis«, antwortete Sergio. »Sie kennen ja meinen Vater.«

Sollte Angelo sich die improvisierte Zubereitung der Süßspeise überhaupt notiert haben, war der Zettel mit dem

Rezept inzwischen längst unter einem der Haufen auf seinem Schreibtisch verschwunden. Angelo hatte natürlich nicht nur Schokocreme ins Tiramisu gegeben, sondern das Ganze mit Orangenschale, Minze und weiteren Zutaten verzaubert. Sergio hatte sie herausgeschmeckt und über Angelos Einfallsreichtum gestaunt. Nach dem Dessert beim Fortezza-Bankett am Vorabend waren alle Schälchen leer geputzt ins Küchenzelt zurückgekommen.

»Apropos Geheimnis«, mischte sich Rossi ein und wandte sich an Alessandro, der an seinem Schreibtisch saß und etwas auf ein Karteikärtchen schrieb. »Wir sind hier, weil wir de Santis nach Pisa überführen wollen. Die Nacht in der Zelle der Fortezza war ein guter Vorgeschmack auf das, was ihn erwartet. Sein Geständnis ist unausweichlich, nachdem wir uns heute früh auf seinem Weingut umgesehen haben. Aber eine Frage ist noch offengeblieben.«

Sergio verzog das Gesicht, dabei spannten die Pflaster auf seinem Jochbein. Er ahnte, was jetzt kam.

»Die Elster«, fuhr Rossi fort. »Wir wissen immer noch nicht, was es mit diesem Namen auf sich hat.«

»Die Dame von der Steuerbehörde, die gestern Abend an Ihrem Nebentisch saß, war jedenfalls nicht gemeint«, erlaubte sich Alessandro zu sagen und erntete dafür von Rossi einen Blick wie von jemandem auf einem Fahndungsplakat. »Aber wir haben uns natürlich dieselbe Frage gestellt. Und die Antwort kam sozusagen auf uns zugeflogen.«

Während Alessandro weitererzählte, setzte Sergio frischen Kaffee auf. Gestern Abend, als die Musik zu später Stunde die Leute von den Stühlen gerissen hatte, war mit einem Mal Riccardo Baroncini neben Sergio aufgetaucht. Mit reuiger Miene hatte er beteuert, nichts davon gewusst zu haben, dass Vincenzo ein Verbrecher war. Baroncini hatte Sergio von den Geschäften berichtet, die er mit de Santis machte, und nicht ausgelassen, dass sie der Finanzbehörde ihre Transaktionen verschwiegen hatten. Auch erwähnte der Wirt, dass er Vincenzo einen Spitznamen gegeben habe: die Elster. Der Vogel stahl Eier aus fremden Nestern, und Vincenzo de Santis vergriff sich an den Trauben seiner Nachbarn. Vincenzo habe den Namen natürlich nicht gemocht, und gerade das habe ihn, Baroncini, dazu angetrieben, seinen Geschäftspartner damit aufzuziehen.

Sergio dachte an Nino Marino, dem die Elster zum Verhängnis geworden war. An einem Abend im Il Ghiottone hatte der Sänger Baroncini und Vincenzo belauscht und herausgefunden, welchen Machenschaften Letzterer in dem Lokal nachging. Dabei musste er auch den Spitznamen des Winzers aufgeschnappt haben. Hätte sich Nino an jenem Abend nur seiner Musik gewidmet, wäre er jetzt vielleicht noch am Leben gewesen.

Nachdem Alessandro seinen Bericht beendet hatte, entstand eine Pause. Jeder der vier Polizisten schien seinen Gedanken nachzuhängen und den letzten losen Enden des Falls nachzuspüren. Schließlich erhob sich Baldi und drückte Sergio die leere Tasse in die Hand.

»Ich glaube, das war's für heute. Ich werde Sie beide lobend in meinem Bericht erwähnen. Ohne Ihre Hilfe hätten wir den Mörder vermutlich erst in einigen Tagen gefasst.«

Sergio fing einen vielsagenden Blick von Alessandro auf.

»Aber bevor wir uns aus Ihrem schönen Städtchen verabschieden«, setzte Baldi nach, »verraten Sie mir noch, was das dahinten an der Wand zu bedeuten hat.« Er deutete auf den Stadtplan hinter Bertinis Schreibtisch, der über und über mit Stecknadeln, Klebezetteln und roten Wollfäden bedeckt war.

Alessandro lief rot an. Bevor er etwas sagen konnte, klopfte Sergio ihm auf die Schulter. »Das da«, sagte er, bevor sein Freund gestehen konnte, dass sie ihre Dienstzeit und Dienstmittel für die Suche nach einem Hund verwendet hatten, »ist eine äußerst effektive Fahndungsmethode. Die hat Kollege Bertini entwickelt. Ohne dieses System hätten wir Vincenzo de Santis niemals gefasst.« Dabei dachte er voller Dankbarkeit an Cardenio, der den Mörder Nino Marinos buchstäblich zu Fall gebracht hatte.

Baldi ließ die beiden Volterraner Polizisten wissen, dass er Bertini möglichst bald in Pisa zu sehen wünschte, wo dieser der versammelten Questura seine Methode erklären sollte. Dann waren der Commissario und der Ispettore durch die Tür.

Alessandro blies erleichtert die Wangen auf, da kam Rossi noch einmal in die Wachstube zurück. »Sagen Sie mal, Panda, der ehemalige Polizeichef von Volterra ist doch Ihr Onkel, oder?«

Sergio witterte Unheil im letzten Moment, aber er nickte.

»Er kennt da so einen Griff«, sagte Rossi weiter und klappte die Bügel seiner Sonnenbrille auseinander, »aus dem man sich unmöglich befreien kann. Glauben Sie, er würde mir zeigen, wie man den anwendet? Verraten Sie mir, wo ich Ihren Onkel finde?«

Sergio nickte. »Das könnte ich, aber es würde Ihnen nichts nutzen. Denn um zu Onkel Lorenzo zu gelangen, müssen Sie erst an der Steuer vorbei.«

An diesem Abend gab es in der Trattoria des alten Angelo Panda nur ein Gesprächsthema: Angelo war als Held ins Il Gusto zurückgekehrt. Er hatte eines der besten und ereignisreichsten Festessen in der Geschichte der Fortezza serviert, hatte seine Gehilfen zu charmanten Kellnern und kreativen Küchengehilfen ausgebildet und den Abend mit einem Dessert abgerundet, das dazu beigetragen hatte, einen Mörder zu überführen. Auf der Titelseite von *Volterra Adesso* prangten die Worte *Tödliches Tiramisu* in großen schwarzen Lettern, und darunter war das wütende Gesicht von Vincenzo de Santis zu sehen, der in Handschellen von Baldi und Rossi abgeführt wurde.

»Zeig mal her!«, rief Trommelfeuer und riss Zitadelle die Zeitung aus den Händen. Die beiden saßen gemeinsam mit Kugelblitz an ihrem Tisch und lasen sich immer wieder Passagen aus dem Artikel vor. »Die Journalisten haben was Wichtiges vergessen«, bellte Kugelblitz und schlug mit der Hand auf das Papier, dass es knallte.

»Was meinst du?«, fragte Zitadelle.

Kugelblitz hob einen Zeigefinger. »Abgerechnet wird zum Schluss!«

»Wenn du dich mal selbst daran halten würdest«, krächzte Angelo. Er stand hinter der Theke, als habe er diesen

Platz niemals verlassen, und platzierte ein Glas Schoko-creme am Rand der Auslage, wo auch das Mandelgebäck lag. Dann schmückte er es mit Dekorationsefeu, ging um die Theke herum und betrachtete sein Werk mit in die Hüfte gestemmten Händen.

»Wo willst du denn hin?«, schnappte Angelo, als Sergio an ihm vorbei zur Tür ging. Diesmal trug Sergio weder seine Arbeitskleidung als Kellner noch seine Polizeiuniform, sondern Jeans und ein burgunderfarbenes T-Shirt. Alessandro hatte ihm ein paar Tage vom Polizeidienst freigegeben. Um den Arm zu schonen, wie der Kollege gesagt hatte, denn er kenne zwar einarmige Banditen, von einarmigen Polizisten habe er allerdings noch nie gehört. Außerdem, hatte Alessandro hinzugefügt, müsse Sergio dringend mal sein Privatleben in Ordnung bringen, damit die Polizeiwache nicht noch mehr Fahndungsplakate zur Verfügung stellen müsse.

»Verabredung mit Giulia«, wollte Sergio zu Angelo sagen, da sah er durch die Fenster Blaulicht auf der Straße blitzen. Ein schwarzer Mannschaftswagen hielt vor dem Il Gusto, Uniformierte sprangen heraus.

Sergio riss die Tür auf. Es waren sogar zwei Mannschaftswagen, die vor dem Lokal gehalten hatten, und dazwischen stand der orangefarbene Bus der Linie eins. Durch die Windschutzscheibe erkannte Sergio, dass Fahrdienstleiter Beluisi hinter dem Steuer saß. Die Tür des Busses öffnete sich zischend, und Signora Rissone trat heraus. Sie trug eine Leinenhose und ein sandfarbenes Jackett und winkte in den Bus hinein. Die Geste lockte weitere Passagiere ins

Freie: Lino, Franco, Raoul und die anderen Gefangenen der Fortezza, die das Festessen als Küchengehilfen, Kellner und Musiker zu einem Erfolg hatten werden lassen. Sie hatten noch einmal ihre Dienstkleidung vom vorangegangenen Abend angezogen. Jetzt folgten sie Signora Rissone zur Trattoria, schnurrten grüßend an Sergio vorbei, der ihnen die Tür aufhielt, und traten ein. Als Letzter kam Paolo, er trug einen Karton an Sergio vorbei und lächelte ihn verschmitzt an.

Die Trattoria drohte mit einem Mal aus allen Nähten zu platzen. Angelo stand mitten in der Gruppe, umringt von freundlichen Gesichtern.

Die Gefängnisdirektorin setzte zu einer Ansprache an, bedankte sich im Namen der Fortezza bei Angelo für seinen Einsatz, für das unvergessliche Menü und die Mühen, die er in die Ausbildung der Gefangenen investiert hatte, während er gleichzeitig seine Trattoria hatte in Gang halten müssen. Angelo murmelte, dass er eigentlich kaum etwas habe unternehmen müssen, die Männer seien allesamt Naturtalente, und er könne es nicht erwarten, sie in Freiheit in der Gastronomie Volterras wiederzusehen. Die Bescheidenheit stand seinem Vater gut zu Gesicht, stellte Sergio überrascht fest. Angelo hatte den Gefangenen viel beigebracht, aber er hatte auch etwas von ihnen gelernt.

Nun bedankte sich jeder Einzelne per Handschlag bei Angelo. Schultern wurden geklopft, nur Paolo, der als Letzter an der Reihe war, zog Angelo an sich. Der Wirt wurde stocksteif und ließ es über sich ergehen, dass Paolo ihm kräftig über den Rücken strich. Dann überreichte Paolo

Angelo den Karton. Er war so schwer, dass Sergio mit anfassen musste. Sie wuchteten das Geschenk auf den Stammtisch von Kugelblitz, Zitadelle und Trommelfeuer, streiften das glänzende grüne Geschenkpapier ab, dann klappte Angelo den Karton auf.

Darin stand eine Kasse. Sie war rot. Das neueste Modell von Spoletti, wie Signora Rissone versicherte. Sie habe davon gehört, dass im Zuge von Angelos Arbeit im Festzelt seine alte Kasse zerstört worden sei, deshalb habe sie eine neue kommen lassen. Diese spiele sogar eine kleine Melodie, wenn man sie öffne. Sergio hob die Kasse aus dem Karton, und Angelo drückte die *Total*-Taste. Die Schublade sprang auf, und die ersten Takte von *Mi va sempre tutto storto* erklangen blechern aus dem Kasten. Das habe sie eigens anfertigen lassen, verriet Signora Rissone, der Einfall stamme von Lino, Franco und Raoul.

Angelo versuchte, die Kasse wieder zu schließen. Aber die Schublade wollte nicht einhaken und sprang immer wieder heraus. Nino Marinos Hit lief weiter. Jetzt versuchten alle nacheinander, die Schublade wieder zu verankern, vergebens.

Paolo wandte sich an Sergio. »Ich hatte noch gar keine Gelegenheit, mich bei dir zu bedanken.«

»Bedanken?«, fragte Sergio. »Wofür?«

»Für das Strafmandat gestern auf der Landstraße nach Pomarance. Du hättest mir ganz schön Ärger bereiten können, wenn du gewollt hättest.«

»Du hast schon genug Ärger mit dem Beirat«, sagte Sergio.

»Nicht mehr«, erwiderte Paolo. »Die Mitglieder waren von dem Festessen so begeistert, dass sie das Sozialprogramm weiterlaufen lassen. Ich behalte meine Stelle, unser Gemüsegarten wird vergrößert und, was das Beste ist, das Bankett soll im nächsten Jahr fortgeführt werden. Es wird mehr Geld geben, und die Gefängnisband soll auch wieder auftreten. Glaubst du, Giulia würde wieder mitmachen?«

»Ich kann sie ja mal fragen«, sagte Sergio und schaute auf die Uhr. »Und zwar sofort. Entschuldigt mich!« Er drängte sich zwischen den Besuchern hindurch und verließ die Trattoria. *Mi va sempre tutto storto* verfolgte ihn noch einige Schritte, bis er um die Ecke bog und auf das Transformatortürmchen zuhielt.

Giulia erwartete ihn bei den Tre Amici. Sie saß mit angezogenen Beinen auf dem Aluminiumstuhl, vor ihr standen eine Flasche Wein und zwei Gläser. Cardenio lief mit auf den Boden gesenkter Nase in der Nähe umher. Als er Sergio bemerkte, rannte er ihm bellend entgegen.

Sergio ließ sich neben Giulia auf den Plastikstuhl fallen. Er wollte ihr von der Kasse erzählen, von dem Menschenauflauf im Il Gusto und von Paolos Bitte, beim nächsten Bankett wieder für die Musik zu sorgen. Doch auf ihrem Gesicht lag das Licht der untergehenden Sonne, und eine Brise zupfte an ihrem Haar. Sergio schloss die Trattoria Mortale im Geiste ab.

»Dein Auftritt gestern war das Schönste am ganzen Abend«, sagte er und küsste sie.

Giulia strich sich eine Haarsträhne hinters Ohr. »Maurizio Cesari, mein alter Musikprofessor, war auch beglückt.

Er ist danach zur Bühne gekommen, hat mir gratuliert und meinte, dass ich an der Musikhochschule in Florenz unterrichten könnte.«

»Und was hast du dazu gesagt?«

Giulia beugte sich zu der Weinflasche hinab, zog den Korken und füllte die Gläser. Ein feiner hoher Ton erklang, als sie mit Sergio anstieß. »Dass für mich *hier* die Musik spielt.«

Ihr Gesicht war voller Worte.

NACHSPEISE

In der Trattoria Mortale sitzt die Fantasie bei einem Glas Rotwein mit der Wirklichkeit zusammen. Die Geschichten um das kleine Lokal entstehen, weil sich die beiden prächtig unterhalten: über Volterra, Stadt der starken Mauern, hinter denen so viel Erzählenswertes lauert.

Auf dem über fünfhundert Meter hohen Stadthügel thront die Fortezza Medicea. Die Festung mit ihren mächtigen Wehrtürmen prägt seit dem Mittelalter die Gestalt und Geschichte der Stadt. Der älteste Teil im Osten der riesigen Anlage, die Rocca Vecchia mit dem Femmina genannten Rundturm, wurde im dreizehnten und vierzehnten Jahrhundert errichtet: eine Burg zur Verteidigung Volterras.

Die eigentliche Festung, die Rocca Nuova, mit dem Mastio genannten Rundturm, entstand im fünfzehnten Jahrhundert. Nachdem Volterra im Krieg Florenz unterlegen war, ließ der Florentiner Fürst Lorenzo de' Medici das Bollwerk errichten, zum einen zur Demonstration seiner Macht, zum anderen, um seine Widersacher darin einzukerkern. Um Platz für das Bauvorhaben zu schaffen, ließ Lorenzo de' Medici das mittelalterliche Viertel am höchsten Punkt Volterras samt Bischofsresidenz abreißen. Nach ihrer Fertigstellung 1474 umschloss die Medici-Festung oder Rocca Nuova auch die Rocca Vecchia und erreichte so ihre heutige Größe.

Seit Anfang des neunzehnten Jahrhunderts ist die komplette Anlage ein Gefängnis. Schwerverbrecher sitzen dort hinter Schloss und Riegel, die Haftanstalt gilt heute als Hochsicherheitsgefängnis. Trotzdem sind in den vergangenen zwei Jahrzehnten mehr als sechzehntausend Besucherinnen und Besucher hinein- und wieder hinausspaziert – die Gäste des Gefängnisbanketts, um das sich die Geschichte von Nino Marino, des Toten im Weinberg, dreht.

Die ungewöhnliche Idee des Ristorante hinter Gittern kam Volterras Gefängnisdirektorin im Jahr 2005. Weil viele der Gefangenen lange Haftstrafen verbüßen müssen, ist das Sozialprogramm der Vollzugsanstalt von großer Bedeutung. Die Direktorin öffnete die Sicherheitstüren, um den Austausch der Menschen innerhalb und außerhalb der Festungsmauern zu fördern. »Das ist für die Häftlinge drinnen gut, wir haben jetzt weniger Probleme mit ihnen«, sagte sie in einem Interview, »aber auch für die Leute draußen, unter anderem für die Touristen, die in der Vergangenheit die historische Festung besichtigen wollten – und nie reindurften.«

Wer beim Bankett im Volterraner Gefängnis speisen will, bucht nicht einfach einen Tisch. Geduld und etwas organisatorischer Aufwand sind gefragt, weil die Personalien der Gäste im Vorfeld überprüft werden müssen. Vorstrafen sind ein Ausschlussgrund für den Abend in der Fortezza.

Und statt ihrer Garderobe legen die Besucher ihre Ausweise und Mobiltelefone am Eingang ab.

Im Gefängnishof begrüßen die Strafgefangenen als Kellner die Gäste des Banketts mit Prosecco und Häppchen, das Festessen wird anschließend in der ehemaligen Kapelle der Festung serviert. Zeitweilig wurde das Gewölbe einmal monatlich in ein Ristorante verwandelt – so erfolgreich war das Projekt. Es fand schnell Unterstützer, die sich seitdem um die Organisation, Ausstattung und Verwaltung kümmern. Gastronomen aus Volterra und aus ganz Italien leiten die Gefangenen in der Küche und beim Kellnern an, darunter Spitzenköche, eine Molkerei schickte einen Fachmann, der mit den Gefangenen Ricotta herstellte.

Solidarität ist die Grundzutat des Projekts. Der Erlös jedes Abends wird für wohltätige Zwecke außerhalb der Gefängnismauern gespendet. Und auch für manchen Inhaftierten hat sich die Arbeit als Küchengehilfe und Kellner ausgezahlt: Mehr als dreißig Männer aus der Fortezza haben inzwischen durch das Gefängnisbankett Arbeit in der Gastronomie gefunden, nach ihrer Entlassung oder im Rahmen des offenen Strafvollzugs.

Auch ein früherer Gefängnisdirektor öffnete die Haftanstalt für Gäste – allerdings nicht zu einem Festessen. Der Florentiner Buchhändler und Autor Giuseppe Orioli, der in den 1930er-Jahren vom Gefängnisdirektor eine Einladung in die Fortezza erhielt, berichtet von der Darbietung eines Pianisten aus den Reihen der Inhaftierten. An jenem Sonntag spielte der Pianist für die Besucher italienische Opernklänge und begleitete den Gefangenenchor. Der Mann, ein

Sizilianer, musste wegen Mordes an seiner Frau dreißig Jahre absitzen. Sie hatte sein Klavierspiel abgelehnt.

Giuseppe Orioli beschreibt seinen Besuch in Volterras Gefängnis in dem Buch *Adventures of a bookseller* (»Abenteuer eines Buchhändlers«), das 1938 erschien. Er notierte nicht nur diese Anekdote. Der Buchhändler zeigte sich auch beeindruckt von den Sehenswürdigkeiten der Stadt. Außerdem stieß er bei seinen Streifzügen auf das Wertvollste, das der Ort zu bieten hat: den speziellen Charme der Volterraner.

Autor

Luca Fontanella ist das Pseudonym eines deutschen Autorenduos. Während einer Reise durch die Toskana entdeckten die Journalisten Jutta Wieloch und Dirk Husemann vor zwanzig Jahren das Städtchen Volterra und verliebten sich in Land und Leute. Seither kehren sie immer wieder dorthin zurück. Wenn sie nicht gerade die Toskana erkunden, schreiben sie Reportagen. Dirk Husemann veröffentlicht außerdem historische Romane, die in mehrere Sprachen übersetzt werden.

Luca Fontanella im Goldmann Verlag:

Trattoria Mortale – Die tote Diva. Ein Toskana-Krimi
Trattoria Mortale – Der Tote im Weinberg. Ein Toskana-Krimi

(alle auch als E-Book erhältlich)

Unsere Leseempfehlung

416 Seiten
Auch als E-Book erhältlich

400 Seiten
Auch als E-Book erhältlich

423 Seiten
Auch als E-Book erhältlich

Norderney 1912: Im eleganten Seebad verbringt die feine Gesellschaft der Kaiserzeit die Sommerfrische. Auch die junge, unabhängige Viktoria Berg genießt die Zeit am Meer, bevor sie ihre Stellung als Lehrerin antritt. Doch die Idylle trügt. Gemeinsam mit dem Hamburger Journalist Christian Hinrichs stößt sie in der adeligen Seebadgesellschaft der Belle Époque bald auf dunkle Geheimnisse …

goldmann-verlag.de

GOLDMANN